공작의 청혼

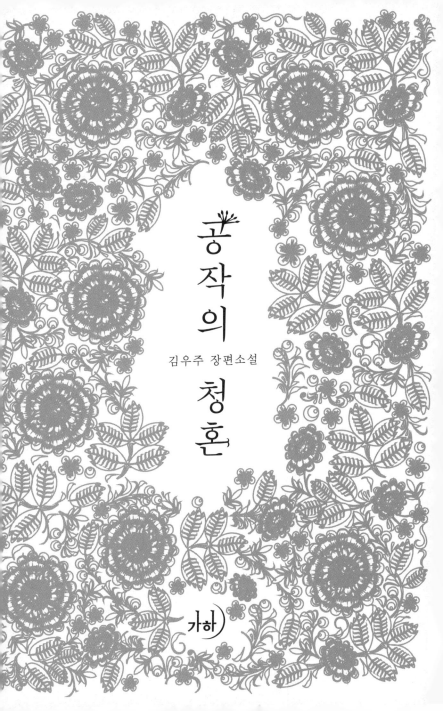

공작의
청혼

김우주 장편소설

가하

공
작
의

청
혼

지은이 김우주
펴낸이 이형기
펴낸곳 도서출판 가하

초판인쇄 2014년 5월 28일
초판발행 2014년 6월 3일
출판등록 2008년 10월 15일 제 318-2008-00100호

주소 서울 영등포구 양평로 67, 1209 (당산동5가, 한강포스빌)
전화 02-2631-2846 **팩스** 02-2631-1846

www.ixbook.co.kr

ISBN 979-11-5682-110-6 03810

값 9,800원

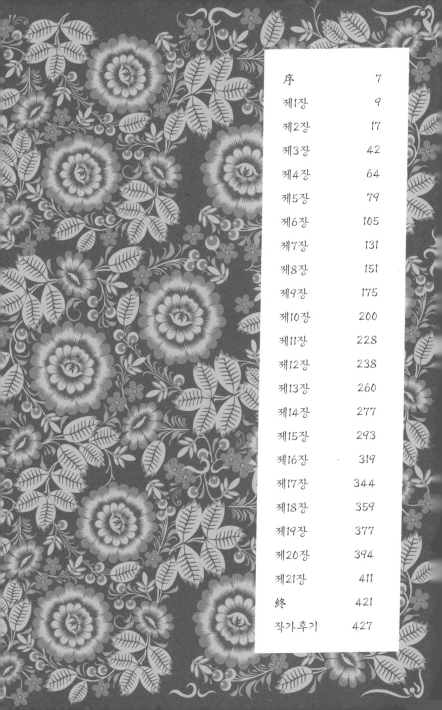

序

옛날, 아주 먼 옛날, 어느 산골에 나무꾼이 살았습니다. 그 나무꾼은 피붙이라고는 하나 없이 늘 혼자 지냈는데, 그 누구도 그의 고향이 어디며, 부모가 누군지 몰랐습니다. 언제부턴가 나무꾼을 아는 사람들은 그를 '가엾은 나무꾼'이라고 부르기 시작…….

작자미상 '목객전(木客傳)' 中

고작 아홉 살이었다.

이 모든 일을 겪어내기엔, 어렸다.

서쪽의 왕국 객십(카슈가르, 喀什)에서 온 사내아이는 고집스럽게 턱을 들어 올렸다. 머나먼 여정에 힘이 빠지고 좌절할 만도 하건만 무슨 용기로 그랬는지 모를 일이었다. 어쩌면 무모한 뚝심이랄까. 거의 노려보다시피 하면서 앞에 서 있는 청 제국 황실의 종친이라는 사람을 올려다보았다.

그는 키가 무척 컸고, 얼굴에 동물이 할퀸 상처로 보이는 흉터가 있었지만, 아이는 숨을 꾹 참고 두려움을 눌러 참았다. 황실의 종친이라는 저자의 기세에 눌려 고개를 숙이거나 기진맥진해 울음을 터뜨리면 왕손으로의 체면이 서지 않을 것 같았다. 어른들은 이제 객십은 청 제국에 복속되었다고 하였지만, 그리하여 모든 것이 끝장나버렸다고 하였지만 아이는 믿을 수가 없었다.

아이는 초록 벽과 푸르고 둥근 지붕으로 이루어진 객십의 왕궁으로 다시는 돌아갈 수 없다는 사실을 믿을 수가 없었다. 지금 낯선 곳에 와 있으며, 지금 곁에는 가족들이 아무도 없다는 사실역시 믿을 수가 없었다. 푸른 늑대의 후손이 이 낯선 곳까지 오다니.

얼굴에 무시무시한 흉터를 지닌 사내가 한참이나 아이를 뚫어져라 살펴보더니 이윽고 묵직한 목소리로 말했다.

"지금부터 너는 이렇게 불릴 것이다. 청 제국 일등 공작(一等 公爵), 화탁 마이하(和卓 瑪伊荷)."

그랬다. 거구의 사내가 그렇게 말한 이후부터 청 제국에서 만난 모든 사람들은 그를 그렇게 부르기 시작했다. 하지만 때로는 '가엾은 나무꾼'으로 불리기도 했다.

제 1 장

높고 높은 하늘 위, 하늘나라의 옥황상제에게는 일곱 명의 딸이 있었습니다. 그중 가장 어여쁜 막내 선녀는 옥황상제께서 몹시 귀애하시어 그 누구도 감히 옥황상제께 나서 혼인을 청하지 못할 지경이었습니다. 하늘나라의 젊고 잘생긴 신들은 모두 멀리서 막내 선녀를 바라보며 애를 태워야…….

　　　　　　　　　　　　　작자미상 '목객전(木客傳)' 中

가을을 맞이할 채비를 갖춘 늦여름이었다.

맹렬하게 울어대는 매미소리에 귀가 따가울 지경이었다.

안채의 모든 문들은 대청을 향해 들어 올려 천장을 향해 있었기에 늦여름 더위 대신 탁 트인 마당의 풍경과 남쪽에서 불어오는 선들바람을 안락하게 즐길 수 있었다.

자수를 놓느라 눈을 가늘게 뜨고 집중하고 있던 군부인은 문득 눈이 침침해져 고개를 들었다. 군부인은 자연스레 맞은편에 앉아서 자수에 몰두하고 있어야 할 외손녀 용아를 바라보았다.

오늘도 역시, 용아는 졸고 있다. 저러다 애꿎은 손가락을 바늘에 찔리고 말 터였다. 바늘 끝이 용아의 검지를 향해 돌진하기 직전, 군부인은 가볍게 헛기침을 하면서 손녀를 부르려던, 바로 그 찰나.

"네 이노오옴!"

갑자기 천지가 개벽을 하듯 무서운 소란이 밀려왔다.

쨍그랑!

귀청이 따갑도록 요란하게 무언가가 깨지는 소리.

그리고, 그리고, 매 맞는 소리?

탁! 탁!

흡사 담벼락이 내려앉기라도 한 것처럼 우르르 쾅쾅 돌덩이가 무너지는 소리, 밀물처럼 밀어닥쳤다.

용아는 단박에 졸음이 달아나는 것을 느꼈다. 반짝 눈을 뜬 용아는 할머니와 눈이 마주쳤다. 할머니는 용아를 향해 무어라고 말하실 참이었던지, 입을 벌리시었지만 용아는 지금 궁금증이 일어 못 견딜 지경이었다. 용아는 발딱 몸을 일으켰다.

"여기 있어라. 용아야."

할머니가 그렇게 말하셨지만 용아는 그 부름을 듣지 못했다.

용아는 궁금증을 고요히 눌러 참는 성격이 아니었다. 용아는 뛰듯이 대청마루로 나왔다. 지금 어떤 일이 벌어지고 있는지 진위를 파악하고자 하는 용아의 두 눈이 바쁘게 움직였다. 하지만 쉽사리 상황이 파악되지 않았다.

'도대체……?'

용아가 이런 장면을 본 것은 난생처음 있는 일이었다. 그러니까 애초에 안채에서 예상치 못한 사람을 만나기란 불가능에 가까운 일이었던 것이었다.

"네 이노옴! 여기가 어디라고!"

그 목소리는 이미 익숙한 그것이었지만, 외가인 조선국에서 들을 수 있으리라고는 생각지도 못했기에 용아는 어리둥절했다.

'외숙부?'

북경에 계신 외숙부께서 기별할 틈도 없이 어찌 오셨으며, 그리고 외숙부께 혼쭐이 나고 있는 저 도령은 또 누구란 말인가.

용아가 안채 마루에서 바라보았던 풍경은 예상외의 그것이었다. 북경에 계시리라 생각했던 용아의 외숙부가 어떤 도령 하나를 야단치는 것으로도 모자라 마당비로 흠씬 두들겨주고 있었던 것이다. 도령은 인정 없는 매질에 사정없이 비명을 질러대며 아픔을 호소했다.

"아……, 아악……!"

마당 담벼락 하나가 약간 뭉개져 있었고 작은 장독 하나가 사정없이 산산조각 나 있었다. 평소 눈치가 그리 느린 편은 아니었지만 용아는 도무지 지금의 상황이 어떻게 된 것인지 유추되지 않았다.

"……?"

자초지종을 파악해내려고 골똘해진 용아는 자신을 부르는 소리도 듣지 못하고 있었다.

"용아야!"

"······."

벌써 여러 번째 외할머니이신 군부인께서 용아를 부르고 계셨던 것이다. 하지만 결국 용아가 대답하지 못하고 방 안으로 들어올 생각을 하지 않자 군부인은 노기 돋은 목소리로 소란을 듣고 몰려든 여종들 중 하나를 불러 용아를 방 안으로 데려오라 일렀다.

용아는 침모의 손에 이끌려 얼결에 방 안으로 들어와 주저앉았다. 군부인의 분부로 올려졌던 문들이 급히 내려졌다. 용아는 돌연 겹겹이 둘러싸인 요새에 갇혀버린 느낌이었다.

"······!"

용아는 답을 구하는 표정으로 할머니를 바라보았다.

"너는 여기 꼼짝 말고 있어라! 밖을 기웃거렸다가는 경을 칠 것이야!"

아무리 손녀지만 군부인께서는 용아가 친왕의 공주라는 점을 고려하시어 호되게 대하신 적이 한 번도 없으셨다. 하지만 이번에는 달랐다. 서릿발 같은 목소리로 용아를 향해 다짐하시고는 매섭도록 단단하게 문을 닫으시고 침모를 향해 용아를 잘 지켜보라고까지 하신다.

소란을 듣고 몰려온 종복들과 용아의 사촌들까지 모여 바깥이 적잖이 소란스러웠으나, 군부인께서 나가시고 얼마 지나지 않아, 바깥은 찬물을 끼얹은 듯 조용해졌다.

"……?"

용아는 문가를 향해 최대한 귀를 바싹 대어보았으나, 사건의 실마리를 찾을 수가 없었다. 아주 조금만 문을 열어 바깥을 내다보고 싶었지만, 감히 할머니의 말을 어길 수가 없는 데다가 지금 용아를 지켜보는 눈이 있었다. 용아가 조용히 침모의 눈치를 살폈을 때 침모가 냉큼 말을 쏟아내었다.

"상사병이라고 하더만요."

어눌한 목소리로 우물우물 말하는 모습이 뜻밖이라 용아는 어리둥절해졌다.

"……무어?"

"아니, 그게 그러니까. 어디부터 말을 올려야 하나……."

"말해보시게."

용아가 재촉하자 침모가 마침내 결심한 듯 숨을 크게 들이쉬더니 속사포처럼 말을 잇기 시작했다.

"장안에 북경에서 오신 공주님 어여쁘다는 소문이 파다한 건 하루 이틀 된 것이 아니지요."

"……북경에서 온 공주? 나?"

용아가 금시초문이라는 표정으로 자기 자신을 말하는 것이냐는 되물음을 하였다.

"그래서 노마님께서 얼마나 노심초사하셨는지 여태 담벼락 기

옷대던 도령을 끌어내린 것이 수차례인데 또 이 사달이……."

용아는 처음 듣는 말이었다.

"아까 그 도련님은 막내 도련님 동무라고 하더만요. 상사병에 걸렸다고 그 댁에서 사정을 어찌나 하던지, 혼인이 안 되면 아기씨 댕기 하나 버선 하나라도 얻자고 매달리고……. 결국 북경으로 기별을 보냈더니 저리 작은 나리께서 오셨나 봅니다."

"……?"

"아기씨는 혼처가 따로 있다고 아무리 말해도."

"혼처가 있다고? 나? 어디? 누구와?"

혼처라는 말에 용아는 귀가 번쩍 뜨여 번개같이 되물었다.

"아, 그거야 소인이 모르지요. 군부인께서 둘러대시느라 한 말 씀이신지……."

용아가 알기에 자신에게 정해진 혼사가 아직 없었다. 언니의 경우에는 어렸을 적부터 혼처가 정해져 있었고, 왕부 식구들이 모두 그 혼사에 대해 알고 있었다. 하지만 용아의 경우에는 아무것도 정해진 바가 없었다.

"어휴, 소인의 바깥 사내가 방금 그 도련님 댁 청지기이구먼요. 그러니 그 댁에선 저보고 아기씨한테라도 말을 여쭙고 한번 만나게 해달라고 어찌나 사정을 하시는지 애처로울 지경입니다."

"……."

"그러니……. 아기씨……."

용아는 대답할 말을 찾지 못했다.

그때 매섭게 방문이 열리더니 용아의 외할머니인 군부인께서 들어오셨다.

침모는 군부인의 기척을 느끼자 단박에 입을 다물었다.

"자네……."

"……."

침모가 잔뜩 긴장된 표정으로 주뼛거리자, 군부인께서 문득 얼음장 같았던 목소리를 풀고 말하셨다.

"옷을 다 지어서 가져오던 참이었지?"

"아……. 네. 그렇습니다. 마님."

그러고 보니 침모가 방 한쪽에 내려놓은 보퉁이가 보인다.

"풀어보시게."

침모가 보퉁이를 풀자 유행을 따른 맵시로 어여쁘게 완성된, 시집 안 간 처자를 위한 옷 한 벌이 펼쳐졌다.

"입어보아라."

용아는 어쩐지 다른 대꾸를 할 수 없어서, 여러 가지 궁금증을 누르고 옷을 입어보았다.

용아가 옷을 다 입은 후 침모가 차림새를 정돈하는 것을 돕고 있노라니, 군부인께서 다정한 목소리로 말하시었다.

"하강선녀구나. 외숙부께서 너를 황성으로 데려다 준다고 먼 길 오셨다. 너도 이제 나이가 찼으니 할미가 혼수의 일부나마 준비를 할 참이다. 준비가 끝나면 출발하도록 하여라."

말씀하시는 군부인의 얼굴에 근심이 너무나 짙어 보여서 용아는 대답조차 명료하게 할 수가 없었다. 할머니께서는 평소에 용아를 보다가 문득 이렇게 중얼거리곤 하셨다.

"이리도 어여쁘니 누가 처녀보쌈이라도 한다고 할까 봐 이 늙은이는 겁이 나는구나!"

그럴 때마다 용아는 괜한 걱정이라며 가볍게 들어 넘기곤 했지만, 어쩐지 지금은 북경의 왕부로 돌아갈 멀고 먼 길이 걱정되었다. 하지만, 외숙부께서 먼 길을 마다하지 않으시고 와주시지 않았는가.

'쓸데없는 걱정!'

용아는 마음속으로 그렇게 웅얼거려보았다.

"마음 같아서는 너를 이곳에서 시집보내고 싶기도 하다만, 친왕의 공주 혼사가 예삿일이겠느냐. 게다가 내가 네 어미를 멀리 시집보내고 가슴이 얼마나 내려앉았는데 그리하자 하겠느냐. 황성으로 돌아가면 근처로 시집가 짬이 나면 네 어미의 말동무를 할 수도 있겠지. 아무렴."

군부인께서 용아의 고운 손을 어루만지시면서 그렇게 말씀하셨다.

제
2
장

그러던 어느 날, 나무꾼이 온종일 나무를 하다 잠시 쉬고 있을 때였습니다. 화살에 맞은 가엾은 어린 노루 한 마리가 나무꾼을 향해 다급하게 뛰어오는 것이 아니겠습니까? 곧 이어 험악하게 생긴 사냥꾼이 가쁜 숨을 몰아쉬며 달려와 나무꾼에게 "새끼 노루 한 마리 못 보시었소?"라고 물었······.

작자미상 '목객전(木客傳)' 中

가경(嘉慶) 5년(1800년) 청 제국(清 帝國) 요녕(遼寧) 봉황산(鳳凰山).

탕! 탕! 탕!

공작 마이하는 악전고투했다. 청 제국의 끄트머리이자, 조선국의 국경에서 그다지 멀지 않은 봉황산의 울창한 산기슭에서 말이다. 지금, 공작 마이하는 온 힘을 다해 묵직한 쇠도끼를 휘두르고 있었다.

그가 힘차게 도끼를 내려찍을 때마다 하늘을 향해 드높게 치솟아 있는 강참나무가 기이한 소리를 내면서 조금씩 기울어지고 있었다. 고개가 꺾일 정도로 뒤로 젖혀 올려다보고 나면 감히 도전장을 내밀 수 없을 만치 엄청난 높이의 상대였다. 하지만 그 높이에 질려서 물러설 수는 없는 노릇이었다.

공작 마이하는 소왕국 객십의 마지막 왕손으로 태어났으며, 어린 나이에 청 제국으로 오게 되었다. 객십의 왕손을 보호한다는 명목에서였다.

'웃기는 소리!'

그가 열 살도 안 된 어린 나이에 갑작스레 청 제국에 오게 된 것은 왕국 객십이 청 제국의 손아귀에 있다는 사실을 좀 더 확실히 하려는 것일 뿐. 황제는 이국의 왕손에게 호의를 보이기라도 하듯, 황실의 사위에게나 주는 일등 공작의 작위를 내리셨다. 하지만 그건 결단코 호의가 아니다. 봉토랍시고 받은 것이 청 제국 동쪽 끝에 위치한 높다란 산을 끼고 있는 황무지나 다름없는 땅이라는 사실만 보면 바로 알 수 있는 사실이다. 그곳은 청 제국의 광대한 영토 안에서 찾을 수 있는, 그의 고향에서 가장 먼 곳인 것이다.

열두 살이 되었을 때부터 그는 시퍼런 쇠도끼를 휘둘렀다.

그렇다. 공작 마이하는 나무꾼이자 숯쟁이가 – 그것이 산속에서 살면서 택할 수 있는 최선의 생업 – 된 것이다. 그는 일을 해야 했다. 아무도 그를 먹여살려주지 않는다. 그는 땀범벅이 될 때까지

도끼와 사투를 벌이며 나무를 했고, 뜨거운 불가마에서 숯가루를 뒤집어쓰며 숯을 구워내며 살아갔다.

공작 마이하는 고귀한 혈통을 이어받았지만 객십을 떠나온 날부터 부모형제를 다시는 볼 수 없었으며, 고향에서 가장 멀리 떨어진 낯선 곳에서 스스로의 힘으로 살아가야 했다. 심지어 그는 지금까지 장가가지도 못했다. 공작 마이하의 일상이라는 것은, 겉보기에는 지루할 정도로 평범한 촌부의 그것이었지만 인질로 잡혀온 객십국의 왕손이라는 사실은 절대 변하지 않는다. 볼모로 온 왕손이라니. 이처럼 불안한 신분에게 누가 딸을 내어주겠는가. 누군가를 원망하기도 괴이쩍은 상황이 되어버렸다.

텅!

도끼를 깊숙이 박은 후 빼어낸 공작 마이하는 나무가 기울어진 각도를 예리하게 살피더니 능숙한 걸음으로 뒤로 물러나서는 어느 나무 밑동에 앉았다. 그러고는 품 안에서 작게 말은 솜뭉치를 꺼내더니 무덤덤한 표정으로 그것을 양쪽 귀에 꽂았다.

바로 그 순간.

우지끈!

높다랗게 치솟은 강참나무가 별안간 기우뚱하더니, 순식간에 굉음을 내면서 쓰러졌다. 이런 상황을 처음 맞닥뜨리는 사람이라면 흡사 지진이라도 난 것 같다고 생각할 것이다. 순간적으로 땅이 우르르 울렸고 주변 나무들에 걸쳐져 있던 마른 나뭇잎들과 먼지더미들이 우수수 쏟아졌다.

공작 마이하는 다소 어지러운 그 상황을 익숙한 듯 지켜보다 가 먼지가 좀 잦아지자 오래된 가죽 물통을 꺼내서 꿀꺽꿀꺽 물을 들이켜고는 억세고 투박한 질감의 황마포로 감싸놓았던 육포를 꺼내 우득우득 깨물어 씹기 시작했다.

그가 물통을 내려놓고 어깻죽지를 느릿하게 주무르면서 몸을 일으킨 순간, 그의 뒤의 풀숲에서 푸드덕거리는 소리가 나더니 등 짝에 화살이 박힌 깡마른 소년 하나가 튀어나왔다.

퍽!

누군가에게 쫓기는지, 앞에 무엇이 있는지 살피지도 못하고 뒤 쪽을 살피며 정신없이 달리기만 하던 소년이 공작 마이하의 등짝 에 부딪히더니 힘없이 쓰러졌다. 마이하는 자신의 눈앞에 풀썩 쓰 러져 기절한 깡마른 소년을 보고는 끔찍하다는 생각을 했다. 깡마 른 등죽지에 온통 피가 묻은 채 너부러진 소년이라니. 이건 마치 사냥꾼의 화살에 맞아 쓰러진 피투성이 길짐승처럼 느껴졌던 것이 다.

공작 마이하도 이따금 사냥이라는 것을 한다.

직접 사냥하지 않는 한, 누구도 그에게 고기를 갖다 주지는 않 으니까.

하지만 사람이 사람을 이렇게 다룬다는 것에 역겨움이 치밀어 옴을 느꼈다. 쓰러진 소년은 분명 도망친 노비일 것이다. 그건 넝 마 같은 옷가지를 보면 단박에 눈치 챌 수 있다.

화살을 쏜 추노꾼이 달려오는 둔탁한 발걸음 소리가 멀지 않은 곳에서 들려온다. 동시에 쓰러진 깡마른 소년이 미세하게 낑낑거리는 소리를 낸다.

'아직 숨이 끊어진 것이 아니구나.'

공작 마이하는 이 소년의 생명을 구해주고 싶은 열망에 휩싸였다. 그렇지만 쫓기고 있는 도망친 노비를 구해주는 것은, 나무꾼이 해다 놓은 나무들을 훔쳐가는 것이나 진배없는 행위. 노비라는 것은 분명 돈을 주고 산 주인의 재산이다. 저택이나 땅처럼 재산의 일부인 것이다. 도망친 노비를 숨겨주는 것은 남의 재산을 훔치는 것과 다름이 없는 못돼먹은 행실임이 명명백백하다.

찰나라고 할 만큼 짧은 순간 동안 공작 마이하는 치열하게 고민했다.

목구멍에서 뜨거운 것이 끓어오르는 기분을 느낀 것은 실로 오랜만의 일이었다.

마침내 공작 마이하는 소년의 두 다리를 잡아 바로 뒤의 풀숲에 숨겨버렸다. 소년의 핏자국이 떨어진 자리에는, 갈색으로 변한 마른 솔잎을 주워 가렸다. 소년을 재빨리 숨긴 공작 마이하는 태연한 표정으로 도끼를 들었다. 소년을 뒤쫓는 자의 발걸음 소리가 점점 가까워지고 있었다.

마침내 소년을 숨겨둔 바로 옆 나무를 지나 사람 추노꾼이 모습을 드러내었다. 얼굴이 붉고 털이 많은 거구의 사내였다.

"도망친 노비 새끼 한 놈 못 보셨소?"

격하게 숨을 몰아쉬던 털보 사내가 공작 마이하를 향해 거칠

게 물었다. 이때까지만 해도 털보 사내의 얼굴에는 아무런 적대감
도 없었다.

"못 봤소."

공작 마이하는 짧게 대답했다. 그러고는 쓰러뜨린 강참나무의
가지들을 치기 위해 걸음을 옮겼다. 그 순간 털보 사내의 눈길이
공작 마이하의 피 묻은 소매를 스쳐지나갔다!

도망친 소년이 흘린 피임이 분명했다!

털보 사내가 성난 기색으로 다가오더니 확신에 찬 손길로 공작
마이하의 멱살을 잡고 거칠게 흔들며 소리쳤다.

"이 도적놈!"

"……!"

"내놓아라!"

"뭐라고?"

도둑이 제 발 저린다더니, 공작 마이하는 과하다 싶을 정도로
거세고 매몰찬 손길로 털보 사내의 손을 뿌리치며 말했다.

"네놈이 도망친 노비 새끼를 훔쳐서 숨긴 것이 아니냐? 이 빌
어먹을 나무꾼 놈아!"

"뭣이?"

공작 마이하는 눈을 가늘게 뜨고 낮은 목소리로 털보 사내의
말을 따라해보았다. 사실 이때까지 공작 마이하는 털보 사내에게
미안한 감정을 가지고 있었다. 자신 역시 자신이 해놓은 땔감을
누군가 숨겨놓는다면 성낼 것이 뻔했기 때문이다.

하지만 털보 사내가 다음과 같은 말을 하기 시작하자, 공작 마이하의 마음속에서 분노가 용솟음치면서 감정이 급격하게 변화했다.

"그래, 이 도적놈아! 네놈도 생긴 낯짝을 보아하니 변방 소국 출신의 노비인가 보군? 나라가 망하고 노비로 팔려온 게 아니냐? 노비가 산속에 왜 있어? 도망이라도 친 거야? 도망친 노비끼리 서로 감싸주는 것이냐?"

털보 사내가 그렇게 말했을 때 공작 마이하의 눈썹이 꿈틀거리는 동시에, 손등의 실핏줄이 불끈거리더니 천천히 주먹이 쥐어지기까지 했다.

나라가 망하고 노비로 팔려온 게 아니냐고.

털보 사내는 마이하의 외모를 보고 – 때로 색목인으로 불리기도 한다. – 이국에서 태어났다는 것을 알아본 모양이었다. 하지만 문제는 그것이 아니었다. 나라가 망하고 노비로 팔려왔다고? 그 한마디에 마이하의 이성의 끈이 툭, 하고 끊어져버렸다.

"왜 대답이 없느냐? 이 나라가 너에게는 주인의 나라일 텐데, 이토록 방자하니……!"

털보 사내의 포동포동한 얼굴은 기름기로 번들거렸다. 도망친 노비를 잡는 일을 전문으로 하는 것이 분명했다.

"관에다 너를 신고해야겠구나. 도망친 외국 노비가 산속에 숨어 있다고!"

"……."

"신고를 해줄까? 산속에 숨어 있는 도망친 노비가 다른 도망친 노비들까지 숨겨주고 있다고?"

"……."

그때까지 마이하는 털보 사내를 강한 눈빛으로 다만 쏘아보고 있을 뿐이었다.

"응? 대답을 해보래도! 노비 도적놈아, 관아에 신고해줄까?"

털보 사내가 심술궂은 표정으로 능글거리면서 물었다.

"이 산의 이름이 뭐지?"

공작 마이하가 나지막이 물었다. 그렇게 묻는 공작 마이하에게는 알 수 없는 강한 분노의 기운이 스멀거리고 있었다. 정체불명의 불길한 기분이 연기처럼 피어올라 털보 사내의 마음속으로 파고들기 시작했다.

"어허! 숨겨둔 노비 새끼를 냉큼 내놓지 못할까!"

털보 사내가 눈을 부라리며 공작 마이하를 향해 소리치며, 주먹을 휘둘렀다.

"이 산의 이름이 뭐냐고!"

공작 마이하가 털보 사내의 주먹을 재빨리 자신의 손바닥으로 막으면서 다시 질문했는데 그 목소리가 무시무시하리만큼 쩌렁쩌렁 울렸다. 공작 마이하의 손길에는 단단한 힘과 절도가 있었다. 털보 사내는 그제야 상대가 상당히 젊고 체격이 좋으며, 힘 또한 만만치 않으리라는 사실을 깨달았는지 순순히 대답했다.

"봉황산! 봉황산이잖아!"

"그래. 맞아. 봉황산. 그럼, 봉황산의 주인이 누구지?"

마이하가 털보 사내가 날린 주먹을 자신의 강인한 손으로 감싸 쥐면서 그렇게 물었다. 젊은 공작의 짙은 갈색 눈동자가 한없이 매서워졌다. 털보 사내의 주먹이 단단히 못이 박인 젊은 나무꾼의 손안에서 으스러질 듯 압박받았다.

"일등 공작 화탁 마이하라고……."

털보 사내가 신음처럼 내뱉었다.

"일등 공작 화탁 마이하. 서쪽 사람이지. 네놈은 상상도 못 할만치 오래 오래 서쪽으로 가다 보면 그 끝에 객십이라는 왕국이 있어."

공작 마이하가 사냥꾼의 주먹을 쥔 손에 점점 더 힘을 주며 팔을 꺾었다. 우두둑, 하고 뼈가 어긋나는 소리가 요란하게 들려왔다. 털보 사내의 팔이 기이한 모양으로 비틀어졌다. 버둥거리던 털보 사내는 자신의 팔을 본 후, 얼굴이 파랗게 질려버렸다. 털보 사내는 다른 쪽 팔을 뻗을 생각도 못 한 채 부르르 몸을 떨었다. 무시무시한 한기가 자신을 덮치기라도 한 듯.

"네놈 말대로 왕국 객십은 힘없는 나라다. 객십의 왕비는 전리품으로 청 황제의 후궁이 되어야 했고, 백성들은 이곳으로 끌려와 만주 귀족들의 종복이 되었지. 결국 마지막 남은 왕손은 볼모로 끌려와 일등 공작 작위를 받고 고향에서 가장 멀리 떨어진 봉황산을 봉토로 받았지."

"……."

그의 목소리는 어쩐지 강한 압력에 억눌린 것처럼 들렸다. 가슴 깊숙한 곳에 애써 묻어두었던 묵은 비탄과 고통, 분노가 공포스러울 만치 음울하게 울리고 있었다. 털보 사내는 정체 모를 두려움이 자신의 목을 조이고 있는 듯 턱을 움찔움찔거렸다.

"이 산에 있는 것은 모두 나의 것이다. 내 것을 건드리는 자는 이 산에 무덤을 만들어줄 것이야."

마이하의 목소리에는 사람의 등골을 서늘하게 하는 그 무엇인가가 있었다.

털보 사내의 입이 얼빠진 사람처럼 벌어졌다.

"무덤……?"

털보 사내는 공작 마이하가 사용한 단어를 멍하니 따라 했다.

"네놈의 팔을 돌리듯, 네 목을 돌려주면 그때는 무덤이 필요하게 될 거야."

공작 마이하는 여태 누군가를 위협해본 적이 없었다. 그는 강인하지만 악랄하지 않았고, 누구와 힘을 겨룬다 해도 결코 지지 않을 정도로 단단하였지만, 교활하지는 않았으니.

하지만 지금 이 순간, 마이하는 처음 보는 털보 사내를 노골적으로 위협하고 있다. 깡마른 소년은 누군가의 재산일 것이다. 노비 소년이 주인으로 모시던 누군가가 돈을 주고 사온 것이 틀림없을 것이다. 주인에게서 도망친 노비를 다시 잡아가는 것은 당연한 일이다. 자신의 소맷부리에서 떨어진 돈을 줍는 것만큼이나 마땅하기 짝이 없는 일이다. 그런데도 왜 이렇게나 그 깡마른 노비 소년이 가엾다는 생각이 들고, 살려주고 싶은 갈망이 생기는 것일까.

공작 마이하가 자신의 힘을 과시하기라도 하듯 자신의 두 손을 번갈아가며 맞잡았다. 우두둑거리는 뼈가 부딪치는 소리가 꽤나 꺼림칙하게 울려 퍼졌다.

털보 사내는 살집이 오른 뺨을 실룩거리더니, 힘껏 손을 비틀어 간신히 공작 마이하의 손아귀에서 빠져나오자마자 엉덩방아를 찧었다. 그러고는 발바닥에 불이 붙을 정도로 온 힘을 다해 도망쳤다. 경사가 가파른 산길이기에, 몇 번이나 나동그라지면서도 필사적으로 달려갔다.

털보 사내가 사라지는 모습을 감흥 없는 눈길로 지켜보던 마이하는 깡마른 어린 소년을 들쳐 업고 산 중턱 분지에 위치한, 흉물스럽게 덩치만 큰 자신의 저택으로 데려갔다.

공작 마이하가 예측한 대로 노비 소년은 주인의 학대를 참지 못하고 도망친 노비였다. 소년은 묘족(苗族) 출신으로 아주 어렸을 때, 노비로 팔려 와서 일했다고 했다. 소년의 이름은 '장(獐, 노루)'이었고 나이는 열넷이라고 했다. 하지만 눈으로 보기엔 열두 살도 채 되지 못해 보였다. 너무나 심한 학대에 키가 크지도, 살이 찌지도 못한 탓이었다.

마이하는 노비 장이를 잘 먹이고 충분히 재웠다. 얼마간은 잘 지냈지만, 어느 정도 시간이 지나자 이전의 삶에 비하면 현저하게 편안함을 누리는 줄 알았던 장이가 별안간 괴로운 모습을 보였다.

식욕을 잃은 듯 거의 먹지 않더니 밤에도 악몽을 꾸는 듯 곧잘 깨곤 하는 것이었다.

마이하가 장이에게 연유를 물으니 장이는 한참을 망설이다가 실토했다. 자신과 함께 일하던 주인댁에 같은 고향 출신의 노비가 넷이나 더 있단다. 그 넷도 한날한시에 함께 도망쳤으나 넷은 모두 붙잡히고 자신만 이렇게 편안하니 걱정과 미안함이 아침에도 저녁에도 가시질 않는단다.

간청하건대, 그 노비들을 주인께서 - 장이는 공작 마이하가 돈을 주고 사오지 않았음에도, 마이하의 존귀한 신분에 놀라 주인이라 부르길 자청했다. - 데려와 종복으로 부리실 수는 없느냐는 것이었다.

장이의 사연을 듣고 마이하는 오래 고민했다.

마이하에게는 얼마간의 돈이 있었다. 그것은 그가 오랫동안 나무를 해서 모든 돈이었다. 가장 기본적인 먹고 입는 것을 제외하고는 꼬박 모은 것이었다. 언젠가 객십으로 돌아갈 수 있는 날이 오면 노자가 필요할 것이라 생각해서 계속해서 모아왔던 돈이었다. 그것은 그가 가진 전부이기도 했다. 만일 자신이 그 돈으로 장이와 장이의 고향 동무라는 녀석들을 산다면, 장이의 고민과 고통도 사라지리라.

하지만 언젠가 자신이 청 제국의 볼모 위치에서 풀려나 고향으로 갈 수 있게 된다면, 그때는 도대체 무슨 돈으로 노자를 하겠는가. 마이하는 며칠간이나 고민했다. 정말이지 진저리나도록 고민한 다음 마침내는 결심했다.

마이하는 산 아래로 내려가 장이와 장이의 묘족 동무들을 합법적인 절차를 거쳐 사들였다. 그의 전 재산을 털어서.

마이하는 그 녀석들을 자신의 저택에 데려다가 나무 베는 법을 가르쳤다. 또한 가장 힘을 덜 들이면서 재빠르게 장작 패는 법과 숯을 구워내는 법을 가르쳤다. 전 재산을 털어 사들인 소년 다섯은 멀지 않아 자기 밥값을 했다. 마이하는 필요한 만큼만 사냥을 해서 고기를 먹이고 땔감이나 숯 판 돈으로 곡식을 사다 묘족 하인 소년 다섯을 배고프지 않게 먹였다.

뒤늦게 사 온 넷의 이름 역시 동물 이름으로 각각 양(羊, 양), 부(鳧, 오리), 유(酉, 닭), 원(猿, 원숭이)이라고 불렸다. 주인이라는 자가 지어준 이름들이란다. 사람에게 짐승의 이름을 지어 부르다니 참으로 고약하기 짝이 없는 놈이다.

비쩍 마르고 키가 작았던 묘족 소년 다섯은 영양가가 높은 음식들을 충분히 먹고, 해가 지면 부족하지 않게 잠을 잤으므로 기적처럼 키가 크고 살이 붙었다.

마이하가 장이를 비롯한 녀석들을 데려온 지 삼 년이 지나자 다섯 소년들은 다섯 청년이라 불러도 손색없을 만큼 키가 컸고, 반복되는 도끼질 덕분에 어깨가 넓어지고 팔뚝은 굵어졌다. 경사진 가파른 산길을 나뭇짐을 지고 오르내리다 보니 허벅지와 장딴지가 튼실하고 단단해졌다. 다섯 놈이 함께 뭉칠 때면 맨손으로 멧돼지나 황소도 잡을 수 있을 것처럼 보일 정도였다.

마이하는 재산을 털어 그들을 이리로 데려온 것은, 자신이 몇 년 동안 한 일 중에 가장 그럴듯한 일이었다고 결론 내렸다.

오늘, 공작 마이하를 포함한 장정 여섯이 힘을 모아 나무를 하고 있다.

모두 한창나이의 젊은이들이었기 때문에 집중하여 힘을 쓰면 하늘을 찌를 듯 뻗어 있는 나무들조차 순식간이었다. 나무에 도끼날이 박히는 소리가 일정한 간격을 두고 울려 퍼졌다.

땅! 땅! 땅!

그들은 각자 어떤 자리에 서서 어떻게 분업해야 하는지를 정확히 파악하고 있었다. 그런데 어느 순간 엇박자가 되어 고개를 들어 보니, 장이가 묵직한 도끼를 내려놓으면서 엉덩이를 뒤로 빼고 있었다.

"잠깐, 좀⋯⋯."

장이는 좀 더 길게 말했다가는 뭔가 튀어나오기라도 할 것처럼 입을 다물고는 재빠르게 숲 속으로 사라졌다. 모두들 장이가 무슨 볼일 때문에 사라졌는지 쉽사리 짐작할 수 있었다.

"쉬도록 하지."

마이하는 퉁명스럽게 들릴 만치 무뚝뚝한 한마디를 하고는 적당한 나무 등걸에 털썩 주저앉은 후 다리를 주욱 뻗었다. 도끼를 들고 있던 녀석들이 주인을 따라 평평한 바위 위에 편히 앉자, 마이하가 곁에 두었던 꾸러미에서 부스럭거리며 무언가를 꺼냈다. 그것은 햇빛이 좋을 때 얇게 썰어 말려놓은 고구마였다.

마이하는 먹을 만치 말린 고구마를 한 주먹 쥔 다음 양이에게 꾸러미를 던졌다. 다소 쌀쌀하기는 하지만 한참 동안 일을 한 후라 추위가 느껴지지 않았다.

그들은 말린 고구마를 우물거리며 조용히 휴식을 취했다. 그들은 대화가 전혀 없어도 조금도 어색하지 않을 정도로 서로에게 익숙해졌다.

얼마쯤 시간이 지났을까.

"주인님! 주인님!"

숲 속으로 사라졌던 장이가 눈이 휘둥그레진 채로 다급하게 뛰어온다.

"……?"

장이는 숨을 몰아쉬며, 마이하와 자신의 동무들을 향해 말을 이어갔다.

"선녀입니다!"

"선녀?"

마이하가 영문을 모르겠다는 듯이 되물었다. 그러자 장이는 안달하는 목소리로 다시 설명했다.

"왜, 그 선녀탕이요! 거기 진짜 선녀가 있다고요!"

봉황산에는 사방이 울창한 산림으로 둘러싸인 오래된 온천이 있었는데 사람들은 그곳을 선녀탕이라고 불렀다. 물이 맑고 좋아, 하늘의 선녀들이 내려와 목욕을 하고 가는 곳이라며 그런 이름이 붙은 것이다.

장이의 허둥거리는 표정을 보고도 누구도 그의 말을 쉽사리 믿지 않았다. 마이하를 포함한 사내 녀석들 모두 선녀라는 것이 과연 실제로 존재하는지 의문을 품어왔던 것도 사실이지만, 장이라는 녀석이 본디 무슨 이야기를 할 때면 과장과 허풍이 심한 편이라는 것도 명백하였다. 그래서 그들은 동요 없이 장이가 하는 말을 들어 넘기고 있었다.

"진짜 선녀예요! 하늘에서 떨어졌다고요! 선녀의 옷을 입었고요! 거기다 어찌나 아리따운지! 정말 눈깔이 팽팽 돌 지경이었다고요!"

장이의 얼굴이 벌게져 있었다. 흡사 무슨 열병을 앓는 사람처럼.

"야, 고구마나 처먹어! 어디서 사람을 놀려?"

부이가 입안에 말린 고구마를 넣어 질겅질겅 씹으면서 그렇게 말했다.

"아이 씨, 진짜라니까!"

"똥 싸고 와서 갑자기 웬 선녀 타령이야? 웃기는 새끼야."

양이가 씹던 고구마가 다 보이도록 입 모양을 크게 하며 그렇게 비웃었다.

"진짜라니까! 여기, 이 산에 선녀가 내려온다는 전설이 진짜인가 봐! 주인님께서 이야기해주신 거잖아요! 아주 옛날, 옛적에 이 산에 나무꾼이 선녀의 날개옷을 훔쳐서 선녀에게 장가갔다고! 주인님, 그렇죠? 그거 진짜죠?"

장이가 공작 마이하를 보며 입에 거품을 물면서 그렇게 말했다. 장이는 뭐든 믿었다. 생명의 은인이기도 한 서쪽 출신 젊은 주인의 말이라면 무엇이라도 믿었다. 내일 하늘이 내려앉아 세상이 망할 거라고 말해도 믿을 지경이었다.

"진짜라니까요! 선녀가 하늘에서 떨어져서는 선녀탕 안으로 들어갔어요! 지금 가서 보면 되잖아요!"

마이하는 지금 웃어야 할지, 입 다물고 나무나 하자고 해야 할지 갈피를 잡지 못했다.

아무도 자신의 말을 믿지 않자 장이는 억울한 듯 가슴을 쳐대며 말했다.

"하강선녀라니까요! 얼른 가요! 지금 가셔야 해요! 가셔서 선녀 옷을 숨겨야 해요. 그래야 선녀가 다시 하늘로 못 올라가지!"

장이는 거의 무아지경으로 그 말을 반복했다.

귀청이 따갑다.

얼토당토않은 말이긴 하지만, 직접 가보는 게 좋겠다. 장이가 헛것을 보지 않고서야 저렇게까지 할 리가 없지 않은가. 자신이 헛것을 보았다는 것만 알려주면 된다. 선녀탕이면 멀지 않은 곳이니까, 일에 크게 지장이 있지도 않을 것이다.

마이하는 앉은 자리에서 일어나 발걸음을 떼었다. 주인이 자리에서 일어나자, 부이와 양이도 어슬렁어슬렁 선녀탕 가는 방향으로 움직이기 시작했다.

선녀탕으로 향하는 동안에도 장이는 주인의 옷깃을 뜯어질 듯 잡아끌었다.

"어서요! 어서! 벌써 하늘로 가버렸으면 어쩌려고요!"

장이가 어찌나 소리를 지르며 재촉했던지 마이하 일행은 순식간에 선녀탕에 다다랐다.

온천 선녀탕, 그곳은 이 산의 다른 곳과는 사뭇 분위기가 달랐다.

선녀탕의 입구가 되는 바위 사이를 지나치면 사방이 온통 초록빛으로 둘러싸인 곳에 도착하게 된다. 위쪽부터 아래쪽까지, 물속부터 물 밖의 모든 곳, 바위틈 사이까지도 죄다 초록빛 이끼가 끼어 있는 것이다. 그곳의 공기는 언제나 촉촉하게 물기를 머금고 있었고 항상 안개가 끼어 있는 듯 뿌연 데다가 울창한 나뭇가지 틈으로 들어오는 빛마저도 인색하기 짝이 없었다. 그곳은 언제나 낮인지 밤인지 경계가 모호했으며 계절의 감각 역시 불분명했다.

그곳은 사람을 압도하는 신비감이라는 것이 서려 있는 곳이었다.

공작 마이하가 선녀탕의 입구에 들어서고 몇 걸음 떼지 않았을 때였다.

찰팍찰팍.

물소리가 들렸다.

은은하고 부드러운 노랫소리가 선녀탕 안에 울리고 있었다.

'……정말?'

'……정말 선녀가 있는 것일까?'

마이하는 자신의 귀를 의심했다. 좁은 입구는 약간 굽어진 형태였기 때문에, 온천탕 안의 모습은 아직 보이지 않고 있었다. 대신 발에 무언가가 걸려 손에 쥐어보니, 그것은 선녀가 입을 만한 보드라운 옷이었다.

분명히 처음 보는 복식이다. 들려오는 노랫소리 역시 처음 들어보는 것이었다. 한어는 분명히 아니었다. 만주어도 아니었다. 흔히 들을 수 있는 동북 방언도 아니었다. 생전 처음 들어보는 언어였다. ─ 그것이 조선어라는 것을, 마이하는 나중에야 알게 되었다.

"쉿!"

마이하는 뒤에 서 있는 소년들을 향하여 조용히 하라는 손짓을 보이고는 천천히 걸음을 옮겼다. 마이하는 어쩐지 숨이 막혀오는 느낌이 들었다. 까마득한 고산지대에 올라간 것처럼 끔찍한 압력이 자신을 누르는 것 같은 기분이 들기도 했다. 수증기가 가득한 온천탕 주변의 독특한 분위기 때문인지 모든 것이 꿈결 같기도 했다.

바위틈에서 나오니 온천에 몸을 담그고 있는 한 소저의 몸이 천천히 그의 눈에 들어왔다. 이끼가 잔뜩 끼어 있는 바닥은 푹신했고, 덕분에 느리고 신중하게 움직이는 마이하의 발소리는 거의 들리지 않았다.

맨 처음에는 소저의 뒷모습이 보였다.

수증기 속에서 물에 젖은 소저의 몸 윤곽이 보였다. 그 순간 마이하는 덤불 속으로 몸을 숨겼다. 그곳은 어둑한 곳이었는데 어째서 눈이 부실까. 눈이 부셔서 당당히 바라볼 수조차 없다니 괴이쩍은 일이었다.

소저가 매끈하고 긴 머리를 물 안에서 헹구고 있었다.

'아아.'

'저 머리카락 사이에 한 번만이라도 손을 집어넣을 수 있다면!'

소저의 피부는 매우 보드랍고 깨끗해 보였다. 한 번만이라도 만질 수 있다면 자신의 무엇을 내어주어도 아깝지 않을 것 같은 기분이 들었다.

"좀 더 그럴듯한 게 필요해."

소저는 이국의 언어로 혼자 중얼거렸다.

'진정 하강선녀란 말인가.'

'하늘에서는 저런 말을 쓰는 것인가.'

물 흐르듯 부드럽게 흘러가는 언어였다.

'도대체 무슨 말을 하고 있는 것일까.'

소저가 살짝 고개를 돌려 따뜻하고 깨끗한 물로 얼굴을 씻어내는 모습이 보였다.

사랑스러운 모습.

참으로 어여쁘고 사랑스러운 모습이었다.

젊고 아름다운 소저의 모습을 지켜보던 마이하는 갑자기 울컥하는 기분이 들었다. 가슴속 무언가가 찌르르 울리고 있었다. 그가 온전히 장성하여 성년이 된 지도 한참이 지났다. 그는 스물하고도 네 살을 더 먹었다. 으레 그렇듯이 장성한 사내에게는 아내가 필요했다. 그것은 순리인 동시에 자연의 이치였고 세상을 사는 당연한 법칙이기도 했다.

하지만 그는 그 당연한 수순을 밟지 못하고 있었다. 그것은 불가능에 가까운 거대한 장벽 같은 것.

자신은 죽었다 깨어나도 결코 저런 소저를 아내 삼을 수 없다.

'결코 가질 수 없을 터.'

갑자기 서러운 생각이 들었다.

마이하가 온천에 몸을 담그고 있는 소저의 모습을 넋 놓고 바라보고 있는데 누군가 그의 어깨를 두드렸다. 어느샌가 공작 마이하의 바로 뒤까지 바짝 다가온 부이였다.

"……!"

그 순간 그는 갑자기 손에 쥔 소저의 옷가지를 제자리에 떨어뜨려놓고는 바로 몸을 돌려 선녀탕을 빠져나왔다. 자신의 곁으로 다가와 선녀탕 안을 보고 있던 부이의 목덜미를 잡아끌고 급하게 바깥으로 나와 입구에서 최대한 먼 곳으로 팽개쳐버렸다.

왜 그랬는지는 알 수 없다.

자신은 저 묘령의 여인이 반쯤 벗은 채 물 안에 있는 것을 훔쳐봐도 되는데, 부이는 그럴 수 없다고 생각했던 것이다. 이유가 무엇인지는 답할 수 없었다. 그저 그 순간에 그래야 한다는 생각이 들었던 것이다. 부이뿐만 아니었다. 주인께서 한참이나 아무런 소식이 없자 장이와 양이도 선녀탕 입구 안으로 가려는 눈치였다.

'안 돼!'

이유는 모르겠지만 안 된다. 아무튼 안 된다. 부이나 장이가 소저의 목욕하는 모습을 조금이나마 보았을지도 모른다고 생각하니 뜻밖에도 초조해졌다.

마이하는 자신의 입술이 바짝 말랐다는 생각을 하며 침을 삼키고는 선녀탕 바깥으로 밀어낸 충성스런 종복들을 향해 투박한 목소리로 말했다.

"오늘은 나무 베기를 그만하지."

장이가 선녀 어쩌고 하는 말을 덧붙이려고 냉큼 입을 달싹이자, 마이하가 말했다.

"선녀가 아니야. 사람이다."

"하지만 하늘에서……."

"네놈이 잘못 봤겠지. 아니면, 또 모르지. 나무 위에라도 올라갔다가 떨어진 것을 때마침 네가 본 것일지도."

마이하는 그렇게 말하다가 자신도 모르게 얼굴을 찡그렸다. 도대체 시집갈 나이가 다 된 듯 보이는 소저가 ― 어쩌면 혼인한 지 오래되지 않은 젊은 부인일지도 ― 나무 위에 올라갈 일이 뭐가 있단 말인가. 얼토당토않은 일이었다. 이런 생각까지 하다니, 자신이 얼간이처럼 느껴진다. 게다가 방금 본 소저가 이미 시집을 갔을지도 모른다고 생각하니 정체 모를 불쾌감까지 솟구쳐 기분이 언짢아지기까지 했다.

무어라고 설명할 수 없는 강한 기운이 자신을 휩쓰는 느낌이었다. 마이하는 종복들을 이끌고 낡아빠진 자신의 저택으로 돌아와서 대문을 닫아버렸다. 그러고는 곧장 자신의 내실 안으로 들어와 참나무 작대기로 만들다 만 도끼자루 손질을 시작했다.

처음에 그는 의자에 앉아 묵묵히 새로 만드는 도끼자루를 오래된 칼로 천천히 다듬었다. 하지만 이상스레 집중이 되지 않고 딴 생각이 머릿속을 맴돌았다.

뜨겁게 열이 나는 것 같기도 했다.

지나치리만큼 정신이 말짱한 것 같기도 하면서도, 동시에 머릿속이 텅 빈 것 같은 기분이 들기도 했다. 눈앞에는 계속 온천물에서 목욕을 하던 소저의 몸 윤곽만이 어른거렸다. 결국 그는 지금 손에 들고 있는 칼이 상당히 무딘 편임에도 불구하고 손끝을 살짝 베고 말았다.

"에잇!"

그는 침실 안으로 들어가 옷 궤짝을 열고 너덜거려 걸레가 될 만한 옷을 찢어 손끝의 피를 닦아내고는 손에 든 도끼자루를 침상 곁에 아무렇게나 던져버린 다음, 이불 속으로 파고들었다.

이불을 온몸에 돌돌 말았다가 풀어헤쳐 바닥으로 패대기쳐버렸다가, 다시 침상 위로 끌어올려 머리끝까지 끌어올려 덮었다. 눈앞에 어른거리는 소저의 모습을 떨쳐낼 수 없어 억지로 눈을 감고 잠을 청했다.

쉽사리 잠이 오지 않는다.

하지만 노력했다. 마이하는 한참 동안 꼼짝 않고 누워서 잠을 자려고 노력했다. 그리고 마침내 잠에 빠져들었다. 마이하가 잠결에 눈을 뜬 것은, 한참이나 시간이 흐른 한밤중이었다.

어둠 속이었다.

깜깜한 어둠 속 그의 옆에 누군가가 누워 있었다. 마이하는 어둠 속에서 자신의 곁에 누워 있는 이가 누군지 한참을 살폈다.

'미쳤군!'

낮에 온천탕에서 본 그 소저였다. 낮에 온천에서 본 그 소저가 자신의 침상 위에서 잠을 자고 있다니. 전혀 미동도 하지 않고 잠들어 있다니.

헛것을 보고 있는 것이 틀림없다.

'꿈이로군.'

'분명히 꿈이다. 계속 눈앞에 어른거리더니 결국 이런 꿈까지 꾸는군. 꿈이라면 깨지 말자.'

마이하는 곧 다시 눈을 감았다.

'아니, 꿈이라면 마음껏 만져봐야 하는 건가?'

하지만 그 순간 그가 잠시 잊고 있었던 사실이 있다면 그에게는 충심으로 똘똘 뭉친 종복이 다섯이나 있었다는 점이다.

그들은 평소 잘 먹고, 잘 자고, 충분히 기운을 쓰며 지내온 탓에 대단히 혈기왕성했으며 주인에 대한 충성도가 끔찍스러울 만큼 높았다. 더군다나 이제 청년기에 들어서고 있는 다섯 소년들은 묘족 출신으로, 신부를 훔쳐 혼인을 하는 약탈혼이 그리 커다란 흉이 되지도 않는 묘족 마을에서 어린 시절을 고스란히 보냈던 이들이었다.

　어린 묘족 소년들의 기억에 각인된 신부 훔쳐오기는 지극히 통속적인 혼인의 절차 중에 하나였다. 혼인을 원하는 사내는 친우들과 친척들을 불러놓고 어느 집안의 어떤 처녀를 신부삼고 싶다고 선언하는 것이 가장 먼저 이뤄져야 할 일이었다. 젊은 장정들이 한자리에 모여서 치밀하게 계획을 논의하고 적당한 시기를 결정하는 것이다. - 불행히도, 묘족 소년 다섯은 이 과정에서 당사자가 이 모든 계획의 주동자가 되어야 한다는 사실을 간과했다. - 그리고 마침내 결정된 날이 오면 무기를 들고 처녀의 집 근처에서 기회를 엿보다가 처녀가 혼자 있는 순간을 틈타 신부를 훔쳐오는 것이다.

　이 순간이 가장 중요했다. 분명 처녀가 저항할 테고 그 소란스러움에 달려온 가족들과 전쟁을 방불케 할 만큼 치열한 공방전을 주고받아야 하기 때문이었다.

　하지만 치밀한 계획하에 무기를 준비해 간 신랑 쪽이 우세할 때가 많다. 결국 처녀를 훔쳐와 신부의 가족들에게 발각되지 않고 일정 기간을 보내기만 하면 모든 상황이 종료된다. 얼마간 시간이 지난 후 미리 준비해둔 혼서와 예물을 신부의 부모에게로 보내면 그들도 더 이상 어쩔 도리가 없이 신부를 내어주고 마는 것이었다.

마음씨 고운 나무꾼은 새끼 노루를 정성껏 돌봐주었습니다. 덕분에 어린 노루는 금세 건강을 회복하게 되었지요. 어느 날 노루는 나무꾼이 깊은 산중에서 오랫동안 홀로 살아왔다는 사실을 깨닫고는……

작자미상 '목객전(木客傳)' 中

반나절 전, 봉황산 선녀탕.

움직일 때마다 엉덩이뼈가 시큰거리는 느낌이 들지만 않았더라면, 용아는 결코 혼자서 옷을 벗고, 고작 속옷들만 걸친 채로 온천에 들어갈 생각은 결코 하지 않았을 것이다. 평소라면 분명히 온천 입구에서 망을 봐주는 동시에 자잘한 시중을 들어주는 애련이가 없는 상태에서 온천욕을 하진 않았을 것임이 분명했다.

하지만 방금 전 나무에서 떨어진 탓에 엉덩이뼈가 시큰거렸다. 외할머니께서 만들어주신 손수건이 바람에 날려 근처 나무 위에 걸리자 용감하게도 나무를 탔던 것이 화근이었다. 그전에는 맹세코 나무를 타본 적이 단 한 번도 없었다. 아니다. 아예 없는 건 아니지. 어렸을 때 나무 위 둥지에서 떨어진 가엾은 어린 새를 나무 위에 올려준 적이 있다. 그때와 지금 중 달라진 사항이 있다면 그때는 유모가 단단히 자신을 받쳐주고 있었고, 지금은 혼자라는 사실이었다.

약간 겁이 나기는 했다. 하지만 주변을 두리번거렸을 때 자신을 주시하고 있는 누군가가 전혀 없는 데다가 소중한 손수건이 금방이라도 바람을 타고 더 높이 솟아오를까 봐 조바심이 났기에 더 이상 망설이지 않고 나무를 타서 손수건을 다시 낚아채 온 것이다. 물론, 손수건은 찾았지만 용아는 나무 위에서 내동댕이쳐지다시피 떨어지고 말았다. 엉덩이가 아파 왔지만 따뜻한 온천 안에 몸을 담그고 나니, 좀 나아지는 듯싶기도 했다.

애련이가 온 것일까. 인기척이다.

"애련아, 비누는 가져왔느냐?"

따스한 물 안에 몸을 담그고 있으니 온몸에 온기가 퍼져 나간다는 생각을 하며 용아는 재빨리 물었다. 헌데, 아무런 대답이 없다. 분명 애련이의 발소리가 들리는 것 같았는데 아무런 대답이 없다.

용아는 혹시나 무슨 소리가 들리는지 잠시 움직임을 멈추고 귀를 기울여보았다. 그저 조용할 뿐이다. 바람 소리를 잘못 들었던 것일지도 몰랐다. 용아는 따뜻한 물을 엄지와 검지로 통통 튕겨 물방울이 흩어지는 모습을 느긋하게 관찰했다.

청 제국 세습왕인 이친왕의 차녀 애신각라 용아(愛新覺羅 蓉亞) 는 지금 조선국 외가에 다녀오는 길이었다. 여행이라는 것은 언제 나 흥미로웠기에 마다할 이유가 없기 마련이지만, 이번에는 제법 긴 여행을 한 탓에 만성적인 피로감이 느껴졌다.

물론, 상당히 건강한 편인 용아가 고작 가마 여행만으로 피곤 함을 호소할 리 만무했다. 용아의 어깨가 지금 딱딱하게 굳은 연 유는 따로 있으니 그건 바로, 매일 저녁 객잔에 도착하기만 하면 소설을 쓴답시고 밤을 새우기 일쑤이기 때문이다. 이미 북경에서 조선 반도의 외가로 떠날 때 지나친 길이었지만, 여행을 하다 보니 새로운 기분이 들었고 덕분에 뭔가 근사한 이야기가 나올 것 같은 기분이 들었다.

정말이지 독특하고 새로운 이야기를 만들어내고 싶었다. 용아 는 지금껏 몇 개의 소설을 혼자 완성해보았지만, 완성한 후 읽어 본 결과 죄다 지루하기 짝이 없다는 사실을 깨닫고 그저 자신의 책장 안에 고이 넣어두었을 뿐이었다.

하지만 이번엔 달랐다. 뭔가 짜릿하고 신선한 이야기가 떠오를 것 같기도 한 예감이 들어 매일 밤 여행으로 지친 몸을 이끌면서 도 붓을 드는 것이었다.

하지만 열 장 스무 장을 적고 나서 모두 구겨버리기 일쑤.

오늘도 그랬다. 모처럼 괜찮은 객잔에 자리를 잡았기에 용아의 일행은 이곳 봉황산에서 이삼 일쯤 쉬어가기로 했다. 그래서 용아

공작의 청혼

는 아침 댓바람부터 잔뜩 먹을 갈아 머릿속에 떠오르는 새로운 이야기를 적기 시작한 참이었다. 용아의 소설 속 주인공은 혼인을 앞두고 가출을 감행한다. 가족들을 향해 자신의 넓은 세상을 보고 싶다는 결심을 알리는 기나긴 서신을 남겨둔 채 남장을 하고 세상 구경을 떠나는 것이다. 가장 먼저 보고 싶은 것이 바다라고 하면서.

"말도 안 돼. 말도 안 돼. 계기가 있어야지. 갑자기 넓은 세상을 보고 싶다고 하는 계기가! 서신 한 장만 남기고 집을 나가는 이유가 있어야지……?"

용아는 조선어로 그렇게 중얼거리면서 먹이 묻은 손가락을 따뜻하고 깨끗한 물로 문질러 닦았다. 지금까지 몇 번이나 이런 시도를 하는지 모르겠다. 하지만 분명한 건, 손가락 사이에 묻은 먹을 비누 없이 완전히 지우기란 거의 불가능하다는 사실이다. 물론 아무리 오랫동안 글을 써내려간다고 해도 한 방울의 먹도 손에 묻히지 않는 이들도, 수두룩하긴 하지. 하지만 모든 이가 다수에 속할 수는 없는 법. 용아는 글을 쓰고 나면 언제나 손에 먹을 잔뜩 묻히곤 한다. 처음에는 자신의 이러한 결점에 매번 짜증이 희미하게 일었지만, 이제 그렇지도 않았다.

"시집가기 겁나."

용아는 손가락을 닦다가 별안간 그렇게 중얼거렸다. 용아는 손가락 사이에 시커먼 먹 얼룩이 묻어 있다는 사실 때문에 늘 어머니를 비롯한 주위 어른들에게 꾸중을 듣곤 했다.

꾸지람의 내용은 한결같았다.

"시집가서도 손에 먹을 묻히고 돌아다닐까 걱정이구나."

뜻인즉슨, 사내들은 대개가 소설 나부랭이를 쓰는 아내 따윈 결코 원치 않는다는 법이라는 것이다. 용아는 아주 어렸을 때부터 그와 관련된 훈계를 들어왔기 때문에 이제는 '시집가는 것'을 역병처럼 두려워하게 되었다. 시집을 가게 된다면 더 이상 소설이라는 것을 써보는 것도 눈치를 봐야 하거나, 아예 할 수 없게 될지도 모르니까.

이제 북경으로 돌아가면 일사천리로 혼인이 진행될 것이 분명하다는 생각을 하며 용아는 힘껏 손가락 사이를 문질러보았다.

그런데 이 먹 자국은 정말로 안 지워진다!

"아기씨! 비누를 가져왔습니다."

때마침 애련이의 목소리가 들려왔다. 용아는 고개를 돌려 애련을 바라보았다. 애련은 용아가 갈아입을 속옷과 비누 등의 목욕 도구들을 잘 꾸려놓고는 그것을 그대로 객잔 객실 탁자 위에 두고 곧장 온천으로 와버리는 실수를 했던 것이다. 용아가 애련을 향해 손을 뻗자, 애련이 온천탕 가까이로 다가와 교묘하리만큼 부드럽고 달콤한 향이 나는 인도산 비누를 건네주었다. 가본 적 없는 열대의 풍광이 잠시나마 느껴지는 듯하다.

목욕통 안에서 목욕을 하는 것이라면 응당 애련이 곁에 서서 목욕 시중을 들어야 하겠지만, 온천에서는 미묘한 이유로 그럴 수가 없었다. 목욕 시중을 들라치면 온천탕 안으로 들어가야 하는

데, 감히 주인의 목욕물 안에 함께 몸을 담글 수는 없을 것이라고 판단한 것이다. 그래서 애련은 약간 떨어진 곳에서 공주, 화석격격 (和碩格格) 용아께서 목욕 후 쓰실 수건과 갈아입을 옷을 가지런히 정리하는 데 몰두했다. 목욕 시중을 들지 않는다고 해서 공주께서 목욕하는 모습을 빤히 지켜보는 발칙함을 범할 이유는 없었기 때문이다.

애련은 수건과 빗을 꺼내다가 갑자기 무언가가 뒤에서 자신을 잡아당긴다는 느낌이 들어 화들짝 놀라 고개를 돌려보았다. 그 순간 무언가 독특한 향이 코를 찌르는가 싶더니 스르르 눈이 감겼다.

애련을 등지고 목욕을 하던 용아는 문득 수상쩍은 기분이 느껴졌다.

"애련아?"

용아는 가만히 애련을 불러봄과 동시에 천천히 뒤쪽으로 고개를 돌려보았다.

그 순간이었다.

누군가 물 안에 뛰어들었는지 풍덩 하는 소리와 세찬 물보라가 이는가 싶더니, 무언가가 용아의 머리에 덮어씌워졌다! 정신없이 물이 튀었고 그건 용아의 코와 입에도 마찬가지였다. 숨을 잘못 들이쉬었는지 코가 막히는가 싶더니, 목구멍이 매운 느낌이 난다. 단단하고 우악스러운 손길이 강한 힘으로 용아를 옭아매기 시작했다. 아차 하고 보니 이미 눈은 가려진 후였다.

용아는 버둥거리며 소리 질러보려 했지만 그 순간 용아의 입안으로 두꺼운 천 조각이 밀고 들어오는 것이 느껴졌다. 먼지가 가득한 것이 입안으로 밀려들어오자 숨이 탁 막혀 왔고 동시에 두려움으로 온몸이 미친 듯이 떨려 왔다. 온천의 뜨뜻미지근한 물이 마구 튕겨 오는가 싶더니 젊은 사내의 목소리들이 들려오기 시작했다.

"이 바보등신백치야! 잠자는 약을 여종한테 써버리면 어떻게 해?"

용아와 애련을 기습한 무리들은 여럿인 것 같았다.

'도대체 뭣 하는 자들이지?'

'도적떼들인가.'

하지만 이 산은 청 제국 일등 공작의 영향 아래 있는 곳으로 관아에서 특별히 관리하는 곳이라 하지 않았던가. 도적떼가 날뛸 만한 곳이 아니라고 들었다. 그랬기에 그저 애련이만 데리고 잠시 바깥바람을 쐬고 오겠다고 했어도 외숙부께서 선뜻 허락을 해주신 것이다.

어느새 억세고 굵직한 줄이 용아의 손발을 꽁꽁 묶고 있었다.

"여종이 있다는 건 다들 몰랐잖아! 그리고 내가 말했지. 선녀는 어차피 아래 세상의 사람들이 쓰는 잠자는 약 따위는 안 통할지도 모른다고!"

용아를 납치하려던 이들이 날카로운 설전을 벌이는가 싶더니, 용아의 몸이 붕 떠서 누군가의 어깨에 걸렸다.

"조금 불편하시어도 참으시옵소서! 선녀님."

'선녀님?'

'도대체 무슨 말을 하는 거지?'

'이들은 누구지?'

용아는 힘껏 버둥거렸지만 그럴수록 점점 어지러워질 뿐이었다. 그들이 움직이고 있었다. 그들은 급격하게 경사진 어딘가를 엄청나게 빠른 속도로 오르고 있었다. 소름끼치도록 아찔하고 무지막지하게 두려워졌다.

'애련이는 도대체 어떻게 된 거지?'

애련이도 끌려오고 있는 것이라면 애련이가 버둥거리는 소리도 들려야 할 텐데 그러한 소리는 전혀 들리지 않고 마른 나뭇잎을 밟는 소리와 잔가지를 스치는 소리, 그리고 매서운 바람 소리 외에는 아무런 소리도 들리지 않는다. 빠른 움직임 때문인지 자갈이나 돌이 굴러 떨어지는 소리도 들린다.

용아는 온 힘을 다해 버둥거리느라 체력을 소진하는 것을 멈췄다. 속옷만을 입은 채로 온천 안에 들어가 있었다가 갑자기 물 밖으로 건져내어져서는 엄청난 속도로 움직이다 보니 – 거기다 누군가의 어깨 위에 걸쳐진 상태여서 머리가 아래쪽으로 내려가 있는 상태 – 말도 못 하게 추웠다. 한겨울에 꽁꽁 얼은 고드름의 차갑고도 날카로운 끝부분으로 온몸이 공격당하는 듯했다. 입안에 먼지투성이의 무언가를 밀어 넣고 얼굴 위에 거칠고 두꺼운 천을 덮어씌워 단단히 고정시키지만 않았어도 분명히 이를 딱딱거리면서 덜덜 떨고 있었으리라.

'추워.'

'무서워.'

납치자들은 최소한 다섯 명 이상이고, 어쩌면 열 명쯤 될지도 몰랐다. 모두 젊은 사내들이고. 어쩌면 잘 훈련된 병사들일지도 모른다는 생각 또한 들었다. 물론, 관아에 소속된 정식 병사는 아니고 누군가의 사병일 것이다.

'그렇다면 도대체 누가?'

집중하여 생각하는 것이 어려웠다. 너무 추웠다. 지금은 바람이 제법 차가워진 가을이었다. 며칠 전 비가 내린 이후로 기온이 뚝 떨어졌던 것이다. 용아는 최근 삼 년 동안 조선국에서 지낸 탓에 온화한 반도 중부의 기후에 한껏 익숙해져 있었다. 동북 지방의 찬바람은 오랜만이었고 산기슭에서 불어오는 축축한 기운 또한 낯설었다.

'정신을 차리자.'

용아는 일단 정신을 잃지 말자고 다짐했다. 존귀한 신분으로 태어나 태어난 그 순간부터 보석처럼 소중하게 다뤄진 북경의 공주들이라면 으레 이런 상황에서 기절해버리기 일쑤일 터.

하지만 용아는 달랐다.

용아는 조금 다르다.

용아는……, 북경의 다른 공주들과는 조금 다른 구석이 있었다.

외조부께서 돌아가시자 외가에 가서 외할머니를 뵙겠다고 나선 것도 스스로의 의지였다.

얼마나 시간이 지났을까.

용아는 어딘가에 내려지고 있었다.

뭔가 축축하고 먼지 냄새가 잔뜩 나는 곳이었다. 아니, 어쩌면 먼지 냄새는 입에 재갈처럼 물려진 천 때문에 그렇게 느껴지는 것일지도 몰랐다. 용아는 잔뜩 긴장했다. 눈이 가려진 마당에 자신에게 어떠한 위해가 가해질까 싶어 정신을 잔뜩 곤두세우고 있는 수밖에 없었다. 하지만 주변은 아무런 기척이 없었다. 이곳은 어떤 방 안이 분명했다. 방이 아니라도 최소한 움막이나 창고 안은 될 것이라는 생각이 든다. 왜냐하면 계속 불어오던 가을바람이 이제는 느껴지지 않으니까. 사방이 막힌 곳에 들어오지 않고서야 이럴 수 없을 것이다. 흙냄새와 오래된 나무 냄새가 난다.

그리고……, 조용하다.

용아 자신을 내려놓은 누군가가 발소리를 내지 않고 움직이려 애쓰는 것이 느껴졌다. 이 안은 밝은 걸까, 어두운 걸까. 도무지 감이 오지 않았다. 용아는 자신의 몸이 떨려 오는 것을 느꼈다. 아직도 입고 있는 옷이라고는 온천탕에 들어갈 때 입었던 하얀색의 얇은 속적삼 차림이었고 물기를 닦을 새도 없이 정신없이 한참을 움직이다가 이곳에 내려진 것이었다.

용아는 자신이 두려움에 떠는 것처럼 보이지 않기를 바랐다.

추위 탓인지 두려움 탓인지 몸이 덜덜 떨려 왔지만 용아는 최대한 자신의 몸을 고정시켜 허리를 펴고 앉아 있으려고 노력했다. 겁을 집어먹었다는 사실을 상대가 알아채는 것은 그리 좋은 일이 아니라는 생각이 들었기 때문이다.

발소리가 들린다.

조용한 발소리.

자신의 주변을 맴도는 발소리가 조용히 들리더니 갑자기 발소리가 멀어지고 문이 닫히는 소리가 난다.

탁!

'뭐, 뭐지?'

'혼자 두고 나가버렸다?'

납치를 했다면 뭔가 요구사항이 있을 것이라고 예상했는데 뜻밖에도 그렇지 않았다. 자신만의 시간이 조용히 다가오자 용아는 자신이 지금 상당히 추위에 떨고 있다는 사실을 깨달았다. 온몸이 부르르 떨릴 정도로 추웠다. 온천에서 나오고 난 후 시간이 많이 지난 걸까. 아주 오랜 시간이 흐른 것 같기도 했고, 한 시각도 채 흐르지 않은 것 같기도 했다.

너무 춥다.

이렇게 몸이 젖은 채 계속 버텨야 한다면 폐렴에 걸릴지도 모르겠다는 생각이 들었다. 용아는 자신을 잡아온 놈들의 정체가 무엇인지 생각할 여력이 없는 와중에도 한 가지는 분명히 다짐했다. 정신을 바짝 차리자는 것.

얼마나 시간이 흘렀을까.

정신을 차리자고, 그것 하나만은 분명하게 지키자고 다짐했건만 잠시 동안 정신을 놓았던 모양이다. 용아는 불현듯 정신이 들어 눈을 반짝 떴다. 자신의 눈이 보이지 않는 것인지, 아니면 지금이 한밤중이라 어둠에 휩싸인 것인지 분명하지 않았다.

'여기가 어딜까.'

눈가리개도, 입을 막았던 먼지투성이 천 뭉치도 사라져 있었다. 처음에 왔던 곳은 분명 아니었다.

'아까 거기가 아니잖아! 언제 옮겨진 거지?'

용아는 자신이 옮겨졌다는 사실을 깨달았다. 용아는 지금 비스듬히 어딘가에 눕혀져 있는 상태였다. 용아는 고개를 들어 주변을 살피기 위해 목에 힘을 주었다. 하지만 이 단순한 행동이 굉장히 힘들고 어렵게 느껴지자 비로소 용아는 자신의 상태가 매우 좋지 못하다는 것을 깨달았다. 온몸이 뻣뻣했고 열이 있는지 불편스러울 정도로 몸이 뜨겁고 몽롱했다.

"정신 차려. 정신 차려, 용아야."

용아는 자신을 향해 그렇게 중얼거려보았다. 목이 따끔거렸고, 아픈 데다 목소리도 엉망이었다. 녹슨 경첩에서 나는 삐걱거리는 음과 비슷했달까.

그때였다.

용아의 습관성 혼잣말을 누군가 들은 것 같았다. 용아의 눈앞에서 무언가가 움직이는 것이 어렴풋 보인다. 용아는 온몸의 신경을 곤두세우고 눈앞에서 움직이는 것을 관찰했다.

'사람?'

용아는 자신의 눈앞에서 움직이는 것이 잠을 자다 뒤척이는 사람이라는 사실을 깨닫자 경악했다.

그것도 사내!

더군다나 자신이 눕혀져 있는 곳은 바로 누군가의 침상 위다. 어느새 자신의 몸 위로 이불까지 세심히 덮여 있는 것이다. 용아는 너무 놀라 번쩍 몸을 일으켰다. 온몸이 쑤시는 기분이었지만 최대한 정신을 차려보려고 노력했다. 눈에 힘을 주어 감았다 떴다를 반복해보았다.

용아가 정신을 가다듬고 살펴보니 커다란 방에는 큼직한 창이 있었고, 비록 닫혀 있었지만 창틈으로는 미세한 달빛이 흘러들어오고 있었다. 용아는 자신의 바로 옆에 있는 사람의 정체를 파악해보려고 애썼다.

일단, 키가 컸다.

사내다.

몸집이 커 보였다.

같은 침상에 누워 있었던 것이 사내라는 사실을 깨달았을 때 용아는 재빨리 자신의 몸을 살펴보았다. 옷이 벗겨져 있거나 낯선 옷으로 갈아입혀져 있지는 않은지 확인해보려는 것이었다. 다행히, 아니었다.

자신은 온천욕을 할 때 입고 있었던 그대로 조선식 하얀 적삼 차림이었다. 짧은 저고리도, 젖은 치마도 여전히 흐트러짐 없이 입

공작의 청혼

고 있었다. 젖은 옷을 그대로 입고 있다는 것은 정신을 잃었던 사이에 겁간당하거나 하진 않았다는 사실을 알려주고 있었다. 하지만 젖은 옷을 오랫동안 입고 있었던 탓에 온몸에 지독한 통증이 느껴진다. 여름도 아닐진대 물에 젖은 속옷만을 입고 한참을 버텨야 한 것이 지독한 열 감기를 가져온 것이다.

'도대체 누가!'

화가 났지만 지금은 마냥 화를 낼 순간이 아니었다. 어떻게 하면 무사히 이곳을 빠져나갈지에 대해 생각해보는 것이 더욱 당면한 과제이다.

곁에 누워 있는 사내의 숨소리가 고르다.

'설마 단지 옆에 눕혀두고 잠을 자려고 본 적 없는 이를 납치한 것은 아니겠지?'

용아는 난생처음 보는 세상으로 건너온 것 같은 이상한 기분에 휩싸인 채로 가만히 다리를 움직여보았다. 바보천치라도 알 수 있을 것이다. 이렇게 불안스러운 상황에서는 일단 빠져나가고 볼 일이라는 것을.

용아가 침상 바깥을 향해 다리를 뻗은 그 순간, 갑자기 침상 위에 누워 있는 사내가 뒤척거렸다. 용아는 반사적으로 다시 침상 위에 누웠다. 용아는 침상에 누워 잠들어 있는 사내가 어슴푸레 눈꺼풀을 들어 올리기 바로 직전, 잠든 체 눈을 감고 조용히 누워 있는 척하는 데 성공했다.

시선이 느껴졌다.

사내가 분명 눈을 떠 자신을 쳐다보고 있었다. 하지만 사내는 아직 몸을 일으키지 않고 있다. 잠자던 모습 그대로 누워 있을 뿐. 어쩌면 어둠 때문에 용아의 존재를 눈치 채지 못한 것일지도 몰랐다. 불안감 때문에 온몸에 엄습하는 아픔들도 멍하게 느껴질 지경이었다.

'제발?'

용아는 마음속으로 기도했다.

'제발! 그냥 그대로 눈을 감고 자라! 다시 눈을 감고 자!'

용아는 제발 사내가 다시 눈을 감고 잠이 들어 자신이 무사히 이곳을 빠져나갈 기회를 얻기를 바랐다. 한동안은 조용했다.

'다시 잠들었나?'

용아는 지금 자신이 어떤 상황에 처했는지 확인해야 했다. 하지만 섣불리 눈을 뜨기가 겁났다. 눈을 뜨려 하자 눈꺼풀이 파르르 떨린다. 눈꺼풀이 떨리는 것을 본 걸까, 갑자기 사내의 손길이 용아의 코끝에 와 닿는다. 사내의 손길이 용아의 얼굴을 쓰다듬는다. 사내의 숨결이 점점 가까워졌다.

사내는 마치, 용아의 주변을 감싸고 있는 공기를 모두 들이마셔버릴 요량인 듯 숨을 크게 들이쉬는 소리를 내었다. 지금까지의 행동은 크게 위협적인 것이 없었다. 용아는 지금 당장 눈을 뜨고 소리를 지르는 편이 자신의 안전에 도움이 될지, 아니면 잠든 체 숨죽이는 편이 유리할지 확신할 수가 없었다. 사내의 투박하고 거친 손끝이 용아의 도톰한 입술을 스치듯 만진다.

"……!"

용아는 자신도 모르게 숨 쉬는 것을 멈췄다.

마치 숨 쉬는 것을 멈추면 다른 모든 일들도 정지하기라도 할 듯.

하지만 정체 모를 사내는 서투른 손길을 멈추기는커녕 한층 대담해지는가 싶더니 봉긋 솟아오른 용아의 젖가슴을 우악스럽게 움켜쥐는 것이 아닌가!

"악!"

용아가 비명을 지를 새도 없었다. 그보다 먼저 사내가 우람한 고함을 질러댔기 때문이다.

"으……, 으악!"

사내는 귀신이라도 본 듯 갑자기 우렁차게 소리를 질러댔고, 그 소리에 용아도 숨을 참고 누워 있는 체하는 것을 멈추고 덩달아 눈을 떴다. 하지만 사내의 모습을 제대로 볼 기회는 없었다. 용아가 눈을 뜬 바로 그 순간 사내가 번개처럼 침상 아래로 내려가 방 바깥으로 나가버린 것이다. 방 바깥에서 무언가가 세차게 부딪치는 소리가 났다. 거칠게 닫힌 문이 요란한 돌쩌귀 소리를 내며 앞뒤로 사정없이 삐걱거리고 있었다.

거친 말소리가 오가고 있었다.

'오, 맙소사.'

'일당들이 도대체 몇 명인 거지?'

이런저런 소리가 꽤 소란스럽게 오고가는 걸 보니 아무리 적어도 예닐곱 명은 되는 것처럼 느껴졌다. 용아는 방 안에 자신밖에 없다는 사실을 깨닫고 재빨리 고개를 들어 주변을 둘러보았다. 덮고 있는 이불에서 눅눅한 땀 냄새와 먼지 냄새가 났다. 큼직하면서 휑한 침실이었다.

용아는 몸을 움직여 발을 바닥에 디뎌보았다. 맨발이었기 때문에 바닥의 촉감이 그대로 전해져 왔다.

'세상에, 흙바닥이야!'

'침실이 흙바닥이라니!'

용아는 여태 이렇게 조악한 조건을 갖춘 침실에 머무른 적이 한 번도 없었다. 그러고 보니 어디선가에서 계속 흙냄새가 났던 것 같기도 하다. 아무런 마무리 작업도 하지 않은, 그냥 흙바닥. 이런 산골짝에서 융단이 깔린 그럴듯한 침실을 예상한 것은 아니었다. 하지만 최소한 나무나, 돌을 깔아야 하지 않았을까. 용아가 태어나고 자란 왕가의 저택에선 하인들이 쓰는 방도 흙바닥으로 된 건 없었다.

걸음을 걷기 위해 발을 떼었을 때, 용아는 비로소 굉장한 어지럼증이 자신을 덮쳐 오는 것을 느꼈다. 무거운 추를 발목에 감아 둔 것 같았다. 숨을 들이쉬려 하자 목이 따끔거렸으며 걸음을 떼기가 어려웠다.

재빠르게 탈출하기는 다 틀린 것 같다.

'이제 어떻게 해야 하지?'

침상의 한쪽 모서리를 짚으며 용아가 자신을 향해 물었다. 하

지만 뭔가 창조적인 생각을 할 수 있을 만큼 몸 상태가 좋지 않았
고 심지어는 걷기도 어려웠다.

그때 갑자기 침실 문의 네 귀퉁이가 요란한 소리를 내며 흔들
리기 시작하더니 절박한 마찰음을 내며 열렸다.

덜컹!

침상에 누워 있었던 그 사내였다. 사내의 얼굴을 자세히 살필
여력은 없었지만, 최소한 방금 전까지 침상 위에 있던 사람인 것만
은 분명했다.

방 안으로 들어와 문을 닫은 사내는 용아를 바라보았다. 그러
더니 무언가 불현듯 불안한 동작으로 방 안을 잠시 거닐더니, 다시
용아를 향해 시선을 던진 후 갑자기 불을 켰다. 너무나 갑작스러
웠기 때문에 용아는 그것이 촛불인지 등불인지조차 파악할 수 없
었다.

확!

무언가에 그어 불을 붙이는 소리가 날카롭게 울렸다.

상대의 모습이 용아의 시야에 들어왔다.

그 사내는.

그 사내는……, 뭔가 색달랐다.

암청색 몽골풍 겉옷을 입고 색이 바랜 두터운 가죽 띠를 허리
에 두르고 있었다.

머리카락은 구불구불했다. 빗질을 제대로 하지 않은 것처럼 보
이는 구불거리는 긴 머리가 몇 가닥인가 제멋대로 흘러내리고 있

었다. 곱슬머리를 질끈 묶어 틀어 올린 그 모습은 원시적으로 보였고, 낯설게 느껴졌다. 몽골풍 옷을 입고는 있지만, 절대 몽골인은 아니었다. 그의 이목구비는 매우 또렷했다.

'색목인……?'

용아가 그 사내를 살펴보며 어떠한 판단을 내리려고 애쓴 것처럼, 사내도 한동안 용아를 향해 시선을 늦추지 않고 어떠한 결정을 내리려는 사람처럼 한 손으로 자신의 이마를 꾸욱 누르더니 입을 열었다.

"어, 좀 문제가 있는 것 같은데."

옷은 몽골풍으로 입고 있었지만, 언어는 몽골어가 아니었다.

그는 동북 방언이 섞인 북경식 한어를 사용하고 있었다. 몹시도 남성적이고 깊은 울림이 있으면서도 투박한 느낌이 묻어나는 목소리였다. 동시에 오랫동안 사람과 대화를 하지 않은 것처럼 어색하기도 했고 심하게 화가 난 사람처럼 보이기도 했다.

용아의 대답을 기다리는 것 같지는 않았다. 그저 혼잣말을 하는 것 같았달까.

"난 묘족이 아니지만, 내 하인들이 모두 묘족이지."

'도대체 무슨 말을 하고 있는 거지?'

사내가 용아가 서 있는 침상 곁을 맴돌며 어슬렁거리기 시작하자, 그의 그림자가 엄청나게 길고 큰 모양이 된 채 유연하게 방 안을 일렁이기 시작했다.

"이게 묘족의 방식이라오. 선녀가 아니라는 사실은 그 녀석들도 이제 알고 있어. 녀석들이 엄청나게, 어마어마하게 무식한 건 사실이지만 그 정도로 바보천치는 아니니까."

사내가 하려는 말이 무엇인지 정확하게 이해되는 것은 하나도 없었고, 용아는 점점 숨바꼭질을 하는 기분이 들었다. 논리적이고 조리 있게 말하는 데 굉장히 서툰 사람임이 분명했다. 아주 오랫동안 대화를 나눠보지 못한 사람처럼 느껴지기도 했다. 사내는 용아를 향해 어떤 위협적인 행동을 하지도 않고 있었지만 그는 낯선 사람이었고 용아 자신보다 훨씬 힘이 세어 보이는 데다, 이곳은 분명 저 사람에게 익숙한 영역이기도 했다.

"누구신지요?"

용아는 어지럼증을 참아가며 쥐어짜듯 그렇게 질문했다.

그 질문을 받자 사내가 용아와 똑바로 시선을 마주치더니 조금 더 가까이 다가왔다. 용아는 그제야 사내가 가죽으로 된, 상당히 목이 높은 신을 신고 있다는 사실을 알았다. 방 바깥으로 나갈 때 신을 찾아서 신지는 않았던 것 같은데 신을 벗지도 않고 침상 위에서 잠을 자는 건가. 이런 불안한 상황에서 별생각을 다 한다.

'용아야, 제발 정신 바짝 차려!'

"나는……."

상대가 입을 열었다. 하지만 한 번에 말을 잇지 않고 약간 시간 차를 둔 후 다시 말을 이어갔다.

"나는 이 산의 주인이오. 일등 공작 화탁 마이하라고 하오."

"황실의 귀족이군요."

용아는 사내가 적당히 예의를 차린 말투로 자신을 소개하자 일단 최악의 상황은 벌어지지 않을지도 모르겠다는 생각을 하며 그렇게 말했다. 몸에 열이 났던가 싶더니 갑작스레 급격한 오한이 그녀를 덮쳐 왔다. 용아는 간신히 다음 말을 이었다.

"아시는지 모르겠지만."

용아는 자신이 하는 말투에 뭔가 위엄스런 기운이 묻어나길 간절히 바랐지만, 목이 아파 목소리도 겨우 나오는 상황에서 거의 불가능한 일에 가까운 바람이었다.

"저도 친, 귀족가의 영양입니다."

하마터면 친왕가의 딸이라고 말할 뻔했다. 용아는 아직 이 사내가 자신의 신분을 정확히 알고 있는 것인지 모르는 것인지 알 수가 없었다. 정확하게 모든 것을 말하는 것이 자신에게 유리하게 작용할지 불리하게 작용할지 가늠할 수 없었으므로, 용아는 일단 뭉뚱그려 말하기로 결정했다. 지금으로선 이 아닌 밤중에 홍두깨 같은 사건의 주동자가 누구인지도 확신할 수 없었으니까.

"무슨 연유로 저를 이리로 데려다 놓은 것인지 모르겠지만, 이쯤에서 전 제대로 옷을 입고 원래 있던 곳으로 돌아가고 싶습니다만, 길을 터주시겠……."

물어보고 싶은 것이 훨씬 더 많았다.

'도대체 왜 나를 이리로 데려온 것이지요?'

'온천에서 나를 들쳐 메고 이리로 데려온 것이 당신이던가요?'

'왜? 왜? 왜?'

'애련이는 어디 있는 거죠?'

'선녀는 또 뭐고?'

'나를 해칠 건가요?'

'재물을 요구하는 건가요?'

용아는 솟구쳐 오는 무수한 질문들을 모두 무시했다. 여기서 빨리 빠져나가는 것이 우선이라고 생각했으니까. 이상한 기분이 든다. 자신이 옴짝달싹 못하고 이곳에 갇혀버릴지도 모른다는 불길한 기분이, 자꾸만 머릿속을 스친다.

그런데 그때 갑자기 사내가 용아가 서 있는 앞으로 성큼 다가오더니 용아의 양 어깨를 강한 손으로 움켜잡았다. 사내의 뒤에 있던 그림자가 순간적으로 요동쳤다.

용아가 두려움으로 인해 비명이 터져 나오는 것을 가까스로 참아냈을 즈음, 일등 공작이라고 자신을 소개한 사내가 뜻밖의 질문을 했다. 원시적이라고 말할 수 있을 정도로 거친 목소리로.

"그대, 혹시 나와 혼인해주실 의향이 있소?"

나무꾼은 노루를 따라 선녀가 목욕을 하는 온천으로 갔습니다.

"선녀님의 날개옷을 숨겨야만 해요." 노루가 말했습니다.

"날개옷을?" 나무꾼이 되물었습니다.

작자미상 '목객전(木客傳)' 中

공작 마이하는 자신을 빤히 바라보고 있는 화초 같은 소저를
마주 보았다. 예상치 못한 일에 휘말리게 된 것은 순식간이었다.
주인을 장가들게 하겠다는 치기어린 마음으로 신부를 훔쳐오는
계획을 실행한 묘족 녀석들이 납치해 온 신부가 하필 세습친왕 중
하나인 이친왕의 영양이라니.

함께 붙잡혀 온 여종이 분명히 자신의 주인의 신분이 "이친왕
의 차녀이신 분"이라고 말하며 속히 자신의 주인을 풀어주지 않으
면 크나큰 난리가 날 것이라고 하기에 장이 패거리는 산 밑으로 내
려가 확인해보았단다. 산 아래로 완전히 내려갈 필요도 없이, 산

중턱에서 만난 사냥꾼이나 약초 캐는 이들도 온통 산 아래 난리에 대해서 이야기하더라고 한다. 산 아랫마을 일대가 발칵 뒤집힌 것은 말할 것도 없다.

"그대, 혹시 나와 혼인하실 의향이 있소?"

마이하는 불쑥, 그리고 격하게 말해놓고 아뿔싸, 자신의 입을 후려치고 싶었다.

심지어 공주의 어깨를 세게 움켜쥐기까지 했다. 공주는 그의 돌발적인 행동에 잠시 얼어붙은 듯했다. 그는 공주의 어깨를 잡은 손을 내려놓았다.

이게 아니다.

그가 말하려던 것은 이런 게 아니었다.

마음이 급했다. 지나치게 앞서갔다.

아둔하기 짝이 없어 보이는 질문을 하고야 말았다.

마이하는 그렇게 생각하면서 잠시 숨을 참기까지 했다. 자신의 의사 전달 능력이 이렇게나 형편없을 수도 있다는 것을 제대로 깨달은 것은 단연코 지금이 처음이었다. 그가 하려던 말을 종합해보면 다음과 같다.

'나는 일등 공작 화탁 마이하라고 하오. 원래는 소왕국 객십의 왕손이지만 지금은 보다시피 황제께서 내리신 작위를 받고 이곳에서 지내고 있소. 내게 어린 종복 다섯이 있는데 묘족 출신이오. 묘족에게는 신부를 훔쳐서 혼인하는 풍습이 있다고 하오. 한창 혈기왕성한 어린놈들이 주인을 위한답시고 이런 황당한 일을 벌였군. 내 종복들이 한 행동 때문에 분명히 당황하시었을 거요. 그 점에 대해 미안하게 생각하고 있소. 사과하겠소. 신부를 훔쳐와 억지로 혼례를 올리는 일을 벌일 생각 따윈 없소. 하지만 일이 이왕 이렇게 되어버렸으니, 오히려 아무 일 없었던 척하는 것이 더욱 염치없게 되어버렸소. 그대의 의중이 궁금해서 묻는 것인데, 정식으로 매파를 통해 그대의 집안에 혼서를 보내어도 되겠소?'

그는 예의바르게 상대의 의중을 파악하고, 현재의 상황을 알릴 생각이었다. 하지만 전혀 엉뚱한 소릴 하고 말았다. 일을 크게 만들고 싶지는 않았다. 조용히 마무리 짓는 편이 이롭다. 상대의 심기를 더 이상 불편하게 하고 싶지 않았다.

마이하는 북경 출신의 공주의 눈에 자신이 거의 원시인처럼 보이리라는 것을 알고 있었다. 옷에는 드문드문 숯이 묻어 있었고 손끝에는 영원히 지워지지 않을 것 같은 만성적인 숯 검댕이 묻어 있는 데다가 반복되는 도끼질의 대가로 인한 굳은살이 잔뜩 박여 있다. 하지만 결코 야만인은 아니라는 것을 확실히 일깨워주고 싶었다. 원한다면 언제든지 이 방에서 빠져나갈 수 있다는 사실을 알려주어야 했고, 자신의 행동에 대한 책임을 원한다면 그 또한 기꺼이 받아들일 참이었다.

하지만 겉옷조차 제대로 갖춰 입지 못한 상대를 보자 끝없는 용기가 치밀었던 것일까. 공주는 단장하지 않은 모습인 데다가 겁먹고 지쳐 보였지만, 압도적으로 아름다웠다. 그가 세상에 태어나서 보았던 그 무엇보다도.

'하강선녀.'

자신의 종복들이 하나같이 그렇게 믿어버린 이유를 알 것도 같았다. 목욕을 하던 옷차림 그대로는 절대로 산 아래까지 갈 수 없을 것이다. 그가 옷을 가져다주기 전에는 이 방 안을 나가지 못할지도 모른다. 한기가 느껴지는지 공주는 곁에 있는 이불을 끌어당겼다.

"추우시오?"

마이하는 그렇게 물었다. 상대는 그 염치없는 물음에 아무런 대답도 하지 않음으로써 자신의 감정을 알려 왔다. 대답을 들을 것도 없이 공주는 몹시 추워 보였다. 공주는 하얗게 질린 얼굴을 하고 있었으며 핏기 가신 입을 꼭 다물고 있었다. 용아는 옆에 있던 이불을 끌어당겨 자신의 어깨를 감싸려 했지만 손아귀에 힘이 없는지, 몇 번이고 이불자락을 놓쳤다.

마이하가 제대로 된 장부라면 응당 팔을 뻗어 대신 이불을 집어줘야 할 것 같은 상황이었다. 하지만 그는 제대로 대우받으며 자란 귀한 존재가 아니었다. 그는 변방의 깊은 산속에 처박혀 사는 무식한 나무꾼이었고 투박한 숯쟁이였다. 그는 자신의 손을 뻗어 이불을 공주의 어깨에 둘러주는 대신 해서는 안 될 생각을 하고 말았다.

어쩌면 이대로 신부를 훔쳐와 그대로 자신의 곁에 붙들어두는 계획을 밀고 나가는 것이 가능할지도 모른다고. 자신에게는 언젠가는 공주들 중 누군가와 혼인시키겠다는 선대 황제의 약속이 담긴 문건이 있었다. 나중에 이친왕가에서 이 무식한 혼사의 연유를 따지고자 한다면, 황명을 따르고자 행한 일이라고 변명할 수도 있는 일이었다.

어쩌면 천우신조의 기회일지도 몰랐다.

하늘이 그를 도우시는 것일지도 모른다. 몽골의 부족장들이 만주인 공주들과 혼인으로 비로소 왕작을 받은 후 자신의 땅을 다스릴 권한을 당당하게 얻는 것처럼, 자신에게도 객십으로 돌아갈 기회를 주는 것인지도 몰랐다.

'어차피 한 번뿐인 인생!'

일생 동안 나무를 베다 죽을 순 없었다. 그는 본래부터 산 사나이가 아니다. 객십의 물기 없는 누런 땅들이 그리웠다.

그는 이친왕의 차녀라고 하는 소저를 내려다보았다. 무슨 말인가를 할 듯 입술을 달싹이고 있었으나 말이 되어 나오지는 않았다.

간신히 이불로 자신의 몸을 여민 공주 용아가 어느 순간 그렇게 물었다. 몇 번의 시도 끝에 공주의 입에서 드디어 말다운 말이 튀어나온 것이다.

"……뭐라고요?"

마이하는 대답할 말을 찾지 못한 채 투박한 시선으로 공주를 바라보았다.

뭐라고요.

힘없는 되물음.

하지만 일언지하의 거절보다는 낫다. 한 점 희망이 그의 가슴을 날카롭게 후벼 파기 시작했다. 그는 마른침을 한 번 삼키고는, 정확한 발음으로 다시 한 번 말했다. 이번에는 차근히. 앞뒤 설명을 빠뜨리지 않고.

"이 몸은 제국 서쪽의 왕국 객십의 왕손으로……."

그는 자신의 신분을 정확히 말하였고, 자신이 부리는 종복들이 공교롭게도 묘족 출신들이라는 설명을 하였으며 자신이 미혼이라는 사실도 알렸다. 신부를 훔쳐오는 묘족의 혼인 풍습을 설명했으며, 자신의 종복들이 충심으로 주인을 위해 이런 일을 저질렀다는 사실까지도 상세히 설명했다. 그리고 자의는 아니었지만 이왕 이러한 일이 벌어져 행여라도 훗날 있을 그대의 혼사에 장애가 생긴다면 매우 송구한 일이므로 공주가 동의한다면 지금이라도 공주의 부모께 매파를 보내겠노라고.

마이하는 자신이 할 말을 마치고 입을 다물었다.

공주 용아는 잠시 그의 모습을 찬찬히 뜯어보더니 코끝을 찡 그리고 나서 이렇게 대답했다. 아니, 그것은 대답이라기보다 차라리 혼잣말에 가까웠다.

"뭔 소린지."

혼인을 청하는 대답에 대한 답변이 고작 이것.

공주는 시큰둥했다. 그 반응은 극도의 긴장과 두려움, 그리고 몸이 아픔을 숨기기 위한 술책에 불과하였으나 마이하가 그 의도를 모두 간파할 수는 없었다.

"제 옷을 가져왔나요? 옷을 좀 가져다주세요. 여긴, 춥군요. 그리고 이 이불에서 뭔가……. 냄새가 나요. 고약하군요. 이불을 세탁하는 여종은 어디 있죠?"

용아는 자신이 두려움에 차 있다는 사실을 들키지 않기 위해 무심한 듯 그렇게 말했다.

"내 옷을 갖다 줘요."

용아는 자신이 할 말은 그것뿐이라는 듯 다시 한 번 더 말했다.

"……옷?"

마이하가 노쇠한 나귀처럼 느릿하게 되물었다.

"그래요, 옷! 내 옷! 그 황당한 종복들이 그것도 가져왔다면 지금 당장 갖다 줘요. 아니면……. 지금 당장 온천이 있는 곳으로 가보면 찾을 수 있을 거예요. 어쨌거나 이 상태로 이 방을 나갈 순 없잖아요?"

마이하는 무엇이라고 말할 듯 입을 열었다가, 다시 닫았다. 그가 굳이 자신의 출신이나 이곳에 있게 된 경위 등까지 설명한 것이 다 부질없는 짓이었다.

그의 앞에 있는 북경의 공주가 원하는 것은 오로지 자신의 옷을 찾아 입는 것뿐. 자신의 구구절절한 사연에 대해서는 전혀 관심이 없는 것이다.

그 사실을 깨닫자 마이하는 별다른 말을 덧붙이지 못하고 몸을 휙, 돌리고는 침실을 빠져나갔다.

"이봐요!"

갑자기 마이하가 사라지자, 용아는 힘겹게 몸을 일으켜 침상에서 빠져나갔다. 하지만 한 발 떼기도 전에 어지럼증이 그녀를 덮쳤고, 휘청거렸다가 간신히 균형을 잡았다. 몸이 많이 나빴다. 젖은 몸으로 제대로 된 옷도 입지 못하고 도대체 얼마나 시간이 지난 걸까.

온천을 찾은 건 정오가 되기도 전이었는데 지금이 한밤중이라는 건 분명했다.

용아는 온 힘을 다해 다시 몸을 일으켰다. 그러고는 한 발 한 발 힘겹게 걸음을 떼고는 침실 문을 밀어보았다.

'문이 잠겨 있어!'

'어쩌면 내가 지금 너무 힘이 없는 것인지도 모르지.'

용아는 온몸에 힘을 실어 문을 밀어보았다. 하지만 약간의 삐거덕거림이 있을 뿐, 문이 열리는 것은 아니었다. 온몸이 덜덜 떨려 오는 것이, 추위 때문인지 열에 들뜬 탓인지 알 수가 없었다. 예상치 못한 상황이, 용아에게 지독한 두려움을 안겨주고 있었다. 일등 공작이라고 자신을 소개한 낯선 사내가 자신의 종복이 묘족이고, 약탈혼이 어쩌고 하더니, 갑자기 혼인이라는 말까지 꺼낸다. 모든 게 어렵고 복잡하다.

두려웠다.

용아는 여종 애련이가 어디에 있는지도 알지 못했고, 옷조차 갖춰 입지 못한 채로 낯선 사내의 침상 위에 있었다. 주변은 온통 어두웠고, 사내의 목소리는 세상 무엇보다도 투박했다. 애써 겁먹지 않은 체 가장했지만, 사실 끔찍하리만큼 겁이 났다. 당장이라도 두려움에 찬 비명이 터져 나올 것 같은 것을 간신히 삼켜야 했다.

철컥.

침실 밖에서 문을 잠그는 소리가 들려오자 공주 용아는 기절할 지경으로 펑펑 울어버리고 싶었다.

마이하는 자신이 밖으로 나오자마자 침실 문의 걸쇠를 걸어버린 이유를 한 마디로 정확히 설명할 수 없었다. 잠시 후 문을 미는 소리가 들리고 문을 치는 소리가 들렸지만, 그는 곧장 장이를 비롯한 이번 일의 주동자들이 모여 있는 하인용 처소로 ― 주인의 처소와 딱히 다를 것도 없이 다소 좁을 뿐 ― 걸음을 옮겼다.

이미 놈들에게 한바탕 호된 꾸지람을 했기에, 녀석들은 주인의 눈치를 살피며 조용히 자리를 지키고 있는 참이었다. 일단 곁에 공주의 여종은 묶어둔 채로. 공주의 여종은 몇 번이고 실신했다가 깨어나기를 반복했다고 한다. 지금은 다시 실신한 상태인지 조용히 벽에 기대어 목을 가늘게 늘어뜨리고 있는 채다.

"옷은?"

마이하가 장이를 보고 맨 처음 던진 말은 그것이었다.

"……?"

주인이 자신들의 처소로 들어오자 눈치를 살피며 쭈뼛쭈뼛 몸을 일으키던 놈들은 단박에 그의 말뜻을 알아채지 못하였기에 마이하는 한 번 더 그들을 재촉하였다.

"지금 옷을 제대로 안 입고 있단 말이다."

그제야 놈들 중에 눈치가 약간 나은 편인 양이가 몸을 돌려 부스럭거리더니 기절한 여종의 곁에 있는 보드라운 꾸러미를 건넸다. 마이하는 그것을 낚아채듯 집어 들고는 저벅저벅 걸어 큰 걸음으로 자신의 침실 앞에 섰다.

조용했다.

더 이상 문을 두드리는 소리는 들리지 않았다.

자신의 침실 문의 빗장을 열면서 마이하는 약간 묘한 기분이 들었다. 지금껏 그의 침실에 누군가가 들어온 적은, 거의 없다. 아니, 전혀 없다. 장이를 비롯한 놈들은 수발 시중을 드는 놈들이 아니라 힘을 쓰는 노동을 하던 일꾼이었기 때문에 그런 세밀한 시중은 해본 적이 없다. 그놈들에게 침실 청소 따위를 시킨들 그럴듯하게 해낼 성싶지도 않았다.

끼이익, 문을 열고 침실 안으로 들어가려는 순간, 둔탁한 무엇인가가 그의 어깨를 내리쳤고 마이하는 몸의 균형을 잃고 기우뚱하다가 손에 든 공주의 옷을 침실 문 앞에 떨어뜨렸다. 그는 난데없는 공격에 맞서고자 팔을 휘두르려 했으나, 그전에 콧잔등을 맞았고, 완전히 침실 안에 들어와서야 공격자가 쥔 참나무 작대기 — 도끼자루로 쓰려고 다듬고 있었던 것 – 를 움켜쥘 수 있었다.

순식간에 용아는 마이하에게 제압당했다.

"안 돼!"

용아는 비명 지르듯 자신의 의사를 완강히 표현하며 참나무 막대기를 쥔 손에 힘을 주었지만 마이하가 용아를 제지하기로 마음먹자 순식간에 무기를 빼앗기고 말았다. 용아가 온 힘을 다해 몇 번 버둥거렸지만 소용없었다. 마이하는 산에서 살아온 산 사내였다. 용아는 오늘 낮에 갑자기 목욕 중에 납치를 당한 후 지금까지 젖은 속적삼 차림으로 버티어야 했기에 열이 나고 온몸이 쑤셔오는 최악의 사태를 맞이하고 있었다.

마이하가 용아를 자신의 몸으로 누르듯이 침상에 눕히고는 재빠르게 손에 쥐어진 막대기를 완전히 빼내들고 멀리 던져버렸다.

서로의 몸이 바짝 밀착되었으며 심지어 두 사람의 얼굴은 한 뼘도 떨어지지 않은 곳에 있었다.

먼저 입을 연 것은 용아였다.

"날 때릴 건가요?"

질문하는 목소리에는 바짝 긴장이 돋아 있었다.

"……."

마이하가 대답 대신 의아한 눈길로 용아를 바라보았다. 갑작스런 공격에 반사적으로 방어적인 태세를 취했을 뿐, 여인을 향해 불필요한 폭력을 행사하겠다는 생각은 추호도 품은 적이 없었다.

'어째서 이런 말을…….'

그제야 그는 깨달았다. 공주는 지금 겁에 질려 있다는 사실을.

그가 섣불리 어떤 대답도 하지 않고 용아를 살피자, 용아가 뱃속 저 아래부터 끌어 모은 힘으로 이렇게 소리쳤다.

"일등 공작 화탁 마이하, 이것만은 확실하게 대답해! 네 고국 왕국 객십을 걸고 대답해! 너도 부끄러움이라는 것을 안다면 제대로 대답해야 할 거야."

잔뜩 격앙된 목소리.

"……."

"이유가 뭐지? 아까 말한 그 말 같지도 않은 소리는 집어치우시지! 종복들 핑계를 대고 점잖은 척하지 말란 말이야! 볼모로 잡혀온 복수를 하는 건가? 나를 납치해서 득이 무엇인지 말해보시지."

"……."

용아는 속사포처럼 쏟아냈다. 몸이 아픈 상태에서도 이렇게 소리를 낼 수 있다는 것이 놀라울 따름이었지만 본능적인 방어심이 용아를 강하게 만들고 있었다. 어쩌면 지금 이 상황에 대한 두려움을 억누르기 위해 더 과장적인 반응이 나오는 것인지도 모르지.

'어쨌든 지금 이 순간 강자는 저 사내!'

용아는 지금 낯선 곳에 있으며 그보다 훨씬 힘이 약하다.

"날 어쩔 작정이지?"

마이하는 아직도 용아를 누르고 있는 상태였다. 용아는 자신의 목소리가 떨리거나 약해 보이지 않도록 애쓰면서 그렇게 물었다.

"날 때릴 건가? 몸값을 받을 건가? 아니면……."

말을 이어가던 용아는 잠시 입을 다물었다. 입 밖에 내기엔 일말의 망설임이 생기는 질문이었지만, 이것이 어쩌면 가장 짚고 넘어가야 할 현안 중 하나였다.

"날 겁간할 건가?"

질문하는 용아의 눈동자에는 혐오와 경멸의 감정이 담겨 있었다.

"공주!"

마이하가 격한 목소리로 용아를 제지했다. 그의 억양에는 강한 경고가 묻어났다.

"공주? 날더러 공주라고? 나에 대해 알고 있군요? 내가 이친왕의 딸이라는 걸 알고 있었어! 난 내 신분을 말한 적이 없어! 내가 누군 줄 알고 이런 짓을 꾸민 거야? 그렇지? 애련이는 어디 있지? 날 어쩔 셈이야?"

마이하는 용아의 신분에 대해서라면 여종을 통해 듣게 되었노라고 대답할 시간을 얻지 못했다. 용아가 급작스럽게 너무나 격앙된 목소리로 부들부들 몸을 떨며 소리쳤기 때문이었다. 이대로 두면 실신할 것 같기까지 했다.

"날 어쩔 셈이냐고? 몸값을 원하는 거라면 줄 수 있을 거야. 아니면……."

용아는 점점 힘이 빠져나가는 것을 느꼈다. 몸이 아팠고 모든 것이 겁났고, 이 사내가 두려웠다. 하지만 이대로 정신을 놓아서는 안 된다.

'정신을 바짝 차려야 해. 정신을 차려야 해.'

"날 겁탈할 거냐고?"

다른 무엇보다 이 부분에 대해서는 확실한 확인이 필요했다. 물론 이러한 최악의 사태가 벌어지지 않도록 최선을 다할 테지만, 적의 의중을 미리 알아두는 것이 여러모로 유리할 테지.

"……."

"……?"

결국 마이하는 사실대로 말하기로 했다. 용아의 눈빛에서 묻어나는 멸시에 굴복하고 말았다고나 할까. 자신이 그토록 최악의 인간은 아니라는 확인을 시켜주지 않고는 배겨낼 수가 없었던 것이다.

"아니."

마이하가 그렇게 대답한 순간, 용아의 눈꺼풀이 파르르 떨리더니 푹 감겨버렸다. 마치 한계에 도달한 사람처럼.

공주가 풀썩 쓰러져버렸다!

"……!"

마이하는 용아의 얼굴을 만져보았다.

불처럼 뜨거웠다!

마이하는 몸을 일으켜 용아의 목과 손을 만져보았다. 역시 델 듯 뜨거웠다. 그러고 보니, 용아는 축축한 느낌이 드는 얇디얇은 속옷만을 입은 채였다. 무언가 조치를 취해야 되겠다는 생각이 들었지만 잠시 머릿속이 멍했다.

마이하는 순간적으로 그 자리에 굳어 있다가 코가 아픈 느낌이 들어 무심코 코를 만졌다.

"……!"

그 순간 방금 공주에게서 얻어맞은 코에서 코피가 후드득 이불 위에 떨어진다. 마이하가 그것을 닦는답시고 코끝을 손으로 벅벅 문질렀더니 이불은 더욱 피범벅으로 엉망진창이 된다. 마이하는 고작 코피라는 녀석이 이렇게 한꺼번에 철철 흘러 침상의 이불을 적실 수 있다는 사실을 처음 알고는 기가 막힐 지경. 고열로 쓰러질 지경이었던 공주가 어떻게 참나무 자루를 휘둘렀는지는 몰라도, 제대로 코를 쳤나 보다. 이불 위에 피 얼룩이 잔뜩 생긴 것을 보니 기분이 썩 유쾌하지 않다. 게다가 피 얼룩이 이불 위에 묻은 것으로도 모자라 용아가 입고 있는 하얀 속치마에도 잔뜩 묻고 말았다.

'젠장.'

그는 얼굴을 찡그리며 고열로 정신을 잃은 용아를 자신의 침상 위에 반듯하게 눕혔다.

노루가 한 번 더 나무꾼을 재촉했습니다.

"어서요! 나무꾼님! 날개옷을 숨겨야 해요!"

"날개옷을 돌려달라고 애원하면 어떻게 하지?"

"나무꾼님, 아주 잠깐 동안만 나쁜 사람이 되셔야 해요. 그래야 색시를 얻으실 수 있을 테니까요."

작자미상 '목객전(木客傳)' 中

마이하는 한 손으로 코피가 쏟아지는 코를 막은 후, 남은 한 손으로 용아의 이마를 짚어보았다.

열을 내리는 것이 급선무였다.

의학적인 지식이 없는 상태에서도 그것만큼은 명확하게 결론지을 수 있었다. 그는 이불을 덮어주어야 하나 말아야 하나 망설였다. 고열이 심한 것은 사실이나, 얇은 속옷만을 걸치고 있는 상태가 마음에 걸렸다.

마침내 그는 용아의 몸 위로 자신이 늘 사용하는 이불을 덮어 주었다. 그 순간 이불에서 냄새가 난다는 용아의 지적이 생각나서 그는 잠시 미간을 찌푸렸다. 하긴, 언제 세탁을 했는지 까마득하긴 했다. 더욱이 지금은 이불에 그의 코피까지 묻어 있다. 하지만 지금으로서는 달리 방법이 없다. 여름용 이불을 꺼내 덮기엔 날씨가 너무 추웠다.

그는 몸을 돌려 밖으로 나왔다.

침실의 문을 당기자, 그의 충복이라는 녀석들이 갑자기 기우뚱 균형을 잃으면서 우르르 방 안으로 밀려 들어왔다.

요란한 소리들을 내며, 무너지듯, 쏟아지는 녀석들.

쿵쾅거리는가 싶더니, 저마다 신음 섞인 한 마디씩을 쏟아낸다.

"어이쿠."

"아이고."

"나리."

"야! 발 치워!"

"엉덩이부터 치우시지!"

문 앞에 귀를 바짝 대고 있었던 것이 분명하다. 놈들은 서로 머리를 찧고 바닥에 무릎을 찧다가 거의 동시에 후다닥 일어섰다. 마이하는 녀석들을 주욱 훑어보다가 대뜸 말했다.

"데려와!"

주어가 생략된 말이었지만, 생략된 주어가 공주의 여종임을 파악한 장이가 기어들어 가는 목소리로 웅얼거렸다.

"아직 자는데요."

"도대체 뭘 어쩐 거지?"

"약초 할아범에게 얻어 쓴 건데. 그게 양이 많았나."

장이는 주절주절 이야기를 늘어놓기 시작했다. 그들의 본래 목표였던 하강선녀를 조용히 데려오려고 봉황산을 이리저리 헤집고 다니는 약초할아범에게 무언가를 얻었나 보다. 그런데 엉뚱하게도 약초 할아범에게서 얻은 무엇으로 선녀의 여종을 재운 것이다.

공작의 종복들은 하강선녀가 목욕을 하러 올 때 여종까지 데려온다는 사실은 금시초문이라 당황했지만 어쨌든 선녀와 여종 모두를 데리고 왔다. 당황하여 허둥대는 와중에도 일단 애초에 계획했던 일들은 모두 성사시킨 것이다. 문제는 그 여종이 잠이 든 게 아니라 이따금 숨이 막히는지 켁켁거린다고 했다. 다섯 놈은 신부를 훔쳐오려고 한 것이지, 처음 보는 여종을 죽이려고 한 것은 아니었다며 허둥지둥 변명들을 늘어놓고 있었다.

그나마 다행이라면 이제 여종은 숨을 제대로 쉰단다.

"아깐 깼다고 했지 않았나?"

그랬다. 아까 분명히 한 번 정신이 들었다고 했다. 여종이 정신이 들어 자신의 여주인이 누군지도 말했다지 않은가. 그 덕분에 마이하는 지금 자신의 침실에 누워 있는 이가 이친왕의 차녀라는 사실도 알고 있는 것이다.

"그게……. 오락가락하는 것 같습니다."

"오락가락?"

"방금 전에도 일어나 앉아 그 말을 반복하고는 다시 픽 쓰러지더니 다시 잠들어버렸거든요."

'오락가락?'

비록 정신이 오락가락할지언정 틀린 말은 아니었나 보다. 방 안의 여자는 자신이 만주인 공주라는 사실을 부정하지 않았고, 오히려 사실을 알고 있다는 점 때문에 분개하였으니 말이다.

"버드나무."

마이하가 앞뒤 설명도 없이 나무 이름을 갖다 대었다.

"네?"

장이가 되물었다.

"버드나무 껍질 말린 것이 있던가?"

"그건 왜요?"

마이하는, 종복들은 충실하긴 하지만 어마어마하게 무식한 데다 눈치라고는 약에 쓰려 해도 없는 놈들이었지만 그래도 행여 다섯 녀석들 중 누군가 한 놈이라도 자신의 말을 알아듣기를 기대하며 말했다.

하지만 헛수고.

마이하는 할 수 없이 한마디를 더 덧붙이는 선심을 쓰기로 했다. 이 녀석들과 같이 있다 보면 이까짓 말보태기는 수고랄 것도 없지.

"네가 열이 났을 때 내가 먹여준 쓴 물이 무엇이겠나?"

다행히 이번에는 알아들었나 보다. 장이가 잽싸게 말린 고기와 곡물들이 있는 창고로 달려갔다.

마이하는 다시 자신의 침실 안으로 들어왔다. 그는 등불을 침상 곁에 내려놓았다. 코에서 다시 뜨거운 피가 흐르는 것이 느껴졌기에 그는 자신의 머리를 묶은 끈을 조금 뜯어내 제대로 코를 막았다.

"나리! 주인 나리!"

침실 바깥에서 장이의 목소리가 들려왔다. 그 소리를 듣고서 마이하는 버드나무 껍질 말린 것이 창고 안에 하나도 남아 있지 않음을 깨달았다. 장이는 기분이 좋을 때는 그를 '주인님'이라고 불렀고, 뭔가 장난기가 발동할 때는 '공작님'이라고 불렀다. '나리'라고 부를 때는 뭔가 상황이 좋지 않을 때나 사용하는 호칭이다.

마이하는 그 소리를 듣고 벽에 걸려 있던 겉옷을 하나 더 걸쳤다. 그러고는 재빨리 침실 바깥으로 나와 물었다.

"저택 안에 해놓은 나무 중에 혹시 버드나무가 있는지도 찾아봤느냐?"

장이가 기운 없이 고개를 젓다가 자신 없는 목소리로 말한다.

"약초 할아범께 가면."

"오늘 낮에 약초 할아범에게 얻은 걸 썼다가 사람이 숨을 잘 못 쉬었어!"

마이하는 벼락같이 말하고는 급하게 걸음을 옮겼다. 어둠 속에서 산을 뒤져 버드나무를 찾아낼 작정이었다. 봉황산은 여러 종의 나무들이 마구 뒤엉켜 거대한 숲을 이룬 혼합림이었다.

처음에 봉황산에 발을 디뎌놓았을 때 하늘을 찌를 듯이 솟아올라 있는 갖가지 나무들을 보며 엄청난 이질감을 느꼈었다. 그의 왕국 객십은 거의가 벌판이었으니까. 북경에 당도했을 때도 모든 것이 낯설긴 하였지만 북경은 객십과 마찬가지로 거대한 분지 위에 펼쳐진 도시인 데다가, 그가 머무는 곳은 청 제국 주변국들의 왕자와 왕손들의 거처들이 모여 있는 지역이었기에 그 어떤 이국의 문물도 평상의 그것처럼 태연하게 받아들여지는 곳이었다. 그곳에서 마이하는 혹독하게 한어를 배웠고, 한어로 된 책들을 무수히 읽고 외웠으며, 청의 풍습과 예절을 익혀야 했다.

객십국은 풀들이 자라는 곳도 있지만 대개가 그냥 흙이었고, 조금 더 외곽으로 나가면 아무리 움켜쥐려 해도 움켜쥐어지지 않는 고운 모래가 끝없이 뒤덮인 사막이 있는 곳이었다. 이렇게 수많은 종류의 나무들이 있는 곳이 있으리라곤 상상조차 할 수 없었다. 하지만 지금 그는 이 수많은 나무들이 빽빽하게 들어차 있는 곳에서 나무꾼이 되어 있다. 대충 쓱 보고도 어떤 나무가 얼마나 단단하고, 어떤 나무가 무엇에 쓰면 좋은 것인지 모두 꿰고 있다. 어쩌면 당연한 일이다. 그는 열두 살 때부터 지금껏 이 산을 벗어난 적이 없었으니까.

'버드나무라.'

마이하는 자신의 몸처럼 봉황산에 대해 잘 알고 있다.

버드나무가 흔치 않은 산이라는 사실도 잘 알고 있다. 마이하는 언젠가 산의 동쪽 아래쪽 약간 평평한 땅에서 버드나무를 보았던 기억이 났다. 하지만 상당히 오래전의 일이었고, 정확한 위치를 찾아낼 수 있을지는 장담할 순 없었다.

마이하는 이제 뼛속까지 나무꾼이었다.

그는 나무꾼답게 어두운 산속을 민첩하게 움직였다.

횃불을 준비해서 들고 다니지 않아도, 그는 나무들을 구분할 수 있는 능력을 가지고 있었다. 달빛이 있었고, 나무의 표면을 스치는 자신의 손바닥이 이 나무가 어떤 종류의 나무인지 알려주었으니까.

공작 마이하는 숲을 휩쓸었다.

손바닥에 나무들의 촉감이 느껴졌다.

이것은, 전나무. 그리고 이건 가문비나무. 소나무. 잣나무…….

얼마나 시간이 지났을까.

마이하는 찾고 있었던 버드나무를 마침내 찾아내었다. 마이하는 준비해 온 칼을 손에 쥐고 껍질을 긁어내기 시작했다. 충분히 껍질이 모였다 싶을 때 마이하는 그것을 준비해 온 큼직한 아마포에 잘 싸맸다.

달빛이 밝은 밤이었다.

마이하가 밤공기를 뚫고 자신의 낡아빠진 저택에 도착했을 때, 이 모든 일을 벌인 녀석들은 그때까지 주인의 침실 앞에 주저앉아 있었다.

"죽을 드렸는데, 모두 토하셨습니다."

부이가 울상이 된 채 그렇게 말했다.

"이 녀석이 소금을 너무 많이 넣어 엄청 짜거든요. 아마 맛이 없어 토했을 겁니다."

원이가 냉큼 덧붙인다.

"소금 말고 간장을 넣어야 한다고 했잖아. 이 바보 멍충아."

장이가 성내면서 말했다.

"간장이 아니라 땅콩기름이라니깐."

유이가 날름 지적하면서 말했다.

"우엑, 땅콩기름죽? 소금죽보다 더 이상할 것 같아."

양이가 진짜 구토가 나올 것 같은 몸짓을 보이면서 그렇게 말했다.

마이하는 다섯 녀석들의 공방전을 보면서 이놈들이 이렇게 한마디씩 보태면서 만든 죽이라니, 진짜 고열 때문이 아니라 맛이 없어 토했을지도 모르겠다는 생각이 들었다. 사실 말이 나왔으니 말인데, 이놈들의 미각이라는 건 살짝 상한 정도는 눈치도 채지 못하고 먹어치우는 그런 수준이었다.

마이하는 자신이 가지고 온 버드나무 껍질을 내밀었다.

"이걸 달인 물을 공주가 마시게 해야 해. 공주의 여종이 괜찮은지도 살펴보고."

마이하는 그렇게 말하고는 자신의 침실로 들어가 옆으로 길게 뻗은 낮은 의자에 방석들을 가져다 푹신하게 만든 후, 솜을 넣은 자신의 겉옷을 덮고 누웠다. 신도 벗지 않은 채였다.

침상 위에서 앓고 있는 사람은 깜빡 잊어버렸다는 듯, 마이하는 눈을 감았다. 정말 피곤에 못 이겨 아무 생각 없이 곯아떨어진 사람처럼 그렇게 누워 미동도 하지 않았다. 궁금한 것이 많았다.

'이친왕의 딸이라면서 도대체 이런 촌구석엔 왜 온 거지. 게다가 낮에 외국어로 중얼거렸던 그 말은 또 무엇이며.'

옷차림도 무언가 독특했다.

만주인이 아닌 것 같은 느낌마저 들 정도.

혹시라도 저 북경의 공주가 앓다가 자신의 침상 위에서 고열에 시달리다 죽기라도 한다면, 상당히 골치 아픈 일이 벌어질 것 같았다. 산 아래에 일행이 있다고 하니 내일 당장 자세히 알아봐야겠다고 마이하는 결심했다.

마이하는 이런저런 생각을 하는 것 자체가 귀찮았기 때문에 차라리 자신이 잠들어버려서 아무런 생각도 하지 않게 되길 바랐다. 그는 단순명료한 것을 좋아했으며 복잡한 것은 딱 질색이었기에 지금 이 순간 그냥 푹 잠들고만 싶었고 잠에서 깨어났을 때, 공주의 상태가 조금이라도 호전이 되어 있길 바랐다.

마이하가 잠에서 깨어났을 때, 다행히도 상황은 조금 나아졌다.

공주의 열이 다소 내린 것이었다. 공주를 시중드는 여종이 의식을 찾아 공주를 간호했고, 버드나무 껍질 달인 물도 충분히 입 안으로 흘려보냈다고 한다. 마이하가 잠이 덜 깨어 부스스한 얼굴을 손바닥으로 쓸어내리고 있을 때, 장이가 그 모든 상황을 말해주고는 덧붙여 귓가에 속삭이는 말이 있었다.

"객십국에서 뭘 가져왔다는데요."

"객십에서?"

마이하가 앉은 자리에서 요란하게 소리를 내며 벌떡 일어났다. 마이하는 침상에 누워 있는 용아와 침상 바로 밑에서 잠든 애련을 힐끔 보더니 바깥으로 나갔다. 그때까지만 해도 그는 용아를 고이 돌려보낼 작정이었다. 전령은 안마당까지 들어와 전갈을 받을 대상을 기다리고 있다가, 공작 마이하가 모습을 드러내자 공손하게 자신의 임무를 수행하였다.

전령이 건넨 것은, 둘둘 말은 양피지였다.

머나먼 여정임을 감안해서 종이가 아닌 양피지를 선택했으리라.

객십에서 온 것이다.

객십에서 만들어진 무엇이다. 마이하의 곁에, 객십의 것은 이제 아무것도 남아 있지 않다. 고향을 떠나올 때 그는 너무 어렸고, 여정은 너무 험했으며, 청 제국의 모든 것은 너무 두려웠다. 그가 지금까지 이국에서 살아남아 있는 것은, 타고난 강인함 때문이기도 하지만 동시에 객십의 모든 것을 깡그리 잊은 듯 지내왔기 때문에 가능했던 일이었다.

공작 마이하는 숨을 깊게 들이쉬고는 양피지를 봉하기 위해 떨어뜨려놓은 촛농, 이미 오래전 딱딱하게 굳어버린 촛농을 천천히 밀어서 뜯어내었다. 객십에서 볼모로 잡혀간 자신에게 무언가를 보낸 것은 처음 있는 일이었다. 마이하는 돌돌 말린 두터운 양피지를 천천히 펼쳐보았다. 그러고는 입을 한 일 자로 다문다음, 가늘게 눈을 뜨고 그 안의 내용을 읽으려고 애써보았다.

"……."

그는 애써보았다.

양피지 안에 적힌 내용을 읽어보려고 애썼다.

"……!"

하지만, 읽을 수 없다!

믿을 수 없게도, 마이하는 양피지 안에 적힌 내용을 전혀 읽을 수 없었다.

마이하는 구불구불한 객십의 글자를 자신이 도저히 이해하지 못한다는 사실에 경악했다.

그는 객십의 문자를 읽는 방법을 이제 완전히 잊어버린 것이다. 거짓말처럼 전혀 기억이 나지 않았다. 그의 마음속 깊은 곳에서 서러움이 복받쳐 올라왔다. 그는 그 자리에 주저앉아 어린아이처럼 엉엉 울고 싶은 충동에 사로잡혔다.

마이하는 주변에 있던 전령과 종복들의 시선을 의식해 간신히 내실 안으로 휘청이며 들어왔다. 그리고 그는 홀로 내실 한가운데에 서서 손에 든 그것을 다시 한 번 자신의 투박한 손끝으로 천천히 펼쳐들었다.

길게 늘어선 객십의 문자가 보였다. 하지만 그것이 객십의 문자라는 사실 외에 다른 사실은 전혀 알아낼 수가 없었다.

마이하는 여전히, 양피지 안에 적힌 내용을 전혀 읽을 수 없었다.

아주 오랜만에 객십으로부터 전갈이 왔지만 불행히도 그는 읽을 수 없다.

전혀.

슬펐다, 몹시.

구제 불가능한 고통이 마이하의 곁으로 몰려들었다.

정말이지 눈물이 곧장 쏟아질 것만 같은 절망적인 기분이 들었다.

사내로 태어나서 눈물을 쏟아내는 것은 어울리지 않는다 생각하며 살아온 그에게 뜻밖의 증상이 나타났던 것이다. 마이하는 눈을 깜빡거려 상황을 모면하려 노력해보았다.

최대한 억눌러보았지만, 눈시울이 붉어졌다.

목울대가 정신없이 솟구쳤다.

공작 마이하는 계속해서 손에 쥐고 있는 양피지를 뚫어져라 바라보았다. 단어 하나라도 기억나길 바라면서.

하지만 제길, 아무것도 읽을 수 없었고, 아무것도 기억나지 않았다.

일등 공작 화탁 마이하.

생각나는 것은 그뿐이었다. 그것은 청 제국에서 자신들의 방식으로 새로이 붙여준 이름. 이 이름에는 특별한 뜻도 없이, 그저 발음이 비슷한 글자를 적당히 갖다 붙인 것일 뿐. 객십의 언어가 전혀 기억나지 않는 것으로도 모자라 객십에서 자신을 불러주던 이름조차 가물가물한 것이다.

그는 그대로 바닥에 주저앉아서 손끝으로 양쪽 이마를 꾸욱 눌러보았다. 어쩌면, 객십에서 배웠던 어떤 것이 기억날까 싶어서. 양피지에 적혀 있는 것 중에서 자그만 무엇이라도 읽을 수 있을까 싶어서.

그래서 그는 꼼짝 않고 생각에만 집중했다. 자신의 기억을 매정하리만큼 가혹하게 몰아치면서 그는 한동안 혼자 내실 안에 있었다.

'빌어먹을.'

상당한 시간이 흘렀지만 아무것도 기억나지 않았으며, 양피지의 내용들을 제대로 읽을 가망이 없다는 사실만이 더욱 확실해질 뿐이었다. 창문짝이 기우뚱 간신히 붙어 있는 그 내실 안에서 그는 어깨를 웅크리고 한동안 앉아 있었다. 마치 석상이 된 것처럼.

그러던 어느 순간이었다.

한쪽으로 쏠려 있는 창문이 갑자기 폭파하듯 내실 안으로 내동댕이쳐졌다. 산바람이야 늘 강력하지만, 오늘 불어 닥친 그 바람은 그에게 기묘한 결심 같은 것을 하는 계기가 되어주었다. 허술한 광목 휘장이 미친 듯이 휘날리는 것이 보인다. 아주 멀리서 산의 신들이 울부짖는 것 같다. 바로 그때, 그는 갑자기 몸을 일으켰고 앞으로 뚜벅뚜벅 걸어가기 시작했다.

"장아!"

마이하의 목소리는 자못 우렁찼다.

장이가 쏜살같이 달려와 주인의 앞에서 무너지듯 몸을 숙인다.

"고맙다."

마이하는 단지 그렇게 말했을 뿐이었다. 도대체 무엇이 고맙다는 것인지 뒤따르는 설명은 없었다. 하지만 충실한 종복 장이는 주인이 보통 때와는 무언가 다르다는 것을 느꼈다.

장이가 고개를 숙이는 것으로 겸손하게 대답하자, 공작 마이하는 다시 저벅저벅 걷기 시작했다.

마이하가 멈춘 곳은 침실이었다.

그는 평소와 달리 심하게 덜컹거리는 소리를 내며 거칠게 침실 문을 열었다.

용아는 어젯밤보다는 상태가 좀 나아 보였는데 몸종 애련이 먹여주는 죽을 받아먹고 있는 중이었다.

"들었어요."

먼저 입을 연 것은 용아였다. 어젯밤 정신을 잃을 정도로 앓은 사람치고는 놀랍도록 또렷한 목소리였다. 공작 마이하는 용아의 말을 되묻기라도 하듯 그녀를 바라보았다. 어젯밤에 비해서는 많이 안정을 찾은 모습이었다. 늘 곁에 두던 여종이 시중들고 있어서 그런 것 같기도 했고, 열이 내렸기 때문일지도 몰랐다.

"어제 그 난리가 공작 탓이 아니라 하더군요."

용아의 말을 듣는 마이하의 눈썹이 살짝 꿈틀거렸다.

"묘족에게 그런 특이한 풍습이 있는 줄은 몰랐어요. 아주 옛날 옛날에는 몽골의 칸께서도 이러한 일에 휘말렸었다고 들었지만……. 아직도."

용아는 자신이 정확히 표현하고자 하는 무엇에 대해 고민하느라 잠시 뜸을 들였다. 그렇지만, 적당한 단어가 생각이 나지 않았다.

"그러니까, 요즘이잖아요. 요즘은……. 요즘에도, 이러한 일이 있을 줄은 몰랐어요."

여기까지 말을 끝내고 나니, 조금 쉬워졌다.

"아무튼, 목숨을 구해준 주인을 위해서는 무엇이라도 다 할 수 있는 충성어린 하인들이 스스로 저지른 일이라고 하니까, 공작의 결백에 대해서는 믿어드리겠어요."

용아는 쉬지도 않고 이어 말하면서도 자신이 하는 말들 중 어느 단어에 힘을 주어야 하고 어느 단어에 힘을 빼어야 효과적인 의사 전달에 유리한지 완벽하게 이해하고 있었다. 예를 들자면, 용아는 '충성어린'에서 뜸을 들이며 강한 억양을 사용했는데, '충성어린'이라는 수식어와 '공작의 결백'이라는 말을 할 때도 마찬가지였다.

"게다가 어젯밤에도 약속하셨잖아요. 절 때리시지도, 그리고……."

용아는 적당한 단어 선택을 고민하는 듯 잠시 한쪽 뺨에 힘을 주더니, 다시 말을 이어 나갔다.

"점잖지 않은 짓을 하시지도 않는다고요."

하지만 그렇게 말을 하면서도, 용아는 자신의 말을 완전히 신뢰하지 못하는 것이 분명했다. 혹시 그가 반박하거나 부정하지는 않을까 염려하는 눈빛으로 끊임없이 그의 반응을 관찰하는 것이 한눈에도 보였으니까.

"가족들은 어디 있소?"

마이하가 섣불리 자신의 계획을 노출시키지 않은 채 그렇게 물었다.

"산 아래요. 혹시 이 저택의 하인들 중 누군가를 시켜서 외숙부를 불러주실 수 있으면 좋겠어요."

"외숙부?"

"외숙부예요. 외가인 조선의 도읍에서 북경까지는 먼 거리지요. 제가 북경에 도착할 때까지 보살펴주시느라 저와 함께 오셨어요."

용아가 그렇게 말을 마친 순간 공작 마이하의 눈빛은 먹잇감을 발견한 매보다도 더 날카로웠다.

"그렇군. 근처에 가족은 외숙부가 있었군."

마이하는 중얼거리듯 말했다. 그로서는 가장 가까이에 있는 경계대상이 누구인지 파악하게 된 셈이었다.

"그래요. 어서 외숙부께 제가 여기에 있다는 말을 전해주세요."

용아는 약간의 조바심을 보이면서 그렇게 말했다. 마이하는 잠시 혼자만의 생각에 잠긴 듯 방 안을 서성이다가 장이를 불렀다. 장이가 쏜살같이 뛰어와 그의 발치에서 몸을 숙이자 그는 한 치의 망설임도 없는 목소리로 애련이를 향해 손짓하면서 말했다.

"좀 치워놔."

"……?"

용아가 공작이 무슨 말을 하는지 가늠할 수 없다는 듯 눈을 동그랗게 뜨고 의문스런 표정을 지었을 때 공작이 다시 말을 이었다.

"저 공주의 외숙부에게 공주가 여기 있다는 둥 언질을 주면 곤란하니까."

공작 마이하의 명이라면 하늘의 별도 달도 따겠다는 자세인 장이는 곧 유이와 양이와 함께 버둥거리는 애련이를 질질 끌다시피 해서 침실 밖으로 데리고 나갔다. 용아의 눈이 커지면서 침상 밖으로 나온 채 마이하를 향해 고음의 항의를 퍼부으려고 하는 순간, 그의 크고 힘 있는 손길이 용아의 입을 막아버렸다.

"아기씨! 아기씨!"

애련이 침실 밖으로 끌려 나가면서 격하게 버둥거렸다.

"잘 들어! 북경의 공주."

마이하가 용아와 눈을 맞추면서 나지막하지만 분명한 목소리로 말했다.

"난 나의 고향인 객십으로 돌아가고 싶다. 그러기 위해선 그대가 필요해. 그래서 난 그대와 혼인을 해야겠다고 결정을 내렸어."

분노에 취해 따귀라도 때릴 듯, 반사적으로 용아의 손이 올라가자 마이하는 용아의 팔목을 잡고 그녀를 벽 쪽으로 밀어붙였다. 회칠조차 하지 않은 차가운 벽의 촉감이 공주에게 전의를 상실하게 하게 하는 동시에, 두려움을 증폭시킬 것으로 짐작되었기 때문에.

아, 젠장.

그런데, 자꾸 집중이 안 된다.

아주 무섭게, 아주 악랄한 놈처럼, 아주 사악한 놈처럼 보여야 하는데.

피도 눈물도 없는 무뢰배 무리 중에서도 가장 무시무시한 두목이 되어야 했다. 그런데 못되고 거칠게 굴기에, 지금 마주하고 있는 북경의 공주는 너무나, 너무나…….

'하강선녀…….'

공작 마이하의 머릿속에 계속 그 단어가 맴돌았다.

'너무나, 너무나 어여쁘고……. 또…….'

이 촌구석 산골짝에선 단 한 번도 존재한 적 없는 압도적인 아름다움이었다. 심지어 꾸미지 않은 그 모습조차도. 엉망으로 헝클어진 모습조차도. 이 촌구석의 아낙들이 동틀 무렵부터 해질녘까지 공들여서 단장한들, 결단코 가지지 못할 고귀한 아름다움과 세련된 모습에 질투심마저 느껴질 정도.

공작 마이하는 때를 모르고 눈치 없이 쿵쾅거리는 심장을 모른 척하려 애썼다. 그리고 어이없게 붉어지는 얼굴을 외면하려 부단히 노력해야 했다.

그는 자신도 모르게 다가가 아찔할 정도로 따뜻해 보이는 공
주의 입술에 입맞춤하지 않기 위해서 뒤통수를 단단히 고정시켜
야 할 지경이었다.

용아가 무슨 말인가 하려고 입을 열었을 때 그는 자신의 손으
로 용아의 입을 찍어 누르듯 막아버리고는 자신이 할 말을 했다.

"몽골의 군왕들은 모두 그런 식으로 지위를 보장받지. 나도 안
될 건 없지."

아주 못되고, 무섭게 말해야 하는데, 제대로 목소리가 나온 것
인지 알 수 없었다.

"아니 그러한가?"

그의 악당 흉내가 제법 그럴싸했던 모양이었다. 숨결이 닿을
정도로 가까운 곳에 있던 공주의 눈이 커졌으니까. 공주의 아름답
고 도도한 눈동자에 두려움이 서렸으니까. 그는 당장이라도, 자신
은 극악무도한 놈이 아니고 선량한 나무꾼이라고 말하고 싶은 마
음을 간신히 억눌렀다.

그는 겉으로는 공주의 반응에 아랑곳하지 않는 체하면서, 열
심히 말을 이었다. 그는 용아의 아름다운 외모에 정신을 완전히 빼
앗길까 봐, 더욱 더 말이 끊어지지 않도록 애써 집중했다.

"난 북경의 공주들 중 하나와 혼인해 이 나라의 부마가 되는
것만이 합법적으로 객십으로 돌아갈 수 있는 유일한 방법이라는
것을 진작 알았었어. 하지만 아무리 매파를 보내도, 소용없었지.

아무도 딸을 주려 하지 않았어. 선대 황제께서 약속한 일이었어. 공주들 중 누군가를 내게 주겠다는 약속을 하셨는데도. 내가 지금까지 만난 북경의 공주라고는 그대가 유일해. 그러니 선택의 여지가 없소."

공작 마이하는 맹수처럼 으르렁거리듯 말했다.

마이하는 용아의 눈빛에 서린 경멸감을 마주 보고 나니 자신이 최악의 악당처럼 느껴졌지만, 그 정도는 감내해야 한다는 생각이 들었다. 공주는 이러한 상황과 자세가 모두 마음에 들지 않는듯, 그에게 발길질을 시작했다. 하지만 그는 오래된 고목나무처럼 굳건히 그 자리에 서서 경멸과 증오를 받아내었다. 공주가 그를 때리고 발길질했지만, 이상하게도 전혀 아프지 않았다.

그는 단단히 악인이 되기로 결심한 터.

만주인들은 객십의 왕비를 빼앗아 전리품으로 삼았고, 어린 그를 볼모로 잡아오기까지 하지 않았는가.

객십의 문자를 잊어버린 것은, 객십의 말을 잊어버린 것은 그에게 치명적인 영향을 끼쳤다.

수단과 방법을 가리지 않아야 했다.

청 제국에서 인정할 만한 합법적인 위치가 필요했다. 억지일지 몰라도, 마이하는 모험을 감행하기로 했다.

만주인 친왕가의 부마가 될 수만 있다면.

용아의 입을 막은 마이하의 손에 힘이 들어갔다. 두 사람의 시선이 팽팽하게 얽혔다. 숨이 막히는지 용아의 얼굴이 붉어진다. 용아는 읍읍거리며 마이하를 발로 찼다. 용아의 발길질이 약하지 않았음에도 불구하고 마이하는 어느 정도 시간이 지나고 나서야 비로소 용아를 풀어주었다.

"강제로 혼인을 하기라도 하겠다는 말인가요? 가족들이 없는데서?"

용아가 믿을 수 없다는 목소리로 그렇게 말했다.

"아니, 그게 아니지. 강제로 혼인하거나, 몰래 혼인하거나 할 필요는 없어. 난 그냥 이렇게 얼마간 버티기만 할 계획이지."

"……."

"이친왕가의 공주가 사라졌어. 보통 일이 아니니, 분명 소문이 나겠지. 며칠 후에 되찾는다고 해도 사라졌었다는 사실은 모두가 알게 되겠지."

마이하는 아무 상관도 없는 남 일을 이야기하듯 느릿느릿하게 말했다. 그는 고의로 용아를 약 올리는 것 같기도 했다.

"그때쯤이면 내가 이친왕가에 혼서를 보내도 어쩔 수 없지 않을까."

"당신은 몰라. 전하께선, 부왕께선 결코 호락호락하신 분이 아니셔. 과연 딸이 며칠 사라져, 당신과 함께 있었다는 이유만으로 혼인시키실까? 내 생각엔."

용아가 마이하를 한 번 쏘아보고는 적당한 표현을 찾느라 살짝 고심한 다음 마침내 흡족한 표현을 찾아내었는지 말을 이었다.

"당신의 머리통을 부숴버리실걸?"

용아는 입술을 잘근잘근 깨물면서 말했다. 그것은 결단코 과장도 거짓도 아니었다. 이친왕의 성질을 이미 알고 있는 사람이라면, 그 누구도 용아의 말에 반박하지 못하리라.

"그래?"

"만주인들은 그렇게 앞뒤가 꽉 막혀 있지 않거든. 뭐가 옳은지 틀린지 분명히 아시지. 겨우 나를 며칠간 데리고 있는다 해서 나를 차지하진 못할 거야!"

"과연 그럴까?"

용아의 말에 마이하가 여유 있는 목소리로 되물으면서, 아주 나지막하고도 남성적인 헛웃음을 터뜨리며 되물었다.

"과연 그럴까? 이친왕 전하께서 아무리 무서우신 분이라고 해도 말이야. 설마 손주까지 임신하였다면 상황이 달라지지 않을까?"

"이 서쪽 오랑캐! 야만인!"

용아가 주먹을 쥐었다가, 그 손에 점점 힘이 들어갔고 급기야는 마이하의 얼굴을 정면으로 후려쳤다. 마이하는 피할 수도 있고, 그 주먹을 막을 수도 있었다. 하지만 그는 피하지도 막지도 않으면서 그 주먹을 받아들였다.

퍽!

둔탁한 소리가 났지만, 마이하의 고개가 돌아가진 않았다. 그는 분노를 뿜어대는 용아의 두 눈을 똑바로 보며 말했다.

"공주, 난 그대와 혼인하고 싶어. 아니 될까."

용아의 손이 다시 한 번 올라가자, 마이하가 이번에는 팔을 뻗어 그녀의 손목을 낚아챘다.

　"어제 두 번 맞았고, 오늘 한 번이야. 도합 세 번이야. 공주도 분하겠지만, 더 이상은 안 돼. 장래에 공주 아이의 아버지가 될지도 모르잖아?"

　마이하가 단호하게 말했다. 그에게 잡힌 용아의 손목이 부들부들 떨렸다. 손목만이 아니었다. 온몸이 부들부들 떨리고 있었다.

　"약속했잖아!"

　용아가 악쓰듯 말했다.

　"뭘?"

　"어제!"

　"……?"

　"날 겁탈하진 않는다고!"

　용아가 뭔가 오해를 하고 있는 모양이었다. 아이의 아버지 운운하고, 손주를 임신해도 혼인시키지 않으실까, 따위의 소리를 한 것은 단지 공주를 겁주기 위한 목적이었을 뿐. 하지만 용아는 오해를 한 것이 분명했다. 어젯밤 그녀가 정신을 잃었을 때 어떤 의미심장한 일이 벌어졌다고 믿는 것이 분명했다.

　"네가 약속했기 때문에……. 난 잠들었던 거야……. 설마, 설마 했는데……."

　용아가 끔찍하다는 듯이 속삭였다. 그 목소리가 어찌나 서글

프고 절망적이었던지 마이하는 심장이 따끔따끔거리는 기분마저 들었고, 어디론가로 도망치고 싶은 기분에 사로잡혔다. 갑자기 변명하고 싶어졌고, 악당 역할이 싫어졌다. 그냥 평소대로 마음씨 착한 나무꾼으로 돌아가고 싶어지기까지 했지만, 마이하는 마음을 다잡았다. 그러고는 눈에 힘을 주고 공주를 쳐다보았다.

마이하의 당당한 그 눈빛을 본 용아가 갑자기 커다란 충격을 받아 눈에 초점이 흐려진 모습으로 주변을 황망하게 두리번거렸다. 그러다가 갑자기 외마디 비명 같은 소리를 내지르며 이불자락을 들어 올렸다.

"……!"

용아의 손에 들린 이불자락을 보니, 어젯밤 그의 코피로 얼룩이 져서 보기가 흉했던 바로 그 부분이었다. 피 묻은 이불자락을 든 용아의 손이 격하게 떨리고 있었다.

피!

피였다!

공주 용아는 따지지도 않았고, 화내지도 않았다. 다만, 타는 듯한 증오가 담긴 눈빛으로 마이하를 쏘아볼 뿐이었다. 공작 마이하는 용아의 두 눈을 보면서 그녀가 피 얼룩을 무엇으로 오해하고 있는 것인지 눈치 채었지만 그에 대해서 어떠한 해명도 하지 않고 묵묵히 증오의 눈길을 견뎌내면서 생각했다. 이제는 절대로 돌이킬 수 없겠다고.

침묵.

아주 묵직하고 숨 막히는 침묵.

마이하는 전혀 어울리지도, 필요하지도 않은 헛기침을 하고 나서 말했다.

"조용히 있어. 난 나무를 하러 나가야 해. 일을 하는 사내를 본 적이 있나? 북경의 귀족들 중에는 일하는 사람이 거의 없다고 하더군. 다들 금으로 만든 손톱 덮개까지 하고 고상한 소리를 지껄이면서 맛난 것을 잔뜩 먹는다고 들었어."

마이하가 아무렇지도 않다는 목소리를 가장하여 그렇게 말했다. 용아는 충격을 받은 탓인지 벽에 기대더니 그대로 주르르 미끄러져 주저앉아버렸다. 마이하는 그 모습을 보니 어쩐지 불유쾌해져서 그대로 몸을 돌려 자신의 침실을 나오고 말았다. 결심한 대로 순조롭게 진행되어가고 있는데 무엇이 이리도 불유쾌한 것인지 그 마음의 근원을 알 수 없었다.

침실 바깥으로 나오자 장이를 비롯한 다섯 놈들이 몰려 있었다.

공주를 붙잡아 오고 나선 계속 이런 식이다. 그전엔 단 한 번도 주인의 침실 근처에 기웃거리지 않았으면서.

그 녀석들은 침실 안에서 나오는 소리를 엿듣기 위해 침실 문간에 바짝 붙어 있었는지 바닥에 엉덩방아를 찧었다가 발딱 일어났다. 다섯 녀석들이 하나같이 분주하게 쏟아져 내리고 있었다.

"어이쿠……!"

"주. 주인 나리."

"저희는 엿들으려고 한 게……."

"필요하신 게 있으시면……."

"아이코."

녀석들은 저마다 한 마디씩 지껄이고 있었다.

마이하는 그들을 차례로 스윽 바라보더니 엄숙하게 말했다.

"장아, 양이야, 부이야, 원이야, 유이야"

주인의 부름에 녀석들이 충실하게 고개를 숙인다.

"네, 주인 나리."

제법 절도 있게 다섯 녀석들이 동시에 대답을 한다.

"교대로 여기를 지켜야 할 거야."

"……?"

방 안에서의 대화를 듣지 못했는지, 장이를 비롯한 다섯 녀석들은 쉽사리 주인의 말뜻을 알아듣지 못하고 눈만 껌뻑이고 있었다.

마이하가 다섯 녀석들을 한참이나 물끄러미 바라보더니, 마침내 이렇게 덧붙였다.

"그렇게 자주 도망치지는 않겠지."

제
6
장

선녀는 날개옷을 돌려달라고 애원했지만 나무꾼은 단호했습니다. 그 모습을 지켜본 선녀는 이렇게 말했습니다.

"제 날개옷을 돌려주지 않으신다면 전 걸어서라도 집으로 돌아가겠어요. 세상 끝까지 걸어가면 하늘이랑 맞닿는 곳이 있을 테니까요."

작자미상 '목객전(木客傳)' 中

침실의 문이 닫히는 소리가 들린 후 한동안 용아는 멍하니 이불자락에 묻어 있는 핏자국만을 응시했다가 갑자기 벌떡 일어나서 자신의 옷을 헤집어보았다. 치마를 들춰내어 다리 안쪽의 피부를 꼼꼼히 살펴보았지만 다리 어디에도 핏자국이 묻은 것을 발견하지 못했다.

용아는 안도의 숨을 내쉴 뻔했다가, 어느 순간 다시 얼어붙었다.

이건 피!

입고 있던 하얀 속치마 한쪽에 한 무더기 피 얼룩이 보였던 것이다.

처음 이불에서 핏자국을 발견했을 때 찜찜하긴 했지만, 그것이 자신의 피가 아닐 가능성이 더 높다고 결론내리고 불안한 마음을 애써 누르고 있었다. 하지만 자신의 치마에 피가 묻어 있다면 그것이 자신의 피일 가능성도 있단 거였다.

모든 처녀가 첫 밤을 치르고 나서 피를 흘리는 것은 아니라고 들었다. 하지만 월경일이 아닌 처녀가 누워 있던 이불 위에 피가 묻어 있는 데다가, 같은 침실에 젊은 사내가 함께 있었다면…….

아무런 이유 없이 피가 쏟아지지는 않았을 게 분명하다.

그리고 이불 위에 피 얼룩이 있다는 것보다 더 불행한 사실은, 용아가 어젯밤 일 중 기억하고 있는 부분이 극히 일부에 지나지 않는다는 사실이었다. 고열에 시달리고 있었기 때문에 기억이 나지 않았다. 짤막짤막하게 잠깐 잠깐이 기억날 뿐이었다. 침상 위에서 저 망할 놈의 공작이란 작자를 본 것은 기억이 났고, 그에게 자신을 때리거나 겁탈할 것인지 물었던 것도 기억이 났다. 그리고 언제부턴가 애련이가 자신의 곁으로 와서 정성스럽게 달인 약초 물을 입안으로 흘려 들여보내고 있었다. 공작이 갑자기 왜 자비를 베풀어 애련이를 곁에 두게 했을까.

애련이는 고열에 괴로워하는 용아를 밤새 간호했고 아침에는 죽을 떠먹여주었다. 그리고 아침에 깨었을 때 공작이라는 작자는 분명히 침상 위가 아닌 낮은 의자에 누워 있었다.

그 외에는 기억이 나지 않는다.

몹시 열이 났었던 것 같다.

지금도 완전히 열이 내린 것 같지는 않으니까.

계속해서 멍한 상태가 지속되었고 꿈인지 현실인지 모를 상황의 가운데에서 헛소리들을 했었던 것 같다.

용아는 입술을 잘근잘근 깨물어가며 생각에 집중했다.

불현듯 애련이나 공작이란 작자 둘 중 누군가가 다리 사이를 무언가로 닦아내었을지도 모른다는 생각이 들었다. 그 생각을 하자, 등골이 서늘하게 느껴질 정도로 끔찍했다.

어쨌든 용아는 그 작자의 말대로 자신이 정신을 잃은 틈에 겁간당했다고 해도 절대 얼렁뚱땅 혼인을 하거나 하지는 않을 작정이었다.

어떻게든 이곳에서 빠져나갈 것이다. 산 아래로 내려가야 한다.

그러기 위해선 이 낡아빠진 저택이 산의 어느 부분에 위치했는지, 그것을 가늠해야 했다.

어젯밤과는 달리 햇빛이 잘 들어와 방 안의 모습을 자세히 살필 수 있었다. 용아는 침상 위에서 내려와서 큼직한 방 안을 둘러보았다. 무늬라고는 전혀 없는 광목천으로 만든 수수한 휘장 사이로 햇빛이 쏟아졌다. 용아가 휘장을 확 치워버리려다가 머뭇거렸다.

더럽다.

정말이지 더러워도 너무 더럽다. 이것을 세탁한 지 얼마나 시간이 지났는지 가늠되지 않을 만큼 지독히도 더러웠다.

용아는 광목천의 끝을 손끝으로 살짝 잡고서 밀어보았다. 햇빛이 폭포수처럼 쏟아져 들어와 눈이 부신 와중에 창문을 힘껏 밀어보았다. 어지간한 출입문보다 더 큰 창문이 한쪽 벽면을 온전히 차지하고 있었다. 창밖을 내다보고 나니 더욱 놀라웠다. 창밖에 발을 디디고 설 땅이 없었던 것이다. 급격하게 깎아지른 절벽이 펼쳐지는 지형으로, 밖을 내다보니 아찔하기 짝이 없었다. 동시에, 창을 밀어 열어보니, 상쾌한 바람이 밀려들어 왔다. 바람이 돌연 용아의 코끝으로 들어오는가 싶더니 몸 속 깊숙한 곳까지 초록빛 풀냄새를 품게 해주었다.

역설이었다.

생애 최악의 순간이라고 생각한 오늘 아침에 맞이하는 바람과 햇빛이, 문득 여태까지 살아왔던 그 어떤 날의 그것보다 근사하다는 것은. 문 밖으로 펼쳐진 산의 골짜기 골짜기들과 어마어마한 나무숲들은 아찔한 장관을 이루고 있었다. 이런 곳이 있을 수 있다는 것이 참으로 놀라웠다.

용아는 상쾌한 공기를 최대한 들이마시고는 방 안을 좀 더 찬찬히 살펴보았다. 큼직한 침상이 한가운데 놓여 있었고 그 곁으로 검은 칠을 한 투박한 낮은 서랍장과 장롱들이 보였다. 침실의 오른쪽 벽면에는 긴 의자가 기대어 놓여 있었고 왼쪽 벽면에는 무늬 없는 작은 탁자를 사이에 둔 딱딱한 다갈색 의자 두 개가 눈에 띄

공작의 청혼

었다.

침실의 바닥은, 흙이었다.

나무도 아니고, 돌도 아니고 흙바닥.

용아는 자신의 맨발에 고스란히 느껴지는 흑갈색 흙의 알갱이들을 불편스레 내려다보았다. 자신의 발이 이토록 더러워본 것은 처음이라고 생각하며.

"까아!"

그때 용아가 갑자기 외마디 비명을 질렀다.

세상에, 자신의 발등 위로 지렁이가 기어오르려고 한 것이다.

"저……. 저, 저리 가!"

용아는 미친 듯이 발을 털어 지렁이를 떨어뜨렸다. 맹세코 이렇게 빠른 속도로 발을 흔들어본 것은 태어나서 처음 있는 일이었다. 지렁이가 떨어져 나가자 용아는 간신히 안도의 숨을 내쉬며 주변을 두리번거렸다. 어딘가에 침실용 실내화가 있지는 않을까 하는 기대가 있었기 때문이다.

하지만, 실내화 따위는 없다.

그런 세련된 생활이 가능한 곳이었다면 애초에 흙바닥이나 지렁이 따위도 발견하지 못했어야 하는 게 분명했다.

덜컹!

갑자기 침실 문의 돌쩌귀 소리가 요란하게 삐걱거리는가 싶더니 거칠게 문이 열어젖혀졌다. 문 앞에는 그 증오스런 공작이란 작자가 아주 다급한 일이 있어 달려온 양 숨을 몰아쉬며 용아를 바라보고 있었다. 뭔가 몹시 걱정되는 일이 있는 양, 얼굴이 잔뜩 굳어 있는 채로.

"뭐야?"

"……?"

"소리 질렀잖아!"

공작 마이하가 무언가 위험상황이 발생했는지를 확인하는 것처럼 침실 안을 둘러보았다. 하지만 방 안에는 아무런 특이한 점도 발견되지 않았다. 방 안을 빈틈없이 살피는 그 모습을 바라보는 공작에게 용아는 한껏 비아냥거리듯 물었다.

"청소는 하고 사는 거예요?"

대답을 들으나 마나였다. 당연히 청소 따윌 하는 방이 아니올시다, 인데. 정기적으로 청소를 한다면 이 따위 난장 꼬락서니가 나올 리가 없다.

"난 이런 데선 못 있어. 불결해. 더러워. 이불에서 냄새 나."

용아는 상대의 약을 올리려는 의도가 다분한 혼잣말을 중얼거렸다. 사실 공작이 한 짓에 비하면, 이 정도로 미워하는 건 아주 약과이지 않나. 그가 한 짓에 비해서 증오심이 너무 얕다고 느껴질 지경이다.

용아는 이곳에서 빠져나가야겠다는 결심은 명확히 했지만 일단은 신중할 생각이었다. 한번 실패하게 되면 그다음부턴 기회를 잡기가 더 어려워질 것이 자명하니까.

"애련이를 불러줘."

용아는 공작 마이하를 향해 고개를 뻣뻣이 든 채 그렇게 말했다. 상대의 불손한 의도를 모두 눈치 챈 이 마당에 예의 따윌 차릴 이유는 없었다.

사실 용아는 힘이 없고 지쳤지만, 그리고 온몸이 쑤시는 느낌을 받고 있기도 했지만 이 사내 앞에서 그런 내색을 할 마음은 손톱만큼도 없었다. 그래서 고의적으로 더 딱딱 끊어지는 발음으로 도전적으로 할 말을 전달하고 있었다.

"얌전히 있겠다고 약속하면."

안 돼, 라는 짤막한 거절이 곧바로 튀어나올 줄 알았는데 뜻밖에도 공작은 용아의 말을 들어주는 대신에 얌전히 있으라는 조건을 걸었다.

'얌전히 있으라니!'

조건이라는 것이 상당히 속이 부글거리게 하는 굴욕적인 내용이었으나 용아는 현명하게도 자신의 속마음을 내비치지 않고 무응답으로 그 조건을 수락했다.

"말썽부리지 말고 있어. 난 일을 해야 하니까. 또 한 번 지렁이 따위에 놀라서 소리를 질러도 이젠 좀 멀리 나가야 해서 달려올 수가 없어."

그는 마치 어린아이에게 타이르듯 그렇게 말했다.

'마치, 아주 마음씨 착한 아저씨처럼……?'

'마음씨 착한'이라는 단어를 생각하다가, 용아는 코끝을 찡그렸다. 공작은 전혀 착한 사내가 아니었다. 아주 못되고, 고약하고……, 심술궂은 사내.

'근데, 지렁이 때문에 소리를 질렀다는 걸 도대체 어떻게 알아 챈 거지?'

용아는 궁금증이 이는 동시에 공작이 말한 '말썽'이라는 단어 선정에 속으로 발끈하였지만 일단 잠자코 있었다. 애련이를 곁으로 데려와준다면 다른 것에는 신경 쓸 생각이 없다. 애련이와 함께 어떻게든 여기서 빠져나갈 궁리를 하는 데만 골몰할 것이다. 게다가 일을 하느라 조금 멀리 떨어진 곳으로 가야 한다니 더 이상 토를 달 이유가 없다. 창문은 막다른 절벽 지형이 있는 쪽에 아주 크게 나 있다.

용아는 착한 어린이처럼 충실히 고개를 까딱거렸다.

공작이란 작자는 그런 용아의 모습에 안심한 듯 만족스럽게 고개를 끄덕이더니 용아의 곁으로 다가와 발밑의 지렁이를 솜씨 좋게 집어서는 창밖으로 사정없이 던져버리고는 바깥으로 나가버 렸다. 그가 방 바깥으로 나갈 때 문을 단단히 거는 소리가 귀가 멍하니 울린다.

용아는 방 안에 혼자 남아서 한참이나 열린 창문의 아래쪽을 내려다보았다. 완전한 절벽은 아니었지만 절벽의 지형이었다. 용아의 키의 세 배쯤 되는 높이까지 아래로 내려가면 밟을 수 있는 땅이 약간은 있었고, 그쪽까지만 내려가서 조심스럽게 오른쪽으로 움직이기만 하면 절벽 지형이 아닌 평범한 산속으로 들어갈 수 있을 것 같았다.

용아는 망설였다.

'혹시 발이라도 잘못 디딘다면……?'

침실의 문이 덜컹 열렸다. 용아가 돌아보기도 전에 거의 울먹이다시피 용아에게 달려오는 애련이의 소리가 들렸다.

"아기씨!"

애련이는 엄마를 잃은 어린아이처럼 용아의 품까지 뛰어들었다가 용아가 아직 열이 완전히 내리지 않았다는 사실에 흠칫 놀라면서 말했다.

"아기씨, 아직 열이 다 내리시지 않으셨어요. 침상에 누워 계세요. 물수건을 이마에 놓아드릴게요."

"눕지 않을 거야!"

용아가 갑자기 소리치듯 말했다. 애련이 찔끔하여 용아를 바라보자 용아가 추위가 느껴지는지 몸을 약간 웅크리며 덧붙여 말했다.

"거긴 절대 다시 안 누워!"

용아의 기분에 대해서는 자신의 손바닥 손금처럼 환히 파악하는 애련의 표정이 갑자기 어두워졌다. 애련도 이불 위의 핏자국에 대해서 알고 있는 것이 분명했다. 사실 애련은 아주 젊었지만 동시에, 이미 혼인을 한 적 있는 과부였기에 그런 부분을 간과하지 않았으리라.

"너도 봤어?"

용아가 절망적으로 얼굴을 찡그리며 말을 이어나가다가 말끝을 흐렸다.

"내 옷에도 피가 묻어 있어. 네가 말해주었잖아. 처음으로 그런 일을 겪게 되면 아프기도 하면서 피가 나올 수도 있다고……."

"기억이 안 나세요?"

"응. 전혀. 그리고 하부가 아프지도 않아."

용아가 무언가 희망적인 결론을 기대하며 그렇게 말했다.

"……."

하지만 애련은 그 어떤 긍정적인 위로도 못 한 채로 걱정스러운 눈길로 용아를 바라보기만 하는 것이다.

"넌 어떻게 생각하니? 그런 일을 내가 기억하지 못할 수도 있다고 생각해? 피가 흐를 정도인데 아픔을 기억 못 할 수가 있겠어?"

참다못한 용아가 단도직입적으로 물었다.

"밤에 아기씨께선 계속 헛소리를 하셨어요. 전 모르겠어요. 아기씨께서 기억하는 것인지 못 하는 것인지, 그걸 제가 어찌 알 수가 있겠어요?"

애련이가 입술을 깨물면서 말을 멈췄다. 자신도 못내 꺼림칙하다고 느끼는 모양이었다.

"난 여기서 나갈 생각이야. 애련아, 날 도와줘."

용아가 의미심장한 목소리로 그렇게 말하자 애련이 숨죽이며 다음 말을 기다렸다.

"저 아래로 내려가려 해."

애련은 용아가 팔을 뻗어 가리킨 창문 아래를 내려다보더니 턱이 떨어져 나갈 듯 입을 벌리고는 확신 없는 목소리로 속삭였다.

"가능할까요?"

"뭔가로 끈을 만들어야겠어."

"하지만 이쪽은 위험해서."

"안 위험한 쪽으로 갔다가 바로 붙잡히고 말걸?"

용아의 그 말에 애련도 동의한다는 듯 고개를 끄덕였다.

"실패가 없도록 확실히 준비해야겠지. 하지만 밤이 되기 전에 여기서 나가야 해. 저 침상 위에서 다시는 자지 않을 거야."

용아는 침실의 입구 쪽으로 다가가 살짝 문을 열어보았다. 눈을 노려볼 듯 시선을 집중하고 있던 부이와 눈이 마주쳤다.

"필요한 게 있으십니까?"

부이가 기나긴 전쟁에 참전하고 고향에 막 돌아온 잔뼈 굵은 병사처럼 딱딱하게 물었다. 무기가 될 만한 방망이를 어깨에 걸고 있는 게 제법 어울렸다.

"밥은 언제 주지?"

용아가 얼결에 그렇게 물었다. 하지만 물어놓고 보니 매우 적절한 질문이었다는 생각이 들었다. 자신이 이 침실 안에서 사라진 것을 발견하려면 얼마 정도 시간이 걸릴까 가늠해볼 필요가 있다.

"시장하십니까?"

부이의 질문에 용아는 격하게 고개를 끄덕였다. 혹시나 부이가 밥을 챙기러 자리를 비우게 된다면 그보다 더 좋은 일은 없을 것이다.

"알겠습니다. 잠시만 기다리십시오. 양이가 곧 점심을 차려드
리러 올 것입니다."

정해진 대사를 읊어대듯 부이가 그렇게 말했다.

"마당에 나가봐도 될까?"

용아는 신중하게 부이의 눈치를 살펴가며 질문을 던지고는 그
의 반응을 지켜보았다.

"……."

부이는 한동안 고민하는 기색을 보이며 대답하지 않았기에 용
아가 다시 한 번 채근하듯 말하며 부이의 팔 위에 살포시 자신의
손을 얹었다가 떼어보았다.

애원이 담긴 눈빛을 빛내면서.

"마당에 나가봐도 될까? 응?"

부이는 잠시, 용아의 눈빛에 흔들리는 듯했다. 부탁은 아주
간단한 것이었다. 고작 마당에 나가본다는 것. 하지만……. 하지
만……. 수락할 수 없다.

"……주인님은 좋으신 분입니다."

부이는 다시 병사와 같은 어투로 되돌아와선 그렇게 말했다.
용아는 부이를 구슬리는 것이 가망 없는 일임을 알고는 신음을 삼
키면서 문을 닫았다.

쾅!

용아는 무지막지한 소리가 들리든 말든 상관하지 않고 거칠게

문을 닫고는 걱정스러운 표정으로 자신을 보고 있는 애련을 향해 질문했는데 그녀의 목소리는 의외로 평범했다. 목에서 가래 끓는 소리가 조금 났을 뿐.

"큰 저택이야? 아니면 방이 두세 개밖에 안 되는 작은 집이야?"

"마마, 추우시겠습니다. 뭐라도."

애련은 용아의 말에 냉큼 대답하는 대신 주위를 두리번거리더니 검은 칠을 한 칙칙한 옷장을 뒤지기 시작했다. 저것이 옷장인 줄 어떻게 알았을꼬. 여종들이란 참으로 신기하다. 자신이 있는 곳이 설사 낯선 곳일지라도 세탁을 마친 옷들이 어디에 있는지 어렵잖게 찾아내니 말이다. 옷장 뒤지기를 마친 애련이 적당한 무언가를 찾아내었는지 손놀림을 멈추고는 그것을 손에 쥐고는 용아에게로 다가와 어깨에 휘휘 둘러준다.

"음. 큰 저택이에요. 산 중턱에 도대체 어찌 이런 것을 지었나 싶을 정도로. 전체적으로 아주 낡았고요. 그리고 큰 창문을 제외하고는 다른 창은 모두 마당으로 통하는 거 같아요."

애련이 말하는 큰 창문이라는 것은 의심할 여지 없이 절벽 지형과 맞닿아 있는 창이었다. 용아는 자신의 몸에 둘러져 있는 옷이 누구의 것인지를 생각하지 않으려고 애쓰면서 말했다.

"옷, 더 있어?"

애련은 옷장을 뒤져 자잘한 옷들을 끄집어내 왔고, 용아는 그것들을 모두 이어서 창문 아래로 늘어뜨린 다음 밑으로 내려가야 한다고 주장했다.

계획은 곧 실행되었다.

용아는 문가에서 기척을 들었고, 애련이는 침상 곁에서 옷들을 계속해서 묶어서 길게 만들었다. 침상 곁에 바짝 붙어서 매듭 만드는 일을 도모하고 있는 이유는 간단했다. 점심을 준답시고 문을 열었을 때, 재빨리 그것들을 침상 밑에 밀어 넣기 위함이었다.

순조로웠다.

점심이라고 나온 것은 여러 가지 곡식을 섞어 지은 밥과 소금에 절여 구운 고기, 된장에 졸인 무와 파, 볶은 버섯이었다. 용아는 아무 말 없이 거친 밥을 삼켰다. 그것들은 아무리 후한 점수를 준다 해도 그다지 맛이 없는 음식들이었지만 지금 상황에서 까다롭게 굴 수는 없는 노릇 아닌가. 여기서 빠져나가겠다는 계획을 무사히 실행시키려면 일단 음식 맛을 가지고 타박해선 안 되었다. 힘을 비축할 필요도 있었고.

공작의 목소리가 방 바깥에서 들린다.

'점심을 먹기 위해 왔나 보다.'

목소리는 들렸지만, 침실 안으로 들어오지는 않았다. 다행이었다. 공작이라는 작자가 꽤 눈치 빠른 인물이라는 것은 지렁이를 창밖으로 던져버렸을 때 단번에 꿰뚫었다. 공작이 방 안에 들어오기 전에 계획을 실행시킬 필요가 있었다.

"아기씨, 다 됐습니다."

옷들을 길게 잇는 작업을 하고 있던 애련이 용아를 향해 속삭이듯 말했다.

"좋아."

잠시 동안 멀지 않은 곳에서 들려오던 공작의 목소리가 더 이상 들리지 않았다. 다시 일을 하러 간 것으로 생각되어졌다. 문틈으로 살짝 보니 여전히 부이가 침실 앞을 지키고 있었다. 용아는 애련과 함께 조심스럽게 옷 궤짝을 밀어 침실 문을 막아놓고는 옷으로 이어진 두터운 줄을 침실 기둥에 묶었다.

먼저 내려가기로 한 것은 용아였다.

겁이 많은 애련이 부들부들 떠는 것을 보고 용아는 의연한 척 가장하며 두텁게 말아놓은 끈을 허리에 세게 동여맨 후 손목에 한 번씩 말아 쥐었다. 그러고는 천천히 창문 바깥으로 몸을 밀었다. 심장이 미친 듯이 쿵쾅거렸다.

"넌 할 수 있어. 용아야."

하지만 용아는 한 발도 떼지 않아, 어쩌면 자신이 죽을지도 모른다는 생각을 하게 되었다.

'이건 미친 짓이야!'

용아는 죽을 만큼 겁이 났고, 몸이 딱딱하게 굳어 제대로 움직이지도 않을 지경이었다.

스산한 바람이 그녀를 휘감았고, 얇은 속치마가 바람에 나부꼈다.

두려움에 질식해 죽느니 차라리 다시 위로 기어 올라갈까 하는 고민이 심각할 정도로 강렬하게 그녀를 공격했다. 하지만 그 순간 아주 나이가 많은 오래된 나무 냄새와 마른 잎담배 냄새가 용아의 코끝을 스쳤다.

'이 냄새는?'

애련이가 용아에게 입혀준 그 작자의 옷에서 나는 냄새였다. 흙냄새와 이끼를 머금은 나무 냄새. 그리고 잎담배 냄새가 섞여 있다. 그 공작이라는 작자에게서 나는 냄새랑 같았다. 누구의 옷임을 확실히 확인한 그 순간, 뜻밖에도 용아는 정신을 바짝 차렸다. 용기까지는 아니어도 오기는 솟아났다.

용아는 천천히 몸을 움직였다.

가파른 돌 벽을 끼고 늙은 넝쿨 식물들이 엉망으로 엉켜 있었다는 것이 그나마 다행이었다. 정신없이 버둥거리던 발을 올려놓을 데라도 있었으니 말이다. 무섭긴 했지만 의외로 정신은 말짱했다. 위에선 애련이 걱정스러운 눈길로 내려다보고 있는 것이 보였다.

내려가면서 몇 번인가 심장이 떨어질 듯 무서운 고비가 있었다.

하지만 용아는 그 위험천만한 난관들을 모두 넘겼다.

식은땀이 온몸에서 돋아났다가 순식간에 식어버렸다. 집중을 했던 탓인지 몸에 미열이 있었다는 사실도 완전히 잊어버렸다.

마침내 용아의 발이 바닥에 닿았다.

바닥이라고 하지만 조심해야 했다. 두어 발자국만 움직이면 무시무시한 절벽이 이어지는 바로 그 자리였던 것이다. 용아는 의지

해서 움직여왔던 줄을 흔들어 애련이에게 신호를 보냈다. 하지만 애련은 좀처럼 움직이지 않더니, 계속해서 재촉하자 훌쩍훌쩍 우는지 어깨를 들썩거렸다.

"너무 무서워요. 아기씨. 전 못 하겠어요."

애련이가 소리죽여 흐느끼며 그렇게 말했다.

'혹시 문 밖을 지키고 있는 어린놈에게 들키면 어쩌려고 저렇게 운단 말인가!'

애련이의 두려움을 이해하긴 했지만 용아는 바짝 안달이 났다. 애련이는 몇 번이나 망설이다가 겨우 창밖으로 나왔지만, 창틀에 매달린 채 손을 떼지도 못하고 몸만을 버둥거릴 뿐이었다. 날개가 있었다면 붕 떠올라 애련이의 떨리는 몸을 잡아주고 싶을 정도로.

얼마나 지체했는지 어느덧 해가 뉘엿뉘엿 지고 있었다.

용아는 결국 혼자 산 밑으로 내려간 다음 나중에 애련이를 데리러 오기로 했다. 애련이도 차라리 자신은 남아 있겠다며 도저히 내려갈 수 없다고 애걸했다. 아무리 벽을 타고 내려오는 것이 무서워도 그렇지, 공작의 저택에 남아 있겠다니, 이 산속에 정인이라도 숨겨둔 게 아닌지 의심스러울 지경이다.

한낮일 때보다는 확실히 날씨가 쌀쌀해졌다. 용아는 어깨를 움츠리며 애련이가 걸쳐준 공작이란 작자의 외투 안으로 파고들었다. 그 작자의 옷이라니, 당장이라도 내동댕이치고 싶었지만 지금 자존심이나 체면 따위를 차릴 때가 아니었다. 산 아래로 내려가 외숙부를 만난다면 이 외투부터 발기발기 찢어 불태워버리리라!

'빨리 산 아래로 내려가야 한다!'

'산 아래로 내려가 외숙부께 도움을 청하고 가련한 애련이를 구해내자!'

용아는 천천히 걸음을 옮겼다. 옷가지로 만든 끈으로 절벽에 찰싹 달라붙어 내려올 때보다는 덜했지만 여전히 위험한 곳에 서 있다. 아찔한 저 아래로 떨어지지 않으려면 조심해야 한다. 용아는 정신을 바짝 차려서 길처럼 보이는 곳까지 나왔다.

길다운 길로 들어서서 산 아래쪽으로 향하게 되자, 안도감으로 다리가 흐물거릴 지경이었다.

졸졸졸.

멀지 않은 곳에서 냇물 흐르는 소리가 났다.

처음 들어선 길이었지만 산 아래로 가는 길이 맞는 것이 확실하다. 물은 자고로 위에서 아래로 흐르는 법이니까.

용아는 입고 있는 외투를 바짝 여몄다.

주변엔 온통 축축한 나무 냄새와 흙냄새, 이따금 들리는 새소리뿐. 자잘한 돌이 굴러다니는 바닥은 상당히 경사져 있는 데다 여간 미끈거리는 것이 아니었던 탓에 용아는 두 다리에 잔뜩 힘을 주었다. 제대로 된 신이 없었기에 밧줄로 썼던 옷가지를 뜯어다 발에 감아두었기 망정이지 그러지 않았다면 발이 피투성이가 되었을 거다.

얼마쯤 걸었을까.

용아는 그 자리에서 딱 멈춰 섰다. 울퉁불퉁한 산길을 잘 보고 걷느라 바닥으로 시선을 주고 한 걸음 한 걸음 떼고 있었는데 갑자기 눈앞에 그늘이 끼는 것을 느껴 고개를 든 직후였다.

바로 앞에 서 있었다.

그 공작이란 작자가!

생각해보니, 저런 꼬락서니를 한 사내가 공작이라는 것 자체가 의심이 간다. 도대체 청 제국의 일등 공작 따위가 무슨 일이 있어서 이 산골짝에서 나무꾼으로 살아간단 말인가. 뭔가 아귀가 맞질 않는다. 애초에 일등 공작이라는 작위! 그건 공주들과 혼인한 만주 귀족들에게나 내리던 작위가 아니던가! 그 작위를 받았다면, 응당 온갖 호사를 누리며 지내고 있어야 옳다.

용아를 보는 공작 마이하의 눈빛이 심상치 않았다.

구불거리는 그의 갈색 머리가 바람에 흩날렸다.

그가 먹이를 겨냥하고 있는 맹수의 눈빛으로 아주 느리게 다가왔다. 그는 손에 쇠도끼를 쥐고 있었는데, 그 도끼를 아주 점차적으로 들어 올리고 있었다.

"......!"

용아는 침을 꿀꺽 집어 삼켰다.

"날 죽일 텐가?"

용아는 자신의 목소리가 당당하게 나오기를 바랐지만, 뜻대로 되지 않았다. 겁을 집어먹은 목소리는 잔뜩 떨리고 있었다.

"닥쳐!"

공작이 말했다. 그런 후에 그는 서슬 퍼런 쇠도끼를 번쩍 집어 들고는 기합 소리를 내면서 갑자기 튀어 오르듯 움직였다.

"······!"

공작의 몸짓에 용아가 나가떨어졌다. 그는 도끼를 휘두르면서 동시에 용아를 옆으로 밀었던 것.

푸르르 하는 산짐승의 소리가 들리고 풀들이 쓰러지는 소리가 들렸다. 용아는 넘어지면서야 비로소 자신의 바로 뒤쪽에 몸집이 거대하고 시커먼, 그리고 주둥이 사이로 송곳니가 한 뼘도 넘게 튀어나온 멧돼지의 존재를 의식했다.

'멧돼지다!'

용아의 바로 뒤에 멧돼지가 있었던 것이다.

상당히 큰 놈이었다.

힘 좋게 생긴 몸집은 장정 둘의 무게는 너끈히 나갈 듯 보였다.

짤막한 네 다리가 제법 절도 있게 움직였고, 찢어진 눈은 상대를 힘껏 노려보고 있었다. 놈은 그리 나이가 많지 않은 젊은 놈인 것이 분명하다. 좀 더 나이 먹었다면 아마 적을 파악하느라 좀 더 미적거리다가 공격하였을 것이 분명하니까.

퍼더덕.

혹은 우드득, 하는 소리가 들렸을까.

용아는 자신도 모르게 눈을 감아버렸다. 절벽을 타고 땅을 디디던 순간에도 눈을 감지 않고 정신을 바짝 차렸었는데······!

고요.

돌연 고요.

순간적인 적막이 용아의 주변을 무겁게 짓눌렀다.

그러더니 푸드덕 하는 소리가 점점 멀어졌다. 다시 조용해졌다. 소리라고는 바람 소리밖에 없었다. 승자가 누구인지 확신이 들지 않았다. 일단 용아 자신이 살아남은 것은 분명했지만.

용아는 천천히 눈을 떴다.

"제길!"

공작은 고통을 견딜 때, 자신에게 욕설을 퍼붓는 버릇이 있는 사람임이 분명했다.

"우라질!"

공작은 반쯤 고꾸라진 자세로 왼쪽 옆구리를 두 손으로 꾹 누르고 있었는데, 그건 조금이라도 피가 덜 새어나가게 하려는 의도로 읽혀졌다. 하지만 노력에도 불구하고 붉은 피가 펑펑 쏟아지고 있었다.

"썩을……."

공작은 계속해서 욕을 퍼붓고 있었다. 누구를 향해서 하는 말인지는 확실하지 않다.

용아는 주변을 둘러보았다. 멧돼지가 혹시 주변에 있는지 확인하기 위함이었다.

"멧돼지는 갔어. 붕대를 좀 만들어봐."

그는 아픔을 참아내느라 잔뜩 억눌린 목소리로 쥐어짜듯 말했다.

"어떻게 된 거죠?"

어째서 이 작자에게 이토록 예의를 차린 말투로 질문하는 것인지 모르겠다. 멧돼지로부터 자신을 구해준 것도, 진심으로 자신을 걱정해서 그런 것이 아니라 그녀와 억지로라도 혼인을 해야겠다는 야심찬 흉계 때문이 아니던가. 하지만 용아는 지금 이 순간만큼은 그를 약 올리거나 아픔을 비아냥거릴 만한 생각이 들지 않았다.

"……."

붉은 피가 그의 손가락 사이를 비집고 샘물처럼 쉼 없이 솟구쳤다. 그 순간 용아는 오싹한 기분이 들었다. 기회가 되면 그를 목 졸라버리고 싶다는 생각을 했었지만, 그래도 막상 기회가 생기자 용아는 살인을 저지르기엔 자신이 지나치게 가정교육을 잘 받았다는 사실을 깨달았다.

"붕대!"

그가 고함쳤다.

그의 옆구리에서 피가 쏟아지는 것을 보고서야 용아는 겨우 정신을 차렸다. 어차피 자신이 직접 그를 죽이지 않아도, 누군가 대신해줄 것이다. 그 누군가가 부왕이실지 아니면, 자신을 긴 여행에서 보호할 의무를 지닌 조선국 외숙부가 될지, 그도 아니면 떨어져 지내는 동안 부왕의 체격만치 자랐다고 하는 남동생이 − 혹은 남동생들 − 될지 모르겠지만 말이다. 자신이 직접 그에게 죄를 묻지 않아도 종래에는 누군가 그에게 복수해줄 것이라는 결론이 용아에게 자비심이라는 여유로운 감정을 일깨워주었다.

결국 용아는 자신의 속치마를 찢기 시작했다. 아무리 겉에 공작의 긴 외투를 걸치고 있다손 치더라도 속치마를 찢다니! 아무리 속바지를 입고 있다고 하더라도 이러한 대담함이 어디서 튀어나온 것인지 알 수 없을 지경이었다. 까무러칠 일들만 연이어 겪다 보니 옳고 그름에 대한 사리분별이 흐려졌는지도 모를 일이었다. 어쨌든, 용아는 직감적으로 피를 더 흘려선 안 된다는 것을 깨닫고 있었다.

'나중에 누군가에게 죽는다손 치더라도, 일단은 살리자!'

"팔 좀 들어요!"

용아가 붕대를 들고 그렇게 말했음에도 불구하고 그가 계속해서 옆구리를 누른 두 손을 떼지 않자, 용아가 아랫배에 힘을 꾹 주고 소리쳤다.

"붕대를 감아야 하잖아! 손을 좀 빼보라고, 이 멍청아!"

용아는 엄중하게 말했지만, 사실 그렇게 피를 흘리면서도 그가 땅에 두 다리를 딛고 서 있다는 사실이 놀라웠다. 이 정도의 상처라면 바닥이 어디건 간에 일단 상처 부위를 감싸 쥐고 드러눕는게 정상 아닌가.

"……."

"팔까지 감아버릴까요? 이 나무꾼 공작아?"

용아는 공격적으로 말한 후 그의 손을 강제로 빼내고는 빠른 속도로 붕대를 감아댔다. 공작 마이하의 허리에 붕대가 칭칭 감겨졌다. 하지만 얼마 가지 않아 감아놓은 붕대 위로 붉은 피가 젖어

가는 것이 눈에 보였다.

"……!"

용아는 움찔했다.

그녀는 자신의 속치마 끈을 완전히 풀어버리고는 비장미까지 감도는 표정으로 치마를 다시 찢기 시작했다.

"허리를 좀 펴봐!"

"아파!"

마이하가 상처 입은 맹수처럼 으르렁거리면서 그렇게 말했다.

"그럼 선택해요. 첫째, 피를 많이 흘려 죽는다. 둘째, 붕대를 다 감을 때까지 입 다물고 손을 뗀다. 자, 뭘 하실래요?"

용아는 두 손의 손바닥을 양쪽 허리에 착 올려놓으면서 그렇게 말했다. 그는 마침내 천천히 허리를 폈다.

용아는 그 기회를 놓치지 않고 잽싸게 붕대를 감았다. 치마 하나를 다 쓰고 나서야 겨우 조금 진정이 되는 모양이라고 생각했을 즈음, 공작 마이하가 용아를 향해 팔을 뻗었다.

"날 잡아줘."

"……?"

"날 부축해달라고."

"지금 움직이겠다고요? 움직이지 않는 편이 좋다고 생각해요."

용아의 말도 틀린 말은 아니었다. 움직이면 그는 피를 더 많이 흘릴 것이고, 그럴수록 목숨을 구할 가능성은 희박해지는 것이다.

"해가 지고 있어. 여긴 산짐승이 아주 많은 곳이야. 다치지 않

공작의 청혼

앗다면 산속 좀 구석진 곳에 누워 있어도 어떻게든 방어할 수 있겠지만, 지금은 그렇게 좋은 상황이 아니라고. 오늘 밤이 가기 전에 호랑이 밥이 되거나 늑대 밥이 될 테지."

공작 마이하의 말은 진실이었다. 용아는 산속에서의 삶에 대해서는 거의 모르지만 직감적으로 그가 허풍을 떠는 것이 아니라는 것을 눈치 챘다.

"내가 다시 당신네 저택으로 돌아갈 것 같아? 당신과 함께?"

"그럼 호랑이나 늑대 중에 먼저 만나는 녀석의 먹잇감이 되어야겠군."

용아는 힐난조의 그 말을 들으면서도 더 이상 화가 나지 않는 것이 놀랍게 느껴졌다. 너무 기가 막힌 일들을 연속해서 겪다 보니 모든 것이 살짝 비현실적으로 느껴지기 시작했달까. 지금 이 상황도 어쩌면 꿈일지도 모르겠다. 선녀로 오인해서 보쌈 당했다가 해는 지고 있는데 치마도 입지 않고 산속에 서 있는 이 순간도 꿈일지도.

아주 짧은 순간이었지만, 용아는 그냥 이대로 혼자 산 아래로 내려가는 게 어떨까 하고 생각해보기도 했다. 하지만 그의 말대로 지금은 해가 지고 있는 데다가 어디선가 또 산짐승이 튀어나올지도 모른다. 이번에는 멧돼지보다 더한 맹수를 만날지도 모르는 것이다.

이런 깊은 산속이라면 충분히 그럴 수 있다. 바로 그 순간 태어나서 처음 들어보는 산짐승의 긴 울음소리가 산골짜기를 넓게 아우르며 퍼지다가 사라졌다.

"저, 저건 무슨 소리죠?"

짐승 소리를 들은 용아가 그렇게 묻자 마이하가 아픔을 억누르며 쥐어짜듯 말했다.

"회색 이리."

마이하가 말을 마쳤을 때 거짓말처럼 회색 이리의 울음소리가 한 번 더 울려 퍼졌다. 산에선 일상적으로 들을 수 있는 소리임에도 불구하고 용아에겐, 난 배고프니 각자 알아서 처신하라는 경고조의 울부짖음처럼 느껴졌다.

회색 이리.

회색 이리의 울음소리라.

제
7
장

"아이 넷을 낳을 때까지?" 나무꾼이 되물었습니다.

"아이 넷이요. 하나도, 둘도, 셋도 아니고 딱 넷을 낳을 때까지만요."

노루가 그렇게 말했습니다.

"그런데 왜 하필 넷이지?"

나무꾼이 그렇게 묻자, 노루는 마음씨 착한 나무꾼이 여태 장가를 못 간 것이 알 만하다는 듯 고개를 절레절레 흔들더니 말했습니다.

"그건요……."

작자미상 '목객전(木客傳)' 中

미친 짓이었다.

그때 살짝 머리가 돌았었나 보다. 객십국으로 영원히 돌아갈 수 없다는 사실이, 허울뿐인 공작 작위를 받고서 대륙의 가장 동쪽 끝 산골짝에 처박혀 평생을 마감해야 된다는 생각이 스치자 끔찍해서 잠시 어떻게 되었던가 보다. 객십의 언어를 까먹은 건 아주 오래전부터 눈치 채고 있지 않았던가. 단지 인정하고 싶지 않던 것이지.

어눌하고 무식한 하인들이 계획한 신부 훔치기 작전에 합세한 생각을 하면 자신이 한심해서 마이하는 자조적인 웃음이 터져 나올 지경이었다. 하지만 이제 돌이킬 수 없다. 공주를 납치하고도 두 번의 밤이 지나갔다. 이제 무르려 해도 무를 수가 없다. 이친왕가의 딸을 납치한 것은 사고였다고 부인할 수도 없다.

'결과가 어떻든 최소한 뭔가 시도는 해본 셈이라 치자. 이대로 이국에서 노총각으로 늙어 죽는 것보다는 그게 오히려 덜 분할 수도 있지 않은가.'

공작 마이하는 마음을 단단히 먹기로 했다.

훔쳐온 신부면 어떠냐고. 심마니들에게 들은 말에 의하면 정말로 산 아래에 공주 일행이 묵고 있었고, 갑자기 공주가 사라진 것도 사실이었다. 이대로 신부로 삼을 수 있을 때까지 침실에 가둬두고 버텨보자고. 그러면 자신은 애신각라 일가의 일원이자, 왕가의 부마, 즉 '진짜 공작'이 될 것이다.

하지만 꼴이 말이 아니게 우습게 되었다. 멧돼지에게 공격당한 옆구리에서는 뜨거운 피가 줄줄 흐르고 있었고, 그는 지금 신부로 삼고 싶었던 이에게 질질 끌려가다시피 하면서 낡아빠진 자신의 저택으로 돌아가고 있었다.

'그런데 도대체 어떻게 빠져나온 거지?'

부이가 침실 문을 단단히 지키겠다고 결연한 의지를 보이지 않앗었나. 부이는 좀 어수룩한 구석이 있긴 해도 약속한 것은 반드시 지키는 의리의 청년이었다. 순순히 문을 열어줬을 리는 없을 터.

결국 그는 용아의 도움으로 천천히 걷고 있었다.

두 사람의 몸이 서로 맞닿은 부분이 따뜻했다. 그 온기가 너무나 다정해서 마이하는 공주의 품 안으로 파고들어 그대로 잠들고 싶다는 생각마저 했다. 하지만 그렇게 하고자 시도했다간 죽음에 이를 것이다. 그것은 너무나 명백했다. 공주에 대해서 아는 것이 아직 많지는 않지만, 지금 이 순간 허튼짓을 하면 안 된다는 사실은 직감적으로 알 수 있었다.

죽음에 이르는 길은 두 가지였다. 어둑해지는 숲 속에서 숨이 끊어질 때까지 방치되었다가 결국 산짐승에게 물려 죽든가, 아니면 지금 간신히 호의를 베풀어 자신에게 어깨를 내밀어주고 있는 이 공주가 직접 그가 숨을 쉬지 않을 때까지 무언가를 휘두르든가.

이 공주의 성질은 만만치 않았다.

동시에 그를 죽도록 싫어하는 것도 사실이었다.

"힘 좀 빼요!"

갑자기 용아가 소리를 빽 질렀다.

"아픈 건 알겠는데, 내 어깨가 내려앉을 것 같거든요?"

공작 마이하가 신음을 삼키며 과하게 힘을 준 부분의 긴장을 풀려고 노력해보았다. 다리에는 힘을 줘야 할 것이고 상체에는 힘을 빼야 부축하는 사람이 좀 편해질 것이다. 하지만 단숨에 마음 먹은 것처럼 몸이 움직이지 않았다. 시간이 좀 필요했다. 그나마 다행인 것은 이제 저택까지 얼마 남지 않았단 것이었다.

바로 그 순간이었다. 바로 그 순간에 마이하는 익숙한 저택의 형체가 보인다고 안도의 한숨을 천천히 내쉬고 있었다. 저택까지 백 걸음도 남지 않았다는 생각을 한 그 순간, 용아가 갑자기 그를 내동댕이치듯 팔을 흔들어대며 말했다.

"여기서부턴 스스로 오도록 해요."

예상치 못한 기습에 마이하는 영락없이 당하고 말았다.

털썩!

마이하는 요란한 소리를 내면서 바닥에 주저앉았는데, 불행히 도 그가 엉덩이를 댄 바로 그 자리가 상당히 울퉁불퉁하고 단단 한 돌멩이들이 어지러이 나뒹굴고 있던 그 지점이었다.

"으읍!"

공작 마이하는 날카롭게 신음을 삼키며 잔뜩 몸을 웅크렸다. 피하노라고 피했지만 평소보다 훨씬 둔감해지고 느려진 몸이 애 석할 뿐이었다. 아프면서도 기분이 이상했다. 마냥 불쾌한 아픔은 아니랄까. 깊고 깊은 산골짝에서의 그의 진저리나는 일상이 다소 덜 지루한 방향으로 물꼬를 튼 것은 장이를 구해주던 그날부터였 다. 그때부터 내내 겨울잠을 자던 그의 인생이 서서히 꿈틀거리고 있었던 것이다.

"그냥 가면 나 죽어!"

상처 부위에서 뜨거운 피가 솟구치는 느낌이다. 붕대가 터진 것이 분명하다. 공작 마이하가 심상찮은 목소리로 쥐어짜듯 그렇게 말했지만, 소용없었다. 용아는 이제 더 이상 그에게 어깨를 내어주지 않을 기세였다.

"죽어? 그거 잘됐네!"

하루도 빠짐없이 나무를 해대느라 잔뜩 그을려 있는 그의 얼굴에서 핏기가 사라져 생기가 없어지는데도 용아는 아랑곳없었다.

"난 당신이 정말정말 싫거든! 죽는다 해도 눈 하나 깜짝하지 않을 건데?"

공주는 진실로 그가 죽어도 눈도 깜짝하지 않을 모양이었다.

저렇게나 치를 떨며 싫어하면서 그에게 자신의 어깨를 내어주는 희생적인 자세로 어떻게 저택까지 돌아올 수 있었는지 그 점이 놀라울 지경이다. 그는 잘 동여매놓은 붕대가 터진 사이로 따뜻한 피가 느리게 스미어 나오고 있는 것이 느껴졌다. 마이하의 머릿속에 어쩌면 죽을지도 모르겠다는 생각이 스쳤다.

그는 모든 것을 단념하는 사람처럼 눈을 감았다.

하지만 곧 다시 눈을 떴다!

자신의 침실 창문과 이어진 기다란 절벽 아래로 길고 긴 줄이 늘어져 있는 것이 눈에 들어왔기 때문이었다. 사람 키의 두 배가 넘을 정도의 벽이었고, 설사 줄을 타고 발을 디딜 수 있을 곳에 왔다 하더라도 위험하기 짝이 없는 곳이었다. 한 번만 잘못 기우뚱하면 그대로 산 아래까지 굴러 떨어질 만한 곳이 그곳이었단 말이다! 사실, 산에서 마주쳤을 때, 공주가 자신의 침실에서 탈출을 했다는 사실 정도는 알 수 있었다. 하지만 미처 어떻게 탈출했는지는 생각할 겨를이 없었다. 그냥 나무를 하다가 잠깐 쉬고 있을 때 머리 한쪽 끝이 찌릿찌릿하면서 어떤 촉각이 곤추세워졌고, 산속에서 여인의 소리가 들린다는 생각이 미치는 순간, 무언가를 더 생각할 틈도 없이 급박하게 몸을 날려 멧돼지와 조우한 공주를 발견했던 것이다.

공작 마이하는 벌떡 일어섰다!

그리고 그가 정신을 차려보았을 땐, 자신의 침실 안으로 들어와 침실 창이 보이는 곳에 용아를 세워놓고 소리 지르고 있는 자신을 발견했다. 피를 그렇게 흘리고서, 어디서 그런 힘이 나왔는지 본인이 생각해도 용하기 짝이 없을 지경.

그의 양쪽 손이 용아의 양팔을 힘껏 움켜쥐고 있는 것도, 목에 힘을 주며 격하게 말을 쏟아놓고 있었다. 마이하는 으스러져라 세게 용아를 붙잡고 윽박지르고 있었다.

"진짜 죽을래? 응?"

"……?"

용아는 너무 아연해서 대꾸할 틈도 찾지 못할 지경이었다.

'또 언제, 이 지긋지긋한 침실로 돌아온 거냐고.'

기가 찰 노릇이었다. 방금 전까지 피를 줄줄 흘리며 상처 부위를 움켜쥐고 있었는데 도대체 어느 틈에 침실까지 자신을 끌고 온 것인지, 그저 모든 것이 억지처럼 보인다. 어느 샌가 익숙해져버리

기까지 한 공작의 침실의 모습. '투박하고, 투박하고, 투박하고, 그리고……. 그렇지, 촌스럽고'

용아는 먼저 공작의 침실에 다시 한 번 서 있게 된 자신의 모습에 소스라치게 놀랐고, 두 번째는 얼굴이 벌게질 정도로 화가 나 소리 지르는 공작의 모습에 놀랐다.

"내가 아무리 싫어도 그렇지, 죽으려고 작정했냐고!"

무섭도록 화를 내며 몰아치고 있었다.

'어째서 이토록 화가 나는 것일까.'

마이하 자신도 이 분노의 정체에 대해서 짚고 넘어갈 틈이 없었다.

"죽으려고 작정했어?"

"안 죽었잖아."

용아는 마이하에게 잡힌 팔을 힘껏 뿌리치면서 그렇게 말했다. 잔뜩 격앙된 공작의 목소리와는 너무나 대조되는, 착 깔린 공주의 목소리.

어느새 저택 안에 있던 종복 놈들이 우르르 침실 문 앞에서 귀를 쫑긋 세우고 있는 것이 느껴졌다. 마이하는 침실 입구 쪽으로 가서 문을 '쾅!' 소리가 나도록 닫은 다음 다시 소리쳤다.

"어떻게 저길 내려갈 생각을 할 수가 있지?"

"이봐요, 공작 나리. 지금 옆구리에 피가 흐르고 있는 건 아세요?"

용아가 비꼬는 존댓말로 그렇게 물었다. 공작은 용아의 그 말을 듣지 못한 사람처럼 다시 말을 이었다.

"절벽에서 죽을 뻔했다고! 젠장!"

"내가 죽든 말든 무슨 상관이람?"

용아가 자신이 할 수 있는 한 최대한 빈정거리며 혼잣말 했다. 마치 그가 자신의 말을 전혀 알아듣지 못하기라도 하듯. 용아의 그 말을 듣고 공작은 아무런 할 말도 없어야 정상이었다. 하지만 뜻밖에도 공작은 이렇게 말하고 말았다.

"상관이 왜 없지?"

그의 왼쪽 눈썹이 천장을 향하며 꿈틀대고 있었다.

"난 네게 내 남은 인생을 걸었단 말이다!"

"……"

"난 내 목숨을 걸었다. 널 네 가족에게 돌려주지 않은 지 이틀이 되었다. 이것에 대한 보복으로 내가 죽게 될 수도 있는데도 나는 널 신붓감으로 붙들어두기로 했단 말이다!"

순식간에 튀어나온 말이었다. 잔뜩 격앙된 어조로 그가 그런 말을 내뱉었을 때 용아는 잠시 할 말을 잃은 듯 몇 번 눈을 깜빡거릴 뿐이었다.

공작이 한 발짝 걸음을 뗐다.

용아가 한 걸음 뒤로 움직였다.

공작이 다시 한 번 발을 뻗어 용아에게로 다가갔다.

그가 다가온 만큼 용아가 뒤로 물러섰다. 몇 번인가 이런 행동을 반복하다 보니 용아의 등이 벽에 닿았고 공작이 용아를 두 팔

138

공작의 청혼

로 벽과 자신에게 가둔 형상이 되고 말았다. 두 사람의 시선이 매우 가까운 곳에서 얽히고 있었다.

"아까 당신이 피를 흘려 죽도록 내버려둘 걸 그랬어. 붕대 따위를 감아주다니 내가 미쳤었던 게 틀림없어. 앞으로는 아무 때나 정신줄을 놓고 누워 있지 마. 다시 기회가 온다면 당신 목을 졸라버릴 거니까!"

용아가 분기 서린 목소리로 그렇게 말했다.

공작 마이하는 얼굴을 찡그리며 공주 용아가 또박또박 말하는 경고를 들었다.

친왕가의 공주를 납치하고 감금하고서도 보복이 없을 거라고 생각했다면 오산. 공주는 만주인 왕족이지, 묘족이 아니다. 이런 방식으로 혼인할 수 있을 가능성보다는 실패의 확률이 훨씬 높다. 어째서 이토록 위험한 시도를 한 것일까.

그는 혼란스러웠다. 그리고 그는 마침내 결론을 내렸다. 산골짝에 처박혀 여름에는 나무꾼, 겨울에는 숯쟁이로 사는 것에 정말이지 진저리가 쳐지는 모양이라고.

그에겐 방법이 하나밖에 없었다.

몽골의 부족장들이 그러는 것처럼 만주인 공주 중 하나와 어떻게 해서든 혼인을 하는 수밖에 없다. 그의 지위를 보장받을 수 있는 가장 정확한 방법이 그것이다. 그런 결정을 내린 순간, 그에게 어떤 변화가 왔었던 것이다. 심지어 자기 자신도 놀랄 만큼 능글거리는 목소리로 이렇게 말하기도.

"짜증이야 좀 나겠지만, 참아내도록 해요. 어차피 그대가 직접 고른 사람과 혼인할 수 있는 것도 아니잖소? 신부를 훔쳐와 혼인하는 게 아주 없던 일도 아니고, 여인이란 본래 나라가 전쟁에서 패하면 적국에 전리품으로 바쳐지기도 하는 거 아니겠소?"

"나라면 차라리 죽겠어요. 적국에 전리품으로 바쳐질 바엔. 하! 도대체 누가 그런 식으로 사는 거죠?"

용아가 조롱하듯 말했다.

일순 공작은 모든 움직임을 정지했다.

그냥 곧게 서 있는 것만이 아니었다. 눈조차 깜빡이지 않고, 숨도 쉬지 않는 것처럼 보일 정도였다. 그리고 한참 후에 목구멍에서 아주 뜨거운 무언가를 뱉어내듯 이렇게 말했다.

"객십의 공주. 이미 혼인하여 아이까지 있었지만."

폐병에 걸려서 하루 종일 기침을 해댄 사람처럼 폐부 깊숙한 곳이 시려 왔다. 공작 마이하는 가슴을 쥐어뜯는 것처럼 잠시 손을 가슴 오른쪽 위에 올린 채, 손에 잡히는 옷을 움켜쥐었다가 손에 힘을 빼면서 그렇게 말했다.

'왜 이런 말까지 하는 거지?'

선대 황제의 후궁 중 하나가 객십국의 공주였다는 사실을 굳이 이 만주인 공주에게 구구절절하게 늘어놓을 필요는 없는 것이다. 절대로 그럴 필요는 없다. 옆구리에 피가 좀 난다고 해서 아군인지 적군인지를 판단할 능력조차 모두 상실한 것은 아니었다.

한 일 자로 입을 굳게 다물었던 공작이 용아를 잡고 있는 손에 힘을 주더니 말을 이어갔다. 낮고도 깊은 울림이 있는 남성적인 목소리로.

"어쨌거나, 난 시간을 끌 생각이야. 좀 더 시간을 끌다가 북경으로 혼서를 보낼 생각이야."

"시간을 벌지 못할걸요? 산 아래에 외숙부가 있어요. 이제 곧 날 찾아낼 거라고요."

용아가 기죽지 않은 목소리로 그렇게 말하자, 공작의 표정이 조금 여유로워졌다.

"과연 그럴까?"

짤막한 그 질문이 어쩐지 심상치 않았다.

"무슨 말이에요?"

"산 아래 그대의 일행은 이제 더 이상 그대를 찾지 않는다던데?"

"산 아래에 갔다 왔어요?"

용아가 다급하게 되물었다.

"몰라. 나도 완전히 산 아래로 내려간 건 아니야. 그냥 사냥꾼들에게 들었을 뿐이야."

"왜요? 왜 내가 사라졌는데 찾지 않죠?"

"왜 그런 생각을 했는지는 모르겠지만, 아무튼 좋아. 나에겐 시간을 벌 수 있는 좋은 기회가 되겠지. 운이 좋군, 나는."

공작은 혼잣말인지 뭔지 모를 말을 그렇게 하고선 지친 기색으로 침상 쪽으로 걸어가 털썩 누워버렸다. 완전히 기력을 다 소진한 사람처럼.

그 모습은 마치 사냥당한 거대한 곰의 마지막 모습 같았다.

"제대로 좀 말해봐!"

용아가 외마디 비명처럼 그렇게 말했다가 입을 다물었다. 용아가 감아놓은 붕대는 처음부터 붉은색이었던 것처럼 피범벅이 되어 있었다.

"……."

공작은 대답이 없었다.

공작은 완전히 의식을 잃은 듯했다!

공작이 침상에 눕자 당연한 수순처럼 이불에도 피가 번져가기 시작했다. 뭔가 조치를 취하긴 해야 하는데 어쩐지 용아는 아무것도 내키지 않았다. 저 작자가 아니었다면 멧돼지에게 부상당한 사람이 자신이었을지도, 어쩌면 목숨을 잃었을지도 모르긴 했지만 그래도 지금은 싫다. 그래서 용아는 누군가를 부르기 위해 침실 문을 밀어보았다.

'뭐야? 잠긴 거야?'

용아는 문을 두드렸다. 거칠게.

쿵! 쾅!

제 발로 들어와서 다시 이 방에 갇혔다는 사실이 끔찍스러웠다.

"이봐! 이봐! 이 멍청한 녀석들아! 내가 너희 주인을 살려줬다고! 목숨을 구해줬다고! 내가 없었으면 산중에서 피를 흘리고 죽었을 거라고! 내가 너희 주인의 생명의 은인이라고!"

바깥에는 아무런 기척이 없었고 용아는 무언가 기묘하게 싸늘한 느낌이 들어 혹시 공작이 숨이라도 멎었나 싶어 침상 근처로 다가갔다. 분명히 기척이 들릴 텐데도 그는 미동이 없었다. 옆구리 근처에서 피가 더욱 새어나온 듯 이불 위에 피 얼룩이 점점 커지고 있었다. 피 얼룩이 둥글게 세력을 확장해나가는 것을 멍하니 바라보며 용아가 작은 목소리로 다시 그를 불러보았다.

"이봐요."

그의 얼굴에 핏기라곤 전혀 없었고 숨을 쉬지 않는 것처럼 보이기도 했다.

용아는 순간 등줄기에 찬바람이 스치는 것 같은 기분을 느끼며, 손을 뻗어 그의 코끝에서 내쉬는 숨이 있는지 확인해보았다.

"……!"

숨을 내쉬지 않는다?

용아는 화들짝 놀라며 그를 흔들어보았다.

"이봐!"

하지만 그는 반응이 없다. 용아는 그의 어깨를 마구 흔들어보았다. 때마침 침실 문이 열리고 그의 종복 중 하나인 양이가 식사를 비롯한 몇 가지를 챙겨 들어왔다.

"주인 나리!"

양이는 용아의 행동을 보자마자 상황을 알아차린 듯 거의 넘어질 듯 후다닥 침상 가까이 뛰어왔다. 아니, 뛰어왔다는 표현으로는 약했다. 무너질 듯 몸을 던졌다고나 할까.

"주. 주인님!"

흡사 어미 잃은 새끼의 울부짖음과 같은 소리.

양이 한 놈이 먼저 처절하게 주인을 부르며 늘어지자, 어딘가에서 다른 놈들이 주르르 침실 안으로 들어온다. 녀석들은 약속이나 한 듯 꺼이꺼이 주인을 부르짖는다. 그중 장이라는 놈은 조금 침착했던지 주인의 가슴팍에 귀를 대어보고 나서는 환희에 찬 목소리로 인사불성으로 좌절에 빠진 놈들에게 대반전이 되는 한마디를 던졌다.

"아직 살아 계셔!"

주인에게 이토록 충성스러운 게 가능한 일일까.

용아는 도무지 이해할 수 없었지만, 지금이야말로 빠져나가기 가장 좋은 기회라는 생각이 번개처럼 스치는 것이었다. 용아는 잔뜩 흥분한 녀석들을 뒤로 하고 슬금슬금 침실 문을 향해 걸어 나갔다. 혹시나 놈들이 알아채지 않도록 조심조심.

겨우 침실 문을 통과하고 내실 문을 나오려고 했을 때였다. 용아의 두 팔이 공작의 빌어먹을 종복들에게 붙잡힌 것은. 녀석들은 용아를 공작의 침실 안으로 넣어버리고 문을 닫아버렸다. 용아는 부아가 치밀어 침실 문을 세게 한 번 찼다. 하지만 두 번은 시도하지 않았다. 문을 찬다고 해서 문이 열릴 것이 아니라는 것을 너무나 분명히 알았기 때문이다.

침실 입구엔 비교적 깨끗한 천 조각들과, 옷들, 술, 죽과 탕약,

뜨겁게 데워놓은 물, 약간의 먹을 것들이 놓여 있었다.

"후……."

용아는 길게 한숨을 내쉬었다. 그녀는 긴 의자에 털썩 앉아버렸다. 손도 까딱하기 싫었다. 그저 이 모든 게 다 꿈이었으면 싶었다. 눈을 뜨면 북경의 자신의 방 안이었으면. 모든 것이 완벽한 그곳. 하지만 이 모든 게 꿈이 아니라 현실이라는 사실은 누구보다도 자신이 더 잘 알고 있었다. 지금 입고 있는 옷은 저 공작 나부랭이의 옷이었고, 지금 이 방은 저 작자의 침실이었다. 어째서 외숙부께서 더 이상 나를 찾지 않으신다는 것인지 도무지 이해가 가지 않았다.

저 공작이란 작자가 중간에서 무슨 계략을 꾸민 것인지도 모른다.

하루 종일 너무나 긴장을 했던 터라 졸음이 밀려들어 왔다.

용아는 이 침실에서 다시는 잠들고 싶지 않다고 생각하면서도 서서히 밀려드는 졸음을 참지 못하고 곤하게 잠들어버렸다. 잠이 든 와중에도 간간이 이대로 잠들면 안 된다, 혹시 침상 위의 환자가 죽는 것은 아닐까, 하는 생각이 스치듯 지나갔지만 용아는 눈을 뜨지 않았다. 정말로 피곤하고 힘들었기 때문이기도 했지만, 눈을 뜨고 현실과 직시하고 싶지 않았기 때문이기도 했다.

용아는 모든 것이 지독한 악몽 같았다.

당연하다는 듯 자신을 공작과 한 방에 밀어 넣고 사라진 무식한 종복 놈들!

용아는 정말이지 징글징글했다. 게다가 놈들은 툭하면 애련이를 데려가버린다. 애련이와 함께 있기만 해도, 한결 마음이 편하련만.

밤이 지나는 동안 간간이 공작의 신음소리가 들렸다. 공작이 죽든 말든 외면하기로 마음먹었지만, 그 단순한 결심을 이행하는 것이 생각보다 쉽지 않았다. 용아는 결국 공작의 침상 곁으로 다가갔다.

"이봐요……."

"……."

"이봐요……."

"……."

용아는 본래 병간호를 하는 데 뛰어난 사람이 아니었다. 방문을 다시 한 번 두드려보았지만, 아무도 오지 않는다. 모두 잠들었나 보다. 용아는 왈칵 두려움이 일었다.

용아는 찬물에 적신 물수건을 공작의 이마에 얹어주었다. 그것이 얼마나 효과가 있을지는 알 수가 없다. 이불을 덮어주어야 하는 것인지, 이불을 걷어내야 하는지도 알 수가 없었다. 물이나 그 외에 다른 것을 마시게 해야 하는지, 아니면 상처를 닦아내야 하는지.

"난……. 난 어떻게 해야 되는지 아무것도 모른단 말이에요. 듣고 있어요? 난 간호를 받아본 적은 있어도, 병자를 돌봐준 적은 한 번도 없다고요. 알겠어요? 당신 종복들은 무식한 게 아니라 완전 바보네요. 난 공주라고요. 그게 무슨 의민지 알아요? 차라리 애련이를 이 방에 가둬놓는 게 훨씬 나았을 텐데."

"……."

"나랑 둘이 있다간 정말로 죽어버릴지도 모른다고요."

용아는 그렇게 말하면서, 자신의 목소리가 겁에 질려 있다는 사실을 알지 못했다. 울먹이듯 흔들렸다는 사실도, 그에게 물수건을 놓아주는 손길이 허둥거렸다는 사실도.

얼마나 시간이 지났을까.

시끄러웠다.

용아의 귓가에 후다닥거리는 소리들이 여기저기서 들려왔고, 뭔가 덜컹거리는 소리, 물을 따르는 소리, 그릇 등이 달그락거리는 소리들이 쉴 새 없이 들려왔다.

용아가 눈을 떠보니 어느새 어스름히 날이 밝아오고 있었다.

용아는 눈을 비비며 몸을 일으켰다. 공작의 침실 안은 분주했다. 처음 보는 할아범이 공작을 살피고 있었고, 공작의 종복들이 열심히 피 묻은 붕대를 치우고 있었다. 심지어 애련이마저 따뜻한 김이 모락모락 나는 그릇을 들고는 방 안으로 들어서고 있었다.

"애련아!"

용아는 반가운 마음에 애련이를 불렀다. 종종걸음 치며 방 안으로 들어서던 애련이가 용아를 보더니, 침상 근처의 탁자에 그릇을 내려놓고는 용아에게로 다가왔다.

"아기씨! 몸은 좀 어떠세요? 괜찮으세요?"

"어제에 비하면."

"죽을 좀 끓였는데 갖다 드릴까요? 뜨거운 차도 있어요."

용아는 대답을 하는 대신 분주한 공작의 침상 근처로 눈길을 주었다. 애련은 용아의 시선이 머무는 곳을 알아채고 묻지도 않은 말을 소리죽여 늘어놓았다.

"아마 죽을 것 같아요."

"……?"

"어젯밤에 피를 너무 많이 흘렸대요."

애련은 작은 목소리로 속살거리면서 침실 문간에 수북이 쌓인 피 묻은 붕대와 피범벅이 된 이불들을 가리켰다.

"……."

"상처 난 곳을 술로 제때 닦아줘야 했대요. 하지만 그러지 않아서 지금 상처 난 곳이 심하게 부풀어 올랐대요. 저기 서 있는 영감이 약초쟁이라고 해요."

"……."

용아는 가만히 공작의 침상 근처를 보다가 고개를 돌려 아침 햇살이 쏟아지는 창밖으로 시선을 던졌다.

"씻으실 물을 떠 오겠습니다."

애련은 거의 귀엣말을 하듯 작은 목소리로 그렇게 말하더니 용아의 근처에서 사라지고는 곧 다시 나타났다. 용아는 애련이의 시중을 받으면서 얼굴을 씻고 손을 닦았다. 얼마간 정신이 드는 것 같았다. 애련이 용아의 얼굴에 흘러내린 머리를 빗어주면서 중얼거렸다.

"분명히 아기씨 옷을 저 녀석들이 가지고 있는 것을 보았는데, 도대체 어디 두었담."

애련은 용아가 나무꾼 공작의 옷을 둘둘 말아 얼기설기 입고 있는 것이 못마땅한지 혼자 몇 번이나 그 말을 하더니 이렇게 말했다.

"할 수 없죠. 아기씨, 어서 산을 내려가요. 주인이 죽게 된 마당에 저놈들도 이제 아기씨를 붙들어두려고 하지 않겠지요. 오늘 새벽에 주인이 죽는다며 얼마나 얼이 빠졌던지, 제가 마음대로 돌아다녀도 아무도 신경 쓰지 않더라고요."

용아는 천천히 고개를 끄덕였다. 하지만 무슨 말에 대한 대답으로 고개를 끄덕인 것인지 자신도 정확히 파악할 수 없었다.

"죽을 드시고 가시겠어요?"

애련이 물었다. 용아는 고개를 저었다.

"제가 부축해드릴까요?"

용아가 고개를 끄덕인다. 애련이 어린아이를 돌보듯 용아의 팔을 잡고 자신에게 기대어 설 수 있도록 하자 그제야 용아는 앉은 자리에서 일어났다. 그때 공작의 침상 근처에서 혀를 차고 있던 할아범이 용아를 향해 고개를 돌리더니, 들으란 듯 큰소리로 말했다.

"어서! 어서! 일어나야지! 장가도 못 가보고 죽으면 곱게 저승으로 가지도 못하고 구천을 떠도는 몽달귀가 된단 말이야! 이제 색시도 얻어왔겠다, 색시가 자네를 정성껏 돌봐줄 텐데 왜 눈을 못 뜨고 그래? 응?"

용아는 자신은 저 사람의 색시가 아니라는 말을 입안에서 웅얼거렸지만 차마 말로 뱉어내지 못했다. 할아범은 몹시 큰 소리로 고함치듯 말했다. 아무래도 나이가 들어 귀가 잘 들리지 않는 모양이다. 자신의 귀가 잘 들리지 않으면 다른 사람에게 말할 때도 무의식중에 큰 소리로 말해야 전달이 제대로 된다고 믿게 되는 법이니까.

"몽달귀가 되면 억울해서 어쩌누. 누구에게 들러붙어서 평생 시집을 못 가게 훼방을 놓겠구나! 쯧쯧!"

새우처럼 등이 굽어 산 냄새 나는 할아범은 환자 돌보기를 마친 듯 고개를 가로저으며 혼잣말인지 뭔지 모를 말을 크게 읊어대며 침실을 나섰다. 연신 혀를 쯧쯧 차며. 그러다 침실 문을 밀고 나가기 직전에 용아를 한 번 더 돌아보더니 딱하다는 목소리로 이렇게 말하는 것이었다. 마치 공작이 죽고 사는 문제는 용아가 책임질 문제라고 말하기라도 하듯.

"불쌍한 공작."

제
8
장

선녀는 하늘나라로 돌아가고 싶었습니다. 그런데…….

작자미상 '목객전(木客傳)' 中

아직도 이곳, 공작의 침실 안.

용아는 별수 없이 이곳에서 며칠 더 지체한다고 해서 하늘이 무너지지는 않겠지, 하고 체념하여버렸다.

그랬다.

공주 용아는 지금 공작 마이하의 침실에 앉아 있다.

아직도.

이 지긋지긋한 방에서 아직도 빠져나가지 못하고 있다니. 주인의 목숨이 사그라진다는 소리를 듣고 치기어린 종복들도 더 이상 용아를 감시하거나 붙잡아두지 않았다. 아무도 공작의 침실 문간을 지키고 서 있지 않았다. 하지만 용아는 여전히 보이지 않는 족쇄에 묶인 사람처럼 이 방을 떠나지 못하고 있다. 이유는 용아가 이 방을 나서기만 하면 공작의 상태가 급격히 나빠진다는 얄궂은 하늘의 장난 때문이었다.

정말이었다. 용아가 산 아래로 내려가려고만 하면 거짓말처럼 공작의 상태가 급격하게 악화되었다. 갑자기 열이 끓었고, 헛소리를 해대었으며 간신히 삼킨 미음과 약초 달인 물들을 게워내는 것이었다.

처음에 용아를 무작정 붙들어 왔던 무식한 종복 놈들은 모두 용아의 다리를 붙들고 늘어졌고, 바닥에 이마를 찧어대며 애원했다. 돌바닥에 이마를 찧어대니 공작의 종복들은 하나같이 피투성이 이마를 한 채 가련할 정도로 호소하는 것이었다. 공작 하나만 죽는 게 아니라 종복들까지 바닥에 머리를 찧다가 모두 함께 저승으로 갈 판국.

"제발! 조금만……. 조금만 더 계셔주십시오."

"나리는 정말 좋으신 분이십니다."

"제발, 자비를 베푸소서!"

그러다 장이라는 놈이 갑자기 공주의 다리를 붙잡고 늘어졌다.

"이놈! 무엄하다. 네놈이 감히……."

"아기씨……. 제발."

장이라는 놈은 용아가 산 아래로 내려갈 때까지 떨어져나가지 않을 것 같았다.

"어허!"

용아가 짐짓 화가 난 듯, 엄한 소리를 내어보았지만 허사였다. 설상가상으로 장이가 남은 녀석들을 돌아보면서 자신을 거들라는 듯 이렇게 말했다.

"야, 너희들은 가만있을 참이야?"

다섯 놈이 다리에 질질 매달려 있는 꼬락서니라니. 용아는 상상만으로도 끔찍해서 몸을 부르르 떨면서 진저리를 치며 말했다.

"그, 그만! 멈춰!"

용아가 다가오는 녀석들을 보면서 냅다 소리 질렀다.

일단 녀석들이 움직임을 멈추긴 했다. 그들의 시선이 일제히 용아에게 쏠렸다. 용아는 직감적으로 지금부터가 아주 중요하다는 생각이 들었기에, 침을 꿀꺽 삼키고 나서 말했다.

"알았어. 알았다고. 여기 이 방에 내가 있기만 하면 되는 것이냐?"

놈들은 일제히 고개를 끄덕이며 비실비실 웃는다.

'세상에. 자기네들 뜻이 이뤄졌다고, 저 실실 웃는 꼬락서니를 좀 봐.'

'도대체 누가 종복이고, 누가 주인이란 말인가.'

'이렇게 말도 안 되는 고집을 피우고, 떼를 쓰다니!'

용아는 태어난 이후로 단 하루도 종복들의 도움을 받지 않은 날이 없건만, 이런 놈들은 난생처음이었다.

"장이, 이 녀석, 너도 이제 손 좀 떼지 그래?"

용아는 도대체 언제부터 공작의 종복 녀석의 이름을 외우게 되었는지 알 수가 없었다. 장이란 녀석이 용아의 다리를 붙잡은 손을 그제야 놓아주었다.

멧돼지로부터 자신을 구해준 생명의 은인. 하지만 은인에 대한 의리는 피를 흘리는 그에게 치마를 찢어 상처를 동여매어주고 집까지 데려왔으면 충분한 것이 아닌가. 애초에 보쌈을 당하지 않았다면 아무 일도 없었을 테니.

공작을 만난 후로 이상하게 모든 일들이 엉망진창이었다.

그전엔 단 한 번도 수발 시중을 드는 사람과 떨어져본 적도 없었고, 깨끗하지 않은 이불을 덮어본 적도, 처음 본 사내의 옷을 입어야 한 적도 없었으니까. 공작과 얽히면 얽힐수록, 점점 빠져나오기 힘든 수렁 속에 빠지기라도 하는 느낌이어서, 용아는 공작에 대한 생각을 하지 않으려고 애썼다.

용아는 공작에 대한 생각을 머릿속에서 몰아내려고 애쓰면서 창밖의 경치 감상을 하거나 이따금 밋밋한 정원을 거닐었다. 애련이가 용아의 수발을 들어주면서 밥도 지어주었기 때문에 거친 곡식이었지만 그럭저럭 먹을 만한 밥을 먹게 되었다.

하지만 별다른 할 일 없이 정해진 공간 안에 갇혀 있은 지 꼬박 하루가 지나자 용아는 지금 당장 자신이 산을 내려가지 않는다고 해도 일단 가족들에게 자신이 무사하다는 것을 알려야 한다는 생각이 들었다.

공작의 종복 중에 누군가를 시키는 것이 가장 편리할 테지만, 그놈들은 당초부터 믿을 수가 없다. 하지만 그렇다고 애련이를 혼자 산 아래로 보내자니 약간 불안하였다. 애련이 혼자 험한 산길을 내려갈 수 있을까. 애련이는 용아보다 겁이 더 많은 편인 데다가, 지난번 용아가 그랬던 것처럼 산짐승을 맞닥뜨리지 않는다는 보장이 없다.

결국 용아는 공작의 종복 중 조금 말을 잘 듣는다 싶어 보이는 양이라는 놈과 - 도대체 언제부터 그 녀석의 성격마저 파악하게 되었는지 알 수 없지만 - 애련이를 함께 산 아래로 내려 보내기로 마음먹었다. 애련이를 보내고 혼자 산 위에 있어야 한다는 사실이 적이 꺼림칙하긴 했지만, 일단 공작의 몸 상태가 조금만 나아지면 내일이라도 당장 산 아래로 내려갈 것을 결심하였으므로 망설임은 오래가지 않았다.

용아는 걱정스러운 표정의 애련이가 몇 번이나 뒤돌아보며 머뭇거리는 모습을 지켜보다 거의 등을 떠밀다시피 해서 산 아래로 내려 보냈다. 수북이 쌓인 마른 낙엽 밟는 소리가 점점 멀어져간다. 애련이를 보냈으니, 곧 가족들 중 누군가가 용아를 찾으러 올 것이 분명하다.

"됐어! 이제 됐어!"

용아는 안도감이 스며든 혼잣말을 중얼거리며 공작의 침실의 긴 의자에 기대앉았다. 늦가을인가 했던 날씨는 이제 완전한 초겨울 날씨였지만 창가의 햇살만은 따뜻했다. 사실 침상 근처에 화로가 있었지만, 용아는 공작이 누워 있는 곳 가까이로는 얼씬도 하지 않을 작정이었기 때문에 애초에 신경 쓰지 않고 있었던 참이었

155

다. 용아는 침상 근처의 화로를 동경 어린 시선으로 쳐다보다가 이내 고개를 돌려 창 근처의 햇살을 만끽했다.

그때였다.

"물…… 물……."

'물?'

공작이 물을 달라고 하고 있었다.

'의식이 돌아왔어?'

용아는 화들짝 놀라 반사적으로 공작이 누워 있는 침상 근처로 빠르게 다가가보았다. 하지만 그는 시체처럼 미동도 하지 않은 채 납덩이같이 굳은 얼굴로 눈을 감고 누워 있을 뿐이었다.

'피를 너무 많이 흘렸어.'

'이제 곧 죽겠지.'

지금까지 버틴 것도 기적 같은 일이라고 했으니까.

이 공작이란 작자가 용아의 인생에 끼어들면서 모든 게 불편했고, 참을 수 없을 만치 화가 나곤 했으며, 피를 말리는 것 같은 순간순간이었지만, 눈앞에서 사람이 죽는다는 사실은 용아에게 어떤 숙연한 기분을 가지게 만들었다. 사실 용아는 고집이라는 게 있는 부류이긴 했지만, 본래 못되고 심술궂은 사람은 아니었으니까.

"경고하는데 몽달귀가 되어서 괜한 처녀를 괴롭히진 마세요. 당신에게도 가족이 있다면 아마 그들이 시집 못 가고 죽은 처녀를 찾아내 영 혼례를 치러줄 테니까요. 안 그래요?"

뭔가 대답을 기대하고 말을 건 것은 아니었다.

죽어가는 사람을 보자 마음속에 있던 인정이라는 다정한 무엇이 잠시 고개를 들었을 뿐.

"도대체 이 나이 먹도록 장가도 안 가고 뭘 했나요?"

용아는 공작의 나이를 가늠해보려고 애썼다. 일단 자신보다는 분명 나이가 많았다. 의식을 잃고 누워 있는 와중에 피를 많이 흘렸고, 거의 먹지 못했기 때문에 혈색이 좋은 것은 아니었지만 기골이 굵직한 편이었다. 그의 이국적인 용모는 나이를 가늠하는 데 불편을 주었다.

"글쎄……. 서른쯤 되었을까."

'어쩌면 나보다 어릴지도 모르지. 수염도 기르지 않고 있으니.'

용아는 이런 저런 생각들을 하면서 중얼거리듯 말했다.

"그래도 곁에 저렇게 충직한 종복들이 있다니 위안이 되었겠네요."

여전히 공작은 미동이 없다.

"그런데 음식 맛이 너무 형편없어요. 주방 하녀를 따로 두지 그러셨어요? 절대로 음식을 만들면 안 되는 손들이라고요, 안 그래요?"

그 순간이었다.

동상처럼 굳어 있던 공작의 입가가 약간 부드럽게 꿈틀거린 것은.

"……!"

잘못 본 것일까.

용아는 자신의 눈을 의심했다. 공작이 자신의 말을 듣고 피식 웃은 것 같다는 느낌이 든 것이다.

"이봐요? 깨어났어요?"

"······."

"살아난 거예요?"

용아는 주변을 두리번거리면서 공작의 종복들을 찾아 소리쳤다.

"누구 없느냐! 공작께서 의식이 돌아오셨다!"

하지만 공교롭게도 때마침 근처에 종복 녀석들이 하나도 없는 것이다. 항상 주인 곁에서 우글거리던 놈들이 하필 이런 때 어디로 사라졌단 말인가.

"······무, 물."

"뭐라고요? 물이요?"

용아는 탁자 위에 올려져 있던 주전자를 들고 작은 잔에 물을 따라 황급히 건넸다가, 공작이 물을 제대로 받아 마실 상황이 아니라는 것을 깨닫고는 숟갈을 찾아와 조심스레 입안에 흘려보내주었다. 처음엔 입가로 물이 다 흘러내려버렸다. 하지만 용아는 곧 요령을 터득했고, 공작은 잘 받아 마셨다. 잠시 후, 다시 잠든 듯 조용해지긴 했지만.

그런데, 공작의 종복 놈들은 다들 어디로 갔기에 코빼기도 안 보이는 것인지 모를 일이다.

용아는 창밖을 내다보았다. 방금 전까지 맑았던 하늘이 우중충하게 꾸물거리고 있는 것이 비나 눈이 내릴 것 같았다.

'애련이는 잘 내려갔을까.'

얼마 후, 공작이 다시 깨어났는지 움찔거렸다. 용아가 침상 근처로 다가가보자 이번에는 가늘게 눈도 뜨는 듯했다.

"물?"

용아가 그렇게 묻자 가늘게 뜬 눈이 미세하게 오르락내리락 하는 게 느껴졌다. 용아는 얼마 전에 그랬던 것처럼 숟갈에 물을 떠입안에 흘리면서 문득 공작의 속눈썹이 매우 길고 멋스럽게 뻗어 있다는 사실을 깨달으며 한참 동안 그의 얼굴을 뜯어보다가, 경악했다. 상당히 사내다우면서도 멋스럽게 생긴 얼굴이라고 평가를 내리고 있는 자신을 발견했던 것이다. 더군다나, 얼굴에는 기름기가 가득하면서 배가 튀어나오고 피부는 백설을 뿌린 듯 희멀건 지루한 젊은 귀족보다는 훨씬 더 인간적인 외모라고도 생각했던 것이다.

"쓸데없는 생각 하지 말란 말이야!"

용아가 혼잣말로 그렇게 웅얼거리자 공작 마이하는 가늘게 뜬 눈으로 그녀를 바라보았다.

"아니, 혼잣말. 미음도 줄까요?"

그냥 예의상 물어본 말인데, 공작이 눈을 깜박이면서 동의하는 뜻을 보인다. 용아는 주전자 옆에 있던 미음 그릇을 챙기느라 달그락거리면서 스스로를 질책했다.

'아니, 내가 왜 미음 그릇까지 챙기고 있어? 이제 깨어났으니까 어서 산 아래로 내려갈 채비나 하라고!'

죽는다는 사람이 눈을 뜬 것을 보았으니, 이제 용아는 제 갈 길을 가야겠다고 생각했지만 이왕이면 그 충성스러운 공작의 종복 놈들이 나타났을 때 산 아래로 내려가는 길잡이를 시키는 게 나을 것 같았다. 또다시 멧돼지 따위를 만난다고 해도, 혼자서는 어떻게 처신해야 할지 전혀 감이 잡히지 않았으니까.

"이제 좀 정신이 들어요?"

공작은 용아가 주는 미음을 꿀떡꿀떡 잘도 받아먹는다.

"그쪽 종복들이 내 다리를 붙잡고 늘어지지 않겠어요? 이마에 피가 나도록 바닥에 머리를 찧으면서 제발 그쪽이 깨어날 때까지만 있어달라고도 하고."

"……."

"난 이제 산 아래로 내려가봐야겠어요. 사실 여긴 정말 더 이상 못 있……."

용아는 고개를 절레절레 흔들면서, 이곳에서 잠시 지내는 것이 얼마나 불편했는지를 말하려다 입을 다물었다. 그런 이야기까지 구구절절하게 늘어놓을 필요는 없다. 도대체 우리가 무슨 사이라고 이런 친근한 이야기들을 주고받는단 말인가.

미음을 다 비우고 나서, 용아는 공작이 베개의 위치 때문에 뒤척이는 것을 보고 베개를 한 번 바로잡아주려고 손을 뻗었다가, 자신의 불필요한 친절에 스스로를 질책하며 손을 거두었을 때 공작의 종복 중 두 놈이 물그릇 등을 챙겨들고 침실 안으로 들어왔다.

"깨어나셨다."

용아는 짧막하게 그렇게 말했다. 두 놈은 깊은 안도의 숨을 내쉬면서 눈물까지 글썽이며 자신들의 주인에게 다가가 주인의 상태를 살폈다.

"이제 난 산 밑으로 내려갈 테니, 날 밑으로 데려다 다오."

용아는 주인의 곁에 찰싹 달라붙어 있는 녀석들에게 그렇게 말했다. 용아가 그렇게 말하자 두 녀석들이 용아를 바라보았다. 그러고는 둘이서 곤란하다는 표정으로 쑥덕거리는 것이다.

"뭐야? 아직도 신부 훔쳐내기, 보쌈, 뭐 그딴 걸 계속하고 있는 거야? 이제 장난질은 끝났다! 네놈들 모두와 네 주인까지 호된 벌을 받고 싶은 것이라면……."

용아가 제법 추상같은 목소리로 공작의 종복들을 꾸짖고 있다가 문득 종복들이 자신의 말을 거의 듣지 않고 있다는 것을 깨달았다. 그들은 오로지 이제 겨우 의식을 찾은 주인에게만 온 정신을 집중하고 있었다. 용아가 계속 이리한다면 경을 치게 될 것이라며 으름장을 놓았지만 모두 헛수고.

"주인 나리……."

"나리……."

그들은 모두 충직하였고, 그 모습에 조금도 거짓이나 과장이 있는 것이 아니었다. 종복들은 모두 우르르 주인의 침상 곁으로 몰려갔다. 공작이 입을 달싹이며 무언가를 말하고 있었다. 아직 사내는 되지 못했지만 소년이라기에는 너무 늠름한 공작의 종복들은 하나같이 숨죽이며 주인의 명을 귀기울여 듣고 있는 것이다.

"……?"

용아는 나무꾼 공작의 명령이 무엇인지 알고 싶지도 않았고, 관심도 없었기 때문에 어서 이 모든 야단법석이 끝나고 자신은 산 아래로 내려가게 되기만을 바랐다. 하지만 공작은 무언가 명을 내리기가 힘에 부쳐서인지 아주 작은 목소리로 느릿느릿 말했다. 이제나 저제나 공작의 명이 끝나기를 기다리고 있던 용아는 공작의 종복들의 시선이 어느 순간 일제히 자신에게로 쏠리자, 처음에는 공작이 무언가 자신에게 감사의 말을 전달하고 종복들 중 누군가와 함께 산 아래로 내려갈 수 있도록 명한 것이라 생각했다.

하지만 종복들의 눈빛에서 진지하면서도 일말의 망설임, 그리고 동시에 기쁨이랄까, 그런 것까지 뒤섞여 있음을 본 용아는 꺼림칙한 기분이 들었다. 용아는 정체 모를 불안감을 간신히 억누르며 먼저 입을 열었다.

"너희들 중 누가 나를 산 아래까지 배웅하겠느냐?"

"……."

"이놈들! 내가 누구 때문에 이러한 고생을 하고 있는데, 아무도 나서지 않는단 말이냐!"

용아가 대답을 재촉하며 소리치자 마침내 종복 무리 중 대표격인 장이란 놈이 입을 열었다.

"아씨, 그럼."

"아씨?"

용아가 뜻밖의 호칭의 의미를 파악하느라 잠시 뜸을 들이는 동안 장이가 재빨리 자신의 말을 마무리하고 부리나케 침실 문 밖으로 튀어나간다.

"그럼 편히 쉬십시오!"

장이 놈을 필두로 다른 녀석들 모두 썰물처럼 공작의 침실에서 빠져나가더니 용아가 정신을 차렸을 즈음 침실 문 앞에서 빗장을 치고 걸쇠를 단단히 고정하는 소리가 들려온다.

덜그덕, 쿵.

"……!"

잠시 어안이 벙벙했던 용아가 정신을 차리고 침실 문으로 달려가 주먹을 말아 쥐고 미친 듯이 문을 쳐대도 소용이 없다.

"이놈들! 이놈들! 아직도 정신을 차리지 못한 게냐!"

칠도 하지 않은 투박한 갈색 문은 아무리 밀어대도 열리지 않았다. 용아는 기진맥진한 마음을 간신히 추스르고는 공작의 침상 곁으로 다가갔다.

"이봐! 정신이 돌아왔으면 이러면 안 되는 것 아닌가? 네 종복들이 또 날 가뒀다고! 지렁이가 기어 다니는 흙바닥 침실에!"

공작은 잠든 것처럼 보이지는 않았지만, 눈을 감고 있었다.

"미쳤어요?"

용아는 주먹에 힘을 실어 침상 위의 공작의 몸을 마구 쳐댔지만 그는 흡사 돌덩이인 듯 미동도 하지 않은 채 누워 용아의 주먹다짐을 모두 받아내었다.

"우리 만주인의 풍습과 법도를 아직 모르나 보지? 이런 황당한 짓거리에 부왕께서 나를 네게 시집보내실 거 같아? 이 일은 명만 재촉하는 길이 될 터!"

용아는 소리를 지르고 주먹다짐을 해보았지만, 아무리 해도 분이 풀리지 않았다. 게다가 무슨 말을 해도 꼼짝도 하지 않은 채 누워 있는 공작을 보니 더더욱 부아가 치미는 것이다. 공작의 몸을 마구 쳐대던 용아의 주먹은 마침내 조심성 없이 공작의 옆구리 상처 부분에마저 타격을 주었다.

"어……, 엇!"

공작이 드디어 반응을 보인다. 그의 얼굴이 일그러지고 눈이 다시 떠졌다.

"이제야 눈을 뜨셨군요?"

"……."

"자, 어떻게 할래요? 한 대 더 맞고 저 문을 열라고 하겠어요? 아니면 지금 당장 문을 열라고 소리 지르겠어요?"

용아는 자신의 말이 과장이 아니라는 것을 보여주기라도 하듯 팔을 높이 들어 올리면서 가장 격하게 그를 아프게 할 수 있는 각도를 찾으려는 듯 위치를 가늠하며 신중히 물었다.

그러고는 다시 한 번 가격.

"으……, 윽!"

"맞고 날 내보낼래요? 아니면."

용아가 다시 한 번 주먹을 내리치려는 그 순간, 공작이 아슬아슬하게 용아의 팔목을 잡아채면서 공격을 막아냈다.

"공주!"

"이거 못 놔요?"

공작이 용아의 팔목을 단단히 잡고 있었다.

"못 놔요? 감히 누구의 몸에……."

용아가 분을 감추지 못하고 말을 이으려다가 갑작스레 말을 멈추었다. 아니, 멈출 수밖에 없었다. 며칠 동안 침상 신세였던 공작에게서 어디서 그런 움직임이 나오는지 기막힐 지경.

"……!"

마이하는 손을 뻗어 용아의 주먹질을 제압했으며 순식간에 그녀를 자신의 침상 안으로 끌어당겨서 자신의 몸으로 완전히 포위하다시피 눕혀버렸다.

"감히……, 감히……."

"……."

"애련이를 산 아래에 보냈다고. 이제 얼마 안 있으면 사람들이 들이닥칠 거야. 날 구해낼 거라고. 그리고 너란 놈은 당장 사지가 찢어져……."

용아는 말을 하다 멈췄다. 마이하가 숨이 막힐 정도로 강렬하게 자신을 껴안았기 때문이었다. 몸이 으스러지는 기분이 들 정도로. 마치 돌무덤 속에 갇힌 것처럼 그의 품 안은 너무나 견고하고 단단했다.

"그래서……."

언어를 잃어버린 사람처럼 묵묵하던 마이하가 마침내 입을 열었다.

"……?"

"그래서, 그래서."

공작은 무거운 입을 열더니 알 듯 모를 듯한 말만 무책임하게 남겨놓고 다시 입을 닫아버린다.

"그래서, 그래서 뭐냐고? 숨 막히니까 일단 힘 좀 빼시지?"

"……."

"……?"

"그래서 내가 공주를 놓아줄 수가 없소."

"뭐라고요?"

"어차피 내일 죽을지 오늘 밤에 죽을지 알 수 없으니 숨이 붙어 있는 마지막 순간엔 그냥 하고 싶은 대로 하겠단 말이오."

"하!"

용아는 대답인지 감탄인지 비아냥인지 모를 말을 뱉어내었다.

"왕가의 공주를 납치했고 이제 산 아래 사람들에게도 충분히 기별이 갔을 테니, 살기를 바랄 수는 없겠지. 사실 공주께서 고열에 시달릴 때 버드나무 껍질을 구해 와 한 번 위기에서 구했었고, 멧돼지에게 공격당할 뻔했을 때도 그 목숨을 건지게 해주었지만 어차피 나의 그러한 공로는 아무도 알지 못하겠지."

"뭐라고요? 내가 어쩌다가 고열에 시달렸고, 어쩌다가 산 위로 올라와 멧돼지를 만난 건지는 기억하지 못하나 보죠? 그게 다 공작의 종복들이 꾸민 짓이라고! 근데 이제 이 황당한 짓에 공작께서도 합세하셨군요. 나를 좀 놔주시죠? 그렇담 나를 찾으러 온 무리들이 당신을 죽이려 할 때, 목숨을 살려두라고 말해주는 관대함을 보일지도 모르니까."

"설마."

공작이 의심쩍다는 듯이 말했다.

"숨 막힌다니까요!"

용아가 다시 한 번 항의하듯 말하자, 마이하는 자신의 두 팔에 힘을 빼는 듯하더니 더 세게 용아를 껴안았다.

"뭐, 이런 최후를 생각해보진 않았지만 나쁘진 않겠소."

공작 마이하는 맨 처음 선녀탕에서 용아를 보았던 순간을 떠올리며 말했다.

"이런 최후도 나쁘진 않군. 나쁘진 않아."

마이하가 웅얼거리듯 말했다. 선녀를 눈앞에서 지켜보는 것만으로도 꿈같은 일이었고, 손을 뻗어 선녀를 한 번 만져보기만 해도 여한이 없을 줄 알았는데, 지금 선녀를 품 안에 안고 있었다.

"총각귀신으로 죽기야 하겠지만, 이 정도라면 위안이 되겠어."

'총각귀신?'

총각귀신이라는 말에 용아가 귀가 번쩍 뜨이는 듯 몸을 움직여 마이하의 얼굴을 똑바로 마주 보았다. 그는 용아의 얼굴에 담긴 의문의 뜻을 곧바로 이해했다. 용아가 묻는 것은 그녀가 고열로 의식을 잃었을 때 이 침상에서 무슨 일이 일어났었느냐는 것임이 분명했다.

"아니."

그가 용아의 말없는 질문에 대답하자 용아가 되물었다.

"정말?"

"감히, 어떻게, 선녀님을."

"흥. 그러면서 지금은 감히 어떻게 선녀님을 이렇게 숨 막히고, 불편하게 할 수가 있죠?"

용아는 그렇게 말하면서 공작의 침상에서 빠져나오기 위해 힘껏 몸을 버둥거려보았다.

"소원."

"소원?"

"곧 총각귀신이 될 자의 마지막 소원을 들어주는 셈치고 좀 잠시만 가만히 있어주지 않겠소? 아까부터 계속 힘 줘서 버둥거리시는데 힘이 적잖이 세시구려."

"힘이 세다고요? 내가? 아프신 공작 나리 하나 못 밀쳐내고 있는데?"

"버티느라 죽을 맛이오. 그러니 원컨대 잠시만, 이 몸이 잠들때까지만 이대로 있어주시겠소? 공주를 납치한 죄명 때문에 몽달귀로 세상을 하직할 늙은 총각에게 자비를 베푼다 생각하시고."

"그런데 몇 살이죠? 몇 살이 되도록 장가를 못 간 거예요?"

"스물넷."

"언제부터 여기서 살았는데요?"

"열둘."

마이하는 약간 한숨 쉬듯 대답했고 용아는 자신이 계속해서 공작에게 질문하고 있다는 사실을 깨닫고 움찔하며 입을 다물었다.

그리 오래 지나지 않아, 공작의 숨소리가 규칙적으로 바뀌었고 용아는 슬그머니 공작의 침상에서 나오기 위해 몸을 비틀었다. 하지만 잠든 줄 알았던 공작의 팔은 여전히 단단하게 용아를 감싸고 있었고 그는 진심인지, 꿈결의 잠꼬대인지 알 수 없는 목소리로 이렇게 말했다.

"조금. 조금만 더. 이대로."

용아는 멈칫했다. 공작의 목소리는 너무나 진실하여 차마 거절할 수 없는 무엇이 있었으므로.

갑작스레 몸에 한기가 느껴진다는 생각을 하면서 마이하는 몸을 뒤척였다. 그러자 옆구리의 상처가 욱신거리기 시작했고 모든 것이 생각났다.

'멧돼지로부터 공격을 받았고, 다쳤고, 아팠고, 열이 났고, 시간이 지났고, 다시 깨어났고, 공주와 잠시 함께 있었지.'

거기까지 생각했을 때, 마이하는 몸을 벌떡 일으켰다. 침실 안에 공주는 없었고 창문은 열려 있었으며 햇빛이 심할 때를 대비해

햇빛 가리개로 쳐놓았던 휘장은 불안스레 펄럭이고 있었다. 그는 신발을 신을 겨를도 없이 창가 쪽으로 몸을 움직였다. 아픈 것도 잠시 잊고는.

그리고 창가 쪽으로 닿자마자, 공주가 두 번째 똑같은 일을 저질렀다는 사실을 깨달았다. 옷들은 주렁주렁 창가에 매달려 있었고, 공주의 모습은 어디에도 보이지 않았다.

"……!"

창문 바로 아래에서 시작되는 절벽 지형은 공주의 키의 두 배 이상이었다.

"장아!"

공작이 거친 목소리로 가장 충성스러운 종복의 이름을 불렀다.

마이하의 침실 바로 앞에서 대기하고 있던 장이가 주인의 부름에 문을 열고 들어왔다가, 바로 상황을 파악하고는 아연한 표정으로 주변을 둘러보았다.

"옷을 다오."

"나리!"

"아직 해가 뜨지도 않았다. 위험해. 산짐승들이 어디에서 나타날지…….'"

마이하가 말을 채 끝맺기도 전에 옆구리 상처의 아픔 때문에 얼굴을 찡그리자, 장이가 말했다.

"나리, 저희가 공주를 뫼셔 오겠습니다."

"위험해. 위험하다니까."

마이하는 마치 장이의 말을 알아듣지 못한 사람처럼 되풀이해 말했다.

"내려갈 때 다치시지는 않으신 거 같습니다. 다친 흔적은 없으니까요."

장이의 설명이 공작에게 어떤 위안을 주었는지 그의 동요는 차츰 멎어졌다. 애련이와 함께 산 아래로 내려갔다가 돌아오지 않고 있는 양이를 제외하고 남은 종복들이 일제히 산 아래로 내려간 공주를 찾아 헤맸지만 공주의 흔적은 보이지 않았다.

동이 트고, 정오를 넘기고 해가 지는 오후가 되었지만 공주를 찾을 수는 없었다.

공주는 정녕 산짐승이 출몰하는 산골짝을 길잡이 하나 없이 혼자 내려갔단 말인가. 크게 앓은 지 얼마 되지도 않았으며 제대로 된 옷도, 신발도 없이.

북경(北京), 이친왕가(理親王家) 저택.

춥기는 했지만, 자고로 겨울이라면 이 정도 추위는 밀어닥쳐줘야 겨울을 이겨낼 의욕이 생기는 법.

아름다운 정원의 나무들은 월동 준비를 꼼꼼하게 마친 모습이었고, 얕은 얼음이 언 연못의 아래에서 주황빛 붕어가 유유히 노는 모습이 간간이 보인다. 끝도 없이 펼쳐진 거대한 저택 안의 유일한 생명체처럼 팔락팔락 움직이는 종복들은 저마다 맡은 일을 하느라 일사불란한 와중에도 특별한 소란 없이 고고하다.

그나마 조금 부산스러운 곳이 있다면 최근 새로 지어진 별채 정도랄까.

이친왕(理親王) 애신각라 태이곤(愛新覺羅 太爾袞)은 홀로 새로이 지어진 별채의 나무 냄새를 맡으며 꼼꼼히 그 안을 살펴보았다. 솜씨 좋은 목수들과 미장이들, 벽돌공들을 죄다 불러 모아 엄격하게 닦달해가며 지은 별채였다. 저택 안에 건물들이 워낙 많으니 더 이상 새로운 건물을 지어서 저택의 몸집을 비대하게 하고 싶진 않았지만, 이번만큼은 새 별채가 필요했다. 선친의 후실들이 쓰느라 우후죽순으로 지어진 수많은 건물들 중에 그 어떤 곳도 자신의 귀한 딸에게 내어줄 만큼 성에 차지 않았던 것이다.

이번에 혼인을 시키려는 딸은 그의 차녀 용아.

조선국 외가에 보내놓았던 아이였다. 북경으로 돌아오면 지체 없이 혼인을 하게 될 것이라는 사실을 용아도 이미 알고 있다. 아직 어느 집안인지, 그 상대가 누구인지를 모를 뿐이다.

사실, 이 혼인은 아주 오래전부터 정해져 있었던 일이었다.

선대 황제께서 이미 명을 내리신 일이라 따르는 것이 옳다고 생각하긴 했지만, 상대가 상대이다 보니 섣불리 입 밖에 내지 않았을 뿐이다. 이국에서 볼모로 잡혀왔다는 왕손이 장성할 때까지 목숨을 부지하고 있을지도 의문이었으며, 어차피 선대 황제께서도 공식적으로 명을 내리신 것이 아니라 넌지시 일러주셨을 뿐이었으니.

그의 부마가 될 이는 이미 오래전부터 만주인 공주와 혼인한 이들에게 주어지는 일등 공작의 작위로 그 신분을 보장받고 있었다. 혼인도 하지 않은 아홉 살 때부터 그런 대접을 받아왔다니, 얄궂은 일이다. 이친왕 태이곤은 아마 이 일이 객십 출신의 후궁 용비와 관련이 있는 일이 아닐까, 차분히 추측해보았을 뿐, 어째서 이런 일이 일어났는지 굳이 캐지는 않았다.

어쨌거나, 이친왕 태이곤은 이 혼사를 진행할 용의가 있었다.

이국에서 십여 년간 홀로 살아남았다는 것은 객십의 왕손이 꽤 강인하다는 뜻이 된다. 더군다나 황제께서 눈을 감으신 후, 황실의 지원이 제대로 전달되지도 못했다고 하는데 지금껏 건강하단다. 이친왕 태이곤은 그 점이 마음에 들었다.

내키지 않으면 굳이 딸을 서쪽 사람과 혼인시키지 않았을 터였다. 하지만 이친왕 태이곤은 어쩐지 객십의 왕손에 호감이 일었다. 호기심 많고 명랑한 용아에게라면 썩 잘 어울리는 상대일지도 모른다.

물론, 혼인을 시키기로 결심하였지마는, 혼인 첫날부터 기나긴 여행을 시키고 싶지는 않았다. 일반적으로 신랑은 신부를 집으로 데려가 자신의 집에서 첫 밤을 치르지만, 이번만큼은 예외로 두고 싶었다. 한 달, 아니면 두 달 정도만이라도 곁에 두고 사위 될 놈을 살필 작정이었다.

얼마 전 이친왕 태이곤은 객십의 왕실에서 보낸 양피지 혼서까지 받은 터였다. 통역인을 불러 객십의 언어를 한어로 번역하여 보니, 이미 동쪽 변방에 있는 객십의 왕손에게도 이 혼인에 대한 소식을 적어 보냈단다. 소식을 듣는 즉시, 북경으로 와야 할 텐데, 객십의 왕손은 아직 도착하지 않고 있다. 아마 수일 내로 북경에 당도할 테지. 그의 차녀 용아도 마찬가지이고.

어쩌면 지금쯤 둘은 비슷한 여정을 겪고 있을지도 모르겠다. 조선국에서 북경을 오려 한다면, 일등 공작 화탁 마이하가 살고 있다는 동북 지방은 반드시 지나가게 되어 있으니까. 한 번쯤은 같은 객잔에 머물게 될지도.

아마도 이 혼인은 일사천리로 진행되리라.

이친왕 태이곤은 차츰 나이가 들면서, 지나치게 화를 잘 내는 성격을 다듬으려 부단히 많은 노력을 기울이고 있었고, 덕분에 최근에는 젊었을 때 별칭처럼 들어왔던 '야수'라는 소리도 거의 듣지 않게 되었다.

하지만 멀지 않은 시일 내에 자신이 젊은 시절에 그랬던 것처럼 머리끝까지 치솟은 화를 참지 못하고, 아주 오래전부터 사위로 점찍었던 그놈의 엉덩짝이 찢어질 때까지 곤장을 내리쳐줘도 속이 시원하지 않을 그런 상황이 올 것이라고는 결코 예상하지 못했다.

"하늘이 도왔나 보지."

나무꾼이 말했습니다.

"그럴 리가요. 돌아가지 못하는 건 날개옷이 없기 때문이에요. 절대 하늘은 나무꾼님 편이 아니에요."

노루가 말했습니다.

"……?"

나무꾼이 노루의 말에 의아한 듯 귀를 기울이자, 노루가 덧붙여 말했습니다.

"하늘 위의 옥황상제님은 바로 선녀님의 아버지이신걸요. 아마 지금도 인간 세상을 내려다보시고 계시면서 안타까워하실 걸요. 그러니 절대 나무꾼님을 도와주실 리는 없죠. 볼기짝을 때린다면 또 모를까."

노루는 매우 공손하게 말했지만, 너무나 솔직했기 때문에 살짝 되바라진 느낌마저……

작자미상 '목객전(木客傳)' 中

공작 마이하는 누운 채로 이런 저런 생각을 했다.

겨울이 되기 전에 저장해놓은 나무들과, 올해의 숯 가격에 대해서 생각하려고 애썼다. 나무를 하는 것보다 숯을 만드는 작업은 훨씬 힘들었다. 하지만 그것이 훨씬 벌이가 좋았다. 닷새에 걸쳐 뜨거운 화덕에 잘 구워진 숯은 두드려도 쉽게 부스러지지 않으면서 맑은 소리가 났다. 산 아래 사람들에게 그의 숯은 인기였다. 심지어 북경의 귀족들까지 사람을 보내어 사러 오기도 했었다. 북경의 저택들 중에서 공주의 저택에도 나의 숯이…….

'젠장.'

공작 마이하는 눈을 찡그려 감았다.

어째서 계속해서 잠시 엉뚱한 인연으로 엮였던 공주에 대한 생각밖에 못 하는지 모르겠다. 한순간의 일이었고 이제는 그 인연도 끝난 셈이었다. 성질이 보통내기가 아닌 데다가, 그다지 다정하지도 않은 편이었다. 공주가 산을 내려간 지도 나흘이나 되었다. 혹시나 산짐승을 만나 위험에 처해 있지는 않을까, 장이 녀석을 산 아래까지 가보라고 시키기까지 했다. 장이 녀석이 아직 돌아오지 않는 것으로 보아 가는 길에 공주를 만나긴 만난 모양이다. 그렇지 않다면 밤을 타서라도 순식간에 산으로 다시 올라왔을 녀석인데 말이다.

혹시 공주가 그동안에 겪은 일련의 사건들로 인한 노여움으로 장이를 풀어주지 않는 것일지도 모른다. 그것도 아니라면 공주의 가족들 중 누군가가 그래야 한다고 주장하고 있는지도 모르겠다.

오늘, 아니면 내일쯤 공주의 가족들이 장이의 주인인 자신이 있는 산으로 와서 포박해 갈지도 모른다.

아직 몸이 완전히 회복되진 않았지만, 공작 마이하는 느릿하게 몸을 일으켰다.

누워 있으니 쓸데없는 생각만 하게 된다.

생각을 많이 한다고 해서 달라지는 것은 전혀 없다.

생각을 하면 할수록 분명해지는 것은, 세상이란 그리 호락호락하지 않다는 것. 뜻대로 되는 일은 많지 않다는 결론밖에 없다.

장이와 양이가 산 아래로 내려갔으니, 이제 세 놈밖에 남질 않았다. 올해는 지난해보다 훨씬 일찍 추워지고 있기 때문에 숯을 좀 더 부지런히 만들어야 했다. 세 놈이서 숯을 만든답시고 숯가마에서 끙끙거릴 모습이 눈에 선했다. 귀한 참나무만 축내는 것이 아닌지 모르겠다. 숯을 구울 때 불 조절에 실패하면 우아한 백탄 대신 잘게 부서지는 질 낮은 흑탄이 되는 것이 순식간이다.

공작 마이하는 숯가마 근처에 도착해서 자신도 모르게 냅다 소리를 질렀다.

"아직! 아직 안 돼!"

마이하는 피를 많이 흘린 곳이 심하게 당긴다는 느낌이 들었지만, 지금은 그런 것에 신경 쓰고 싶지 않았다.

"아직이라니까!"

공작 마이하는 숯가마의 입구를 뜯어내려는 종복들의 손길을 제지하고는 자신이 직접 다시 입구를 봉했다. 뜨거운 열기가 그를 집어삼킬 듯 일렁이고 있는데도 아랑곳하지 않고 마이하는 맨손으로 달궈진 벽돌들을 집어 들고 다시 쌓기 시작했다.

"더 뜨거워야 해! 이 정도론 어림없어! 최저의 흑탄도 안 나온다. 이런 식이면."

단호히 말하는 그의 얼굴로는 뜨거운 용암 같은 땀이 비 오듯 쏟아졌다. 종복들이 그런 주인을 보며 진땀을 흘리면서 만류했다.

"나리! 쉬셔야 합니다. 아직 몸이……."

"지금 숯이 망쳐지고 있는데 그런 소리가 나와? 가을 내내 너희와 내가 애써 해 모은 최상품 참나무들을 다 망치고 있다고! 이 나무들을 망치면 너희와 나는 당장 봄부터 먹을 것이 없다! 알아들었어?"

나무꾼이자 숯쟁이 공작 마이하는 그렇게 말하면서 벽돌로 가마의 입구를 봉하고 가마 안의 숯들이 불꽃이 되어 타오르는 모습을 세심하게 살폈다. 물론, 힘이 든다. 누워 있다가 갑자기 일어나서 일을 하려니 어지럼증이 느껴지기도 했다. 하지만 언제는 힘들다고 쉬었는가. 그는 이국에서 홀로 자란 이였다. 제대로 된 식량도 없이 낡은 저택에 던져졌을 때도, 살아남았다. 나무를 해다 팔았고, 숯을 구워 돈을 모았었다.

급한 대로 다시 가마의 입구를 봉해놓고 보니, 공작 마이하와 그의 지시를 따르던 종복 세 놈은 모두 녹초가 되었다. 그는 가마에서 약간 떨어진 곳에 탈진한 듯 앉았다. 종복 중 한 놈이 물을 떠 와 내민다.

공작 마이하는 반 바가지 정도 들이켜고 반 바가지 정도는 그
냥 머리 위에 쏟아부었다.

그런데 그때였다.

"여기 있었군요!"

누군가 그를 향해 그렇게 말했다.

시커먼 사내들만 득실거리는 이 저택에서 사내의 목소리가 아
닌 여인의 목소리가 들려온 것이다.

'잠시 얼이 빠졌군. 아무리 아팠기로서니 헛소리를 듣다니.'

그는 그렇게 생각하고는 입안의 눈을 녹여 삼키는 데 열중했
다.

"이봐요! 나무꾼 공작!"

다시 한 번 그를 부르는 목소리.

약간 씩씩거리는 것 같기도 하다.

"이봐, 나무꾼 공작. 이제 보니 검댕이 공작이군?"

그제야 그는 고개를 돌려 보았다. 그의 바로 뒤에 분기탱천한
얼굴의 공주 용아가 서 있었다. 공주의 얼굴이 무언가 잔뜩 골이
난 것처럼 새빨갛게 달아올라 있었다. 머리 위에서 김이 모락모락
나는 것처럼.

공주의 뒤를 따르던 장이가 엉거주춤한 자세로 공작 마이하를
바라본다. 장이의 얼굴에는 잔뜩 주눅이 들어 있다. 어찌나 안절
부절못하는 표정인지 딱해 보이기까지 한다. 산 아래로 내려갔다

온 며칠 사이에 장이의 양볼이 핼쑥해졌다고나 할까. 공작 마이하가 장이를 향해, 눈짓으로 무슨 일이냐고 물었다. 하지만 장이가 머뭇머뭇 입을 열기도 전에 용아가 그를 향해 몇 걸음 더 다가왔다.

"이 옷이 얼마나 더럽고, 냄새 나는지 알아?"

용아가 대뜸 그렇게 말했다.

"……?"

용아는 자신이 입은 옷의 목깃을 격하게 흔들어 보이면서 그를 매섭게 바라보았다.

"도대체 내 옷은 어디 있지?"

"옷? 갑자기 옷은 왜?"

"내 옷! 내 옷 내놓으라고! 이 옷은 너무 냄새나고 더럽다고!"

산 아래로 내려갔던 공주에게 무슨 일이 있었던 모양이다. 정확히 무슨 일인지 모르지만, 그다지 유쾌하진 않았던 모양.

"장이야, 공주의 옷은 어디에 있지?"

공작 마이하는 의문에 찬 목소리로 장이를 바라보았다. 공주가 친절히 앞뒤 상황을 설명해줄 것 같지는 않았기 때문이다.

"저……. 그게……. 그게……."

"……?"

"선녀 옷은 제가 공작님께 드렸는데요."

장이가 기어들어 가는 목소리로 그렇게 말했다. 용아는 아직도 자신의 옷을 '선녀 옷'이라고 명명하고 있는 장이를 어이없다는 표정으로 쳐다보았다.

"내게?"

공작 마이하가 그렇게 되물었고, 주변에 있던 다른 종복들도 모두 동조한다는 듯 고개를 끄덕였다.

"어디 있어? 내 옷? 이 옷을 입고 객잔에 갔더니 다들 날 사기꾼 거지 취급했단 말이야. 아무도 날 못 알아본단 말이야! 공주는 이미 다시 찾았다면서! 공주를 찾고 일행들은 모두 갈 길 갔다면서! 내 말을 아무도 안 믿어! 내가 공주라는 증거를 대어보라고 하는데, 내겐 아무것도 없단 말이야. 내 옷을 줘. 내 옷을 제대로 입고 가면 알아보겠지. 여기서 조선식 항아리치마를 입은 사람은 나뿐이었으니까!"

용아가 속사포처럼 쏟아내었다.

용아를 비롯한, 주변에 있던 이들의 시선이 모두 공작 마이하에게로 쏠렸다.

"내 옷을 달라고 했었잖아! 왜 안 줬지? 옷을 줘! 내 옷을 달라고!"

그러고 보니, 공주의 옷을 종복들이 챙겨두었던 걸 자신이 달라고 하여 받아들었던 것이 기억났다. 하지만 그뿐이었다. 그다음은 기억이 나지 않았다. 옷을 들고 공주에게 갔던 그 순간, 참나무 작대기로 가격 당하고 말았었다.

'그때 옷은 어디다 두었지?'

생각이 날 듯 하다가도 생각이 나지 않았다. 공작 마이하는 생각을 쥐어짜는 표정을 지었다가, 간신히 무언가 떠오른 듯 이렇게 말했다.

"아, 어딘가에 떨어뜨린 것 같은데……."

공작 마이하가 어물거리며 그렇게 말하자마자, 함께 있던 일동은 모두 저택을 샅샅이 뒤졌다. 하지만 어디에서도 용아의 옷은 찾아볼 수 없었다. 아무리 찾아도 허사였다.

그러던 와중에 날이 저물었다.

밤중에 다시 산을 내려가는 것은 어리석은 일이었다.

공작 마이하는 자신의 침실을 용아에게 내어주고는 자신은 내실의 긴 의자에서 자기로 했다. 어차피 숯을 구울 때는 밤새 숯가마를 확인해야 하기 때문에 잠깐씩 쪽잠을 청하는 것만이 가능했기에 커다란 불편은 아니었다.

처음에 용아는 다시는 그 침상에서 자지 않겠다고 강한 거부 반응을 보였지만, 그 저택 안에서 그나마 제일 나은 잠자리가 그곳이었기 때문에 별수 없이 그 호의를 받아들여야 했다.

그날 밤은 참 이상했다.

이전이라면 결코 일어나지 않았을 기상 이변이랄까.

밤중에 폭설이 퍼부었고, 아침이 되자, 창문을 열기 힘들 정도로 눈이 쌓여 있었다. 그 장면을 보면서 공작 마이하는 멍하니 중얼거렸다.

"당분간은 숯을 팔러 내려갈 수도 없겠는걸!"

그런데 그 순간이었다.

어디선가 훌쩍거리는 소리가 들리기 시작한 것은.

마이하는 소리가 나는 쪽으로 고개를 돌려 용아를 바라보았다. 용아의 두 눈에는 눈물이 뚝뚝 떨어지고 있었으며, 소리를 내지 않으려고 애쓰고 있었지만 울음소리는 속수무책으로 새어나오고 있었다. 용아는 자신의 두 뺨으로 떨어지는 눈물을 부끄럽다는 듯 재빨리 닦아내고는 목소리를 가다듬고 말했다.

"일등 공작 화탁 마이하!"

어안이 벙벙한 채로 마이하가 용아를 바라보자, 그녀는 이를 갈듯 이렇게 말했다.

"지금 난 가족도, 돈도, 시중들어줄 시비 하나 없어. 내 신분을 증명할 수 있는 건, 내 옷 하나였는데 당신이 그걸 잃어버렸다고 했지? 아주 대수롭지 않게 말이야? 심지어 신부를 훔쳐오는 계획에 동조하기도 했었어. 이제 당신 뜻대로 됐군. 내가 이 산에 갇혔단 말이지? 당분간 산 아래로 내려갈 수 없다고? 사실이야?"

공주 용아의 눈에는 형용할 수 없는 깊은 원망이 서려 있었다.

"……."

"난 내 앞에서 당신이 죽어도 눈물 한 방울 안 흘릴 거야!"

"……."

"당신이란 작자가 죽어도 울지 않을 거라고!"

용아는 다짐하듯 그렇게 내뱉었다. 그녀는 그 말을 마치고 곧

바로 고개를 돌려버렸지만, 공작 마이하는 보고 말았다. 공주가 아무리 눈물을 흘리지 않으려고 애를 써도 그녀의 눈에 눈물이 그렁그렁 맺혀 있다는 것을.

영문을 모른 채 납치를 당했을 때도, 낯선 사내와 한 침상에서 마주쳤을 때도 당당하던 공주의 눈에 물기가 어려 있었다. 금방이라도 봇물 넘치듯 눈물이 쏟아질 것 같은데, 온 힘을 다해 참고 있는 것이다.

화탁 마이하로서는 공주의 이전 생활을 정확히 알 수는 없었지만, 아마 하늘나라의 선녀가 갑자기 인간 세상으로 떨어진 것과 진배없으리라. 먹는 것이며, 입고 있는 것이며, 잠자리며. 모든 것이 갑자기, 그리고 송두리째 변해버린 것이리라. 상상할 수 없을 정도로, 나쁘게.

용아는 도무지 알 수가 없었다.

너무 분했다. 갑자기 자신의 인생이 왜 이런 방향으로 흘러가는 것인지. 기가 막혔다.

"으엉엉! 엉엉!"

용아는 냄새난다며 천대했었던 이불을 뒤집어쓰고 엉엉 울었다. 사실 산 아래 여관에 도착했을 때 사람들이 자신을 사기꾼 거지 취급했을 때부터 이렇게 쏟아내듯 울고 싶었다. 용아는 분명 그 여관에 묵었었는데 아무도 그녀를 알아보지 못했다. 친왕가의 공주라며 극진히 대접하던 이들이 용아가 여종조차 없이 나무꾼 소년 하나를 끼고 나타나자 모두 약속이나 한 듯 하대했다. 아무리 자신이 이 여관에서 묵었던 이친왕의 딸 애신각라 용아라고 설명해도 소용이 없었다. 먼저 산을 내려갔던 애련이와 양이는 도대체 어디로 사라졌는지 알 길이 없다.

게다가 이미 사라진 공주를 찾았다니, 도대체 누가 공주란 말인가.

누군가 가짜로 용아 자신의 행세를 했다 한들, 외숙부께서 그녀를 못 알아보실 리 없는데 말이다. 용아는 혼란스러웠다. 귀신에 홀린 것 같았다. 사람들이 아무도 자신을 알아보지 못하다니. 모두들 그녀를 아주 하찮은 인간처럼 취급했고, 용아는 태어나 처음으로 밑바닥 인생을 맛보아야 했다. 산 아래에서 버틸 만큼 버텨보았지만, 배만 고팠다. 구걸하지 않는 한 아무도 먹을 것을 주지 않았다. 장이가 품에 넣어간 육포와 과일이 식량의 전부였다. 그나마도 장이 혼자의 몫이었다. 장이는 선뜻 그것들을 용아에게 주었지만, 용아는 너무나 비참한 기분이어서 그것을 먹을 생각조차 할 수가 없었다.

정말로 거지나 사기꾼이 된 기분이었다.

여관 주인은 처음에는 냉랭하더니 잡일을 하던 어린 여종 하나가 공주마마와 용아의 생김새가 비슷하다고 기억하자, 약간 태도가 누그러져 그렇다면 증명을 해보란다. 공주라는 증명이 될 만한 것을 아무것이라도 내놓아보란다.

그런데 내놓을 만한 것이, 없다. 없었다.

아무것도, 없다.

그토록 열변을 토하며 자신이 이친왕의 차녀 애신각라 용아라고 부르짖었는데, 막상 증거를 대라고 하니 아무것도 없었다. 그때 용아의 머리에 스친 것이 바로, 자신의 옷이었다. 온천욕을 할 때 가져갔던 옷.

'그래! 그 공작이란 작자가 내 옷을 가지고 있어!'

내 옷을 다시 입고 나타나면 저들도 내게 협조를 해주겠지. 조선 외가에서 지어온 옷들은 여기선 흔치 않을 테니까, 바로 알아볼 거야. 그래서 용아는 다시 산을 올라왔던 것이다. 내려올 때 다시는 올라오지 않겠다고 이를 갈던 그 산에 다시 올라야 했던 것이다.

자신의 옷을 찾기 위한 일념 하나로!

장이도 그렇게 기억하고 있었다. 용아의 옷은 장이 일행이 챙겨놓았고, 그걸 공작이 찾아갔단다. 그러니 그 옷의 행방을 아는 이는 공작이었다. 공작에게서 옷을 받아 오면 모든 게 해결되는 것이었다. 그런데 공작은 옷이 어디 있는지 까맣게 잊어버리고 있다!

어딘가 떨어뜨린 것 같다고, 무신경하게 말하던 그 태연한 낯짝이란!

그는 전혀 기억을 못 하고 있었다.

'남의 옷을 어디다 내팽개치고 까맣게 잊어버리다니!'

용아는 분통이 터졌다. 당장이라도 숯 검댕이 덕지덕지 묻어 있는 공작의 낯짝을 후려치고 싶었다. 남의 것은 아무렇지도 않게 잃어버리고 나서 자기 자신은 벌어먹겠다고 숯을 굽고 있는 꼬락서니를 보자 화가 치밀었다. 하지만 용아는 일단 공작에게 몇 마디 쏘아주는 것으로 일단락 짓고 공작의 낡아빠진 저택을 뒤지는 데 합세했다.

이제 용아는 평소처럼 온갖 특혜를 받는 위치가 아니었다. 그녀는 냉정하게 자신의 현 상태를 진단했다. 당장 잘 곳이 없었다. 먹을 것을 구할 돈이 있는 것도 아니었다. 옷을 찾아내어 여관 주인의 호응을 얻는 것이 우선이었다. 자신이 이친왕의 공주가 확실하다는 것을 증명하기만 하면 일단 밥과 잠자리를 주겠지. 그러면서 북경으로 돌아갈 길을 모색해보아야 했다.

하지만 날이 저물 때까지 용아는 자신의 옷을 찾지 못했고, 결국 공작의 침상을 빌려서 하룻밤을 더 보내야 했다. 그런데 아침에 눈을 뜨자마자 숨 막힐 듯 쌓인 눈을 보게 되었고, 무신경하게 중얼거리는 공작의 목소리를 듣게 되었던 것이다.

"당분간은 숯을 팔러 내려갈 수도 없겠는걸!"

그 말을 듣는 순간 아무런 생각도 나지 않았다. 옷을 잃어버린 것에 대해서 미안하다는 한 마디라도 했다면, 이렇게 피가 거꾸로 솟을 만치 화가 나진 않았을 것이다.

이제 옷을 찾아도 한동안 산 아래로 내려갈 수조차 없다니.

용아는 소리를 꽥꽥 지르고 한이 서린 몇 마디를 약속하고는 침실로 ― 엄밀히 말하면 그의 침실 ― 들어와 이불을 뒤집어쓰고

187

울었다.

용아는 소리 내어 엉엉 울었다. 온몸의 힘이 다 빠져나갈 때까지, 탈진할 때까지 울었다.

꼬르륵!

한참을 울고 나니 배가 고팠다.

용아는 눈물범벅이 된 팅팅 부은 얼굴을 닦았다. 얼굴이 엉망일 것 같았다. 거울을 보고 얼굴 상태를 확인해보고 싶었지만, 이 방구석에 거울이라는 것이 있을 턱이 없었다. 항상 시중을 들어주던 애련이가 없으니 얼굴이 어떤지, 머리가 헝클어졌는지 물어볼수도 없었다. 용아는 조용히 바깥의 상황에 귀를 기울였다.

'다들 아침부터 일하러 갔나?'

'눈이 이렇게 내렸는데 나무하러 갈 수 있나?'

용아는 문간으로 가 슬며시 문을 밀어 열고는 빠끔 바깥의 동정을 살펴보았다. 내실은 조용했고, 내실 문 밖에 보이는 복도에도 아무 인기척이 없었다. 용아가 다시 침실의 문을 닫으려고 하던 찰나, 어디선가 고소한 냄새가 마구 풍겨오고 있었다. 용아는 살금살금 발을 떼어 냄새가 나는 쪽으로 가보았다. 복도 저 끝에 바구니 같은 게 있었다. 용아는 큼직한 바구니 위에 덮어진 누런 천을 살짝 들춰보았다. 된장을 넣고 삶은 고기와 채소볶음, 그리고 속이 없는 찐빵이 있었다.

침이 꼴깍 넘어갔다.

며칠 동안 제대로 먹질 못했다. 마을로 내려갔을 때 너무나 비

공작의 청혼

참하고 구차스러워서 도무지 무엇도 먹을 수가 없었던 것이다. 용아는 길게 생각할 겨를도 없이 복도 계단에 걸터앉아 그것들을 하나씩 먹기 시작했다.

찐빵으로 급한 허기를 채우고 채소볶음을 향해 급한 손이 움직이고 있었다.

그런데 그때였다.

"……!"

어떤 손이 음식이 담긴 그릇을 홱 낚아챘다.

돌아보니 공작이 큼직한 주전자를 들고 서 있었다. 여기서 마주친 게 왜 하필 저 사람이람. 용아는 알 수 없는 창피함과 함께 낭패감이 들었다.

"……그거 우리 새참인데?"

공작은 퉁명스런 어조로 그렇게 말했다.

"……."

용아는 행동을 딱 멈췄다. 무슨 말을 해야 할지 알 수가 없었다.

"공주."

공작이 용아를 불렀다.

"왜요?"

용아가 떨떠름한 목소리로 대답했다.

"입가에 찐빵 묻었소."

무뚝뚝한 목소리의 그 말을 듣고 용아는 얼굴이 새빨개져서는 냉큼 입 주변을 닦아냈다. 그 와중에 공작이 손을 뻗어 용아가 쥐고 있던 그릇을 빼앗아 들었다.

"여기선 일을 하지 않으면 밥을 주지 않소."

"뭐라고요?"

용아가 발끈하는 표정으로 그를 바라보았다.

"이 저택에 있는 사람 중에 공주를 제외하고는 모두 새벽부터 일어나 눈을 치우고 쌓아놓은 땔감을 정리하고 숯가마를 정비했소. 그런데 그동안에 공주께서는 뭘 하시었소?"

"……?"

잠시 용아는 상황을 판단하느라 눈을 또르르 굴리며 약간의 시간을 보냈다.

'지금 날더러 일을 해야 밥을 주겠단 말인가요?'

온몸에 기운이 다 빠질 때까지 실컷 울고서는 어디서 발끈하는 힘이 솟는지 모를 일이었다. 사실, 여기 있는 그 누구도 공주 용아의 시종이 아니었다. 누군가를 위해 완성해둔 음식을 보았다면 최소한 물었어야 했다. 이것을 먹어도 되는지, 물어봤어야 했다.

하지만, 용아는, 그 모든 것을 다 알면서도 선뜻 용기 내어 자신이 배고픔에 이성을 잃어 당연한 예의를 잃었다는 사실을 인정할 수가 없다.

그래서 목소리가 더 뾰족해진다.

이 와중에 굳이 따지려드는 공작이 야속하기까지 하다.

"이봐요. 내가 누구 하인들한테 끌려서 난데없이 여기에 왔죠? 그런 일이 없었더라면 일행들과 헤어지는 일도 없었을 테고, 난 항상 배고프지 않게 먹을 수 있었을 거라고요! 아니, 최소한 내 옷만 안 잃어버렸어도 여관에서 날 알아보고 먹여주고 재워줬을 거예요!"

용아가 속사포처럼 쏟아냈다.

"말 다 했소?"

공작이 느릿하게 되묻자, 용아는 잠시 숨을 들이쉬고는 다시 말을 이어나갔다.

"그리고 난 아프기까지 했어요. 그것도 다 누구 탓이죠? 당신의 무식한 종복들 탓이 아니냐고요? 게다가 당신은 날 협박하고 감금하기까지 했고, 난 절벽 같은 곳을 타고 가다 죽을 뻔도 했어요. 맞죠? 맞죠? 맞죠?"

맞죠, 라는 말을 세 번이나 반복하는 그 말투라니.

전혀 고상하지 않다. 시중드는 여종, 시비를 곁에 두지 않았다고 갑작스레 사람이 이렇게 바뀌어버리는 게 일반적인 걸까.

용아의 얼굴이 새빨개졌다.

마치 화가 나서 씩씩거리는 사람처럼.

하지만 기실은 창피함 때문에 눈을 감고 어디론가로 사라지고 싶은 기분.

"......"

"맞죠?"

공작이 자신의 기나긴 말에도 대답이 없이 물끄러미 시선을 마주치자, 용아는 그 꼴사나운 '맞죠?'를 기어이 한 번 더 반복하고 말았다. 네 번째 '맞죠?'가 나오고 나서야 공작이 저음의 목소리로 빠르지도, 느리지도 않게 말하기 시작한다.

"맞소. 그대의 말이. 그러니 사과하는 의미로 그대에게 마땅한 거처가 생길 때까지 이 저택에서 재워주긴 하겠소. 하지만 난 멧돼지가 가까이 오는 줄도 모르고 부스럭거리며 걸어대는 그대를 살려내느라 거의 죽을 뻔했소. 밤새 앓아도 한 번 쳐다보지도 않더군. 게다가 난 이 눈이 그치면, 그대 말대로라면 그대의 가족들의 손에 목숨을 애걸하는 처지에 놓이게 될 것이 빤한데 내가 어찌 자비로울 수 있겠소."

공작은 나지막한 목소리로 조목조목 할 말을 해대고 있었다.

"거기다 창을 타고 바깥으로 나간다고 또 내 옷들을 모두 밧줄로 이용했더군. 거의 발기발기 찢어서 말이오. 난 당장 갈아입을 옷도 없소. 또한 난 그대에게 맞기까지 했소. 피가 날 정도로 코를 얻어맞기도 했고. 이 정도면 화풀이는 어느 정도 하지 않았소?"

용아는 할 말을 잃었다.

아닌 밤중에 홍두깨 같은 일을 겪은 건 자신이었는데, 어째서 공작이 하는 말을 들어보니 그렇게 궤변은 아니라는 생각이 드는 것일까. 정말이지 기가 막힐 노릇이었다. 알 수 없는 일이다. 산중에 처박혀 사느라 말도 제대로 못 하는 어눌한 인간인 줄 알았는데 지금 보니 딴판이다.

"어쨌든 일단 동의 없이 그대를 이리로 데려온 것은 잘못이오. 그러니 언제까지 이 저택의 방들 중 하나를 차지해도 좋소. 땔감도 충분히 주겠으니 필요한 만큼 불을 피워요. 하지만 미안한 건 미안한 거고, 나도 충분히 대가를 치러냈는데, 매 끼니 밥까지 해다 바칠 수 있단 말은 아니란 말이오. 여긴 따로 주방 일을 하는 여종도 없어서 그때그때 시간이 나는 사람이 챙겨먹어야 하는 데니까 말이오."

"지금……."

"지금……?"

"날더러 당신네들처럼 숯이라도 만들라는 건가요? 나무라도 해다 드릴까요? 그냥 해놓은 밥에 수저 하나 더 올려서 주면 될 것이지 치사하게!"

"치사하다고?"

"네, 그래요. 치사하네요."

용아가 양팔의 팔짱을 끼면서 먼 곳을 바라보면서 그렇게 말했다.

"공주."

"왜요?"

공작이 그녀를 부르자 고개도 돌리지 않은 채 용아가 대답했다.

"그대는 나와 혼인할 의향이 있소?"

공작의 그 물음에 용아가 말문이 막힌 듯 그의 얼굴을 바라보았다. 대답이 없자, 공작은 진지한 표정으로 재차 물었다.

"나와 혼인할 의향이 있느냐고 물었소만."

용아는 너무나 빤한 대답에 잠시 할 말을 잃었다는 듯, 가볍게 턱을 치켜세우고는 대답을 했다.

"아뇨?"

"아니. 아닐 테지. 공주는 나의 정혼녀도 아니고 친척도 아니오. 우리는 아무 상관도 없는 사이요. 난 단지 호의로 낯선 사람을 먹여 살릴 만한 여유가 있을 정도로 부자가 아니오."

"누가 평생 먹여달래요? 일단 지금은 눈이 쌓여 산 아래로 내려갈 수 없다면서요. 가족들과 연락이 닿으면 갚을게요. 먹는 것 가지고 뭐라 그러지 않으셨음 하네요."

"가족들과 연락이 닿으면? 가족들과 연락이 닿으면 난 보복을 당하는 게 수순 아니던가? 그대가 말했지 않소, 그대의 아버지께서 내 머리통을 부숴버릴 거라고."

"아, 그건 그래요. 부왕께서 보통 성질이 아니시거든요. 아니, 그러니까 더더욱 나에게 잘해주셔야지요. 부왕에 대해서 들어본 적이 없어요? 아무것도 몰라요?"

"몰라."

공작 마이하는 딱 잘라 말했다.

"천리 밖의 북경에 있다는 호랑이 부친 따위 내 알 바 아니지."

마이하가 담담한 목소리로 말했다.

"하아. 천리 밖의 호랑이 부친?"

용아는 공작 마이하가 너무 세상물정을 모르는 것 같아 살짝 걱정스러울 지경. 사실 왕족 공주라기엔 직설적이고 대찬 용아의 성격도 아버지로부터 물려받은 것이다.

"어쨌든 배가 고프다면 뭔가를 하도록 해요. 방이 더러우니 어쩌느니 불평불만만 늘어놓지 말고. 그대가 지금까지는 존귀한 신분으로 대우받고 살았겠지만, 그것도 다 부모 잘 만난 덕 아니겠소? 여태 누리고 산 것들이 그대 힘으로 벌어먹은 것이오? 그대가 혼자서 해낸 것은 아무것도 없지. 지금 그대의 꼴을 보라고. 보호해주는 부모와는 떨어져 있고, 부모의 재산도 없고, 몸종도 사라지니, 나와 다를 게 뭐가 있소? 배고파지니 당장 남의 것을 훔쳐 먹기나 하고."

공작은 그렇게 말하고는 커다란 바구니와 주전자를 들고 유유히 사라졌다.

그런 공작의 뒷모습을 보는 용아는 속수무책으로 눈만 깜빡거렸을 뿐이었다. 영문 모르고 납치라는 것을 당했을 때도, 아무리 행색이 허름해도, 항상 당당히 턱을 치켜들고 할 말을 이어갔던 용아였다. 그런 용아에게 지금처럼 말문이 완전히 막히도록 만든 상대는 자신의 아버지를 제외하고는 거의 처음이랄까.

이상하게 더 이상 기분이 나쁘지 않다.

용아는 완전히 배가 부를 때까지 음식을 더 먹었다.

일단 허기를 채우고 나니 기분이 한결 나아졌다.

용아는 세수를 해보려고 물을 찾았지만 급작스레 떨어진 기온 때문에 물이란 물은 죄다 얼어 있다는 것을 깨달았다. 눈을 녹여서라도 얼굴을 씻어야겠다고 생각하며 눈뭉치를 만들어 주방으로 들어가보니 주방의 커다란 가마솥 안에 이미 김이 모락모락 나는 뜨거운 물이 끓여져 있었다.

'밥을 하고 남은 물인가 보아.'

용아는 뜨거운 물에 눈을 조금 떼어 넣어 적당한 온도로 만든 다음 깨끗하게 얼굴을 씻고 머리를 감았다. 깨끗하고 따뜻한 물이 이렇게 기분 좋은 것일 수 있다는 것을 잠시 잊고 있었다. 세수를 하고 머리를 감고 보니 목욕도 하고 싶어졌다. 뜨거운 물을 끓여내면서 만들어진 눅눅한 주방 안의 습기가 더욱 용아를 부채질했다.

용아는 땔나무 더미로 주방문을 열기 힘들게 막아놓고 재빨리 간단한 목욕을 했다. 목욕을 한 후에는 침실로 돌아가 옷상자를 뒤져서 개중에 깨끗해 보이는 옷을 찾아내어 갈아입고 난 후, 원래 입었던 옷은 남은 목욕물로 조물조물 세탁했다.

'빨래 별거 아니잖아?'

스스로 빨래라는 걸 해본 건 태어나서 처음 있는 일이었다. 직접 빨래를 해서 깨끗한 옷을 입을 생각을 하다니, 용아는 생각하면 할수록 자신이 대견스럽게 느껴져서 기분이 한결 좋아졌다. 옷을 세탁하는 것보다 물기를 짜내는 것이 곤혹스럽게 느껴질 정도로 버겁긴 했어도 결국 용아는 빨래를 해냈다. 갑작스런 폭설로 기온이 많이 떨어지긴 했지만, 실내에 말려놓는다면 오래지 않아 마를 듯싶었다.

더러워지면 다시 갈아입을 옷까지 확보한 용아는 가뿐한 마음
으로 침실로 돌아와서는 옷상자 옆의 다른 상자를 뒤지어 더 깨끗
해 보이는 이불을 찾아내었다. 며칠 전만 해도 깨끗한 이불이 없
었는데 이상한 일이었다. 이 저택에, 그리고 이 침실에 익숙해져버
렸는지, 어쩐지 처음에 보았을 때에 비해서는 모든 것이 나아 보인
다.

용아는 긴 의자를 끌어다가 이불을 푹신하게 깔고 바로 옆에
묵직한 화로를 최대한 가까이에 끌어놓았다. 그러고는 이불 속으
로 온몸을 밀어놓고 화롯불의 따뜻함을 만끽했다.

고작 빨래를 했을 뿐인데, 졸음이 밀려온다. 난생처음 해본 노
동이 용아를 노곤하게 했다. 용아는 어미의 품을 파고드는 새끼고
양이처럼 이불 속으로 몸을 파묻고는 깊은 잠에 빠져들었다.

다음날 용아가 잠에서 깨어났을 때, 믿을 수 없게도 눈은 끊임
없이 내리고 있었으며 공작의 침실 밖으로 한 발짝 떼기가 무서울
정도로 날씨는 매서웠다. 공작의 침실에서 계속 잠을 자고 생활을
한다는 것이 영 꺼림칙하였으나 저택의 다른 방들은 화로조차 없
었기에 방 안에서 얼음이 얼 정도로 추웠다. 공작의 침실 안에만
빨갛게 달아오른 숯들이 잔뜩 들어 있는 커다란 화로가 준비되어
있었던 것이다.

그날 용아는 거의 하루 종일 방 안에서 보냈다. 할 일이 없었
기 때문에 너저분한 방 안을 천천히 정리하면서 이따금 바깥을 내

다보았다.

마당으로 잠시 나가 눈뭉치를 만들어 주방으로 가니 어제처럼 데워진 물이 잔뜩 있었고, 바구니 안에는 먹을거리들이 있었다. 용아는 그것들을 챙겨 얼음구덩이처럼 느껴지는 복도를 지나 공작의 침실 안으로 가져왔다.

깨끗하고 따뜻한 물과 배부르게 먹을 음식과 화롯불, 그리고 푹신한 이불까지 있었다.

오후가 되자 눈이 그치면서 기온도 조금은 상승한 듯 느껴졌다. 용아는 절벽을 향해 나 있는 창을 열어 밖을 내다보았다.

'세상에!'

여태까지 이런 광경을 본 적은 없었다.

거대한 산의 골짜기 전체가 온통 하얀 눈으로 뒤덮여 있었다.

눈의 세상. 모든 것이 하얗게 빛나고 있었고, 자연 그대로의 모습이었다. 눈을 처음 본 것은 결코 아니었지만 이런 모습의 눈을 본 것은 처음이었다. 구릉과 절벽 울창한 혼합림 안에 눈이 온통 파고들어 자리를 차지하고 있었다.

용아는 압도적인 자연의 경관에 잠시 숙연해지는 기분마저 들었다. 용아는 갑자기 이 아름다운 절경을 누군가에게 이야기해주고 싶은 생각이 들었다.

용아는 멍하니 서 있는 창가 자리를 박차고 나와 깨끗한 이불을 찾느라 뒤졌던 상자들을 다시 한 번 열어보았다. 어딘가에 종이와 먹과 붓과 벼루까지 있었던 기억이 났다.

'아! 찾았다!'

종이와 먹과 붓, 벼루는 용아의 기억대로 한데 가지런히 정리되어 있었다. 용아는 방 가운데 있는 커다란 탁자를 창가로 끌어다 놓고 의자도 밀어 와 자신이 앉을 자리를 만들었다. 그러고는 마시려고 준비해둔 눈을 녹인 물을 벼루에 조금 부어서 먹을 갈았다.

처음에 깨끗한 종이를 펼쳤을 때, 용아는 그저 눈앞에 보이는 풍광에 대해서 기록을 해둘 참이었다. 하지만 어스름 해가 지는 모습이 자신의 시야를 가득 채우자 불현듯 떠오르는 생각이 있었다.

용아는 펼쳐진 종이의 서두에 조심스러운 손짓으로 글을 적기 시작했는데, 그중 가장 서두에 있는 글자는 다음과 같았다.

'목객전(木客傳)'

옛날, 아주 먼 옛날, 어느 산골에 나무꾼이 살았습니다. 그 나무꾼은 피붙이라고는 하나 없이 늘 혼자 지냈는데, 그 누구도 그의 고향이 어디며, 부모가 누군지 몰랐습니다. 언제부턴가 나무꾼을 아는 사람들은 그를 '가엾은 나무꾼'이라고 부르기 시작…….

나무꾼은 참나무야말로 진짜 나무라고 말했습니다. 선녀는 그렇게
말하는 나무꾼을 바라보며 참나무가 진짜 나무라면 나무꾼은 진짜
사내라고 생각······.

작자미상 '목객전(木客傳)' 中

며칠간의 숯 작업을 끝낸 마이하는 녹초가 된 상태였다. 숯을
굽는 작업이 겨울에만 가능한 것은 아니지만 겨울에 수요가 극도
로 늘어나므로 겨울에 더 많이 일하는 것은 불가피한 일이었다.
특히나 요즈음은 식구가 늘어났으므로 모두를 먹여 살리려면 땔
나무를 하는 것보다 값비싼 최상급 숯을 때맞춰 잔뜩 만들어놓는
편이 훨씬 유리했다.

숯을 한번 굽기 시작하면 닷새 정도가 소요되는데 그동안은
잠을 거의 잘 수가 없었다. 불을 꺼트리거나 잠시 불 조절을 잘못
하면 모든 게 엉망이 되기 때문이었다. 게다가 자신을 제외한 다

른 녀석들은 모두 신참이었기 때문에 녀석들의 가마까지 마이하는 눈여겨보아야 했다. 때문에 마이하는 신경이 바짝 곤두서 있었던 참이었다.

겨울에 숯 굽는 일을 할 때, 좋은 점이 있다면 그건 절대 추위를 느낄 수 없다는 사실이었다. 추위를 느끼기는커녕 오히려 눈이 따끔따끔거릴 정도로 엄청난 양의 땀을 흘려댄다. 장이를 비롯한 녀석들은 그 엄청난 양의 땀을 흘리고서도 목욕을 할 재간이 없을 정도로 피곤했던지 곧장 곯아떨어진 모양이었다.

공작 마이하는 주방으로 가 준비해 간 눈뭉치를 커다란 가마솥에 넣고는 꾸벅꾸벅 졸았다. 마이하는 반쯤 졸면서 몸을 씻다가 문득 고개를 들어보니 커다란 주방을 가로지르며 빨랫줄이 있었고, 자신의 옷이 몇 개 걸려 있었다. 약간 불빛만을 내뿜는 촛불에 의지해 살펴보니 그것은 마이하 자신의 옷이었다. 찢어진 부분들이 조금씩 바느질되어 있는데 어둠 속에서 얼핏 살펴본 모양으로도 상당히 조악했다. 어린아이가 꿰매어놓은 듯 얼기설기하여 슬며시 웃음이 비집고 나왔다.

고집 세고 교만한 줄 알았던 공주가 자신이 찢은 옷을 스스로 꿰매어놓다니 의외였다. 공주에게 밥값을 해야 한다고 충고했지만, 곧이곧대로 받아들일 것이라는 기대는 애초에 하지 않았었다. 그저 너무 풀죽은 그 모습이 왠지 싫었을 뿐. 맨 처음 보았을 때처럼 무슨 말이라도 힘차게 대꾸해주는 그 모양을 문득 보고 싶었던 것 같다.

주방 탁자를 보니 용아의 몫으로 남겨놓았던 토끼고기와 부추를 넣은 찐빵과 구운 마늘이 그대로였다. 하루 종일 아무것도 먹지 않았나 보다. 도대체 하루 종일 무엇을 하는 것일까. 형편없는 솜씨로 옷을 꿰매어놓느라 하루 전체를 소비했을 것 같지는 않았다. 마이하는 문득 용아가 하루 종일, 그리고 그가 숯을 만드느라 몰두했던 지난 며칠 동안 도대체 무엇을 하고 있는지 궁금해졌다.

마이하는 주방에 있던 음식을 들고 자신의 침실로 향했다. 어차피 화로 근처에 놔두지 않으면 밤새 꽁꽁 얼어 내일이면 못 먹게 될 것이 분명했다. 어두운 복도를 휘적휘적 걸어 내실을 통과하고 자신의 침실 앞에 도착하고는 문을 열기 직전 멈칫했다.

오늘이 보통의 날들 중 하나였다면, 그는 침실 안으로 들어가 신발도 벗지 않고 그대로 침상 위에 엎어졌을 것이다.

하지만, 지금은 그의 침실 안에 다른 사람이 있었다.

지난 며칠간 숯가마 오두막에서 잠깐씩 눈을 붙이는 생활을 하며 이따금 저택에 들를 때마다 공주 용아에게서 그 어떤 기척도 느낄 수가 없었다. 대면한다면 무슨 말을 어떻게 해야 할지 적이 고민되었다. 하지만 생각해보니 지금은 한밤중이고 그렇게 고민할 필요가 없는 것일지도 모른다.

'아마 지금쯤이면 잠들었겠지.'

마이하는 그렇게 결론내리고 침실 문을 밀었다.

끼이익…….

자는 사람을 깨우지 않으려고 조심하노라 했건만 낡은 문은 무자비하다 싶을 만큼 요란한 소리를 토해내면서 열렸다. 조심하려고 손에 더욱 힘을 주어 정교하게 문을 움직이려 하면 할수록, 문소리가 더욱 요란하게 들린다.

끼이이익!

그 요란한 문소리에 마이하는 흠칫 놀라 식은땀마저 떨어뜨릴 지경.

침실 안에 발을 디뎌놓은 공작 마이하가 가장 먼저 바라본 것은 침상이었다. 그는 성큼성큼 다가가 침상 휘장을 젖혔지만 침상 안에는 아무도 없었다. 방 안은 자신이 혼자 사용할 때와는 미묘하게 달라져 있었다.

일단, 따뜻했다.

공주는 추위에 떠는 것을 몹시 싫어하는 것 같다. 이렇게 아낌없이 화롯불을 때어본 적은 그가 이 침실을 사용한 이후 처음 있는 일이었다. 방 안은 온기로 가득했다. 몹시 따뜻하다.

'그런데, 공주는 어디 있지?'

그는 시선을 돌려 방 안을 휘휘 둘러보았다.

공주는 창가에 있었다. 마이하는 문을 열 때 문소리가 요란하게 들린다고 마음을 졸였지만 기실 공주는 아무런 소리도 듣지 못한 채로 무언가에 몰두해 있었다. 그가 가끔 사용하던 묵직한 탁자는 창가 쪽으로 옮겨져 있었고 공주는 곧은 자세로 의자에 앉아서 쉼 없이 붓질을 하고 있었다. 그가 아끼던 종이뭉치들이 죄다 탁자 위에 올라가 있었고 ― 착각이 아니라면 ― 그의 큼직한 먹이 꽤 많이 줄어들어 있었다. 그 큼직한 먹이 순식간에 저토록 줄어 있다니. 믿기 어려운 일이었다.

"공주?"

마이하가 몹시 조심스러운 목소리로 용아를 불렀다.

"……."

"공주……?"

다시 한 번, 마이하가 용아를 불렀다. 하지만 듣지 못했다. 하지만 듣고서도 대답할 여력이 없는 것인지도. 용아는 무언가에 완전히 몰두한 듯했다. 진정한 몰입. 도대체 무엇을 하고 있는 것인지는 모르겠지만 이제 자신을 향한 분노를 터뜨리는 행동은 끝난 것 같아 그는 적잖이 안도했다.

"무엇을 하시는지 모르겠지만, 나는 이만 잠을……."

마이하가 그렇게 말했을 때 갑자기 용아가 고개를 들어 그를 바라보았다. 마이하와 눈이 마주친 용아가 갑자기 앉은 자리에서 벌떡 몸을 일으키는가 싶더니 작대기 하나를 힘차게 집어 들어 올렸다!

"……!"

'젠장! 아직 화가 가라앉은 게 아니잖아?'

공주가 손에 든 것은 바로 그가 도끼자루로 쓰기 위해 깎고 있던 나무였다!

그는 돌발적인 공격에 방어하기 위해 신경을 곤두세웠다.

"뭐죠?"

공작의 청혼

용아가 도끼자루를 높이 들어 올리는가 싶더니 난데없이 그렇게 물었다.

"무어가?"

마이하가 경계의 태세를 늦추지 않고 되물었다.

"이 나무 말예요, 이 단단한 나무의 이름은 뭐죠?"

"나무의 이름?"

뜻밖에 질문에 마이하는 재빨리 대답하지 못하고 눈을 껌뻑였다.

"네, 나무의 이름이요!"

"아, 참나무."

"참나무."

용아가 기억해두려는 듯 따라 했다.

"그럼 저기 저 나무는요?"

"어디?"

용아가 창가로 마이하를 끌어당기더니 어둠 속 저쪽에 우뚝 솟은 나무를 가리킨다.

"저거!"

그는 어둠 속이라서 잘 보이지 않는다는 듯 눈을 가늘게 뜨니 용아가 촛대를 가까이에 가져온다. 하지만 어둠 속 저 끝에 서 있는 나무보다는 일렁이는 불꽃을 받으면서 서 있는 용아의 얼굴에 더욱 눈길이 간다.

"참나무."

마침내 그는 대답했다.

"아, 저 나무를 잘라서 이렇게 쓰는 거군요. 이게 도끼의 자루가 되는 건가요?"

공주 용아는 눈을 반짝이며 질문했다.

'한밤중에 나무꾼이 쓰는 도끼의 자루에 관해 묻는 이유가 뭘까?'

"도끼의 자루는 다 참나무로 만드는 건가요?"

"모두 다 그런 건 아니지만, 참나무야말로 나무 중의 나무, 진짜 나무이니까. 도끼의 자루는 어쨌거나, 단단해야 하는 거란 말이오."

갑작스런 질문에 영문을 알 수 없었지만, 일단 마이하는 대답했다.

"도끼의 자루는 참나무라."

용아가 중얼거리듯 그렇게 말하고는 고개를 주억거린다.

"참나무는 진짜 나무라……. 진짜, 나무."

그렇게 중얼거리더니 갑자기 몸을 돌려 다시 의자에 앉는다. 촛대를 탁자 위에 올려놓고 먹을 간다. 붓끝이 가지런해지도록 할 목적으로, 붓을 쥔 손목을 이리저리 움직여본다.

"그럼 주무세요. 공작 나리. 전 할 일이 있어서."

용아는 그를 쳐다보지도 않고 그렇게 말하더니 다시 종이를 펼쳐서 무언가를 쓰기 시작한다.

"……."

공작의 청혼

공작 마이하는 그런 용아의 뒷모습을 멍하니 바라보았다.

"전 괜찮으니, 주무시라니까요."

용아가 다시 한 번 그에게 수면을 권했다. 깍듯한 존대와, 뜬금없는 질문의 연유를 도저히 알 수가 없다.

게다가 같은 방에서 잠을 자라는 말을 태연하게 하다니!

공작 마이하는 곧은 자세로 서 있었지만, 마치 자신이 방 한가운데 엉거주춤 음식 그릇을 들고 서 있는 불청객이 된 느낌이 들었다.

공주의 뒷모습은 뭔가 색달랐다.

콕 집어 말하기는 어렵지만, 어쩐지 양 어깨에 힘이 잔뜩 들어가 있고 침착한 것같이 보이면서도 동시에 상기된 것 같은 모양이랄까.

공작 마이하는 피곤에 지쳐 곧장 잠들어야 마땅했으나, 기가막히게도 더 이상 자신에게 화를 내지도, 날카롭게 굴지도 않는 공주의 뒷모습을 아쉬운 마음으로 바라보았다.

그는 알 수 없는 서운함을 저 멀리 밀어버리고 탁자 위에 음식 그릇을 내려놓았다.

그릇이 조용한 와중에 명료한 소리를 내면서 탁자 위에 놓인다.

달칵.

"……!"

바로 그 순간이었다. 무언가를 하느라 골몰하고 있던 용아의

얼굴이 반짝 들어 올려지는가 싶더니, 뒤돌아 공작을 쳐다보고선
말한다.

"그거……?"

"……?"

"혼자 먹을 거예요?"

용아는 그렇게 말하더니 뽀르르 달리다시피 다가와서 마이하
가 내려놓은 그릇을 살펴본다.

"다 먹을 건 아니죠?"

"……."

마이하는 용아가 뭔가 한 마디라도 더 해주면 좋겠다는 생각
이 머릿속에 스쳐 선뜻 대답을 고르지 못하고 머뭇거렸다.

"혼자서 이렇게 많이 먹을 리는 없어요."

"……."

"그렇죠?"

마이하는 어떤 대답을 해야 할지 머뭇거렸다. 그는 애초에 그
대가 하루 종일 굶은 것 같아 가져온 거라고 말하고 싶지만, 어쩐
지 그건 너무 다정한 말이 되어버릴 것 같아 마음과는 다른 말이
나오고 만다.

"내 옷은 다 기웠소?"

"아, 아……. 그거……."

용아가 순순히 대답하지 못하고 어물거리는데 갑자기 그녀의
뱃속이 텅 비어 있다는 꼬르륵 소리가 들려왔다.

꼬르륵.

그 소리가 들리자 용아는 잠시 얼굴이 새빨개졌다가 다음 순
간에 결심한 듯 눈앞에 있는 고기찐빵을 재빨리 집어 들며 입안으
로 밀어 넣고 야무지게 먹기 시작했다.

"내가 좀 바빠서요."

용아가 허겁지겁 음식을 입안으로 넣는 자신의 모습을 변명하
듯 그렇게 말했다. 마이하는 무엇을 써대느라고 그렇게 바쁜 것이
냐고 되물어보고 싶지만 그건 어쩐지 건드려서는 안 되는 영역 같
은 기분이 들었다.

"진짜 이거 혼자서 다 먹으려고 가져온 거예요? 이렇게 많이?"

말을 해대면서 먹어대는 속도가 놀랍다.

"난 노동량이 무척 많소. 최소한 하루에 다섯 번은 먹어야 이
노동의 강도를 다 감당할 수 있다오."

"우와, 엄청나네요. 걔네들도 다들 똑같이 먹는 거예요?"

"걔네들?"

"아이 참. 누굴 말하는 거겠어요. 그 녀석들이요. 주인님, 주인
님 하면서 내 다리를 붙잡고 안 놔주던 그 녀석들이죠."

"그 녀석들은……."

마이하가 머릿속으로 무언가를 셈하는 것처럼 잠시 멈췄다가
다시 입을 열었다.

"아마, 일곱 번쯤?"

"네에?"

용아가 깜짝 놀란 표정이다.

"한창때니까."

"걔네들이 몇 살인데요?"

"몇 살?"

"스무 살 넘은 거 아니었어요?"

"아니, 장이가 열일곱이고. 고만고만하지. 열여섯, 열일곱, 열여덟. 뭐. 엇비슷하오. 사실 다들 생일도 모르고 정확한 나이는 모르지만. 종복 놈 따위가 제 나이를 어떻게 정확히 알고 있겠소. 물론 제대로 된 주인과 있었다면 나이 정도는 알았겠지만, 그놈들은 그런 상황이 아니었으니까."

"걔네들이 어릴 때부터 함께 있었던 거 아니었어요? 황실의 공작이면……."

황실에서 작위를 하사한 일등 공작이면 응당 적절한 생활을 할 수 있도록 모든 지원이 되는 법이다. 하긴, 용아는 일등 공작이라면서 나무를 하고 숯을 만드는 것 자체가 처음부터 이상하다 여겨지긴 하였다.

'혹시 공작은 자신이 누려야 할 당연한 그 권리를 박탈당하고 있다는 것조차 모르는 걸까?'

용아의 머릿속에서 신중하게 여러 가지 가능성이 점쳐지고 있을 무렵, 공작이 흥미로운 이야기를 시작했다.

"장이는 추노꾼에게 쫓기고 있었소. 나무를 하고 있는데 장이가 화살에 맞은 채 내게 와 풀썩 쓰러졌소. 그때만 해도 아주 뼈만 앙상해서 어린아이 같았소. 주인이 악독하여서 견디다 못해서 도망친 거니 말이오."

"다른 애들도 모두 같이요?"

"아니. 난 먼저 장이를 숨겨주고 추노꾼을 쫓아버렸소. 장이 녀석은 매일 배곯으면서 죽어라 일만 하는 동무들 이야기를 곧잘 했었소."

"그래서요?"

"결국 내가 그 녀석들도 모두 데리고 온 거요."

"어머. 그렇군요. 하도 배를 곯아서 더 먹어대나 봐요. 녀석들. 하지만 아무리 그래도 어떻게 그렇게 많이 먹어대요? 참."

그렇게 말하면서 입안에 넣을 새로운 고기 찐빵을 집어 들기 위해서 그릇을 향해 손을 뻗었던 용아는 멈칫했다.

"……!"

그릇이 꽉 차도록 담겼던 고기찐빵이 동나 있었다. 공작은 고개를 그 모습을 보고 숨죽여 낮게 웃었고, 용아는 어느새 앉은 자리에서 발딱 일어나 무엇이 유쾌한지 새실새실 웃었다.

"아주 아주 유익한 대화였어요!"

"……?"

용아의 얼굴이 무척 환했다. 구름 위를 둥둥 떠다닐 것 같은 표정이랄까.

"막! 막! 생각이 나요!"

점점 오리무중이다. 도대체 무엇 때문에 저리 행복해하는 것인지. 고기찐빵이 맛있어 저러는 것 같지는 않았다. 이 저택에서 무얼 먹는다 해도 공주의 기준에서 맛있는 음식은 아닐 터였다.

"먼저, 먼저. 주무세요. 전 좀 바빠서."

용아가 그렇게 말을 마치고는 상기된 발걸음으로 다시 창가의 탁자로 다가가더니, 힘차게 먹을 갈기 시작한다. 그러고는 다시 쓴다. 쓰고 또 쓴다.

마이하에게는 모든 것이 아리송했다.

도대체 공주는 무엇을 적고 있는 것일까.

의문스러운 것이 많기는 했지만 일단 그는 지금의 믿을 수 없는 평화를 누리기로 했다. 방문을 열 때까지만 해도, 자신의 침상을 되찾으려면 만만치 않으리라는 각오를 다져왔던 것이다. 실랑이를 벌이기엔 자신이 너무 피곤하다는 생각을 하니 좀 걱정스럽기도 했고.

공작은 마침내 침상으로 걸어가 무릎까지 올라오는 무거운 가죽신을 벗고 침상 위에 누웠다. 같은 방 안에 여인이 있는데 잠이 들 수 있을지 의심스러웠지만, 예상외로 그는 곧장 잠들고 말았다. 너무나 피곤했기 때문에.

공작의 발소리가 들리더니 침상 위에 이불이 바스락거리는 소리가 났고, 이내 고른 숨소리가 들리기 시작했다. 용아는 그가 진짜로 잠들었는지 확인해보고 싶은 마음도 일었지만 붓놀림을 멈추지 않았다. 사실 그가 자신의 종이나 붓이나 벼루를 제멋대로 쓰고 있다는 사실에 발끈할까 싶어 조마조마했다. 하지만 그는 아무런 지적도 하지 않았고, 곧바로 잠이 들었다.

'참나무라. 참나무를 진짜 나무라고 하는구나.'

용아는 마음속으로 되뇌었다.

'진짜 나무……. 참나무'

용아는 그 나무가 마음에 들었다. 그래서 지금 자신이 쓰고 있는 이야기 속의 주인공에게도 참나무 도끼를 쥐여줄 작정이었다.

'나무꾼이 노루를 구해주고, 그 노루가 나무꾼에게 선녀가 있는 곳을 알려주는 거야!'

서늘하고 차가운 겨울의 산.

눈을 감으면 회색 이리의 울음소리가 들려오고 흙냄새와 마른 솔가지와 젖은 나무 냄새가 났다. 화롯불 속에서 빨갛게 달아올라 있는 숯들에게서 튕겨져 나오는 불꽃 하나조차 예사롭지 않게 용아를 자극하고 있었다.

머릿속에서는 생각이, 이야기가 끊임없이 떠올랐다.

잠을 조금밖에 자지 못했지만 어깨가 아프지도, 하품이 쏟아지지도 않았다. 생각의 끝이 어디까지인지 궁금했다. 생각이 끝날 때까지 이야기를 써보고 싶었다.

용아는 쓰고, 쓰고, 또 썼다.

줄어드는 종이를 한 장 한 장 아껴가며.

이야기를 써내려가다 보니 자신이 이 낯선 산골짝에 갇혀 있는 상황이 그다지 최악의 상황은 아니라는 생각마저 드는 것이다.

머릿속에서 떠오르는 것을 죄다 글로 옮겨버리니 마음이 이상스레 상쾌했다. 용아는 종이가 점점 줄어드는 것이 안타까웠다.

> 나무꾼은 참나무야말로 진짜 나무라고 말했습니다. 선녀는 그렇게 말하는 나무꾼을 바라보며 참나무가 진짜 나무라면 나무꾼은 진짜 사내라고 생각……

거기까지 적어 내려가다 용아는 화들짝 놀랐다. 용아는 괜스레 공작이 잠들어 있는 침상 쪽을 흘끔흘끔 바라보았다. 그는 여전히 잠들어 있는 채였다. 공주 용아는 혹여나 자신이 적어 내려가고 있는 글귀들이 소리가 되어 공작에게 전달되기를 주의라도 하듯, 조심히 붓을 놀렸다. 글을 적어 내려가는데 이상스레 두 뺨이 상기되기도 하고 가슴이 두근거리기도 했다.

시간이 어떻게 가는지 알 수 없을 지경이었다.

폭설이 내린 산골짝의 추위도 느껴지지 않았다. 글을 쓰다 문득 창밖을 내다볼 때 끝없이 고고하게 펼쳐져 있는 눈 내리는 밤 풍경도 조금도 무섭지 않게 느껴진다.

용아는 열심히 쓰다가 생각에 골몰했고, 열심히 쓰다가 또 생각에 골몰했다. 지금 적어 내려가는 것들이 사실이 아니라 머릿속에서 만들어진 공상이라는 것은 명백하였지만 그렇다고 너무 억지스럽다면 그것 역시 곤란하였다. 공상은 공상이되, 진실처럼 보여야만 했다. 그래서 용아는 글을 쓰다가도 쓴 글을 되짚어보면서 여러 번 상황을 정리해보는 것이었다.

문득 창밖을 내다보니 어스름 새벽녘이 된 것 같았다. 새벽에 다다른 설원은 아름다웠지만, 용아는 미처 그것을 감상할 여유를 갖지 못하고 소설 속의 선녀와 나무꾼이 같은 집에서 함께 일상을 누리면서 정이 들어가는 과정에 대해서만 생각했다. 몽상가의 표정을 짓고서.

어느 날인가, 달이 떴지만 선녀는 하늘의 달을 보며 하늘나라를 그리워할 겨를이 없었습니다. 방 문가에서 선녀의 그림자만 말없이 지켜보곤 하던 나무꾼이 방 문가로 다가섰습니다. 그런 후에 나무꾼은 선녀가 있는 방 안의 문고리를 천천히, 천천히 잡아당기었……

거기까지 글을 쓰고 나서 용아는 잠시 붓을 멈췄다.

그다음은.

그다음에는……?

사실, 용아는 규방규수들에게 추천되는 책들만 읽기보다는 어떤 책이든지 닥치는 대로 읽어온 편이었다. 책이라는 것은 한정된 경험치를 좀 더 확장시켜주곤 했다. 책 속에서 학자도 만날 수 있고, 기녀도 만날 수 있었으며, 농부와 비렁뱅이, 도인, 미치광이도 만날 수 있었던 것이다.

용아는 심지어 혼인을 하지 않았으면서도, 밤사이에 벌어질 수 있는 무수히 많은 일들조차도, 이미 알고 있었다. 처음에는 얼굴을 붉히기도 했었지만, 온갖 소설을 닥치는 대로 읽다 보니 종래에는 그 모든 것이 태연하게 받아들여지는 것이었다.

용아는 선녀가 혼자 있는 불 꺼진 방에 나무꾼이 들어갔다면, 그다음 이야기가 어떻게 전개되리라는 것쯤은 잘 알고 있었다.

일단, 책으로는.

하지만 좀 더 독자적인 새로운 느낌을 원했다. 상투적인 표현만을 남발하고 싶진 않았기에. 그렇지만 지금 용아에게는 상투적인 표현을 늘어놓지 않고서 이 종이를 메울 방법이 떠오르지 않았다. 그 상황이 어떤 것인지, 그 느낌이 정확히 무엇인지, 직접 경험해 본 적은 없었기에. 어쨌거나, 아직 시집을 가진 않았으니까. 사내와 손을 잡아본 적도 없고, 포옹을 해본 적도 없으며, 입맞춤을 해본 적은 더더욱 없으며. 사내와 같이 밤을 보낸 적은……

'있다!'

사내와 같이 밤을 보낸 적은 있었다. 같은 방에서. 그것도 여러 번.

용아가 또다시 생각에 골몰해 있을 때, 누군가 자신을 부르는 소리가 들렸다.

"공주……?"

고개를 돌려 보니 공작이 잠에서 깨어나 용아가 어젯밤 마시고 남긴 식은 박하차를 단숨에 들이켜고는 그렇게 물었다.

"밤을 새우시었소?"

"……"

공작의 청혼

공작의 다갈색 눈이 용아를 응시하면서 물었다. 공작은 키가 컸으며 무척 사내다웠고, 강인해 보였다. 그는 무척 색달랐다. 여태까지 용아가 보아왔던 그 어떤 사내와도 비슷하지 않았다. 색달랐기에, 아직 눈치 채지 못한 점이 있다면, 그래서 뒤늦게 깨달은 점이 있다면, 그는 매우 잘생겼다고나 할까. 변발을 하거나, 길게 수염을 기르지도 않았다. 그저 약간의 갈색 턱수염이 매우 짧게 돋아나 있었고 그 모습은 묘하게 그를 사내답게 보이게 하였다. 그의 머리칼과 눈동자는 모두 이국적인 다갈색이었으며, 이목구비는 또렷하다.

용아의 이야기 속의 나무꾼은 그저 우직하고 마음씨 착한 사내였을 뿐이었다. 하지만 공작은 그것 외에도…….

"괜찮소, 공주? 조금이라도 잠을 자두지 않으면……."

용아의 눈이 공작의 다갈색 눈과 마주쳤다.

그 눈은, 눈동자의 중앙 부분에 가까워질수록 점점 색깔이 짙어지는 그런 눈이었으며, 울창한 산림 속의 짙은 나무 등걸들의 색깔들을 한데 뒤섞은 듯 풍부한 색감이 있었고, 그 다갈색 눈동자 바로 가운데에 용아 자신의 얼굴이 눈부처가 되어 들어앉아 있었다.

그 순간, 어떤 마법 같은 무언가가 지나가고 말았다.

용아는 왜 자신의 심장이 쿵 내려앉는 것 같은 느낌이 드는지 알 수가 없었다. 아무튼, 그 순간 모든 것이 변해버렸다. 딱히 무엇이 변했는지 콕 집어 말하라면 말할 수 없었지만, 무언가 상당히 강도 있게 변해버렸다는 점만큼은 확실했다.

"그렇게 말하는 공작 나리께서는 숯을 굽는다고 며칠 동안 거의 주무시지 않으셨잖아요. 아예 침실 근처에는 얼씬도 하지 않으셨고……."

도무지 무슨 말을 하는지 알 수가 없다.

'이렇게 말하면 네가 이 사람에게 관심이 많은 것처럼 들리잖아!'

용아는 두서없이 말했다. 말하는 자기 자신조차도 자신이 지금 무슨 말을 하고 있는지 가늠되지 않는 기이한 상황. 사실 중요한 건 지금 말하고 있는 내용이 아니었다. 지금 머릿속을 가득 맴돌고 있는 생각은 그게 아니라.

'정신 차려, 용아야!'

"무얼 그렇게 쓰는 것이오?"

"소설이요. 공작님은 모르셔도 됩니다."

용아는 담담한 목소리를 내려고 애쓰면서 말했다. 사실 아무도 읽겠다고 나서는 이 없는 글만을 써왔고, 아직 단 한 번도 책으로 엮어보진 못했지만 말이다.

"소설?"

그가 뜻밖이라는 듯 되물었다.

"맞아요. 소설."

"소설이라면 내가 한번 보아도 되겠소? 원래 소설이라는 것은 누구에게 보여주기 위해 쓰는 글이 아니오?"

맞는 말이었다.

소설이라는 것은 언젠가 누군가에게 보여주기 위해 쓰는 글.

"그……, 글쎄요."

용아는 어눌하게 대답했다.

"혹시 아오? 내가 뭐 좋은 이야깃감을 생각해낼지?"

공작이 용아가 손에 쥔 종이뭉치를 한번 보자는 식으로 손을 뻗으면서 대수롭지 않게 그렇게 말했다. 그는 편안한 목소리로 말했으나, 용아는 날카로운 예민함으로 무장한 채 대꾸했다.

"뭐라고요? 공작께서 이야깃감을 생각해낸다고요?"

공작이 대답 대신 가볍게 고개를 끄덕여본다. 안 될 거 뭐 있겠냐는 식으로.

"공작 나리께선 원래 책을 안 읽으시잖아요. 이 저택에 책이라곤 단 한 권도 없는데 어떻게 조언다운 조언을 받을 수 있겠어요? 자고로 책이란 읽는 사람들이 계속해서 읽는 것이고……."

용아가 돌연 입을 다물었다.

'아뿔싸.'

공작의 얼굴이 상처받은 듯 굳어가고 있다.

마이하는 입을 닫고 몸을 돌려 자신의 침실 바깥으로 나가려 했다.

용아는 어쩐지 상처 입은 채로 돌아서려 하는 그를 그대로 사라지게 할 수 없었다. 모면해야 했다. 이 상황을. 급기야 마음이 다급하고, 머릿속이 아득할 정도로 산만해져버렸다. 그래서 결국 신중함을 잃은 용아가 머릿속을 가득 채우고 있던 의문을 입 밖으로 내뱉어버리고 만다.

"입맞춤이란 걸 해보면 느낌이 어떨까요?"

"……?"

용아의 뜬금없는 질문에 그가 고개를 돌려 용아를 보았다.

"공작 나리께서는 해보신 적이 있나요?"

"해보다니, 뭘 말이오?"

공작 마이하가 약간 어눌한 음성으로 되물었다.

"뭐라니요? 방금 물었잖아요. 입맞춤을 해본 적이 있냐고요."

먹여주고, 재워주고 있는 사람에게 무례하게 굴 생각은 없었으며, 다시는 당신을 무시하지 않겠다는 말 대신 진짜 머릿속을 가득 채우고 있던 진정한 고민이 터져 나와버렸던 것이다.

"……."

용아의 질문에 마이하는 침묵했다. 마이하는 마치 돌부처라도 된 듯 그 자리에 똑바로 서 있었다. 침묵이라는 공백으로 일관하기엔 부담스러울 정도로 긴 시간 동안.

"바보."

용아가 고요함을 깨고는 중얼거린다. 갑작스런 질문에 마이하는 어떻게 대답해야 할지 몰라, 눈만 껌뻑거리고 있었다가 뜬금없이 바보 취급을 당한 것이다.

"바보라니."

마이하는 퉁명스런 목소리로 대꾸했다.

마이하의 머릿속에는 바보 취급받느니, 차라리 적당히 허세를 부릴 걸 그랬다는, 후회가 물밀듯 밀려왔다. 마이하의 퉁명스런 대꾸에 정신을 차린 용아가 말했다.

"아, 공작 나리께 한 말이 아니라, 그냥 혼잣말이었어요. 스스로에게 한 말이요. 제가 한 질문은 잊어버리세요."

용아는 손을 휘저으며 몸을 돌려 탁자 위에 펼쳐진 빈 종이를 내려다보다가 긴 한숨을 쉬었다.

도대체 왜 이렇게 수습이 안 되는 소리만 늘어놓는 것인지 알 수가 없다. 자꾸만 이야기 속의 나무꾼과 공작을 동일시하고 있다. 애초에 공작과는 부득불 함께 있게 되었을 뿐이건만. 왜 자꾸만 다정하게 대화를 이어가려 하고 있는 것인지, 용아는 자신의 진심을 스스로에게 캐묻기가 두려울 지경.

등 뒤에서 공작의 의아한 목소리가 들린다.

"공……주? 괜……찮소?"

"괜찮아요."

용아가 힘없이 손을 휘저으면서 탁자 위에 이마를 콕 박아버렸다. 공작 마이하는 잔뜩 기운이 빠져 있는 용아의 표정을 보고는 어딘가 아플지도 모르겠다는 생각을 하며 물었다.

"어딘가 좋지 않소?"

"……?"

"응?"

공작이 재차 묻자 용아가 여전히 탁자 위에 고개를 내려 박은 채 웅얼거렸다. 용아의 목소리가 탁자에 부딪혀 약간은 불분명하게 들렸다.

"잘 모르겠어요."

자못 절망적인 목소리.

"……?"

"상상으로는 무엇이든지 만들어낼 수 있을 줄 알았는데, 가끔 한계도 있는 것 같아요."

또 시작이다. 가족이나, 그 외에 아주 친한 사람에게 말하듯 하는 것. 왜 공작에게 이렇게 친근하게 굴고 있는지.

'그만하라고.'

용아는 스스로에게 경고했지만, 머릿속의 고민을 누군가와 나누고 싶었고……. 그리고.

공작 마이하는 어떤 위로의 말을 건네주어야 할 것 같았다. 하지만 도무지 뭐라고 말을 꺼내야 할지 알 수 없었다. 항상 함께 나무를 하거나 숯을 굽는 종복 녀석들이 이해할 수 없는 소리들을 늘어놓는다면 뒤통수를 한 대 후려치면서 '정신 차리고 일이나 똑바로 해. 바보 녀석아!'라고 한마디 툭 던져주고 말겠지만 공주에게는 그렇게 할 수 없었다.

용아가 한숨을 푸욱 쉬자, 어깨가 들썩이는 것이 보였다.

마이하는 무슨 말을 해야 할지 몰라 한참을 망설이다가 고민 끝에 조심스레 물었다.

"내가 뭐 도울 일은 없겠소?"

"도와요? 당신이?"

용아가 그렇게 대꾸하면서 동북 지방의 건조한 겨울 날씨 때문에 입술이 바싹 말랐는지 혀끝으로 입술을 살짝 축이면서 웅얼거렸다.

실수였다.

공작 마이하가 그때 용아가 자신의 혀끝으로 입술을 촉촉하게 하는 모습을 맞닥뜨리고 만 것은 정말로 크나큰 실수. 시선을 살짝 다른 곳으로 돌려야 했다. 그것도 어려웠다면 그냥 눈을 질끈 감기라도 했어야 했다.

그 순간부터 그는 다른 생각을 전혀 할 수가 없었다.

오로지 용아의 도톰한 입술만 보였다.

발그레한 빛을 띠고 있는 사랑스러운 입.

만져보면 어떤 느낌일지.

입 맞춰보면 어떤 느낌일지.

용아가 그에게 어떤 질문을 하는 것 같았다. 하지만 공작 마이하의 귀에는 어떤 소리도 들리지 않았다. 대화에 집중할 여력이 없었다. 그저, 용아의 발그레한 입술이 움직거리는 모습만이 눈에 들어왔고, 가슴이 격하게 뛰었을 뿐이었다. 용아는 이리저리 손짓까지 해가며 그에게 뭔가 말을 걸기도 했고, 방긋거리며 웃기도 했다.

공주 용아가 한참이나 그를 마주 보고 조잘거리더니, 몸을 일으켜 탁자 앞으로 걸어가더니 벼루를 다시 꺼내고, 연적과 붓을 늘어놓는다.

'이야기가 끝났나 보다.'

공작 마이하는 그런 용아의 모습을 얼빠진 표정으로 멍하니 바라보다가, 정신을 차리지 못하는 자신을 꾸짖었다. 도대체 무슨 생각을 하고 이렇게 얼치기처럼 구느냐고. 자신의 귓가에서 벌떼가 웅웅거리는 소리가 난다고 생각한 것은 혼자만의 착각일까. 일할 준비를 하기 위해 바깥으로 나가려는 공작의 귓등으로 벌떼가 웅웅거리는 것 같은 소리가 들려오고 있었다. 마이하에게 공주가 뭔가 말을 건네는 것 같다. 마이하는 궁금했다. 자신에게 뭔가 질문을 하는 것일까. 아니면, 그냥 혼잣말을 하는 것일지도 모르지.

공주는 혼잣말을 자주 하는 편이니까.

"……?"

마이하가 대답하지 않자, 공주 용아가 그에게 다가와서 뭔가를 묻는 사람처럼 그를 바라보았다.

하지만 그 순간에도, 공작 마이하는 한번 상상하기 시작한 입맞춤에 대한 생각을 떨쳐버릴 수가 없었다. 그러지 말자고 다짐하면서도 계속 용아의 입술이 움직이는 모양만 보게 된다.

"싫으신가요?"

용아가 약간 자존심이 상한 것 같은 표정으로 마이하에게 그렇게 물었다. 도무지 알 수가 없다. 용아가 그에게 무슨 질문을 했던 것인지. 그는 이제는 정말 대화에 집중을 해야겠다고 생각했다. 공주의 성격으로 미뤄보아, 자신의 말을 제대로 들어주지 않는다면 분명 토라질 것이다.

"내가?"

공작 마이하는 용아가 무슨 질문을 했는지 알아내기 위해 시간 끌기를 할 요량으로 되물었다. 하지만 대화에 집중하자는 결심도 잠시뿐, 용아가 그의 옷깃을 살짝 붙잡고 가까이에 다가와 무언가 이야기를 하기 시작하자 다시 이성은 분산된다.

'도대체 뭐라고 말하고 있는 거지.'

그는 대뜸 귀머거리가 된 기분.

'입맞춤? 입맞춤이라고 말했나?'

공주의 입모양은 분명히 그러했다.

"내게 입 맞춰줄 수 있나요?"

'입 맞춰달라고 했나? 돌겠군. 이제 헛소리까지 듣고 있어.'

"싫으시면 마세요!"

공주는 자존심에 상처를 입은 표정으로 돌아서더니, 긴 의자로 가서 털썩 주저앉아버린 것이다.

"됐어요. 잠시 쓸데없는 소리를 했어요. 사과드려요."

용아는 툭 뱉어내듯 그렇게 말했다. 용아가 그렇게 말해주니, 공작은 더 이상 시험에 들지 않아도 되었다. 어제 완성시킨 숯들을 가지런히 정리하고, 등급별로 분류하는 작업을 하러 가야 했다.

마이하는 몸을 돌렸다. 하지만 마이하가 침실의 문고리를 잡은 그 순간, 갑자기 용아가 속사포처럼 쏟아냈다.

"아무래도, 제게 입맞춤을 해주시는 게 좋겠어요!"

"……."

"어떤 것인지 직접 알아봐야 해요. 제발."

공주가 간절한 염원을 담은 목소리로 그에게 그렇게 말했다.

'어떤 것인지 직접 알아봐야 한다고? 이것은 애원?'

공주가 그에게 입맞춤을 해달라고 애원하고 있다?

입맞춤을 원하는 이유가 납득이 가지 않았지만, 일단 공주 용
아가 마이하에게 입맞춤을 해달라고 요청하고 있다는 것만은 사
실이다.

"제발, 내게 입맞춤을 해줘봐요. 지금 당장 그게 어떤 건지 알
아야겠어요."

마이하는 용아의 소망을 담은 목소리를 들은 순간, 격한 고민
에 휩싸였다. 지금 이친왕의 영애를 우여곡절 끝에 산골짝에서 발
이 묶이게 한 것만으로도 벌을 면치 못할 것인데, 공주를 건드린
다면, 그렇게 한다면 그 결과는.

하지만, 그는 자신의 갈망에 굴복했다.

마이하는 마침내 결심을 마친 듯, 용아가 앉아 있는 긴 의자를
향해 성큼성큼 걸어갔다.

"공주."

마이하는 용아를 불러보았다. 용아가 마이하를 올려다보자,
그는 그대로 몸을 숙여, 허리를 아주 깊숙이 수그려 용아의 입술
에 입 맞추었다. 용아의 턱을 살짝 들어 올리고는 입술과 입술을

포갰다.

입맞춤했다.

눈 내리는 어느 밤, 일등 공작 화탁 마이하는 공주 용아에게 짧은 입맞춤을 했다.

잠시 후, 그가 몸을 뗐을 때 용아는 잠시 멍한 표정으로 눈을 깜빡이다가 질문했다.

"끝났나요?"

마이하가 곧장 대답했다.

"아니."

제
11
장

선녀는 날개옷을 되찾은 즉시 옷을 입었습니다. 나무꾼과의 사이에서 낳았던 세 아이 중 한 아이는 오른팔로 안고, 한 아이는 왼손으로 안았으며, 마지막 아이는 두 다리 사이에 끼운 채 하늘로 올라가버렸습니다. 그제야 나무꾼은 아이 넷을 낳을 때까지 날개옷을 돌려주면 안 된다는 노루의 말을 이해…….

작자미상 '목객전(木客傳)' 中

누군가가 공작 마이하에게 숲이나 나무, 혹은 숯에 대해서 질문한다면 그는 자다가라도 대답할 수 있었다. 도끼자루를 만들 때는 어떤 나무가 좋고 탁자나 의자를 만들 때는 어떤 것이 좋고, 광주리를 만들려면 어떠한 대나무의 겉을 벗겨내는 것이 가장 유리한지, 공작 마이하는 단숨에 말할 수 있었다.

그렇지만 입맞춤에 대해서라면 공작 마이하 역시 용아처럼 무지했다.

하지만 지금 이 순간, 분명히 알 수 있었다. 지금도 충분히 좋은 느낌이지만, 분명히 이게 끝이 아니라는 것을. 아니다. 분명 이게 끝은 아니다.

그는 불현듯 용아가 걸터앉은 긴 의자의 옆자리에 앉았다.

공작 마이하는 잠시 용아의 얼굴을 바라보았고, 얼굴을 오른쪽으로 비스듬히 숙였으며, 다시 한 번 용아에게 입맞춤을 퍼붓기 시작했다.

방금 전의 것과는 사뭇 다른 무엇이 있는 그런 입맞춤을.

돌연 심장이 격하게 뛰었다.

몸 안의 작은 무엇까지 움찔거린다.

머릿속이 온통 불꽃으로 가득 찬 채 들끓었다.

그는 점점 용아를 끌어당긴다. 가까이, 더 가까이. 아무도 알려준 적이 없었다. 누구도 가르쳐주지 않았다. 하지만 알 수 있었다. 본능적으로 몸이 알고 있었다고나 할까. 용아의 말대로 이것이 끝이 아니라는 사실을. 끝일 리 없다는 것을.

시작은 얕은 시냇물이었지만, 점차 물길이 큰 강을 지나 깊고 넓은 바다로 향하듯.

강하면서도 기분 좋은 압박과 가지고 있는 모든 것이 단단히 감싸진 느낌. 폭풍 속에서 몸을 바짝 세우고 움직이지 않으려는 것만큼이나 어렵다. 이런 입맞춤에서 아무런 감정도 느끼지 않는다는 건 불가능한 일.

얼굴이 발그레해지는 것으로도 모자라 손바닥과 발끝까지 따뜻하게 데워지는 느낌.

무언가에 빨려들어 가는 느낌이기도 했고.

온기가 있는 말랑한 입안은 한없이 촉촉했다.

상상했던 것보다 훨씬 좋았고, 기대했던 것보다 몇 배는 근사했다. 마이하는 입술을 떼어내기 싫었지만, 힘겹게 그리고 간신히 물러났다. 처음에는 이 입맞춤의 끝이 어떤 것인지 궁금했다면, 지금은 그 끝이 무엇인지 알게 될까 봐 두려울 지경이었다.

공작 마이하는 순식간에 너무나 격정에 휩싸여버린 자신이 당황스러웠다.

반면 용아는 말짱한 듯 보였다.

두 뺨이 약간 발그레해진 것을 제외하고는 태연했다. 처음에는 무언가 생각에 잠긴 듯 그를 바라보더니, 숨을 한 번 깊게 들이쉬고는 앉아 있던 긴 의자에서 발딱 일어나는 것이다.

공주 용아는 다시금 글을 쓰곤 하던 탁자의 곁으로 다가갔다.

그녀는 뭔가 바쁘게 부스럭거리더니, 문득 생각났다는 듯 이렇게 말했다.

"알게 해줘서 고마워요."

'고마워?'

공작 마이하는 공주가 그런 말을 하는 의도를 파악하려고 애를 썼지만, 어째서 고맙다고 말했는지 감이 잡히지가 않았다. 심지어 돌아보지도 않고 그렇게 말했던 것이다. 그 말을 들으니, 가슴을 날카로운 무언가로 찔린 것 같은 기분이었다.

"응?"

그는 마치 용아의 말을 제대로 듣지 못한 사람처럼 그렇게 되물었다.

"……입맞춤이요. 가르쳐줘서 고마워요."

용아의 목소리가 묵직하게 잠겨 있었지만, 그래서 꽤나 힘들게 그 말을 하는 것이 분명했지만, 마이하는 눈치 채지 못했다. 용아는 잠시 마이하에게 시선을 준 다음, 또다시 뭔가를 적어 내려가기 시작한다.

공작 마이하는 등을 보이며 말하고 있는 용아를 보면서 이상하게도 화가 났다. 아니, 화가 났다는 표현은 완전히 정확하지 않다. 뭔가 울컥 치솟는 것 같은 이 기분을 도무지 어떻게 해석해야 할지 모르겠다.

글을 죽죽 적어가던 용아가 갑자기 반쯤은 혼잣말인 듯, 그러면서 반쯤은 그에게 말을 걸듯이 이렇게 말한다.

"직접 해보지 않았다면 이런 느낌은 몰랐을 거예요."

"……."

그는 용아가 뭔가 다른 말을 더 하지 않을까, 잠시 그 자리에 서 있었지만 그것으로 끝이었다. 용아는 다시 이야기를 지어내는 재미있는 일에 푹 빠져버렸다. 그리고 며칠간 내내 이야기 지어내는 것에만 몰두했다. 언제 잠을 자는지, 언제 밥을 먹는지 알 수 없을 지경이었다. 하지만 공작의 침실에 있는 낮은 긴 의자에는 이불이 놓여 있고, 주방에 공주의 몫으로 남겨둔 음식들이 제때제때 사라지는 걸 보면 그 와중에 먹고 자는 것은 하는 모양이었다.

공주는 마이하가 침실에 들어오든 나가든, 아침이 되든, 밤이 깊어가든, 그 어떤 것에도 아랑곳하지 않고 오직 주야장천 소설이라는 것만 써댔다. 공작 마이하는 다시 숯 굽기에 돌입하였으며, 숯이 완성되는 닷새 동안 공주 용아를 거의 보지 못했다. 다시 숯을 구운 지 닷새째 되던 날 밤, 마이하는 졸음에 겨워 정신을 차릴 수 없는 상태로 침실 문을 열었다. 그때도 공주는 여전히 글이라는 것을 쓰고 있었다.

매일 앉아 있던 그 자리에서 용아는 공작의 기척을 의식하고 있었다. 어둠 속에서 공작이 뒤척이는 소리가 들려왔다. 사실 공작이 방 안으로 들어오는 그 순간부터, 글을 쓰는 것에 몰두한 척 연기했지만, 그것은 그야말로 연기일 뿐. 공작이 방 안으로 들어오는 순간부터 무슨 말을 써대야 할지 생각이 나지 않아서 나무꾼이라는 똑같은 글자만 수백 번은 반복해서 적은 것 같았다. 몰두해서 이야기를 지어낼 때와는 달리, 같은 글자를 반복해서 적어대자니 어깨가 미친 듯이 쑤셔 온다.

뭐 처음 있는 일도 아니었다. 숯을 굽다가 공작이 무언가를 가져가기 위해, 혹은 쪽잠을 자기 위해 이 방에 들를 때마다 벌어지는 일이었다. 같은 글자만 수백 번 반복해서 적는 이 일이 반복되고 만다. 아무것도 몰두하지 않는 척하면서 태연하게 말을 거는 일은 도저히 할 수가 없었다. 도저히. 입맞춤을 다시 해보자는 말도 안 되는 소릴 지껄이게 되거나, 눈을 마주친 순간 아무 말도 못하고 귀밑까지 빨개질지도 모를 일이었다.

용아의 머리 위에 보이지 않는 뿔이 생겨버렸다. 그 뿔의 기능은, 고개를 돌려 눈으로 보지 않고도 공작의 움직임을 감지하는 것이랄까. 보이지 않는 뿔의 존재에 대한 깨달음이라니.

공작과의 입맞춤이 있은 후론, 온통 그 순간에 대한 생각에서 멈출 수가 없다. 그 생각을 멈출 수 있는 순간이라고는 오로지 소설이라는 것을 쓸 때뿐이었는데, 불행히도 그때는 입맞춤의 이후에 대해서 상상하면서 종이를 채우게 되는 것이다. 소설 속의 나무꾼과 공작이 동일인물이 아니라며 스스로에게 하던 소심한 변명조차 이제는 관둬버렸다. 어쭙잖은 변명을 집어치우고 나니, 글은 더욱 더욱 잘 써진다.

나무꾼이 하는 말투며, 행동까지 망설임 없이 써댄다.

공작이 잠결에 이불을 잔뜩 끌어올려 덮고 있었다. 용아는 화롯불을 너무 자신이 있는 쪽으로 당겨놓았다는 생각이 들었다. 용아는 소리를 내지 않으려고 조심스레 몸을 일으키고 살금살금 걸음을 옮긴 다음, 묵직한 구식 화로를 천천히 밀기 시작했다. 백 년도 더 된 것 같은 구식 화로는 이 침실의 유일한 난방 기구였다.

화로를 방의 중앙까지 밀고 온 용아는 허리를 펴고 화로의 온기를 오롯이 쬐었다.

'침상까지 온기가 가지 않겠는걸.'

용아는 그런 생각을 하면서 공작의 침상 쪽으로 다가갔다. 침상 곁으로 다가가보니 예상했던 것보다는 따뜻했다. 그리고 침상 위에는 무방비 상태의 나무꾼 공작이 누워 있었다. 잠을 자고 있는 사내의 얼굴을 몰래 훔쳐본다는 것은 상상도 못 할 정도로 은밀한 비밀 같은 느낌을 던져주었다.

용아는 달빛에 모습을 드러낸 공작의 이국적인 얼굴을 한참이나 바라보았다.

그는 잘생긴 사내였다.

이 사실을 처음에는 몰랐다는 것이 의아했다. 그는 확실히 잘생겼다. 그는 몹시 강인해 보였고 단단한 무엇인가로 감싸인 사람이었다. 용아는 자신도 모르게 손을 뻗어 그의 얼굴을 만져보았다.

'그의 고향은 얼마나 서쪽으로 가야 있는 걸까.'

용아의 이야기 속의 나무꾼은 공작이었고, 공작은 이야기 속의 나무꾼이었다. 공작을 만나기 전에 나무꾼이 주인공으로 등장하는 이야기 따위는 생각해본 적도 없으니까.

'그런데? 이게 무슨 냄새지?'

무언가 타는 듯한 냄새가 용아의 코를 자극했다. 동시에 연기 냄새도.

"무슨!"

갑자기 자고 있던 공작의 표정이 급박하게 진지해지더니, 그가 벌떡 몸을 일으키고는 괴이한 소리를 내지른다. 그는 돌연 용아가 입고 있던 옷을 빠른 속도로 벗겨낸다.

"……!"

용아는 급하게 몸을 뒤로 빼냈다.

공작이 갑자기 사정없이 용아가 입고 있는 옷을 해체하려 하고 있다.

"무, 무슨!"

"공주!"

"……?"

"옷을 벗어요! 빨리!"

"뭐라고요?"

"옷이 타고 있다고!"

"네……? 네에……?"

용아가 공작의 말을 듣고 황급히 시선을 돌려 자신의 옷자락을 쳐다보자 옷 끝에서 불길이 활활 일어나고 있었다.

화로를 옮기다가 불이 붙었나 보다!

"옷을 벗어요! 당장!"

"까악!"

용아가 허둥거리다가 공작의 침상 위에 걸터앉으니 이불에까지 불이 붙고 말았다! 공작은 용아의 겉옷을 찢어버리다시피 해서 벗겨내고는 사정없이 흙바닥에 내리쳤다. 고작 두세 번의 커다란 몸짓으로 옷에 붙었던 불은 사라졌다. 공작은 이불에 붙은 불도 그런 식으로 끄려 했지만 불행히도 이불에 붙은 불이 너무 빠르게 번져갔다. 공작은 이불을 포기하기로 마음먹고 창문을 열어 창밖으로 이불을 던져버렸다!

눈 속에서 얼마 버티지 못하고 불길이 사그라지기 시작한다.

간신히, 위기를 넘겼다.

"죽으려고 작정했소!"

어느새 검댕이 묻은 얼굴이 된 공작 마이하가 불같이 소리쳤다.

용아는 갑작스레 일어난 일들을 황망히 겪어내다가 공작의 고성에 대응하기 위해 반사적으로 어깨에 힘을 주었다. 하지만, 할 말이 없다.

공작은 용아를 한 번 쳐다보더니, 이불이 사라진 빈 침상 위에 눕는다.

'한밤중에 이 무슨 일이람.'

용아 역시 부아가 치밀어 꽥 소리라도 지르고 싶었다. 하지만 이 모든 일들의 원흉은 자기 자신.

"미안해요. 이불이랑 옷을 태워먹어서."

용아는 기어들어 가는 목소리로 말했다.

"……."

"내가 덮던 이불 쓰세요."

용아가 자신의 침상이던 긴 의자에 놓여 있던 이불더미를 가져다가 공작의 침상 위에 턱 올려놓는다.

"그대나 쓰시오. 옷도 태워먹었으니."

마이하가 침상에서 일어나 앉아 이불을 용아의 어깨에 걸쳐준다.

"난 괜찮으니, 나리께서 쓰시죠."

용아가 다시 이불을 공작의 무릎 위에 내려놓으며 그렇게 말했다.

하지만 마이하가 다시 한 번 거절할 기미를 보이자 용아가 말했다.

"좋아요. 그럼 같이 써요."

사실 용아가 같이 이불을 쓰자는 것은, 자신은 공작이 아침에 기상한 이후에 이불을 쓰면 될 것이라 예상하고 한 말이었다.

하지만 공작은 그 말을 오해했고, 자신의 옆자리를 내어주었다. 용아는 재차 자신의 뜻을 전달하려고 입을 벌렸다가 밤중에 실랑이가 길어질까 싶기도 했고, 어차피 공작은 며칠간 잠을 거의 못 잤으니, 공작이 잠들 때까지만 얌전히 있다가 자신은 다시 탁자로 돌아가 이야기 지어내는 일에 몰두하면 아침까지 시간은 금방이라고 생각했던 것이다.

하지만 따뜻한 이불 속에 몸을 눕히자, 용아는 방금 전까지의 계획을 깡그리 잊어버리고 깊이 잠들어버리고 말았다. 나무꾼 공작의 바로 옆자리에서 잠들어버렸다.

그건 예상치 못한 일.

제

12

장

마음속 어딘가가 아파 왔다. 이렇게 숨죽이고 바라보는 것마저 기회
가 얼마 없다는 것······.

작자미상 '목객전(木客傳)' 中

숯을 굽기 시작했다는 건 밤샘이 시작되었다는 말과도 일맥상
통하였다. 더불어 숯을 구웠다는 것은 거의 머리가 어딘가에 닿기
만 해도 곯아떨어질 수 있는 상태에 도달했다고 봐도 무방하였다.
지금까지 수많은 날을 숯을 구워왔고, 그 인내심을 요구하는 기나
긴 작업들이 끝나자마자 어김없이 누가 업어 가도 모를 만큼 곯아
떨어지곤 했다.

하지만, 오늘은 다르다.

달랐다, 확실히.

공작 마이하는 이 또렷해지는 정신의 끈을 어서 놓고 차라리
잠들어버렸으면 좋겠다고 생각했다. 하지만 점점 더 또렷해지는 정

공작의 청혼

신.

지금은 어두운 산속의 밤.

모든 것이 고고한 와중에 신새벽보다 더 또렷해지는 정신은 차라리 고문이었다.

아무것도 신경 쓰지 말고, 어서 잠들자고, 수백 번 다짐해보지만 뜻대로 되지 않았다. 점점 더 옆에 있는 부드러운 숨소리가 의식되었다.

얼마나 시간이 지났을까.

시간은 몹시 느리게 흐르는 것 같다. 아니, 어쩌면 몹시 빠르게 흐르는 것 같다. 정신을 차릴 수 없을 만치, 모든 것이 급박하게 지나가는 것 같기도.

마이하는 자신이 옆자리에 누워 있는 사람에게 아무런 관심이 없는 체하는 위선을 집어치우기로 하고, 소리 나지 않게 몸을 일으켜서 어스름한 방 안으로 들어온 달빛에 의지하여 옆자리의 사람을 바라본다.

어쩌면 이렇게 바라볼 수 있는 기회도, 그리 많지 않을지도. 눈이 영원히 내리지는 않을 터. 어느 정도 움직일 수 있을 만큼만이라도 날씨가 좋아진다면 공주는 언제라도 산을 내려갈 테니까. 그런 생각을 하니 마음속 어딘가가 아파 왔다. 이렇게 숨죽이고 바라보는 것마저 기회가 얼마 없다는 것을 인정하는 것은 더욱 아프다.

마이하는 마법에 이끌리듯 손을 뻗어 용아의 보드라운 뺨을 만져보았다. 주춤거리는 손끝이 그의 마음을 대신해주었다. 누군가 그의 심장을 꽉 쥐어버린 것 같았다.

지금의 이 마음과 기분을 단박에 설명할 수가 없었다.

갈망과 죄책감.

심지어 그는 자기 자신에게조차 명확하게 말해줄 수 없었다. 무엇이 그를 가장 괴롭히는 것이고, 무엇이 그를 가장 두렵게 하는지. 하지만 분명한 것은 지금 자신의 바로 앞에서 무방비로 잠들어버린 이 하강선녀 같은 소저를 너무나 원한다는 것. 자기 자신도 무서울 정도로 지독히 갈망한다는 사실. 어쩌면 너무나 무엄한 원의이기에 스스로가 인정하는 것조차 두려울 정도였다.

마이하는 몸을 일으켰다.

심장이 두근댄다는 그 현상조차 근래에는 너무 잦아서 무디어질 정도였다. 애써 가지려 하지 않는다면, 얻지 못한 것이 오히려 덜 아플지도 몰랐다.

지금의 머뭇거림이 무엇으로 인한 두려움인지 그것을 헤아려보는 것이 가장 겁났다.

"가장 두려운 건, 가장 두려운 건……"

마이하는 낮은 목소리로 숨죽인 채 웅얼거렸다.

가장 두려운 것은, 가장 두려운 그것은, 바로, 객십으로 돌아가야 한다는 일생을 지탱해준 그 명제가 흐릿해진다는 것. 공주와 함께 있는 순간에 그것을 간간이, 그리고 때로는 까마득히 잊고 있다는 것.

마이하는 그 사실을 인정하자마자 극심한 불안이 자신을 공격하는 것을 느꼈다. 견디지 못한 그는 공주를 쳐다보던 두 눈을 감아버렸다.

그리고 몸을 일으켜 침상 밖으로 빠져나가려는 그 순간.

그의 옷깃을 붙잡는 손길.

어둠 속에서 몸이 움직이는 소리.

그를 향한 속삭이듯 하는 물음.

"뭐죠? 가장 두려운 것이?"

그는 눈을 뜨고 용아를 보았다.

"언제부터 깨어 있었어?"

"당신이 날 계속 쳐다보고 있었을 때부터?"

마치 누군가 옆에서 엿듣기라도 하듯 두 사람은 숨죽여 말하고 있었다.

"그래. 그랬군."

마이하는 혼잣말하듯 웅얼거렸다.

"말해줘요."

용아가 어둠을 더듬어 그의 손을 잡으면서 말했다.

"무얼?"

그가 방어적으로 되물었다.

"마음요."

지금까진 한 번도 들어본 적 없는 용아의 목소리.

"마음?"

"그래요. 마음. 당신 마음. 말해줘요."

그의 모든 것을 송두리째 뒤흔드는 용아의 목소리. 그는 모든 진심을 다 털어놓고 싶은 마음을 가까스로 붙잡았다.

"말해달라고?"

진심과는 다르게 되묻는 그의 목소리가 거칠다.

"그래요, 말해주세요. 두려운 게 뭔데요? 말해주세요, 당신 마음."

"……."

"……."

무거운 침묵이 방 안에 내려앉았다.

순간, 마이하의 옷깃을 잡은 용아의 손에 힘이 들어간다. 용아가 발딱 몸을 일으켰다. 어둠 속에서 두 사람의 눈이 마주친다.

"그럼 제가 하죠."

"……?"

"공작께서 말하기 싫다면 그만두세요. 대신, 제가 알려드리죠. 제 마음."

용아가 그렇게 말한 그 순간, 궁금하였다. 용아의 진심이 무엇인지 마이하는 궁금하였다. 하지만 또 그 순간, 두려웠다. 그 진심을 알기가 너무나 두려워져 그는 도망치고 싶은 마음마저 와락 들었다.

"나는, 나는."

용아가 목소리를 가다듬는 듯 잠깐의 시간을 끈다. 그런 후에,

공작의 청혼

속사포처럼 쏟아놓는다.

"나는 자꾸 생각나요. 나는 당신이 자꾸 생각나요. 입맞춤도 생각나고 맨 처음 봤을 때도 생각나고, 나는 그냥 당신이 자꾸 생각나요. 나는 그래요. 어쩌면, 잘못. 그래요. 잘못이란 것도 알아요. 누군지는 아직 모르지만, 그래도 왕부로 돌아가면 곧 혼인해야 할 텐데, 잘못이죠. 그 누구든, 지아비가 되실 분께 잘못이죠. 크나큰 잘못. 그런데 내 마음이."

너무 한꺼번에 쏟아버려 숨이 찰 지경이다.

"그러니까, 그러니까, 아무래도 나 당신을 좋아하는⋯⋯."

빠르게 말을 이어나가지만, 어쩐지 힘겨워 보이는 목소리다. 울먹이는 것을 감추려고 더 빠르게 말해버리는 것 같은 느낌은, 그저 착각일 뿐일까.

"눈이."

마침내 용아가 하는 말을 마이하가 받았다.

"⋯⋯."

용아는 무슨 말이라도 듣고 싶었다. 그가 무슨 말이라도 해주길 바랐다. 그 어떤 말이라도 해주길 바랐다. 그의 마음을 알고 싶었다. 그는 단단한 사람. 좀체, 마음을 보여주지 않는 사람. 용아는 궁금했다. 그도 자신과 같은 마음인지.

"눈이 그치면 그대는 산 아래로 내려갈 것이지. 틀림없는 사실이지. 눈이 그치면."

"그게 중요한가요?"

얼빠진 질문이었다.

용아는 자신이 어째서 이렇게 바보처럼 구는 것인지 납득이 가지 않았다.

'그냥 한 번 더 입맞춤해달라고 말해버리라고!'

달콤했었다. 무척.

책으로만 읽던 입맞춤이라는 건, 무척 달콤한 것이었다. 따뜻하고 보드라운 것이었다.

'어쩌면 일생 중에 이런 입맞춤을 함께하게 될 사람을 다시는 못 만날지도 모르잖아요. 어쩌면······.'

"공주, 나는."

방금 전까지 마음을 말하라 종용했던 용아였다. 하지만 자신의 마음까지 다 고백해버리고 나서, 묵직한 목소리로 그가 입을 열자, 그녀는 더럭 겁이 나버렸다.

'오, 제발.'

이 순간 원하는 건 입맞춤이었다.

그것 외에는 아무 생각도 할 수가 없었다.

"말하지 마요!"

거절을 당하면 견딜 수 없을 것 같은 기분에 용아가 먼저 그렇게 말해버렸다.

'거절. 거절. 당연히 거절일 것이 명백. 이 사람은 나라를 잃고 볼모로 여기까지 온 사람. 어찌 만주인 공주에게 호감 따윌 느낄 수 있을까.'

"말하지 마세요. 하지 마요. 그냥."

용아는 마이하의 입을 자신의 두 손으로 막아버렸다. 마이하가 당황한 기색으로 몸을 뒤로 빼려 할 때 용아가 그의 목에 자신의 두 팔을 들어 감고 몸을 기울여 입맞춤하기 시작했다.

"……!"

"……!"

서툴지만 용기를 모으고 모아, 시도한다.

어색하지만 마음을 모아 담아, 부딪친다.

마이하는 자신을 향해 보드라운 몸을 부딪쳐 오는 용아를 힘겹게 떼어내며 물었다.

"다른 건……."

마이하는 다른 건 아무것도 신경 쓰지 않느냐고 묻고 싶었다. 하지만 말을 끝내지도 못했을 때 용아가 대답해 왔다.

"입맞춤해줘요. 지금요."

아, 세상에서 가장 달콤한 애원.

마이하는 이성의 끈을 놓아버렸다. 그는 신중한 사람이었지만, 그래서 오늘이 지난 후에 일어날 일들을 생각하지 않을 수 없는 사람이었지만, 그는 지금 이 순간, 그녀에게 입맞춤했다. 그는 강인하지만 불행히도 악인은 아니었기에 항상 고통을 자신의 몫으로 받아야 했었지만, 어쩌면 이번에도 어떤 고통이 자신에게 남겨질 것을 예상했지만, 그는 그래도 했다.

그는 입맞춤했다.

모든 것을 삼켜버릴 듯.

그녀의 보드라운 숨결마저도 모두 삼켜버릴 듯 입맞춤했다. 따뜻한 온기와 부드러운 체취, 눈 오는 겨울밤의 공기, 그 모든 것을 영원히 간직할 작정으로 깊이 입맞춤했다.

이것은 어쩌면 기회였고, 영원히 그리움으로 남아 있어야 할 고통의 서막인 것도 분명했다. 득보다는 실이 많고 기쁨은 짧고 고통은 길고 깊을 것이 분명했다.

하지만, 그는 했다.

그는 입맞춤했다.

거칠기만 했던 그의 인생에서 가장 부드러운 것이었다. 고통스러운 날이 많았던 그의 인생에서 가장 달콤한 무엇이었다.

'아…….'

용아의 입술은 너무나 달콤했다.

지난번 첫 번째 입맞춤에서, 세상에 이렇게 달콤한 것은 다시 없을 것이라고 생각했는데, 그보다 더 달콤한 것이 또 있었다. 두 번째 입맞춤은 더욱 달콤했다.

부드러운 그 입술을 통째로 삼킬 듯 빨아들였다.

용아가 그의 격한 움직임에 서툴게 답하듯 그의 아랫입술을 빨아들이자, 그는 그대로 아찔해져버렸다. 갑자기 눈앞이 캄캄해지는 기분.

용아가 부딪쳐 오는 따뜻한 몸과 목을 휘감고 있는 보드라운 팔.

모든 게 이 세상 것이 아닌 듯 너무나 완벽했다.

어쩌면, 어쩌면 애신각라 용아라고 하는 이 사람은 진짜 하강 선녀일지도. 그렇기에 객잔의 사람들도 공주를 알아보지 못하고, 그렇기에 공주의 외숙부와 일행들은 공주를 찾았다고 했을지도.

몸을 지탱하는 것조차 버거워진다.

불씨를 당긴 것은 용아였지만, 상황은 너무나 쉽사리 역전된다. 이성의 고삐는 엉망진창으로 딴청을 부리고 있다. 마이하는 용아의 온몸을 감싸 안고 밀어 누르다시피 몰아가고 있는 자신을 발견했다.

부드럽고 따스한 목덜미.

마치 신선한 과실을 한입 베어 먹듯, 단숨에 삼킨다. 사랑스러운 작은 몸이 매혹적으로 반응한다. 용아가 세상의 전부인 양 그를 받아들이자, 기쁨과 두려움이 뒤엉키어 형체를 구분할 수가 없다.

아찔할 정도로 행복한데, 또 그만큼 겁났다.

"……왜?"

마침내 그는 힘겹게 몸을 떼어내며 물었다.

"……?"

갈망으로 흐릿해진 그의 눈이 옷차림이 엉망으로 엉클어져 있는 용아를 내려다보며 정체불명의 질문부터 던진다.

"……왜 나에게?"

그의 목소리는 무척 거칠었다.

"······?"

"이제 그만하라고 해야지."

용아는 지금 마치 그에게 모든 것을 줄 것처럼 보인다. 그에게 자신의 모든 것을 내어줄 것처럼. 그는 그것을 지적하고 있는 것이다.

"공주, 눈이 그치면 산 아래로 가야 하지 않소. 그건 나도 알고, 그대도 알고 있어."

"어째서, 이러시는 거예요?"

용아가 속삭이듯 물었다.

"어째서라니?"

"제발, 지금은 그냥, 그냥 이대로."

용아는, '우리에게 시간이 얼마 없을지도 몰라요.'라는 말을 삼켰다. 그렇다. 두려움을 참고 있는 것은 그만이 아니었다. 그녀 역시 두려움을 참고 있었던 것이었다. 다른 점이 있다면, 그녀는 두려움보다 갈망을 더 중요시했달까.

"말했잖아요. 다, 당신을 좋아하는 거 같다고요. 아니, 좋아하는 것 같은 게 아니에요. 좋아해요. 진짜 좋아해요. 계속 생각이 나는 걸 보면 틀림없어요. 내가 쓰고 있는 소설 속의 주인공이, 그래요. 당신이랑 닮긴 했어요. 아니, 어쩌면 당신이에요."

"소설?"

"그래요. 내가 매일 써대는 것이요. 소설을 쓰고 있는데, 거기에 나오는 나무꾼이."

"……?"

"맞아요. 맞아. 당신이에요. 어쩌면 소설 속에 멋지고 근사한 나무꾼을 계속 묘사하다 보니, 당신을 좋아하게 되었는지도 몰라요. 그렇지만 지금……."

용아는 필사적이었다.

시간을 낭비하긴 싫었다.

두 사람에게 주어진 시간이 그리 많을 리가 없었다. 어쨌거나, 자신이 공주라는 사실은, 누구보다도 자신이 잘 알지 않는가. 분명히 누군가 그녀를 구하러 올 것이다. 그리고, 이 나무꾼은 대가를 치르게 될 것이다. 용아는 최대한 나무꾼이 무사할 수 있도록, 최선을 다할 생각이었다. 그 대가가 소문을 잠재우기 위해 혼인하는 것이라면 그렇게 할 생각이었고, 그 대가가 자신의 무언가를 내어 주는 것이라면 또 그렇게 할 생각이었다. 물론, 이 나무꾼 공작의 청혼을 받아들일 수 있다면, 그게 가장 좋은 방법일 테지.

하지만 왕가의 일원으로 살아오면서 세상일이란 그리 호락호락하지 않다는 건 익히 알고 있지 않은가. 게다가 그 무엇보다 청혼에 대한 답은 혼인 당사자가 하는 것이 아니라 그 아비가 하는 것. 부왕께서 지금의 상황 중에 밤톨만 한 정보라도 이미 알고 계신다면, 공작의 생사는 장담할 수 없는 참이었다.

"당신이 좋다고요. 더 이상."

용아가 이어가려던 말은 '더 이상 또 무엇이 필요하나요?'였다. 하지만 공작은 그 말을 끝마치게 도와주지 않았다.

"그만. 그만둡시다."

마이하는 이렇게 말하고는 몸을 일으켜 옷을 걸치고, 침대에 걸터앉아 길쭉한 가죽신에 발을 사납게 꿰어 넣었다.

"공작!"

"인생을 망친다는 게 어떤 건지 아오?"

"공작, 나는!"

"그대는 몰라. 그대는 아직 아무것도 몰라. 얼마나 무서운 것인지. 진짜 고통이라는 게 뭔지. 몰라. 아무것도."

그의 목소리에 고통이 있었다.

깊고 깊은 고통이 있었다.

공작은 쥐어짜듯 그렇게 말하고는 성큼성큼 걸어 밖으로 나가 버렸다. 사납게 문이 닫혔다. 찬바람이 들지 않게 완전히 닫힌 문.

용아는 어둠 속에서 그 문을 하염없이 바라보았다.

멍하니 그 닫혀버린 침실 문을 바라보다 문득 정신을 차리고 대충 옷을 걸친 후, 침실을 가로질러 문을 벌컥 열어보았다. 공작은 내실에도 없었다. 다시 내실을 가로질러, 바깥문을 열어보았다.

찬 공기가 훅, 용아를 덮쳤다.

그리고, 그 차가운 바깥에 공작이 우뚝 서 있었다.

"......!"

그 순간 용아는 지금 무언가가 달라졌다는 사실을 깨달았다. 그렇다, 달라졌다.

드디어, 눈이 그친 것이다.

문이 열리는 소리가 들리는 것을 듣고는 공작 마이하가 몸을 돌려 용아를 마주 보더니, 용아를 다시 내실 안으로 밀어 넣고는 말했다.

"바람이 차."

그의 목소리는 뜻밖에도 부드러웠다.

그는 용아의 몸이 내실 안으로 완전히 들어가자, 이렇게 말했다.

"내일 아침, 산 밑으로 데려다 주겠소."

그는 말을 마치고 나서 용아의 대답도 듣지 않고 조용히 문을 닫는다. 그리고 눈밭을 가로지르는 발자국소리를 어렴풋이 남기면서 점점 멀어진다.

용아는 와락 문을 열 듯 다시 한 번 손을 뻗었지만, 그 손은 허공을 맴돌다 다시 의미 없이 자신의 옷깃만 모아 쥐고 말았다.

용아는 한참 그 자리에 서 있다가, 비척비척 침상으로 돌아와 이불을 둘둘 말고 자리에 누웠다. 그러고는 어느 순간 아주 잠깐 눈을 감았다 떴다고 생각했을 때, 이미 아침이었다.

장이가 들어와 조죽을 놓고 나갔고, 가죽신과, 챙길 수 있는 옷가지를 모두 가져와 단단히 여미고 입어야 한다고 설명해주었다.

장이는 더 이상 자신의 주인이 얼마나 좋으신 분인지 설명하려 들지 않았다.

"장아……."

용아가 무슨 말이라도 해야 할 것 같아 장이를 바라보자, 장이가 갑자기 사냥꾼에게 잡힌 가련한 노루의 눈이 되어 용아를 보면서 묻는다.

"이 미천하고 무식한 놈 때문에 우리 주인님께서 화를 입는다는 게 사실입니까?"

"……"

"아기씨께서 어서 내려가시어 세상 사람들에게 모두 말해주시옵소서. 우리 나리가 한 짓이 아니라 이 무식한 놈들이 저지른 일이라고 꼭 말해주시옵소서."

장이는 그렇게 말하고 깊이 고개 숙인다. 온몸을 깊숙이 숙인다. 바닥에 머리가 닿고, 온몸에 흙이 묻어도 아랑곳하지 않는다. 용아는 여태까지 자신에게 경의를 표하는 많은 이들의 인사를 받아보았지만, 지금 이 순간처럼 자신의 모든 것을 걸고 하는 인사는, 처음이었다. 모든 것을 바치는 인사가 있다는 것조차, 지금 알게 되었으니까.

장이의 그 인사를 받자, 갑자기 모든 것이 명료해졌다.

용아는 짐을 챙기기 시작했다. 그동안 쉴 새 없이 써대던 소설을 챙겼고, 옷을 꼼꼼히 챙겨 입었다. 장이가 말한 대로 신을 제대로 챙겨 신었다.

내실 바깥문으로 나오자, 멀찍이 공작이 기다리고 있었다.

눈은 완전히 멎었으며, 흔한 산바람조차 불지 않는 날이었다. 햇살은 모처럼 환하게 세상을 비추고 있었고, 그날은 이곳 동북에서 맞는 겨울 중에 가장 온화한 날임이 틀림없었다.

공작의 청혼

공작은 장이를 비롯한 자신의 종복들에게 무언가를 이르고 있었다. 그에게 모든 게 계획되어 있었던 것 같다. 눈이 그치면 어떻게 할지, 모든 게 계산되어 있었던 것이다.

공작은 얼핏 용아를 쳐다보더니 갑자기 무언가 화가 난 듯 성큼성큼 용아의 곁으로 다가왔다. 그는 사납게 움직이며 용아의 목에 감긴 목도리를 풀더니 머리까지 모두 감싸지게 다시 꼭꼭 여미었다.

"……."

"……."

그 모든 손짓이 너무나 거칠어서 용아는 문득 눈물이 핑 돌 지경. 용아의 짐은 고작 그동안 써댄 소설. 종이뭉치만이 잔뜩 있을 뿐이었다. 공작은 그것을 받아들려는 듯 보따리 뭉치를 향해 손을 내밀지만, 용아는 그 몸짓을 보고도 그것을 품 안에 꽁꽁 안았다. 용아가 종이뭉치를 건네려 하지 않자, 공작이 그것을 낚아채듯 빼앗아, 용아의 등허리에 단단히 묶어주었다.

공작의 얼굴은 굳어 있다.

용아의 얼굴은 금방이라도 눈물을 터트릴 것 같다.

곧이어, 그들은 산을 내려가기 시작했다. 공작은 용아의 걸음을 도왔다. 앞장서 길을 치웠으며, 미끄러질 만한 곳에서는 용아의 손을 잡아주었고, 때로는 등을 내어주었다. 공작의 종복들이 모두 침통한 표정이나, 주인의 명에 순종하고 있었다. 그들은 모두 용아가 쉽게 내려갈 수 있도록, 도왔다. 그들은 대화가 전혀 없었으나,

어떤 길로 내려갈지 모두 미리 상의된 것이 틀림없었다.

양이를 제외한 다섯 남자의 도움은 놀라웠다.

용아 혼자였다면, 길이 어디에 있는지 찾지도 못했을 것이다. 하지만, 공작은 길을 너무나 잘 알고 있었다. 눈길에서 어떻게 대처해야 하는지도.

생각보다 오래 걸리지 않았다.

산 아래에 도착한 것은 아니었지만, 용아는 그들이 어떤 목표 지점에 도착한 것을 알아차렸다. 그들이 도착한 곳은 작은 오두막이었다. 용아는 처음 와보는 곳이었지만, 공작을 포함한 일행들은 모두 이곳이 아주 익숙한 듯 들락거리더니, 곧 불을 피워 안을 따뜻하게 데우고는 용아를 그 안으로 들어가게 했다.

'여기서……?'

어쩌면 산 아래가 아니라, 여기가 이별의 공간이 될 것 같았다. 용아는 분주히 움직이던 장이와 다른 종복들이 어느 순간 오두막 밖으로 나가버리고, 공작만이 남아 있게 되자 그 사실을 확신했다.

그는 어떤 인사말을 찾는 사람처럼 잠깐 동안 시간을 끌었다. 그러더니, 차분히 말하기 시작했다.

"조금 있다가 사람들이 올 거요. 그전에 옷을 갈아입으시오. 아무나와 이야기하지 마시오. 외숙부를 만나기 전에 아무와도 이야기하지 마시오."

용아는 그가 건넨 옷을 받아들었다. 설마 하는 생각에 서둘러 그 보퉁이를 풀어보니 그 안에는 외조모께서 어여쁘다 하셨던 그 노랑저고리에 다홍치마가 있었다.

"……!"

"변명은 안 하겠소. 나도 그땐 못 찾았어."

설명하지 않아도 충분히 알 만했다. 장이 녀석이나, 아님 그 누군가 숨겨두었던 것이 분명했으니까.

"……."

"……."

침묵이 공기 중을 떠돌다 무겁게 내려앉는다. 그가 마침내 침 묵을 깨고 몸을 돌려 바깥으로 나가려 했다.

"……꼭! 꼭!"

용아의 입에서 원망 서린 목소리가 튀어나왔다. 무슨 말이라도 하지 않으면, 공작은 정말로 밖으로 나가버릴 기세였고, 그것으로 이제 끝이다. 이별이다.

"……."

다행히 공작이 그 자리에 우뚝 섰다.

"꼭……. 이렇게까지 해야……, 해요?"

용아가 가까스로 하고 싶은 말을 마쳤다. 꼴사납게 눈물이 튀 어나오고 목소리가 흔들리고 있었다.

"……화로 옆에 음식이 조금 있소."

공작의 목소리는 그대로였다. 용아처럼 불안정하지도 않고 미 련이 뚝뚝 묻어나지도 않았다.

"내가⋯⋯. 내가 말했잖아요."

용아가 이별을 가까스로 붙잡으며 그렇게 말했다.

이대로 끝.

시작도 갑작스러웠지만, 끝은 더더욱 갑작스럽다.

"내가, 말했잖아요. 나, 당신을 좋아한다고. 내가, 내가 말했는데, 그랬는데."

눈물이 눈을 가득 채우더니 봇물 터지듯 후드득 떨어진다.

"⋯⋯."

"내가, 내가 말했었잖아요."

꺼질 듯한 목소리.

"⋯⋯."

"사⋯⋯랑⋯⋯."

마치 꺼져가는 촛불처럼, 정신없이 흔들리는 용아의 목소리. 용아의 말을 묵묵히 듣고 있던 마이하가 마침내 입을 열었다.

"그건 오해요."

"⋯⋯오⋯⋯해?"

"그대는 호기심이 많은 사람이지. 새로운 것을 보면 신기해하기도 하고. 그대는 곱게 자란 사람이기도 하지. 지금까지 보던 것과 반대되는 것을 보아서 잠시 관심을 가졌을 뿐이오. 소설을 쓰다 보니 감정이 이입된 것일 뿐이야. 그건 오해요. 사랑이 아니오. 그대는 돌아가게 될 거요. 북경의 왕부 저택에 도착하면 아마 칠일 안에 이 겨울 산을 잊어버릴걸. 나를 믿어요. 아마 잊어버릴 거야. 따뜻한 방과 푹신한 이불과 맛있는 음식, 부왕과 어머니를 생각하도록 해. 그러면 좀 쉬워질 거야."

뜻밖에도 그의 목소리는 다정했다.

그 다정함에 용아는 더욱 감정을 주체할 수가 없었다. 이러한 행동들이 자신의 마지막 모습을 더욱 꼴사납게 한다는 것을 알고 있었지만, 어쩐지 멈출 수가 없었다. 어차피 이렇게 된 바에, 우아한 이별이나마, 고상한 마지막이나마 보여주자 결심해보아도 아무 소용이 없다.

"으……엉……엉……."

용아는 마침내 울어버렸다.

"그대는……. 그대는 착해. 그대는 착한 사람이야."

공작의 손이 흔들리는 용아의 어깨에 내려앉아 다정히 위로했다. 하지만 위로가 되기는커녕 용아의 마음을 더욱 흔들고 만다. 용아는 엉엉 울어버렸다. 한동안 울다가 간신히 터져 나오는 감정을 삼키고 마침내 이별을 받아들일 용기가 생겼을 때, 용아는 이렇게 말했다.

"좋아요. 더 이상 매달리지 않겠어요. 대신, 청이 있어요."

"……."

"꼭 안아주세요. 마지막 인사로. 한 번만."

용아는 공작을 올려다보면서 그렇게 말했다. 그녀는 당당하게 말하려 했으나, 마음속으로는 자신의 마지막 청이 받아들여지지 않을까, 몹시 불안했다.

"……."

공작이 대답조차 하지 않는다. 용아는 도저히 공작의 다갈색 눈 안의 감정을 읽을 수가 없었다. 그는 색다른 사내. 그래서 알 수 없는 사람. 좀체 읽을 수 없는 사내.

용아가 자신의 마지막 청조차 받아들여지지 않는다는 사실에 체념해버리려 하는 순간, 공작이 순식간에 다가와 그의 품 안으로 용아를 꼭 끌어안았다.

"……!"

그 힘이 생각보다 강해서 용아는 깜짝 놀랄 지경이었다. 그가 단단한 손길로 용아를 꼭꼭 끌어안았다. 공작의 품 안은 따뜻했다. 그리고 익숙한 냄새. 흙냄새와 나무 냄새, 박하 향과 잎담배의 희미한 향.

내내 냉담하다 생각한 사람의 포옹이 예상외로 너무나 따뜻했다. 마치 영원히 놓아주지 않을 듯 안아준다.

"공작, 당신은 지금 아무렇지도 않죠?"

"……."

"나와 혼인해 지위를 보장받겠다는 그 패기는 어디로 갔나요? 부왕이 그렇게 두려우신가요?"

그가 가장 두려운 것이, 용아의 부왕, 이친왕이라면, 차라리 그랬더라면.

그가 지금 가장 두려운 것은.

가장 두려운 것은.

마침내 그가 용아를 끌어안았던 두 팔을 푼다. 그러고는 말한다.

"옷을 갈아입도록 해요. 옷을 갈아입고 나서는 불가에서 기다리시오. 날씨가 차니까. 그리고 기억해요. 아무에게도 지금까지의 일을 섣불리 말하지 마시오. 외숙부나 그 외 믿을 수 있는 사람에게만."

용아가 공작의 감정에 대한 단서라도 찾으려는 듯 그의 다갈색 눈을 들여다보면서 그렇게 말했다.

"뭐라고 말하죠? 지금까지의 일들을 어떻게 말해야 하는 거죠?"

"나를 보호할 필요 없소. 하지만 내 종복 녀석들은, 안전했으면 좋겠소. 원하는 대로. 그대가 원하는 대로 말하시오."

공작은 그렇게 말하고는 오두막을 나섰다.

여지는 없었다.

용아는 혼자 남겨졌다. 그리고 공작이 시킨 대로 옷을 갈아입고 불가에 앉아 있었다.

얼마나 시간이 지났을까. 오두막의 주변으로 사람의 기척이 어지럽게 들려오기 시작했다.

남겨진 나무꾼은 하루 종일 떠나버린 선녀만을 생각하였습니다. 나무꾼은 먹는 것도 잠자는 것도 잊어버리고서는 하염없이 하늘만을 바라볼 뿐이었습니다. 나무꾼이 꺼이꺼이 우는 모습을 본 노루가 말했어요.

"나무꾼님, 그만 울고 이 박씨를 심으세요. 박씨 넝쿨이 자라면 하늘까지 닿을 거예요. 그러면 그걸 타고 하늘로 올라가세요."

작자미상 '목객전(木客傳)' 中

세 달 후.

북경, 이친왕가 저택.

용아는 외숙부를 만나자마자 어디서부터 무엇이 잘못되었는지 알게 되었다. 외숙부는 객잔에 쓰인 편지 – 용아가 소설을 쓴답시고 가출처자의 심정을 적어놓은 글 – 를 읽고 오해하여 전혀 다른 방향으로 용아를 찾으러 다녔던 것이다. 게다가 공주가 가출했다

공작의 청혼

는 소문이 퍼진다면 간혹 있는 수상한 무리들이 무슨 음흉한 마음을 먹을지 모른다고 생각했기에 일단 공주를 찾았다고 헛소문까지 퍼트린 상황이었다. 그러던 와중에 애련과 양이의 기별도 받지 못하는 일까지 겹쳐 더욱 일이 꼬여버렸었다. 하지만 지금은 모든 일이 종료되었다.

용아는 지금 새로 지어진 별채의 내실에 들어와 한참을 꼼짝하지 않고 한자리에 앉아 있던 참이었다. 그 별채는 용아가 도착하기 직전 새로 지어진 곳으로 용아는 어쩐지 그곳이 마음에 들었다. 그곳은 지나치게 화려하지 않으면서도 세련된 공간이었다. 특히나 용아는 그곳의 내실 한가운데 작은 정원을 넣어둔 것에 마음이 끌렸다. 내실 한가운데 흙바닥이 있었고, 아담한 관상목 몇 가지가 심어져 있었고, 침실의 침상 바로 옆에는 별채를 짓기 전부터 그 자리에 있었던 소나무가 그대로 자리 잡고 있었다.

어째서 이 별채를 보면 무언가 그리운 마음이 들고 자꾸만 머물고 싶어지는지 알 수 없었다. 왕비이신 어머니께서는 그 별채는 그저 손님용으로 지어놓은 것이라고 말씀하시었지만, 이상하게도 무언가 수상쩍었다.

부왕께서는 어머니보다 더했다. 용아가 그 별채에 가 있다는 사실을 아시자 굉장히 불편한 기색이셨다. 외가에서 집으로 돌아오는 길에 예상치 못한 일을 겪은 것을 아시고는 평상시보다 더욱 다정하신 분들이 뜻밖이었다. 무언가 미심쩍었지만, 이유를 알 수가 없었다.

하지만 용아는, 그럼에도 불구하고 매일 이 별채의 내실에 들어와 혼자 있기 일쑤였다.

날개옷을 되찾은 선녀는 하늘로 날아갔습니다. 하늘 높이, 높이.

용아는 자신이 적어놓은 소설의 마지막 글귀를 가슴에 새기기라도 할 듯 오랫동안 응시하고 있던 참이었다.

'나무꾼과 선녀라니! 나무꾼이 너무 꿈이 야무졌던 거야. 언감생심 선녀라니!'

용아는 마음속으로 그렇게 중얼거렸다. 하지만 마지막 점을 찍는 그 순간부터 이상스레 가슴이 먹먹해지고 눈물이 쏟아질 것 같은 기분을 주체할 수가 없었던 것이다.

"아기씨, 아기씨, 또 여기 계셨어요? 왕비께서 아기씨께서 잘 계시는지 확인해보라고 하셨습니다. 그리고 저녁으로 무엇이 드시고 싶으신지……."

용아의 곁으로 다가와 왕비이신 어머니께서 하신 말을 모두 전하던 애련이가 갑자기 하던 말을 멈췄다. 용아가 갑자기 가슴을 쥐어뜯기 시작했기 때문이다.

"아기씨!"

애련이 그런 갑작스런 행동에 놀라 그 자리에서 무릎 꿇고 주인을 올려다보았다.

"아기씨. 왜 이러십니까. 제가 없는 동안 그자가 아기씨께 무슨

공작의 청혼

몹쓸 짓이라도……"

"아니다. 아니야. 아무 일도 없었어."

정말로 아무 일도 없었다. 정말로 아무 일도. 무슨 일인가 있었다면, 그건 모두 용아 자신이 먼저 엉뚱한 소릴 해대었기 때문에 일어났던 일. 부끄러울 정도로 모든 걸 내려놓고 매달리기까지 했지만, 아무 일도 없었다.

"아기씨, 무슨 일이 있었다면 제게는 말해주셔도……"

"없었다니까."

차라리 무슨 일이라도 있었으면 좋으련만. 그의 침실에서 그렇게 여러 날을 머물렀는데, 아무 일도 없었다. 같이 밤을 보냈던 날이 며칠이었던가. 하지만 공작은, 공작은, 아무 짓도 하지 않았다. 그저 용아를 자신의 침실에 데려다 놓았을 뿐. 그는 그저 왕가의 공주와 혼인을 원했을 뿐. 하지만 마지막 순간에 그는 그것조차 내려놓고 용아를 보내주었다. 용아는 그가 자신을 조금도 원치 않는다는 사실이 고통스럽다.

"……"

말없이 자신을 쳐다보는 애련이의 눈이 꽤 울적하였다. 용아는 미안한 마음이 들어 이렇게 말했다.

"그저 소설의 결미가 마음에 들지 않아 답답해하고 있었을 뿐이야."

"그런데, 아기씨……. 듣자 하니……"

애련이가 조심스럽게 새로운 어떤 이야길 꺼낸다.

"무엇이냐?"

"그 봉황산의 서쪽 사람 말입니다."

"그 나무꾼?"

용아는 애련이가 공작에 관한 이야기를 꺼냈을 때 어쩐지 심장이 떨어지는 것 같은 느낌을 받았지만 내색하지 않고 대수롭지 않은 말투를 가장해 되물었다. 그가 보고 싶었다. 때로는 너무나 보고 싶어서 숨이 막히고, 눈물이 쏟아질 정도였다.

나무꾼 공작이 보고 싶다.

"네, 그 나무꾼이요. 그 나무꾼이 글쎄……."

"말해보아라."

공작에 관한 정보는 모두 소중한 것이었다.

애련이가 용아의 눈치를 살피며 잠시 뜸을 들이자 용아가 채근했다.

"사라져버렸답니다."

"사라져버려?"

"그 종복 놈들 모두 다요."

"다섯이 다?"

"그러니까요. 도대체 어떻게 어디로 갔는지 정말 귀신이 곡할 노릇이라고 다들 그리 말했다고 하더라고요. 흔적을 찾을 수가 없다고요."

애련이가 말을 끝맺기 무섭게 용아가 물었다.

"언제?"

공작의 청혼

"네?"

"언제 사라졌다느냐?"

"글쎄요. 그것까지는……."

"……."

"아기씨, 마마께서 걱정을 많이 하십니다."

마마라 함은 어머니이신 이친왕비를 일컬음이라.

"알았다. 지금 어머니를 뵙지."

용아는 자신이 북경으로 돌아온 후 거의 매일 혼자 방 안에 틀어박혀 있었으며 누군가 묻는 말 이외엔 길게 대화를 나눠본 적도 없다는 것을 떠올렸다. 그러한 자신의 행동들이 가족들에게 걱정을 끼친다는 것을 미처 헤아리지 못한 것은 어리석은 일이었다.

용아는 어머니가 계신 내실로 발걸음을 옮겼다.

용아가 있던 별채는 어머니의 내실과 상당히 떨어진 곳에 위치했기 때문에 용아는 걸음을 옮기면서 마음을 정리할 수가 있었다.

'어머니를 뵈면 조선국에서 있었던 이야기를 잔뜩 해야지.'

'동생들과 놀아주면서 떠들다 보면 분위기도 바뀔 거야.'

어머니에게로 가는 동안 용아는 오랜만에 보는 저택의 아름다운 경관이 하나도 눈에 들어오지 않았다. 거대한 인공연못 안에 핀 겨울 연꽃의 아름다움도, 새로이 쌓아올린 인공폭포도 그저 지나치는 것들 중 하나였다. 서쪽 정자며, 모란이 그려진 낮은 돌담이며 남방의 코끼리의 모습을 그대로 본따 만든 코끼리 상이며, 아름답기만 한 이친왕가 저택의 모든 것들이 이상스럽게 너무나 자연스럽지 않게만 느껴지는 것이었다.

모든 것이 자연 그대로이던 공작의 낡아빠진 저택이 자꾸만 머릿속에 떠올랐다.

그 압도적인 설경과 고고했던 겨울밤의 산이 그립다는 것은, 어떤 두려움마저 동반한 감정이었다.

용아는 어머니의 내실에 들어선 직후, 상황이 너무 심각하다는 사실을 깨달았다. 어린 동생들과 놀아주면서 대충 분위기를 쇄신하려는 것은 너무 안일한 계획이었던가 보다.

어린 동생들은 모두 각자의 유모를 따라갔는지 보이지 않았고, 내실엔 어머니와 외숙부 내외, 시집간 언니와 용아의 동생들인 이 친왕가의 장남과 차남까지 모여 있었다.

용아는 먼저 어머니와 외숙부 내외를 향해 격식을 갖춰 절해 보인 다음, 상황이 심각해졌다는 생각이 들어 신음을 삼켰지만 내색하지 않으려 애쓰며 입을 열었다.

"어머니, 외숙부께서도 오셨으니 오늘은 조선국의 된장 조치를 저녁으로 먹었으면 해요."

용아가 짐짓 쾌활한 목소리를 가장하며 그렇게 말해보았지만, 일제히 자신에게로 쏠린 시선들은 모두 진지하면서도 걱정스럽기 짝이 없었다. 용아가 내실 안에 등장하자 시비들이 휘장을 들어 올린다, 찻잔을 준비한다, 의자에 푹신한 등받이를 받치는 등의 일을 처리하느라 잠시 빠르게 움직이는 사이에도 방 안의 가족들은 용아를 말없이 살펴볼 뿐, 섣불리 입을 열지도 않고 있다.

"누이, 정말 괜찮은 거야?"

가장 먼저 입을 연 것은 이친왕가의 차남 영록.

"누이가 아니라, 누님. 네 조선어는 발음도 엉망인데 단어 선택도 엉망이야."

용아는 남동생 영록의 질문에 일부러 꼬투리를 잡으면서 말했다.

"뭐가 틀렸어. 내가 늦게 태어나긴 했지만 키도 훨씬 크고, 어른스러우니 누이라고 부르는 게 맞지. 게다가 내 조선어는 정확하다고."

역시, 미끼를 문 물고기처럼 영록이 발끈하며 대꾸한다.

"여기서 가장 최근에, 가장 오래 조선국에 다녀온 사람이 누구이더라? 넌 가본 적도 없잖아? 조선국에선 네가 하는 말은 아무도 못 알아들을걸."

"여기 계신 조선국 출신 세 분은 모두 다 잘 알아들으시던데?"

용아는 어머니와 외숙부 내외를 바라보았다.

"용아야, 우린 지금 너에 관해 의논하고 있던 참이란다."

이친왕비이신 어머니께서 입을 여셨다.

'나에 관해?'

"너의 혼사에 관해서 말이다."

"……."

"전하께서 아직 결정을 내리시진 않으셨지만……."

"……?"

"우리는 멀지 않은 곳에 사는 만주인과의 혼사를 원하고 있단다."

"그런데 참으로 이상하군요."

용아의 외숙부가 지적했다.

"무엇이요?"

이친왕비가 되묻자 외숙부가 다시 말을 잇는다.

"용아의 나이가 스물이 넘었는데 미리 혼사가 오간 집안이 없다는 것이. 용아 외엔 모두 일찍이 혼사에 관한 이야기가 오간다고 들었건만. 난아도 그러하고. 영작과 영록도 그러하잖아요."

그랬다. 모두 일찍 혼사가 오갔고, 나이가 지나치게 차기 전에 혼인했다. 장남인 영작은 손윗누이인 용아보다 먼저 혼인을 하였다.

"용아도 혼사가 오가던 곳이 있었습니다. 지금은 상관없는 일이 되어버렸지만."

어머니이신 이친왕비의 말은 용아도 처음 듣는 이야기였다. 자신에게 혼처가 있다는 사실은 전혀 사실무근이었다.

'어째서 몰랐던 걸까.'

"상관없는 일이요?"

외숙부가 되묻자, 이친왕비는 더 이상 길게 나눌 만한 이야깃거리가 아니라는 듯 화제를 돌렸다.

"중요한 일이 아닙니다. 괘념치 마십시오. 그보다 용아야, 너만 괜찮다면 우리는 혼인 준비를 할 생각이다. 너의 생각은 어떠하

268

냐?"

왕비이신 어머니는 다정한 목소리로 물었지만 용아는 어쩐지 이미 어그러졌다는 자신의 혼사의 상대가 누구일지 새삼 궁금해졌다.

"……."

"그 몹쓸 놈!"

용아가 대답을 곧장 하지 못하고 있자, 외숙부가 새삼 분개한 목소리로 중얼거렸다.

"누구를 이르십니까?"

용아의 외숙모께서 조심스레 질문했다.

"용아를 산에 가둬놨던 무식한 놈 말이오. 용아가 아직도 충격에서 완전히 벗어나질 못했어. 그놈이 내게 했던 말을 생각하면 아직도 피가 거꾸로 솟을 지경이니!"

"뭐라 말했는데요?"

이친왕비께서 질문했다.

"아, 그게……."

외숙부께서 잠시 머뭇거린다.

공작이 외숙부께 도대체 무슨 말을 한 걸까. 그곳에 있는 그 누구보다도 가장 궁금한 사람은 바로 용아 자신이었다. 용아는 묻고 싶었다. 공작이 외숙부께 도대체 무슨 말을 했느냐고. 이미 공작의 진심은 확인했었지만, 이미 공작에게 애걸해보지 않았었나. 공주의 자존심 따위는 저 멀리 집어던져버리고는.

'아니야. 나는 궁금하지 않아. 하나도 궁금하지 않아.'

용아는 마음속으로 중얼거렸다.

"하나도 안 궁금하다고요!"

그런데, 아뿔싸.

마음속으로만 중얼거려야 하는 말을 크게 내뱉어버리고 말았다. 그것도 너무 큰 목소리로.

'너무 크게 말해버렸다!'

방 안에 있던 모든 가족들이 일시에 의혹이 서린 얼굴로 용아를 응시했다.

"궁금하지 않다고요. 진짜로요."

용아는 조금 더 침착하게 들리기를 소망하며 다시 한 번 말했다.

그 산골짝 명대에 지어졌을 것 같은 낡아빠진 저택에서 있었던 모든 일이 그저 꿈같았다. 아주 오래전 일인 양 흐릿하기도 했다. 모든 게 너무 비현실적이라 꿈처럼 느껴지는 것인지도 몰랐다.

그저 그곳의 독특한 분위기에, 취해 이야기를 지어냈었을 뿐. 어떤 우직하고 선량한 나무꾼과 하강선녀의 이야기를 지어내었었다. 이야기 속의 나무꾼은 선녀에게 반했지만, 공작은 북경의 공주를 통해 단지 신분을 보장받는 혼인을 요구했을 뿐이다. 심지어 그 요구조차 잠깐이었다.

그리고 지금은 사라졌단다. 사라져버렸단다. 자신의 자식들처럼 끔찍이 아끼는 종복들을 데리고.

공작의 청혼

"너, 정말?"

용아의 언니인 난아가 용아를 보면서 종결되지 않은 의문을 던졌다.

"……?"

"정말 괜찮니?"

"아무렇지도 않아."

용아가 진심처럼 들리도록 애쓰면서 말했다.

"그렇다면 이제 혼사 준비를 해야겠네요."

용아의 동생이자 이친왕가의 장남인 영작이 말했다.

"그럼. 당연하지. 난 아무렇지도 않으니까."

용아는 온 힘을 다해 입꼬리를 올리면서 덧붙였다. 약간 부자연스럽게 보이긴 보이겠지만 용아는 그렇게 했다.

"어머니?"

영작이 어머니인 이친왕비를 바라보며 어떤 대답을 구하듯 어머니를 부른다.

"그러니까……."

이친왕비께서 무언가 말을 하려고 입을 열었던 그때였다.

"아기씨! 아기씨!"

애련이가 바깥에서 용아를 부르는 소리가 들려왔다. 그리고 동시에 바깥에서 어떤 웅성거림도 들려왔다.

"아기씨, 나와 보시어요. 어서! 어서요! 죽어요. 저러다 죽겠어요!"

"……?"

"마마, 전하께서 퇴청하시었습니다."

애련이의 불안한 목소리와 함께 이친왕비의 시비가 왕비를 향해 이친왕의 퇴청을 고하는 소리가 들려왔다.

"……!"

부왕이신 이친왕의 퇴청 소식과 함께 누군가 죽어간다는 소식이라니. 서늘하리만큼 반갑지 않은 두 가지 소식의 조합이었다. 두 가지 소식의 연관을 생각하는 것조차 끔찍스러웠다.

'무슨 일이 벌어진 것이 분명해!'

용아는 몸을 발딱 일으켰다. 그러고는 애련이의 목소리가 들리는 문 밖으로 달려 나갔다. 애련이는 혼비백산한 얼굴로 용아를 보면서 말했다.

"맞아 죽어요! 그……. 그……."

"누가? 누가 말이냐?"

"그……, 그 나무꾼이……. 그 나무꾼이……. 전하께서. 전하께서."

'오!'

용아는 더 들을 것도 없이 발걸음을 재촉했다. 오늘따라 굽 높은 신이 귀찮게 느껴졌다. 애련이 역시 얼마나 뛰어왔는지, 숨을 고르게 쉬지도 못하면서도 다급하게 말을 이어갔다. 용아는 뛰었다. 정확히 누가 누구에게 맞고 있다는 것을 알게 된 그 순간부터, 뛰었다. 달렸다.

"빠……, 빨리요. 아기씨. 정말로, 정말로, 죽어요."

용아는 신발을 돌바닥에 벗어버리고 맨버선이 더러워지는 것도 아랑곳하지 않고 냅다 뛰었다. 뛰었다. 온 힘을 다해 달려갔다. 달렸다. 자신이 태어났을 때부터 살아온 저택이 이렇게나 크다는 사실은 처음 알았다. 숨이 턱까지 차오르는데도 부왕께서 당도해 계실 바깥대문까지 가려면 한참이나 남았다. 용아는 가마꾼들을 부르려다가 생각을 바꾸었다. 가마꾼을 부르는 시간에 직접 가는 것이, 더 빠르다.

부모님이 계시는 안채의 정원을 통과하고 중앙정원을 통과하고 인공호수 옆 오솔길을 지나 별채들과 바깥채를 통과하자 마침내 어떤 수상쩍은 소리들이 들려왔다. 집 안의 종복들이 평상시의 조심스러움도 잊고 모여서 웅성거리고 있었으며 모든 것이 보통과는 달리 어수선했다.

용아는 바깥마당으로 뛰어 들어갔다.

그곳에 있었다.

화를 참지 못해 얼굴이 벌겋게 달아오른 부왕께서 서 계신 모습이 보였으며, 그리고 닫힌 대문 바로 앞에 쓰러져 있는 시체 한 구.

어차피 황명을 어기고 봉황산을 떠났다면 멀리멀리, 되도록 멀리, 가능하다면 고향인 서쪽까지 도망쳐버릴 일이지.

죽으려고 작정했나.

하필 여기를 오다니. 도대체, 왜.

'정말……, 죽었나……?'

오.

그는 정말 죽은 듯 쓰러져 있었다.

신체의 모든 부분들은 생명이 없는 그것처럼 축 늘어진 채로 눕혀져 있었다.

용아는 누가 말릴 틈도 없이 그 죽은 몸을 향해 다가갔다.

"이봐요."

용아는 올림머리가 너무 무겁게 느껴진단 생각과 만주의 복식은 사람을 죄어 오는 너무나 불편한 의복이라는 생각을 하면서 평평한 돌들을 끊임없이 이어서 만들어놓은 바닥에 무릎을 꿇고 쓰러진 이를 불러보았다.

"이……봐요!"

그는 공작이었다. 나무꾼 공작이었다.

화탁 마이하.

그는 엉망으로 얻어터진 얼굴을 하고 있었다. 그의 다갈색 머리카락은 그의 땀과 피로 범벅이 되어 어지럽게 흩어져 있었다. 그가 죽어버렸으면 좋겠다고 생각한 적은 있었지만 진실로 그가 죽어버렸다고 생각하니 가슴이 내려앉는 기분이었다. 숨이 쉬어지지 않는 기분이었다.

'죽었어? 진짜?'

용아는 무릎을 움직여 조금 더 그에게 다가가보았다.

"나예요. 들려요? 내 말?"

무언가 대답을 기대하고 한 질문은 아니었다. 마이하의 모습은 그야말로 시체처럼 보였기 때문에 애초에 대답을 기대하고 질문한 것은 결코 아니었다.

"……들……려."

그런데 놀랍게도, 기적처럼, 마이하가 대답했다.

몹시 낮고 거친 목소리로. 아주아주 힘겹게.

"……?"

"오랜만이야."

"뭐라고요?"

그는 몹시 기진맥진한 탓인지 크게 말하지 못했다. 용아가 마이하의 말을 더 잘 듣기 위해 고개를 좀 더 앞으로 숙이며 되물었다.

"말해봐요. 뭐라고요?"

그런데 그 순간이었다.

숨도 쉬지 않는 것처럼 보였던 마이하의 감긴 눈꺼풀이 꿈틀꿈틀거리더니, 아슬아슬할 정도로 천천히 열리며 용아의 두 눈동자와 시선이 마주친 것은. 몸 안에 있는 모든 힘이 다 빠져나간 듯 축 늘어져 있던 마이하의 두 팔이 들어 올려지나 싶더니, 공주 용아를 잡아당겼다!

"……!"

모든 것이 예측할 수 없었던 일이었다.

마이하는 용아를 끌어당기면서 입 맞추었다. 갑작스런 공작의 행동에 놀라서 용아는 움찔 몸을 뒤로 빼려 했다. 하지만 그의 체온은 너무 따뜻했고, 그의 입은 단단하면서도 힘차게 그녀를 밀어붙이고 있었다.

주변에 지켜보는 눈들도 너무 많은 데다가, 특히나 부왕께서 지켜보고 있다. 이대로 공작을 밀어내지 않으면 이제야말로 진정 그는 맞아 죽을지도 몰랐다.

그렇지만. 그렇지만.

마치 한겨울에 뜨거운 독주 한 모금을 마신 것처럼, 온몸이 스르르 풀리면서 노곤해진다. 눈을 감은 건, 차마 눈을 뜨고 버틸 수가 없었기 때문이었다.

마이하는 입맞춤했다.

그는 온몸이 만신창이가 된 것 같은 순간에, 구원이라고 해도 좋을 입맞춤을 했다.

그 순간 다른 것은 아무것도 생각나는 것이 없었다. 다만 그의 마음이 그의 몸을 움직였고 그렇게 행동하도록 했다.

엉망으로 얼어터진 직후라기엔, 너무나 달콤했다.

믿을 수 없을 정도로 달콤하여, 어쩌면 죽어서 천당에 온 것일지도 모른다는 생각이 들 만큼.

제
14
장

하늘아래를 내려다본 옥황상제께서는 몹시 진노하시어 인간 세상에
한동안 비를 내리지 못하게 명하였습니다.

"모든 나무가 마를 때까지 비를 내리지 못한다."

평소 같으면 이러한 부당한 명이라면 응당 따르지 않았을 칠성신들이
었지만 어쩐 일인지 이번에는 아무런 불평 없이…….

작자미상 '목객전(木客傳)' 中

용아는 입속에서 찝찔한 피 맛을 느끼면서 말없이 공작에게서
몸을 떼어냈다. 어떤 말 같은 것을 이어갈 여력은 전혀 없었기에.

그런데, 바로 그 순간.

"보고 싶었어."

마이하는 이리저리 쥐어터진 터라 울퉁불퉁해진 얼굴을 하고
서 그렇게 말했던 것이다. 그때 마이하가 누워 있던 그 자리에 그
림자 하나가 드리워졌다.

"네 이노옴!"

용아의 부왕이신 이친왕 전하께서 마이하가 방금 한 말을 듣고 말았다. 용아는 그 목소리에 화들짝 놀라 뒤를 돌아보다가 노기 띤 부왕의 얼굴을 보고는 겁에 질리고 말았다.

'이제 진짜 맞아 죽을지도 몰라!'

이친왕 애신각라 태이곤은 무기 없이 주먹을 휘두르는 것으로는 도저히 성에 안 찼던지, 급기야 마치 검이라도 찾아 빼어들려는 듯 무언가를 찾기 위해 시선을 휘두른다.

용아는 더 이상 고민할 시간이 없었다. 자신의 빠른 판단이 원하는 인과로 귀결되기를 바라면서 자신의 손을 높이 쳐들었다! 그러고는 손끝에 힘을 준 다음, 마치 진심인 듯 가장하여 공작 마이하의 뺨을 후려갈겼다!

철썩!

무방비 상태였던 마이하는 얼굴이 옆으로 돌아갈 정도로 거세게 따귀를 맞고 말았다.

"썩 꺼져요! 지금 당장!"

용아는 아랫배에 힘을 주고 그렇게 말했다.

'오 제발, 부처님. 더 이상 부왕께서 저 사람을 때리지 않게 해 주세요!'

"내 말 못 들었어요? 다시는 그 얼굴 보고 싶지 않으니, 썩 꺼지라고 했잖아요!"

그 순간 용아는 마이하의 얼굴에 나타나 있는 표정을 보지 않으려고 애썼다. 하긴, 어차피 눈두덩은 멍들었고, 왼쪽 뺨은 터질 듯이 부어 있었고, 입술은 터져 있었으니 표정이라는 것을 읽기도 힘든 상태이긴 했지만.

용아는 분기탱천한 목소리를 가장하여 그렇게 소리치고는 자신의 말이 진심임을 증명하려는 듯이 발딱 몸을 일으키고는 그의 어깻죽지의 옷자락을 잡아당겨 바깥대문을 향하는 시늉을 했다. 하지만 쉽지 않다.

"뭣 하느냐! 이 불청객을 당장 끌어내지 못할까!"

용아는 그럴듯한 목소리를 꾸며내서 그렇게 소리치면서 잠시 틈을 타, 부왕의 표정을 살폈다. 용아가 마이하를 향해 따귀를 올려붙이는 모습을 보시니, 부왕께서 오히려 화가 다소나마 진정되신 표정이다.

'시집도 안 간 과년한 딸이 보는 이가 여럿인 곳에서 과격한 행동을 하니 갑자기 이 모든 일이 끝났으면 싶다 생각하실지도 모르지.'

용아의 생각은 그것이었다.

"여봐라! 이자를 저택 바깥으로 끌어내고 문을 걸어 잠그도록 해라!"

용아가 다시 한 번 명하자 갑작스런 일련의 사건들로 인해 혼비백산했던 문지기들이 마이하의 몸을 여기저기 붙잡고 문 밖으로 끌고 갔다.

가장 바깥에 위치한 육중한 바깥대문이 열리자 계단의 가장 위쪽인 돌사자가 있는 바로 옆에 쪼그리고 앉아 저택 안의 상황에 귀를 쫑긋 세우고 있던 다섯 총각이 보였다.

'장이! 양이! 원이! 부이! 유이!'

용아는 공작의 종복들의 얼굴을 보자, 정체 모를 반가움마저 치솟는 것이 느껴졌다.

"나리!"

"주인님……!"

"나리……. 공작 나리."

"왕손마마……."

"나리."

그들은 일제히 눈물까지 찔끔거리며 주인을 보다가 열린 문 저쪽에 있는 용아의 얼굴을 찾아내었다. 양이가 용아와 시선이 마주치자 울며 말했다.

"주인님께서는……. 주인님께서는……. 아기씨를, 아기씨를 얼마나……."

거기까지 들었을 때 육중한 대문이 닫혔다.

'뭐……, 뭐……? 아기씨를 뭐……?'

용아는 장이의 뒷말이 궁금해서 미칠 지경이었지만, 당장이라도 문지기에게 호령하여 문을 다시 열라고 명하고 싶었지만, 그럴 수가 없었다.

"용아야, 무탈하느냐?"

"용아야?"

"괜찮은 것이냐?"

"아기씨……!"

"누님!"

여기저기서 자신을 부르는 소리가 들려왔으므로 용아는 가까스로 정신을 붙잡았다. 용아는 뒤돌아서서 먼저 부왕의 얼굴부터 살폈다. 화가 치민 부왕의 얼굴은 하나의 불타는 무엇같이 보인다고나 할까.

'제발! 이미 맞은 사람 또 불러서 때리진 마세요!'

용아는 조마조마한 마음으로 간절히 상황이 악화되지 않기를 기대하며 부왕의 반응을 기다렸다.

"……병신 같은 놈!"

부왕의 입에서 마침내 어떤 욕설 비슷한 말이 튀어나왔으나 모두 들리지 않았고, 마지막에 '병신 같은 놈'이라는 단어만이 들릴 뿐이었다. 다행히 부왕께서는 더 이상 이야기하고 싶지 않은 모양이었다. 부왕께서는 그대로 몸을 돌려 저택 안으로 들어가버리셨고 어머니를 비롯한 가족들은 부왕의 뒤를 따랐으며, 종복들은 모두 자신의 자리로 돌아갔다.

용아는 어쩌면 직접 그를 끌어내라고 한 돌발적인 대응이 정답이었나 보다고 생각했다.

용아의 곁에 남아 그녀를 살핀 것은 언니인 난아와 남동생 영작과 영록, 그리고 애련이었다.

"정말 괜찮은 거야?"

난아가 물었다.

"아니. 언니. 나 여기가 계속 쿵쿵거려."

용아는 자신의 가슴에 손을 얹으며 그렇게 대답했다.

한 식경 전.

이친왕가 저택 앞.

저택의 바깥대문은 백성들이 밟고 다니는 땅과 높이 자체가
달랐다. 화강암으로 된 돌계단이 사람의 키보다 두 배쯤 높이 쌓
아올려진 후에야 겨우 육중한 붉은 대문을 만날 수 있는 것이다.
거의 모든 집 대문마다 붙어 있는 〈福〉이라는 글자마저 달라 보였
다. 진짜 황금을 녹여 그 황금 물을 붓에 적셔 적은 것처럼 보인
달까. 거대한 분지로 이루어진 평원의 도시 북경에서 이친왕가의
저택 터만 이렇듯 동산의 지형을 이루고 있진 않았을 것 같은데,
아마도 저택을 짓는 이들이 친왕가에 대한 경외심을 표현할 방법
을 달리 찾지 못해서 저택 터를 백성들의 집터보다 훨씬 높게 만든
것일지도 몰랐다.

'오늘은 기필코 저 안으로 들어가리라.'

마이하는 결심을 다졌다.

사실 그는 공주 용아를 다시 볼 수 있을 거라는 기대조차 하
지 않은 채 망연자실해 있었다. 감히 생각조차, 계획조차 꾸릴 수
없었다. 그저 깊은 그리움의 고통만이 남은 일생을 지배할 것만
같았다.

공작의 청혼

그런데, 포기한 것은 마이하 자신뿐.

그의 충직한 종복 다섯은 길을 알아보고, 숯을 판 돈으로 노자를 마련하면서 길을 떠나기만을 기다리고 있었던 것이다.

봉황산에서 북경으로 오는 모든 여정이 마이하 자신을 위한 마법 같았다.

장이 녀석을 구해준 것이, 참 기이한 일을 만들어내고 있었다. 사소한 사건 중 하나인 줄 알았던 어떤 작은 일이 인생 전체를 좌지우지하는 느낌.

마이하는 공주가 보고 싶었다.

그건 명백한 사실. 그렇지 않은 척, 본심을 드러낼 수 없었던 이유는 두려웠기 때문. 공주를 원하는 마음이 너무 커져서 영원히 이 나라에 머물게 될까 봐. 객십으로 돌아가야 한다는 사실을 깡그리 잊게 될까 봐. 가장 두려운 것은 오직 그것. 하지만 이제 공주를 다시 보고 싶다는 사실 외에 다른 것은 아무것도 생각할 수 없었기에, 선택의 여지가 없었다.

그리하여 마침내 마이하는 이친왕이 저택으로 돌아오는 오후 시간에 맞춰 종복들을 이끌고 이친왕의 저택 앞에 선 것이다.

사실 어제, 그는 한 번 이친왕을 뵈었다. 문지기에게 누구라고 말하며 문을 열어달라고 해도 소용없었다. 저택 안에 있는 이친왕가의 일원 중 누구에게라도 찾아온 이가 있다는 말을 전하기나 했는지 의문이었다. 그래서 공작 마이하는 매일 일정한 시간에 움직이는 이친왕과 정면으로 맞닥뜨리기로 결심했다.

장이를 비롯한 종복들은 주인의 옷매무새를 사내답고 근사하게 한답시고 전날 저녁부터 법석이었다. 이제 숯 판 돈으로 마련한 노자도 다 떨어져갈 지경.

이친왕께서 저택으로 돌아오는 저녁나절에 마이하는 이친왕가 저택의 문 앞을 단단히 지키고 섰다. 그리고 왕을 대면하자 읍소하며 자신의 소개를 하고 용건이 있음을 알렸다.

왕께서는, 대답조차 하지 않으시었다.

공작의 이름자를 듣고 누구인지 알기는 하는 모양이었지만, 낯선 자의 용건은커녕 얼굴도 보고 싶어 하지 않았다.

"내쳐라."

이친왕 애신각라 태이곤이 으르렁거리듯 자신의 종복들을 향해 그렇게 말하고는 저택 안으로 사라져버렸다. 청혼은커녕 얼굴을 제대로 보이지도, 심지어 저택 안으로 들어가보지도 못했던 것이다.

그리고 다시 오늘.

'오늘은 기필코.'

마이하는 마음을 단단히 먹고 어제와 같은 자세로 다시 자신의 이름자를 대고 이친왕의 대답을 기다렸다. 하지만 이친왕은 어제와 같이 다시 자신을 상대하지 않을 뜻을 보이고 저택 안으로 들어가려 했다.

"객십국의 왕손이자, 청 제국 일등 공작 화탁 마이하입니다."

"……."

"전하! 전하께 전하고자 하는 바가 있어 찾아왔사옵니다."

"……네가 누군지는 이미 알고 있다. 네놈이 아주 많이 자랐구나. 서쪽 놈."

마이하는 고개를 들어 이친왕을 바라보았다. 이친왕 애신각라 태이곤은 듣던 대로 엄청난 기운을 내뿜고 있었다. 이친왕의 얼굴에 난 짐승의 발톱 자국이 무서운 것이 아니었다. 이친왕의 기운은 사람을 압도하고 있었고, 잠시 숨을 멈추게 만들었다. 이친왕이 분노를 느끼는 순간이면 주변의 모든 것이 일순간 정지하는 듯했으며, 그가 평안한 순간이 되어야 비로소 모든 것이 순리대로 풀린다고 느껴질 만한, 그런 인물.

"전하! 소인은……."

"지금까지 네놈이 살아 있는 것은 짐에게 한 자락 자비심이 있어서이다. 썩 꺼져라! 맞아 죽고 싶지 않으면."

"……맞겠습니다."

뜻밖의 대답을 듣자 이친왕의 한쪽 눈썹이 올라갔다.

"무어?"

"맞겠습니다."

"……다시 한 번, 말해보아라."

"맞겠습니다. 때리시면, 맞겠습니다. 다만……."

"다만……?"

"저택 안으로 이 몸을 들여주십시오. 혹여 맞고 나서도 죽지 않는다면, 제가 전하고자 하는 바를 들어주십시오."

마이하의 말은 자못 결연하여 비장미까지 감돌았다. 그는 절대로 물러나지 않을 태세였다.

이친왕 애신각라 태이곤은 무언가 결정을 내려야 하는 순간이 왔다는 것을 깨달았다. 그래서 이친왕은 손짓했다. 그 어떤 대답 대신, 손짓으로 명을 내렸다. 저택의 육중한 문이 열렸고, 공작 마이하는 저택의 가장 바깥이라고 할 수 있는 바깥마당까지 발을 디며놓을 수 있었다.

하지만 마이하의 뜻대로 된 것은 단지 거기까지였다. 문이 닫히자 마이하는 손님용 별채로 불려가지도, 이친왕과의 독대를 위한 어딘가로 자리를 옮기지도 못했다.

이친왕은 검을 들거나 하지 않았다.

가까이에 있던 종복들을 손짓으로 잠시 물러나게 한 다음, 공작 마이하를 똑바른 자세로 일어서게 했다.

그리고 그다음은.

공작 마이하는 자신이 온 힘을 다해 반격했다면 이친왕을 이길 수 있었을까 생각해보았다. 모르겠다. 결과를 추측할 수 없었다. 이친왕은 이름뿐인 왕작을 달고 사는 그런 화석과 같은 존재가 아니었다. 그의 움직임은 전쟁터에서 일생을 보낸 장수처럼 힘이 있었고 자신만의 무예에 대한 특별한 조예가 있었다. 누군가를 흠씬 두들겨주고 싶다면, 충분한 부하들과 종복들이 있었다.

하지만 이친왕은, 직접 자신이 움직였다.

퍽! 퍽!

"읍!"

이친왕은 동작을 낭비하지도 않았고 쓸데없이 힘을 가중해서 움직이지도 않았다. 이친왕은 일격에 흔들었으며, 서너 번의 손짓에 의식이 몽롱해지게 만들 수 있는 이였다. 그의 동작들은 우아한 절도마저 있었다.

부왕을 만나게 된다면 머리통이 깨질 거라던 용아의 말은 허풍이 아니었던 것이다.

얼마나 시간이 지났을까. 마이하는 완전히 고꾸라지고 말았다. 용아의 아버지를 상대로 감히 반격을 할 계획은 없었다. 다만, 최대한 오래 버티어서 상당히 인상 깊은 젊은이로 남고 싶었을 뿐. 지금으로선 내세울 것 하나 없는 신세였지만, 강인하다는 것은 그가 일생을 버티게 해준 유일한 무기나 마찬가지였으므로.

의식이 흐릿해진다는 생각과 동시에 어떤 얼굴이 떠올랐다.

'공주, 보고 싶어.'

저택 안으로 들어오긴 했지만 그렇다고 해서 용아를 만날 수 있다는 건 아니었다. 이곳은 저택이라고 부르는 것보다 거대한 궁실이라고 부르는 편이 더 어울린다고, 들리는 풍문이 그러하였다.

그런데 그때였다.

어딘가에서 발소리가 들리는 것 같기도 하다.

어쩌면 아주아주 멀리서.

어쩌면 바로 앞에서.

누군가 다가오는 것 같기도 하다.

아니면 누군가 자신을 향해 다가온다는 소리는 공작 마이하 자신의 간절한 바람이 만들어 낸 상상의 산물이든가.

"이봐요."

공주 용아의 목소리와 비슷한 목소리가 들려왔다. 하지만 마이하는 꼼짝할 수 없었다. 모든 급소를 죽지 않을 만큼 절묘하게 가격당한 느낌이다. 한동안은 여기 누워 꼼짝할 수 없을 것 같다.

"이봐."

목소리가 정말로 가까운 데서 들려온다.

'정말 그대가 맞소?'

마이하는 대답을 하고 싶었지만, 입안이 너무 아팠다. 어쩌면 모든 이가 부러졌을지도 모르겠다는 생각이 들었다. 누군가 아주 가까이에서 움직이는 기척이 들린다. 옷자락이 바스락 거리는 소리까지.

목소리는 매우 조심스러웠다.

'어쩌면 시간이 아주 많이 흘렀는지도 모르겠군.'

"나예요. 들려요? 내 말?"

확실했다. 그 목소리의 주인공은 분명 공주 용아였다. 그 사실을 확신한 마이하는 온 힘을 다 쥐어짜내어 대답했다.

"……들……려."

짧은 대답이었지만, 그 소리를 내뱉는 것도 상당한 힘을 짜내야 가능한 것이었다. 하지만 지금 자신에게 말을 걸어, 자신의 안위를 물어봐준 이가 용아라는 사실을 확인한 순간 그는 대화를 멈출 수가 없었다.

"오랜만이야."

힘에 겨워도 말을 하고 싶었다. 무슨 말이라도.

"뭐라고요?"

그는 정신이 혼미할 지경의 공격을 당했으므로 수월하게 말하지는 못했다. 공주는 마이하의 말을 제대로 듣지 못했는지 다시한 번 질문했다.

"말해봐요. 뭐라고요?"

아아. 아름다운 목소리였다.

마이하가 지난 석 달간 죽도록 듣고 싶었던 그 목소리였다. 가슴이 죄어 오게 그립던 그 사람이었다. 마이하는 힘을 내기로 했다. 여기까지 어떻게 들어왔는데, 얼굴도 보지 못하고 다시 내쫓길수는 없었다.

"……!"

마이하가 눈을 뜨자 질문만을 담은 공주의 두 눈동자가 오롯이 자신을 향해 있었다.

그 눈동자.

마이하가 그런 갑작스런 행동을 취한 것은 바로 그 눈동자 때문이었다. 손 하나 까딱할 수 없었던 그의 몸이 기이한 마력에 휩싸이기라도 한 듯 몸을 일으키며 용아를, 그 그리운 사람을 끌어당겼다! 그러고는 입맞춤했다!

온몸을 끌어당기면서.

남아 있는 모든 힘을 쏟아부으면서.

마치 전장에서 잠시 구원의 햇살을 맞닥뜨린 기분이었다.

누구를 노엽게 하려던 것은 아니었다.

굳이 변명을 하자면 그 순간 그러지 않을 수가 없었다고나 할까.

마이하는 공주 용아를 다시 볼 수 있게 된 것이 아주 비현실적으로 느껴졌다.

용아가 엄청난 호위 군사들의 보호를 받으며 북경으로 돌아가는 마지막 모습을 멀리서 지켜보았을 때, 그리고 이친왕가의 저택에 처음 당도해서 장엄하기까지 한 바깥대문을 보았을 때, 그는 어쩌면 영원히 공주 용아를 만날 수 없을지도 모르겠다고 서글픈 결론을 내리기도 했던 것이다.

용아는 처음에 마이하의 기습적인 행동에 얼결에 말려들었지만 곧 정신을 차린 듯했다. 용아는 노여움을 품은 몸짓으로 마이하를 떼어내었다.

"보고 싶었어."

마이하는 그 말을 해야 했다. 머릿속에 떠오르는 말은 그것뿐이었으며, 지금 느끼는 가장 진심이 그것이었으니까.

자신의 꼬락서니가 형편없을 거라는 생각에 마이하는 얼굴을 찡그렸다. 처참하게 쥐어터져 퉁퉁 부은 그의 얼굴은 그 어떤 표정도 제대로 표현해내지 못하는 상태였지만. 그런데 어디선가 서늘한 그림자가 드리운다는 것을 느낀 순간, ─ 오, 하늘에서 떨어지는 벼락도 이보다 무시무시하진 않으리라.

그의 귓등을 때리는 소리.

"네 이노옴!"

공주 용아의 아버지이신 이친왕이 방금 그가 용아에게 한 말을 들었던 것일까.

사실 용아의 그 어여쁜 얼굴을 다시 볼 수만 있다면 좀 쥐어터지는 것쯤이야, 대수로울 것 없으리라 생각했는데 이 상태에서 다시 공격당한다고 생각하자 마이하는 등골이 서늘해졌다.

그런데 바로 그 순간, 용아가 높이 손을 쳐들었다!

그러고는 마이하의 오른쪽 뺨을 엄청나게 강한 힘으로 후려갈겼다!

철썩!

예측하지 못한 자로부터의 공격에 마이하의 얼굴은 급격하게 꺾였다.

"썩 꺼져요! 지금 당장!"

용아가 분기탱천한 목소리로 그렇게 말했다.

"내 말 못 들었어요? 다시는 그 얼굴 보고 싶지 않으니, 썩 꺼지라고 했잖아요!"

말을 마친 용아는 날렵하게 몸을 일으키고는 마이하의 어깨를 잡아당겨 그를 힘껏 바깥대문으로 끌어당기기 시작했다! 하지만 혼자의 힘으로 그를 쫓아내지 못한다는 것을 깨닫자 종복들을 향해 이렇게 명했다.

"뭣 하느냐! 이 불청객을 당장 끌어내지 못할까!"

종복들이 우르르 달려왔고 순식간에 마이하는 대문 밖으로 내쳐졌다.

끼이익, 쾅!

이친왕가의 바깥대문이 닫히는 소리가 길게 울려 퍼졌다. 그는 높은 계단 아래로 굴러 떨어질 뻔했으나, 그의 충직한 종복 다섯이 그를 에워쌌기에 더 이상의 봉변은 없었다. 이상하게도 맞은 곳이 아프다는 생각이 들지 않았다. 그저 공주의 입술의 감촉과 온기와 부드러움만이 기억날 뿐이었다.

어쨌든, 만났다. 다시 만났다. 엉망으로 쥐어터지긴 했지만 그까짓 것이 무슨 대수랴.

그는 어쩐지 통쾌한 웃음마저 터져 나오려 했다.

이런 상황에서 웃음을 터뜨린다면, 다들 실성했다고 생각할 것이 뻔했지만.

제
15
장

"너는 인간의 몸으로 이곳까지 오다니……. 몹시 기이하구나."

옥황상제는 그렇게 말하였습니다. 하늘나라에 있던 모든 신들은 처음으로 하늘로 올라온 인간을 만나게 되어 몹시 당혹…….

작자미상 '목객전(木客傳)' 中

용아는 먹는 둥 마는 둥 대충 저녁을 먹으며 집안 식구들의 기분을 살폈다. 집안 식구들 중 누구도 섣불리 입을 열지 않았다. 모두들 집안의 가장이신 이친왕의 심기만을 살필 뿐.

용아는 자신의 침실로 들어와 침상 위에 깔린 푹신한 보료에 비스듬히 기대 누웠다.

온몸에 있던 기운이 모두 몸 밖으로 빠져나가 꼼짝도 할 수가 없었다. 그런데, 그럼에도 계속 가슴이 두근두근거렸다. 마이하는 용아가 다가온 것을 알아채자마자 끌어당겨 깊숙이 입 맞추었다.

마치 자신의 사람이라는 낙인을 찍기라도 하듯.

용아의 가장 가까운 모든 이들이 있는 앞에서 보란 듯이.

용아는 기억을 되새기다 푹신한 명주 베개를 끌어당겨 가슴 깊숙이 당겼다. 베개에는 충실한 시비들이 세심하게 끼워놓은 말린 꽃의 향내가 났다.

"으음……."

용아는 숨을 깊게 들이쉬었다.

"아기씨……."

침상 발치 아래에서 애련이의 소리가 들렸다. 용아는 기억이라는 것이 시작되었을 때부터 항상 애련이와 함께였다. 애련이는 용아에게 있어서 가까이에 있는 공기나 다름없었기 때문에 용아는 애련이가 곁에 있을 때는 혼자이길 원한다면 언제고 혼자가 될 수도 있었고, 누군가 함께이길 원한다면 또 함께일 수 있었다.

"응?"

"아기씨……. 흑……, 흑."

애련이는 울고 있었다!

용아는 애련이가 울고 있다는 사실을 깨닫자, 즉시 몸을 움직여 애련이의 어깨에 손을 올렸다.

"무엇이냐? 무슨 일이냐? 울지 마라. 나는 괜찮다. 고개를 들어보아라."

"아기씨……. 저……, 저……."

고개를 들어 올린 애련이가 심상치 않았다. 애련이의 얼굴은 그야말로 눈물범벅이었으며 콧잔등은 새빨개져 있었다.

"나는 괜찮다 해도."

"그게 아니라, 아기씨. 소인이, 소인이."

"무슨 일이 있어? 어디가 아픈 것이냐?"

"그게…… 소인이……"

애련이는 답답할 정도로 망설이다가 울다가를 반복했다. 용아는 예삿일이 아니라는 생각이 들어 침상 아래로 내려와 바닥에 앉아 있는 애련이를 마주 보았다.

"말해보아라. 내가 도와줄 것인즉."

"소인이 아이를 배었나이다."

"……!"

"그러하온데……. 그러하온데……. 오늘 별안간 배가 찌르르 조여 오는 듯 아파 옵니다."

"뭐라고?"

"아기씨……. 아마도 소인이 또 애를 잃나 봅니다."

"의원에게 보였느냐? 의원에게 가자. 아니, 의원을 부르자. 내가 불러오마."

용아는 침실 바깥으로 나가 내실의 청소를 하고 있는 여종을 불러 의원을 불러오라 시켰다. 한시가 급하니 의원을 빨리 불러오지 못한다면 산파라도 불러오라고 명하면서 단단히 일렀다.

"이 일은 너와 나만 아는 일이다. 은밀히 불러오너라."

얼마 지나지 않아 여종이 돌아왔다. 의원은 다른 환자를 보고 있었기에 산파를 불러왔다며.

산파가 낮은 의자에 몸을 웅크리고 누워 있는 애련이를 살펴보았다. 배를 만져 보고 혈색을 살펴보고 하혈을 하였는지를 물었다. 찬찬히 살핀 후에 산파가 용아를 향해 말했다.

"몸을 많이 움직이지 않고 푹 쉬게 하소서. 아이와 산모 모두 무탈합니다."

산파는 조용히 자리를 떴다.

"그런데, 아비는 누구냐?"

애련이의 나이는 용아와 엇비슷했지만, 애련이는 과부였다. 용아가 조선국에 머무르는 동안 외가에서 장작을 패고 잡일을 거들던 막길이란 종복과 인연을 맺었었던 것이다. 하지만 기가 막히게도 막길이가 산에 나무를 하러 갔다가 독사에게 물려 죽어버렸다. 애련이는 아이까지 낳았지만, 죽은 아이였던 것이다.

"그게 저."

"누구냐? 말을 해보아라."

"아기씨!"

"말을 해보래도."

"……양이입니다."

"양이?"

그랬다. 용아는 그제야 애련이가 왜 이토록 곤란한 상황인데도 자신에게 말 못 하고 숨기고 있었는지 알 것 같았다. 공작이 다쳐서 꼼짝없이 침상에 누워 있을 때 용아는 애련이와 양이에게 산 아래로 내려가 자신의 소식을 전하라고 했었다.

그런데 이상하게도 둘은 상당히 오랫동안 방황한 후 외숙부 일행을 만났다고 했다. 그 와중에 눈이 쏟아져 꼼짝 없이 산에 갇히게 되어버렸다 설명하며.

"양이, 양이와 네가……."

용아는 그제야 모든 일에 아귀가 맞아떨어진다는 것을 깨달았다.

애련이와 양이라. 둘은 겹쳐 생각하기에 좀 맞지 않아 보이는 한 쌍이었다. 애련이는 아이까지 있었던 과부였고, 양이는 공작의 종복 녀석들 중에서도 가장 어리고 숫기 없어 보이는 녀석이 아니던가. 대찬 장이와는 확연히 다른 놈이었다.

"알았다. 너는 여기 있어라. 내가 지금 몰래 나가 양이를 만나보고 오겠다."

"소인도 따르겠나이다."

애련이가 대뜸 몸을 일으키며 말했다.

"너는 있으래도. 나 혼자 나가보겠다."

"아기씨는 그들이 어느 객잔에 머무는지도 모르지 않습니까?"

애련이가 되물었다.

"어느 객잔? 그럼 너는 아느냐?"

용아가 미처 헤아리지 못한 부분에 대해 깨우치는 듯 보이자, 애련이가 대답했다.

"압니다."

"아니다. 나에게 일러주기만 하면 된다. 산파도 너더러 쉬라고

297

하지 않았느냐."

"소인도 가겠나이다."

애련이가 전에 없이 고집을 피웠다. 그제야 용아는 깨달았다.

'애련이는 양이를 만나고 싶은 것이로구나!'

애련이가 양이를 만나고 싶어 한다면, 자신은……? 용아는 결론을 알고 있었다. 애련이의 임신을 핑계대고 밖으로 나가려 하지만 사실은 양이의 주인의 상태가 어떠한가, 그것이 궁금하다는 것을.

용아와 애련은 급히 채비를 하고 가마꾼을 저택의 옆에 나 있는 쪽문으로 대기시켰다. 그러고는 보는 이가 있는지 주변을 잘 살핀 다음, 가마에 타고는 길을 재촉했다.

머지않아 용아와 애련은 공작이 머무는 객잔에 도착했다.

두 사람은 공작의 일행이 묵는 객실을 물었고 계단을 오르고 복도를 지나는 수고를 끝낸 후 마침내 방문 앞에 섰다.

"이보시오."

애련이 문 앞에서 두어 번 헛기침을 하더니 그렇게 말했다.

"……."

안에는 아무런 기척이 없었다.

"이보시오. 양이 있소? 나요. 애련이. 문을 열어주시오."

"……."

방 안은 고요.

참지 못한 용아가 객실의 문을 요란한 소리가 나도록 열어젖혔

공작의 청혼

다.

"……!"

아무도 없다?

객실 안은 텅 비어 있었다. 조금 큰 침상 위도, 작은 침상 위도 탁자가 있는 방도 모두 완전히 비어 있었다. 용아는 아연한 기분이 들었다. 알 수 없는 불안감도 스멀스멀 피어오른다.

"거기 있던 손님들은 사람들이 와서 데려갔는걸요."

그때 용아의 뒤쪽에서 청소도구를 들고 객실 안으로 들어오던 어린 소녀가 그렇게 말했다.

"사람들이 와서? 누가?"

"듣기로는……. 왕부에서 나온 자들이라고 하던데……."

용아와 애련이는 말없이 서로를 마주 보았다.

"……!"

"……!"

먼저 입을 연 것은 용아였다.

"집으로 돌아가야겠다. 가자."

"아기씨, 저기……."

애련이가 객실 한 구석에서 피가 묻은 옷더미를 발견했다.

"……!"

그건 두 번 생각할 것도 없이 공작의 옷이었고, 용아가 다가가 그 옷을 집어 들자 애련이는 공주의 귀한 손에 피가 묻는다고 걱정하였다. 하지만 용아는 그 옷을 함부로 팽개칠 수가 없었다.

"가져가자, 이 옷도."

용아가 거기까지 말했을 때였다. 옷깃에서 무언가 바스락거리는 소리를 내고 있었다. 용아는 옷을 헤집어 그것이 무엇인지 확인해보았다.

그것은 한 장의 서신이었다.

"……?"

서신을 펼치자 몹시 남성적으로 보이는 공작의 필체가 드러났다. 용아는 어쩐지 눈시울이 붉어져 서신을 쉽사리 읽기 힘들었지만, 한편으로는 누구보다도 공작의 서신을 읽고 싶었기에 눈물을 참고 그것을 읽어 내려가기 시작했다.

그 서신은 놀랍게도 공작이 용아에게 보내는 내용이었다!

'내게?'

그 서신의 종이가 꽤 낡아 있는 것으로 미루어 하루 이틀 전에 쓰인 것은 아니었다. 최소한 두어 달 전에 쓴 것처럼 보였다.

공주.

서신상으로나마 그대를 불러보오.

공주가 쓰던 종이와 붓과 벼루와 먹이 나를 괴롭히고 있소.

이 종이와 붓과 벼루는 내가 처음 북경에 도착했을 때 주어졌던 것이었소. 내가 객심에서 처음 북경에 당도했을 때, 혹독하게 교육받았었소. 나는 매일 같은 글자를 익힐 때까지 백 번이고 오백 번이고 천 번이고 적어가며 한어를 익혀야 했고, 한어로 책을 읽어야 했고, 풍습을 익혀야 했소. 나는 한어를 한없이 써가면서 외우는 일이 싫지 않았소. 글자를 쓰다 보면 금세 시간이 갔고, 스승께서 익히라 하는 내용을 조바심 내어 익히다 보면 객심을 생각하지 않을 수 있었으니.

나는 어쩌면 글 쓰는 일과 책 읽는 일을 좋아했는지도 모르오.

그렇지만, 이곳으로 봉토를 받아 오게 되면서, 나는 글 쓰는 시간보다는 나무를 더 많이 하게 되었지. 글은 써도 써도 밥이 나오지 않지만, 나무를 하면 곡식을 살 돈이 생겼으니.

난 어쩌면, 종이가 아깝다는 생각도 하지 않고 글을 써대는 그대가 부러웠는지도 모르오. 북경에서 봉황산으로 올 때 나는 책들을 가져왔지만 얼마 지나지 않아 그것들을 산 아래 시장으로 가 곡식과 맞바꾸어야 했거든. 그대는 결코 그래본 적이 없겠지. 어느 날은 아침부터 밤까지 책을 읽을 수도 있었겠지.

내가 감히 하지 못했던 것을 할 수 있는 그대에게, 질투를 느꼈는지도 모르지.

그래서 고집을 피운 것인지도 모르지.

마음을 꽁꽁 가둬놓고 진심을 숨기는 짓.

이제 그만하겠소.

어쩌면 너무 늦었는지도 모르겠지만.

그날이 우리 마지막이었는데 어째서 그렇게 멍청하게 굴었는지, 최소한 솔직할 수는 있었을 텐데, 나는 그것조차 하지 않았소.

미안하오.

미안해.

그대가 원하는 그 한 마디, 마지막까지 해주지 못해서.

끝까지 비겁하게 마음을 숨겼소.

사랑하오.

사랑해.

그대를, 아주 많이.

내가 한 말은 모두 거짓이오.

그대가 나에게 진심을 물었을 때, 나는 거짓을 답했소. 그대가 오해하는 것이 괴롭고 고통스러웠지만, 나는 사력을 다해서 견디어냈었소. 그간의 내가 한 말은 모두 거짓이며, 나의 진심을 단숨에 고백하고 싶은 마음을 일순 일순 고통스럽게 참고 견디어냈소.

하지만 지금 이 순간, 알게 되었소.

나는 이제 더 이상 견딜 수 없게 되었다는걸.

그대에게 가려고 하오.

보고 싶어. 보고 싶어, 아주 많이.

그대를 만나는 대가가 그 어떤 것일지 아직 정확하게는 모르오. 어쩌면 그 대가가 나의 목숨이 될지도 모르지.

나는 진실을 외면하고 그대의 마음을 괴롭게 하였지만, 그대는 아무것도 원망하지 않았소.

그 당당함 앞에서 나는 초라하지만, 그래도 한 번 더 그대를 보아야겠소. 그대를 보고 나서는 어떻게 해야 하는 것인지 아직 계획도 없고 계산도 없지만, 일단 그대를 만나러 가야겠소. 그러지 않고는

302

내가 버틸 재간이 없소.

사랑하오, 아주 많이.

폭풍 같은 진심이 와락 쏟아져 용아의 전신을 덮쳐 왔다. 공작이 쓴 서신을 다시 접는 용아의 손이 떨린다.

"아기씨……. 무슨 내용인가요?"

"……찾자."

"……네?"

"애련아, 일단, 어머니를 뵈어야겠어."

용아는 숨을 고르게 몰아쉬었다. 머릿속을 좀 더 정리해보고 싶었지만 하고 싶은 말이 엉망으로 뒤엉켜 제대로 말을 할 수나 있을지 의심스러웠다.

"어머니."

용아는 부모님이 쓰시는 내실 앞에 서서 조용히 어머니부터 불러보았다.

늦은 밤이었지만, 아직 불이 완전히 꺼지지는 않았으니.

용아가 침착하게 대꾸를 기다리니 대답 대신 문이 열리고 어머니의 수발 시비 중 하나가 다소곳이 문을 연다.

"어머니!"

용아가 바느질에 빠져 있는 어머니를 불렀다. 부왕께서는 이미 침실에 드셨는지 보이시지 않으셨다. 어머니는 바느질에 아주 몰두하신 듯 고개를 들지 않으신다.

바느질은 이친왕비이신 어머니의 일과 중 하나이다. 아무리 바쁘셔도 잠들기 전 반 각 정도는 꼭 바느질을 하셔야 하지. 기쁠 때도 바느질을 하시고, 마음이 울적하실 때도 바느질을 하시고, 심심할 때도 바느질을 하셨다. 어머니의 바느질은 대개 반드시 필요에 의한 것이라기보다 본인의 취향을 완전히 충족시키는 모양새로 새로운 옷을 만드는 데 목적이 집중되어 있었다.

용아는 다시 한 번 어머니를 부르려고 하다가 어머니의 손에 들려 있는 바느질감이 무엇인지 알아보고 깜짝 놀랐다.

"이건?"

용아는 급하게 어머니의 곁으로 다가갔다.

"알아보겠느냐?"

어머니는 조선국의 언어로 물었다.

"당연하지요. 이건 제가 입던 옷이 아닙니까. 외가에 있을 때 지어 입었던……."

용아는 옷자락을 만져보면서 말했다. 공작에게 내놓으라고 소리를 질러댔던 바로 그 옷.

"솔기가 터져 있더구나. 요즘 조선국에선 이런 옷이 유행을 하고 있느냐. 내가 조선국을 떠나올 때까지만 해도 이런 대담한 옷은 보질 못했는데. 저고리가 어찌 이리 올라갔단 말이냐. 망측스러울 정도구나. 소매는 어찌 이리 좁고. 이 좁은 소매통에 팔을 넣으면 팔을 움직일 수나 있겠느냐? 그런데……."

공작의 청혼

"······?"

용아는 잠시 어머니의 말을 듣고 있었다.

"망측스럽긴 하지만 몹시 아름답구나. 유행이란 몹쓸 것이라고 욕하기 마련이지만 결국은 너도 나도 따라 하게 되는 것이지."

"어머니."

"그래, 말하여라."

"어머니! 그 사람을 살려주시어요. 전······. 전······."

"전하께서 깨신다. 목소리를 낮추어라."

어머니가 대답 아닌 대답을 하신다. 목소리는 평안하시고 옷을 손질하는 손길은 침착하기 이를 데 없으시다. 묵묵한 어머니의 손놀림을 지켜보던 용아가 마침내 참지 못하고 다시 어머니를 부른다.

"······어머니?"

"나는 이 저택의 안주인이다. 내가 모를 것이라고 생각하였느냐?"

"······?"

"누군가 산파를 불렀다면 당연히 알게 되지."

어머니는 그렇게 말하고는 바느질감을 향하고 있던 시선을 들어 용아를 바라보았다.

"아······. 그건······."

용아는 어머니께서 하고 계신 예상이 무엇인지를 깨닫고 반사적으로 진실을 말할 뻔했다. 하지만 용아는 진실이 입 밖에서 터져 나오기 직전에 가까스로 입을 다물었다.

'일단은 아무 말도 말자.'

"어차피 정혼한 사이였으니, 안 될 것도 없지. 정혼한 처자를 상대로 왜 굳이 그런 얼토당토않은 일을 벌였는지 이해가 가지 않고 괘씸하지만, 아이의 아비인 줄 알면서 방치해둘 수는 없지 않느냐?"

어머니는 여전히 조선국의 언어로 말하셨기에 용아도 그렇게 말했다. 아마도 부왕께서 이 대화를 듣지 않기를 바라시는 모양이었다.

"그러면 어머니께서……. 아……, 그런데 뭐라고 하셨죠? 정혼한 사이?"

용아가 다급하게 대화를 되짚었다.

"쉿! 목소리를 낮추래도! 전하께서 막 잠이 드셨다."

"나와 그 공작이 정혼한 사이라고요? 언제부터요?"

어머니의 채근에 용아는 목소리를 한껏 낮추고 물었다.

"네가 다섯 살 무렵이었을 거다."

"네에?"

용아는 놀라움의 비명이 터져 나오려는 것을 간신히 자제하면서 되물었다.

"서쪽 출신의 왕손인 공작이 어찌하여 만주인 공주와 혼인하면 얻을 수 있는 일등 공작의 지위를 얻었다고 생각하느냐. 그는 아홉 살 때 북경으로 왔단다. 그리고 혼인은 그때부터 정해져 있던 것이고."

"세상에……."

용아는 자신의 두 입을 틀어막아야 했다.

"그가 걱정되느냐?"

"많이……, 아플 테니까요."

"네가 혼인도 하기 전에 그자와 함께 있었다는 사실을 전하께서 아시고는 얼마나 대로하셨는지 아느냐. 그자는 네가 자신의 정혼자라는 것을 알았다면 오히려 격식을 갖춰 대해야 하거늘, 어찌 그런 무례를 범했는지 알 수가 없구나. 그래도 전하께서 그리 모질게 하시지는 않았더구나. 뼈를 다치거나 이가 나가지는 않았다고 들었다. 멍이 들거나 살이 터져서 피가 나는 곳은 있지만 그런 것은 수일 내로 깨끗해질 터."

"어디 있나요? 그 사람, 지금."

용아가 그렇게 물었을 때였다. 침실 저쪽에서 어머니를 부르는 부왕의 목소리가 들렸다.

"부인! 밤이 늦었소."

"네, 전하. 지금 막 들어가려 하였습니다."

어머니께서 재빨리 만주어로 대답하시었다.

그러고는 용아에게 바느질을 마친 저고리와 치마를 건네어주시며 이렇게 말했다.

"이 옷을 보고 선녀의 옷이라고 하더구나."

어머니는 그 말을 남기시고 침실로 들어가셨다.

용아는 원래 자신의 옷이었던 그 옷을 처음 보는 듯 쳐다보다가 자신의 처소로 돌아왔다.

온몸이 욱신거렸다.

공작 마이하는 낮은 신음을 토하며 몸을 뒤척였다. 주인의 침상 아래에서 자고 있던 장이가 기척을 들었는지 벌떡 일어나 그를 도왔다.

"정신이 좀 드시옵니까?"

"어제 의원이 준 약이 효과가 있긴 한데……. 너무 독하였어. 정신을 차릴 수가 없구나."

마이하는 이마를 만지면서 말했다.

"얼굴은 한결 나아 보이십니다."

"그러하냐?"

"의원이 일어나시면 곧장 드리라고 했던 탕약이 있는데, 지금 가져올까요?"

"그런데……, 여긴 어디냐?"

마이하는 문득 정신을 차리고 물었다. 처음 보는 방이었다. 탁 트인 커다란 침실, 푹신한 침상과 우아하면서도 절도 있는 가구들. 그곳은 모든 것이 세련되었고, 새것이었다. 그리고 독특했다.

'침실 안에 소나무를 두다니.'

침상 곁에 화단처럼 흙이 보이는 공간이 있고 그 위로 소나무가 뻗어 있는 모습을 보고 마이하가 생각했다. 아마 건물이 들어서기 전 정원이었을 때부터 그 자리에 있던 것이리라.

"기억이 나지 않으십니까?"

"……?"

"어젯밤……."

"아……."

그제야 마이하는 모든 것이 떠올랐다. 어젯밤 객잔으로 돌아와 몸 이곳저곳에 난 상처들에 앓고 있었는데, 이친왕가에서 보낸 자들이 객잔에 몰려왔다. 처음엔 그들이 끝나지 않은 보복을 하러 온 것으로 생각되었으나, 뜻밖에도 그들은 마이하를 커다란 마차 안에 실어 이곳으로 데려온 것이다. 이친왕가의 저택으로.

탕약을 먹고 가물가물한 사이 잠시 이친왕비께서 다녀간 것도 기억이 났다.

왕비께서는 아무것도 묻지 않으셨다. 아무것도 묻지 않으셨고, 아무런 설명도 해주시지 않으셨다. 그저 공작의 상처들을 잠시 보시었고, 공작의 아래에 읍소하며 주인의 안위를 걱정하고 있는 충직한 종복 다섯의 모습을 보시었을 뿐이었다.

장이가 탕약을 챙겨오자, 공작 마이하는 몸을 일으켜 그것을 마셨다.

부이가 약초를 빻은 것을 가져와 상처 부위에 꼼꼼하게 붙이고는 떨어지지 않게 잘 싸맸다. 양이가 주방에서 내어 주더라며 조반을 가져와 펼쳐놓았기에 그것을 먹었고, 원이가 몸을 씻을 더운 물과 깨끗한 새 옷을 대령하였기에 씻고 나서 옷을 갈아입고 보니 의원이 왔다 하여 다시 진료를 받았다.

의원은 다행히도, 상처들이 수일 내로 많이 가라앉을 것이라고 말했다.

유이가 왕비의 처소에서 전갈이 왔다 하여 들어보니, 몸이 회복될 때까지는 처소 밖 출입을 삼가길 바라노라는 것이었다.

용아의 어머니이신 이친왕비께서 무슨 의중으로 마이하를 집으로 들여 치료하고자 하시는지 알 수 없었지만, 마이하는 일단 따르기로 했다.

먼 길을 여행하느라 몸이 피곤하기도 했고, 몸 여기저기가 욱신거렸기 때문에 마이하는 일단 잠을 충분히 잤다. 늘어지게 잠을 자고, 목욕을 하고, 시간을 맞춰 탕약을 마시고, 상처가 난 부위에 부지런히 약초 빻은 것을 붙여놓는 등의 일을 하며 며칠의 시간을 보내자, 의원의 예상대로 몸이 한결 가뿐해졌다.

그런데 이상하기도 하지.

몸이 가뿐해지면 질수록 이상스레 마음은 불안해졌다.

공주 용아가 보고 싶었다. 닿을 수 없는 곳에 아주아주 멀리 있는 것이 아니었다. 이 저택 어딘가에 자신의 침실과 내실 등을 가지고 있을 것이다. 이 저택에서 용아를 처음 만났을 때, 공작 마이하의 기분은, 전설 속에서나 듣던 선녀를 진짜로 눈앞에서 본 기분이었달까.

밤이었다.

몸이 상당히 회복된 마이하는 더 이상 방 안에만 갇혀 있기 힘들어졌다.

마이하는 우리에 가둬진 맹수처럼 방 안을 어슬렁어슬렁거렸다. 그는 방 안에 오래 있는 것이 어울리지 않는 사내였다. 그는 산을 오르거나 말을 타고 들판을 가로지르는 것이 훨씬 어울리는 사람이었다.

방 안에만 있는 것이 갑갑하기도 하였지만, 사흘이나 지났는데도 용아를 만나지 못하는 상황도 내심 마음에 걸렸다. 용아의 성격상 마이하가 자신의 집에 있다는 사실을 알게 된다면 언제고 한 번쯤은 만나려 했을 터였다. 하지만 용아는 그를 만나기는커녕 어떤 기별조차 없었다. 그저 곁에 있던 몸종에게 잠시의 수고만을 부탁하면 될 일인데.

공작 마이하는 그의 충직한 종복들마저도 하인용 작은 방으로 물리치고 방 안을 어슬렁거리다 마침내 그 무의미한 행동조차 지치게 되자 방의 남쪽 둥근 창을 마주 보고 있는 탁자 앞에 앉았다.

그는 무심코 앞에 있는 서책 몇 권을 뒤적이다, 어떤 책을 발견했다.

'목객전(木客傳)?'

어쩐지 대수로이 넘길 수는 없는 제목이었다. 마이하는 보이지 않는 어떤 힘에 이끌리는 것처럼 책장을 펼쳤다.

옛날, 아주 먼 옛날, 어느 산골에 나무꾼이 살았습니다. 그 나무꾼은 피붙이라고는 하나 없이 늘 혼자 지냈는데, 그 누구도 그의 고향이 어디며, 부모가 누군지 몰랐습니다. 언제부턴가 나무꾼을 아는 사람들은 그를 '가엾은 나무꾼'이라고 부르기 시작…….

거기까지 읽었을 때였다.

"안 돼!"

외마디 비명 같은 소리가 들리는가 싶더니 마루를 울리며 누군가가 그를 향해 달려왔다.

"보지 마요! 보지 말라고요!"

목소리의 주인공은 용아였다. 용아는 쏜살같이 달려오더니, 공작 마이하가 펼쳐놓았던 책을 날다람쥐처럼 잽싸게 낚아챘다. 용아는 숨까지 몰아쉬면서 필사적으로 말했다.

"내 거라고요. 보지 마요!"

"내 거라는 건, 그대가 읽는 책이라는 뜻이오? 나와 함께 시간을 보내주지 않을 것이면 그냥 그 책을 내게 줘요. 난 지금 며칠째 방 안에만 있다고. 몸이 낫기도 전에 옥황상제를 다시 만나면 아니 될 테니까."

"옥황상제요?"

용아가 되물었다. 어쩐지 의미심장한 목소리.

"옥황상제."

"옥황상제가 누구를 말하는 건가요?"

"아. 그냥 나 혼자서 하던 생각인데……."

“……?”

용아가 대답을 재촉하는 눈빛으로 마이하의 옷깃을 한 번 잡아끌자 그는 망설이던 것을 멈추고 대답하고 말았다.

“이친왕 전하 말이오. 나에겐 옥황상제 같아서. 이친왕부의 저택은, 나에게 하늘나라 같고.”

“하늘나라……?”

용아가 처음 보는 낯선 언어를 되뇌듯 그렇게 따라 했다.

용아가 갑자기 무언가 상당히 조급한 일이 있다는 듯 탁자 옆의 서랍을 뒤졌다. 용아가 서랍을 뒤져서 찾아낸 것은 종이와 붓과 벼루 등의 필기구였다. 용아는 의자에 앉아 재빨리 먹을 갈더니 종이를 펼쳐서 무언가 유려하게 적어나가기 시작했다.

“무엇을 적소?”

마이하가 물었지만 용아는 상당히 몰두한 듯 대답하지 못했다. 마이하는 궁금증을 못 이겨 용아가 적고 있는 것을 들여다보았다. 하지만 전혀 읽을 수 없는 글이었다.

“옥황상제……. 하늘나라…….”

용아가 입속으로 그렇게 중얼거리면서, 무언가를 잊지 않으려고 애쓰면서 그렇게 적어 내려갔다.

“이건 무슨 글이오?”

“조선국의 여인들이 쓰는 글이에요.”

“전혀 알아볼 수가 없구려.”

“그래서 이 글로 쓴 거예요.”

용아가 다부지게 대답했다.

"아까처럼 훔쳐 읽으면 곤란하니까요."

훔쳐 읽은 적 없다고 반박하기엔 더 중요한 용건이 너무 많았다.

"내 생각에는 우리가 할 이야기가 있는 것 같은데, 우리가 가장 마지막으로 봤을 때……."

마이하는 벼락같은 입맞춤을 떠올리며 그렇게 말했다.

"그건 미안해요."

용아는 자신이 마이하의 뺨을 후려쳤던 것을 기억하면서 그렇게 말했다. 마이하는 잠시 용아의 얼굴을 바라보다가 비로소 용아가 무엇에 관해 말하는지 깨닫고 대답했다.

"내가 하려는 말은 그게 아니었는데……."

마이하는 그렇게 말하고는 용아가 앉아 있는 의자를 자신의 방향으로 돌리고는 그 앞에 무릎을 바닥에 닿게 한 후, 용아를 올려다보았다.

아주 가까이서.

마이하의 눈이 기억의 각인 속에 지금의 용아의 모습을 박아두기라도 할 듯, 그렇게 그녀를 바라보고 있었다. 아주 가까이에서 보이는 마이하의 얼굴은, 치명적으로 보일 정도로 매력적이었다.

용아는 이상스레 가슴이 두근거리고 귀 밑까지 새빨개진다.

"지……, 지금, 뭐, 뭐 하는 거예, 거예요?"

낭패스럽게도 용아는 말까지 더듬고 말았다.

"바라보고 있지."

"왜요?"

"보고 싶었으니까."

갑작스러운 일격이랄까. 용아는 그 대답에 아무 말도 못 한 채 멍하니 입을 벌리고 말았다. 그러더니 혼잣말처럼 중얼거렸다.

"여기에 있는 줄은 상상도 못 했어요. 멀리, 아주 멀리 있는 줄 알았단 말이에요. 어머니는 부왕께서 화가 가라앉을 때까지 기다리라고만 하시고……."

"바깥 상황은 어떻소?"

"바깥 상황이요?"

용아가 이해하지 못하고 되물었다.

"전하의 노여움은 다소 풀리셨소?"

"휴. 아직 풀리시지 않으셨을걸요? 부왕께서는 원래 화를 잘 내시는 분이시거든요. 화를 잘 내시기로 아주 유명하신 데다 성질이 보통이 아니시죠. 하지만, 당신을 여기 데리고 오신 분이 어머니시라면 안심해도 좋을 거예요. 천하의 부왕의 마음을 움직이시는 존재가 있다면 그건 어머니뿐이시니까요."

"왕비께서 어떤 계획이 있다고 말하셨소?"

"그건 아니에요. 그렇지만, 어머니께서 내게도 당신을 여기 데려다 놓았다고 말하지 않으신 걸 보면……."

"그대에게도 말하지 않으셨다? 그럼 여긴 어떻게 알고 찾아왔소? 이곳은 주인이 없는 별채라고 들었소만."

"난 원래 여기서 하던 일이 있었거든요. 그래서 여기에 내 책도 있었던 것이고."

마이하가 천천히 이해했다는 듯 고개를 끄덕이며 용아를 바라보았다.

"그런데 언제까지 바닥에 무릎을 꿇고 이렇게 있을 거예요? 일어서요!"

용아는 속삭이듯 말했다.

"싫소!"

"왜요?"

"말하지 않았소. 아주 많이 보고 싶었다고. 그래서 지금 이러고 있는 거요. 가장 자세히 보려고. 가까이에서 이렇게."

마이하는 또박또박 말했다.

지금 이 순간 왜 보고 싶었느냐는 질문을 하는 것은 바보 같은 짓일 게다. 대신 용아는 이렇게 물었다. 무엇이라도 말해야 했다. 아무 말도 하지 않으면 얼굴이 빨개져서 터져버릴 것 같고, 가슴이 쿵쿵거리는 소리도 들켜버릴 것 같았으니까.

"우리가 정혼한 사이였다는 건 알고 있었나요?"

"정혼한 사이?"

마이하가 진심으로 놀라면서 물었다.

"당신이 북경에 처음 도착했을 때부터, 우린 이미 정혼한 사이라고 하던데요."

"북경에 처음 도착했을 때부터? 그때 나는 겨우……"

마이하가 다음번에 이어가려던 말은 '아홉 살이었는데⋯⋯'였다. 하지만 그는 그 말을 삼키고 말았다. 돌연, 어떤 장면이 그의 머릿속을 스치며 지나갔기 때문이었다.

그가 처음 북경에 도착했을 때, 긴 여행으로 인해서 완전히 기진맥진해져 있었다. 거기다 어린 왕손을 수행하기 위해 따랐던 객십인들을 고된 여정 중에 많이 잃고 말았다. 여행 중에 돌림병을 만났던 것이다.

마이하는 어렸지만 나름의 감정이라는 것도, 생각이라는 것도 있었다. 어른들의 정치라는 것은 이해하지 못했지만, 가까운 이들이 먼 여정 중에 목숨을 잃는 것만으로도 청 제국에 대한 반감과 증오심을 품기엔 충분했다.

그가 가장 처음 만난 청 제국의 관료는 황실의 종친으로 세습친왕 중에 한 명이었다. 어린 마이하는 그 친왕이라는 청 제국의 표본 같은 인물을 올려다보았었다.

입을 앙다문 채.

일등 친왕이라 불리는 사내는 얼굴에 짐승이 할퀸 흉터를 가지고 있는 자로 거친 팔기의 언어로 어린 마이하에게 말을 걸었었다. 사내는 마이하를 한참이나 살펴보고는 어떤 결정을 내린 듯 주변에 있던 이들에게 어떤 말을 하고는 사라져버렸던 것이다.

"짐승이 할퀸 자국?"

마이하가 혼잣말처럼 그렇게 중얼거렸다.

"네에?"

용아가 마이하의 혼잣말에 반응을 보이자, 그가 덧붙였다.

"전하의 얼굴의 흉터는 언제부터 있었던 거요?"

"얼굴의 흉터? 그건 호랑이의 발톱 자국이에요."

"호랑이의?"

"아주 오래전에, 내가 태어나기도 전부터 있었던 거라고 들었어요. 그런데 갑자기 그건…… 왜?"

"맨 처음 북경에 도착했을 때, 이친왕 전하를 뵈었던 것 같소. 아마도."

"……?"

"그때는 간택되었으나 지금은 반대군. 반드시 옥황상제의 마음을 돌려 애초에 정해진 대로 그대와 혼인하겠소."

"어떻게요?"

마이하는 대답하지 않고 용아를 또렷한 눈길로 바라보았다. 그는 고개를 숙여 용아의 오른쪽 무릎에 입 맞추었다. 그리고 손등에, 손목에, 왼쪽 무릎에. 그의 눈빛은 간절하고도 강렬했고 그러면서도 동시에 은밀했고, 입안이 타들어갈 정도로 아찔한 호색함까지 풍기어 용아는 두려웠다. 마이하가 자신의 생각을 읽을까봐 두려운 마음에 용아는 똑같은 질문을 반복했다.

"어떻게요?"

용아의 질문에 공작 마이하는 결연히 화답했다.

"수단과 방법을 가리지 않고."

제
16
장

"인간이 하늘로 올라오다니 기이한 일이로고. 허나 아무나 이곳에서 살 수는 없다. 너는 이제부터 세 가지 시험을 통과해야 하며 통과하지 못할 시에는 목숨을 내어 놓아야 할 것이다." 옥황상제는 서슬 퍼런 목소리로 그렇게 말했습니다…….

작자미상 '목객전(木客傳)' 中

'오늘 밤 무슨 일이 벌어질 것 같아.'

용아는 마이하의 눈빛을 받으면서 생각했다. 자신의 정혼자였던 사람이 이토록 매력적인 사람일 것이라고는 꿈에도 상상하지 못했었다. 정략적인 혼인이라는 것은 언제나 지루하기 마련이었다. 신분이 존귀하다는 만주 귀족들의 혼인이란 빠짐없이 그러하였다. 언니의 경우를 보아도 그랬다.

일단 가문의 존귀함이 우열을 가릴 수 없을 정도인지, 족보를 보아 열심히 따져본다. 그리고 그 이후에 각자의 조상이 이 제국이

건설될 때 얼마나 혁혁한 공로를 세웠는지에 대한 칭찬을 주고받으면서 혼사를 진행시키는 것이다. 혼사가 진행되는 중간 중간에 황실에서 자신의 가문에 얼마나 합당한 물질적 대우를 해주고 있는지도 넌지시 알려가면서.

'갑자기 입맞춤을 해 오거나 그 이상을 원하면 어떻게 하지?'

용아는 상념에 사로잡혔다.

'아니 된다고 해야 하나. 하지만 나는……'

상상이라는 것은 날개를 달고 끝없이, 높이 더 높이 날아오르고 있었다.

"무슨 생각을 하시오? 또 무엇을 써댈까에 대해서 생각하시오?"

마이하는 주변에 누가 있든, 어떠한 상황이든 상관없이 쉽사리 상념에 사로잡히고 마는 용아를 바라보면서 말했다.

"나는."

용아가 입을 열어 무엇이라고 대답하려고 했을 때, 내실 바깥에서 기척이 났다.

"나리……. 주인 나리."

"아기씨……."

애련이와 양이의 목소리가 동시에 들려오고는 문이 열렸다. 두 사람이 함께 있는 것을 보고 용아와 마이하가 의미심장한 눈빛을 보였을 때, 그들은 손을 내저으며 말했다.

"아니, 그런 게 아니옵고……."

"……?"

"전하께서 찾으십니다."

"나를?"

용아가 스스로를 향해 손짓하며 물었다.

"아니옵고……."

애련이가 그렇게 대답하며 고개를 조아리자 마이하가 벌떡 자리에서 일어났다. 마이하는 크게 심호흡을 한 후, 자신을 제외한 방 안의 모든 이들을 향해 말했다.

"지금 가지."

맨 앞에 앞서 길을 안내한 것은 애련이었고, 뒤에 며칠 만에 내실 바깥으로 나온 마이하가 있었고, 그 뒤에는 다른 이들의 만류에도 불구하고 용아가 종종걸음 쳤으며 가장 뒤에서 장이가 뒤를 따랐다.

이친왕께서 서쪽의 왕손 화탁 마이하를 대령하라 이른 곳은 왕의 손님을 응대하는 별채도, 왕의 처소의 중앙 내실도, 가족 및 사적인 용건을 위하여 마련된 공간인 침실 바로 옆의 작은 내실도 아닌, 바로 왕의 침실이었다.

이친왕의 저택은 부유함을 굳이 감출 필요가 없었기에, 정원을 가로지르는 길목 길목마다 등불이 있었고, 복도 중간 중간마다 충분한 양초가 준비되어 어둠을 물리쳐주고 있었다. 몇 개의 정원을 지나고 몇 개의 문을 지나쳤는지 모른다.

왕의 처소로 들어와서도 몇 개인지 모를 문을 지나고 나서야, 공작 마이하는 이친왕의 침실 앞에 다다랐다.

"전하……."

애련이가 마이하의 도착을 고하기 위해 다소곳한 자세로 입을 열자, 말이 끝나기도 전에 대답이 들려왔다.

"들라."

왕의 침실의 문이 열리자, 마이하의 바로 뒤에 서 있던 용아의 눈에 부왕의 모습과 침실 바닥에 머리를 박을 듯 몸을 숙이고 앉아 있는 여종이 눈에 들어왔다. 그 여종은 바로 애련이를 위한 산파를 부르는 심부름을 시켰던 그 아이가 아닌가. 용아는 내심 마음이 불안해졌다.

부왕은 하얀 야장의를 입고 계시었고, 어머니의 기척은 침상 휘장 뒤쪽에서 느껴졌다. 이친왕이 야장의 자락을 펄럭이며 손짓을 동반하여 하명했다.

"물러가라."

부왕은 애련이와 침실 바닥에 엎드리고 있는 어린 여종을 향해 그렇게 말했다. 그들이 재빠르지만 시끄럽지는 않은 동작으로 침실 바깥으로 나가자, 용아가 스스로 문을 닫기 위해 움직였다.

"너도."

부왕께서 용아를 향해 명했다. 용아는 불안감을 간신히 억누른 채, 침실을 나와 문을 나왔다.

부왕의 말을 거역할 수 없어 나오기는 했지만, 침실 문 앞에

바짝 붙어 섰다. 안에서의 대화가 들리도록. 그러면서 동시에 그림
자가 비치지 않도록 주의하면서.

한동안 조용했다.

부왕께서는 무엇인가 말을 하시려고 하다가 갑자기 부아가 치
미시는지 낮은 목소리로 욕설을 퍼부으셨다. 그러다가 감정이 고
조되시어 자리를 박차고 벌떡 일어나시었을 때, 침실 저편에서 어
머니의 낮고 고결한 음성이 들리었다.

"전하!"

어머니가 목소리를 드러내어가며 하신 말씀은 그 한 마디셨다.
하지만 상황은 순식간에 진정되었다. 부왕께서는 다시 안락의자에
앉으시었고 잠시 후에 입을 여셨다.

"그래. 서쪽의 왕손. 짐에게 무슨 말을 하려 하느냐. 무슨 말을
하러 이곳까지 왔느냐."

"전하. 소신은……."

공작 마이하가 의자에 앉지도 않고 예의를 갖춰 절한 자리에
서 그대로 무릎 꿇은 채 그렇게 말하자 부왕께서 심술궂게 말을
자르며 말하시었다.

"나는 네놈 같은 신하를 둔 적 없으니."

"전하, 소인은."

공작 마이하는 곧바로 부왕께서 못마땅해하시는 어휘를 정정
해서 다시 말했다.

"그래, 너는?"

불안한 독촉이었다.

"소인은 혼인을 청하러 왔습니다."

"나의 딸과."

마이하는 긍정의 뜻으로 고개를 깊숙이 숙인다.

"나의 둘째 딸과."

마이하는 한 번 더 고개를 깊숙이 숙였다.

"어떠한 연유에서?"

부왕께서 질문하시었다. 마이하는 고개를 한 번 더 조아리더니 천천히 입을 열었다.

"그 연유는……."

"연유는?"

성마른 재촉이 완벽한 정답 대신 마음속의 진실을 토해내도록 유도하고 있었다.

"그것은."

"그것은?"

"반하였기 때문이옵니다."

용아는 그 말을 듣고 조용히 숨을 삼켰다. 가슴이 너무 빠르게 뛰어 터질 것만 같았다.

"그렇다면 나의 딸을 혼인하기 전에 강제로 너의 거처로 데려간 것도 같은 연유이던가?"

"당시에는 다른 연유였지만."

"다른 연유?"

"그것은 소인이 미처 소인의 감정에 대해 옳은 판단을 하지 못했을 뿐입니다. 그때도 역시 반하였기 때문에 곁에 두려 했습니다."

"묘족들의 약탈혼……. 약탈혼이라니."

부왕께서는 중얼거리듯 말하시었다. 어떤 경로로 어디까지 알고 계시는지는 모르겠지만, 부왕께서는 하늘에 있는 옥황상제처럼 많은 것을 이미 많은 것을 알고 계시었다.

"……."

"만주의 공주를 훔쳐 혼인한다는 것이 가당키나 하다 여겼느냐? 그러고도 네놈이 무사하리라 여겼느냐?"

"어림없다 생각하였습니다. 허나 종래에 목이 달아난다 하여도 곁에 두고 싶었나이다."

"왕가와 황실의 단죄는 받아들인다 하여도, 공주가 너를 향해 증오심을 품는다면 그것은 어찌할 셈이었느냐?"

"영원히 보지 않는 것보다는, 증오를 받더라도 곁에 두고 싶었습니다."

"……."

그것이 마지막 문답이었다.

뚜벅. 뚜벅.

부왕께서 어둠을 가르고 걸음을 옮기시는 소리가 들린다. 그러고는 거대한 침상의 바깥 휘장을 스스로 치시었다. 마이하는 어둠 속에서 묵묵히 예를 갖춰 절하고 왕의 침실을 빠져나왔다.

부왕의 침실 앞에서 숨죽인 채 그 모든 대화를 엿들었던 용아
는 어쩐지 자신이 그곳에 있었다는 것을 아무에게도 들키지 않아
야 한다는 생각에 사로잡혀 빠른 걸음으로 자신의 처소로 움직였
다.

다음날 아침, 공작 마이하가 침상에서 눈을 뜨기도 전에 종복
들을 통하여 기별이 도착했고 적당한 준비를 위한 일습도 빠짐없
이 갖추어져 있었다.

그것들은 아랍백산(阿拉伯産) 갈색 말과 만주의 안장, 만주의
기인들이 가지고 있는 창과 요동(遼河)의 장인이 만든 화살과 활,
그리고 몽골의 노장이 쓰던 장검이었다. 만주의 사내라면 응당 가
져야 할 물품들이 빠짐없이 있는 듯 보이지만, 창은 있지만 방패
는 없고, 활은 있으나 투구는 없었으며, 검은 있지만 갑옷은 없었
다.

준비된 것은 그것뿐이 아니었다.

이친왕의 친필이 담긴 길지 않은 글이 있었다.

본래 우리의 이름은 하다, 울라, 호이파, 여허, 만주셨으나 황제
께서 말하시길, 아울러 만주라 칭하고 추금 만의 후세로 중원
의 중앙으로 나오게 된 우리들을 만주인이라 칭한다. 대청 제국
의 건국 이래 팔기의 구성은 만주인과 몽고인, 한인 등을 모두
아우르게 되었지만 우리는 만주의 전통을 잊지 않는다. 만주인

은 말을 탔으며, 용맹하며, 호방하셨다.

그것은 만주어로 쓰여 있었으나, 저택의 집사 홍집이 마이하의 곁에 부복하여 한어로 다시 아뢰고 있었다.

"어디로 가야 하느냐."

"가보시면 압니다."

마이하의 질문에 집사 홍집은 그렇게 대답하였다. 그가 채비를 마치고 출발하려 하자 충성스러운 종복 다섯도 각자 무장을 하고 출발하였다. 마이하는 그것이 무엇이 되든 자신이 해결할 일이라고 하였지만 충심으로 뭉친 종복들은 주인의 일이 곧 자신의 일이라고 우겼다.

여러 시간이 걸려 도착한 곳은, 모란의 황실 사냥터였다.

뜻밖에도 그곳에 이친왕을 비롯한 왕부의 사내들이 이미 도착해 있었다.

이친왕 애신각라 태이곤과 그의 장성한 왕가의 장남 영작과 아직 앳된 티를 벗지 못한 차남 영록, 그리고 조선국 외숙부까지. 용아의 언니 난아는 몇 해 전 몽고의 군왕과 혼인하였다고 들었는데, 그가 빠졌다는 것이 의아하게 느껴질 정도이다. 아마 지금은 자신의 땅인 몽고에 있을지도.

"시작한다!"

공작 화탁 마이하가 도착한 것을 보자 이친왕이 엄숙하게 선언했다.

왕가의 집사 홍집이 사냥터의 인력 전체에게 그 사실을 알렸고, 잔잔히 퍼지는 파문처럼 사냥을 돕는 군사들이 일사불란하게 움직이기 시작하더니, 멀리서 북소리가 울렸다. 만주인의 후예들은 하나씩 자신의 말에 올라탔으며, 신참 화탁 마이하에게 그 어떤 설명을 해주는 이는 없었다.

다만 왕가의 차남 영록이 말에 올라타면서 이렇게 말했을 뿐이었다.

"부왕께서는 백호까지 잡아 황제께 바치신 분이시고, 외숙부께서는 매를 사냥하시는 분이시지요. 형님과 이 몸이 매번 표범과 회색 이리를 한 손으로 잡는다 한들, 애송이 신세를 벗어날 수 없습니다. 감히 토끼 따위를 어깨에 메고 돌아오시지는 않으시겠지요?"

왕가의 일가는 이미 잡아온 동물들을 군사들이 잔뜩 있는 산속에 풀어놓고 누가 빨리 찾아서 활을 쏘는지를 겨루는 활쏘기 시합 같은 사냥은 하지 않는 듯싶었다. 그들은 순식간에 강렬한 말발굽 소리를 남기면서 각자 흩어졌다.

사냥터의 동물들은 야생의 촉각이 지독하게 발달한 모양이었다. 공작 마이하는 해질녘이 다 되어서까지 그럴듯한 무엇을 전혀 발견할 수 없었다. 멀리서 일행들이 노루라든가, 멧돼지라든가, 산양을 잡았다는 소식이 들려왔다. 사냥터는 완전한 평지도 아니었지만 그렇다고 깊은 산지도 아니었다.

마이하는 가죽 물병을 꺼내 이미 미지근해진 물을 벌컥벌컥

들이켰다.

그때였다. 멀지 않은 곳에서 낮은 크르렁 소리가 들리는가 싶더니, 땅이 울리는 듯했다. 그 소리에 놀란 작은 새들이 푸드득거리면서 일시에 날아올랐다.

쿵. 쿵.

땅이 진동했고, 일시에 나무들이 뿌리까지 흔들거렸으며 우수수 나뭇잎들이 떨어졌다.

마이하는 소리가 나는 방향으로 고개를 돌려 보았다. 그곳에는 호랑이도, 표범도, 회색 이리도 아닌 거대한 몸집의 시커먼 무엇이 날카로운 발톱으로 두터운 참나무의 줄기를 긁어대고 있었다.

놈은 바로, 북방의 흑갈색 곰이었다.

마이하가 정신을 집중하는 데 모든 힘을 기울이며 화살을 빼들었다. 놈이 움직임을 멈추고 그를 응시하고 있었다. 마이하는 곰의 머리에 화살의 끝을 조준하고 잠시 숨을 멈춘 후, 활시위를 당겼다. 활이 날아가는 순간이 아주 느리게 느껴졌다.

갑자기 세상 모든 것이 정지한 것처럼 느껴진 바로 그 순간 흑갈색 곰이 울부짖으며 몸을 마구 움직였고, 땅의 진동과 공기의 흔들림이 느껴졌다.

그 순간, 일등 공작 화탁 마이하는 침착하였으나 갈색 말은 새 주인과 같은 마음이 되지 못하고 정신없이 동요하더니 마침내 혼비백산하여 날뛰다가 달아나버렸다.

마이하는 말에서 떨어졌으며, 놈의 눈을 정면으로 마주 보게 되었다.

화살이 놈의 얼굴에 꽂혔지만, 놈은 강철같이 강인하였다.

"나리!"

마이하의 반대편에 있던 장이가 낮고 빠른 소리로 주인을 불렀다.

"……?"

"왼편 아래에 창이 있습니다."

장이는 그렇게 말했다.

마이하는 흑갈색 곰에게서 시선을 떼지 않은 채 직각으로 몸을 낮춰 바닥에 떨어져 있는 창을 주워들었다. 그러고는 온 힘을 다해, 놈에게 겨냥하고 날렸다.

공주 용아는 한시가 급했다.

"아기씨. 아기씨."

애련이가 뒤에서 자꾸만 저택으로 돌아가자는 재촉을 하고 있지만, 그럴 수는 없었다. 용아는 지금 저자의 약방을 이 잡듯이 뒤지고 있는 참이었다. 찾는 것을 찾은 후에는 여기까지 오면서 탔던 가마도 버릴 셈이었다. 남장을 하고 말을 탈 계획이었다. 가마를 타면 절대로 왕가의 사냥터까지 원하는 시각 안에 도착하지 못할 것이므로.

"있소?"

"비상 같은 것이라면 있기는 합니다."

"비상이 아니라, 짐승을 마취하면서 죽이는 약이 필요하다고
해도."

"짐승······. 짐승. 사냥을 할 때 화살촉에 묻히는 것 말입니
까?"

"그래, 그렇대도."

"그런 것이 어찌 약방에 있겠습니까. 여기는 사람을 낫게 하는
약들을 파는 곳인데."

"그러면 어딜 가야 하겠느냐."

"그야 소인도 알지 못······."

용아의 재촉에도 계속해서 뚱한 표정으로 성의 없고 느린 대
답만을 일관하던 약방의 장사치가 갑자기 무슨 생각을 떠올려내었
는지 얼굴에 화색을 띠며 주절대기 시작했다.

"어쩌면, 어쩌면 거기에 있을 것도 같습니다."

"거기, 어디를 말함이냐."

"아, 그러니까. 그런데 그러한 약재는 몹시 위험해서 아무에게
나 팔지 않는다고 들었는······."

"어허. 내가 원래 가격의 곱절의 곱절을 준다고 이미 말하지
않았느냐. 촌각을 다투는 일이니 어서 고하지 못하겠느냐."

"아, 나중에 뒤탈이 있을지도 모르옵고, 소인이······."

"지금 당장 고한다면 너에게도 대가가 돌아갈 것이다."

마음이 급한 용아가 장사치의 표정에 수상한 구석이 있다는

것을 눈치 채지 못하고 채근하였다.

"대장간에."

"대장간?"

"사냥꾼들의 화살촉도 만들어 팔면서 그러한 것도 판다고 들었습니다."

용아는 곧장 약방의 사내를 따라 대장간으로 갔다. 약방의 사내가 대장간으로 가서 무언인가를 속달거리더니 작은 술병처럼 보이는 도기를 가져왔다.

"이것이냐?"

"틀림없습니다."

약을 건네받은 용아는 그것이 원래의 예상치보다 훨씬 값비싸다는 사실에도 아랑곳하지 않고 값을 치른 후 곧장 옷을 갈아입고 말을 탔다. 말을 타는 방법을 알지 못하는 애련이는 발을 동동 구르며 집사인 홍집의 어린 아들에게 공주를 뒤따라달라고 일렀다.

모란의 황실 사냥터에 도착한 용아는 자신의 가족들의 눈에 띄지 않으려고 조심하면서 마이하를 찾았다. 그는 사냥터에서도 외진 쪽으로 갔다고 했고, 용아는 이상스레 불길한 기분이 들어 한동안 가슴을 움켜쥐고 있고 싶은 마음을 간신히 억누른 채 움직였다.

잠시 후, 용아는 마이하를 찾을 수 있었다.

다행히도 그는 무사했다. 그런데 뭔가 엄청난 것이 낮게 크르

링거리는 소리가 들린다 싶어 주변을 살펴보니 한 무더기의 나무더미들이 쌓여 있고 그 반대편의 바위틈 사이에 창에 맞아 축 늘어져 있는 거대한 흑갈색 곰이 보였다.

"세상에! 저게 뭐죠?"

목숨이 끊어지기 전 신음소리마저 무시무시한 것을 느끼며 용아가 물었다.

"곰."

마이하가 간단명료하게 대답했다.

"저놈을 혼자서 잡았단 말이에요?"

아직도 완전히 숨이 끊어지지 않고 움찔거리는 놈을 보며 용아는 자신도 모르게 몸을 움츠리며 다시 물었다.

"아니, 혼자서였다면 아마 죽었을 거요."

마이하는 담담히 대답했다.

"죽어요?"

용아가 가슴이 덜컥 내려앉는 기분을 느끼며 되물었다.

"화살을 쐈지만 소용없었소. 그저 놈을 화나게 할 뿐이었지. 놈이 크게 울부짖는 통에 내가 탔던 말이 나를 떨어뜨리고 달아나 버렸지."

마이하가 용아의 눈을 보고 그렇게 대답했다.

"세상에. 말이 도망칠 때 함께 도망쳤어야죠! 그렇게, 그렇게 위, 위험한……."

용아는 아찔한 기분에 말까지 더듬었다.

"그런데 이 옷은 뭐요? 사냥터에 어떻게 온 거요. 말을 타고 온 거요?"

마이하가 문득 용아의 옷차림과, 자신을 너무 쉽게 뒤따라 잡아 도착한 것을 보며 물었다.

"아파요. 엉덩이랑 다리 사이가. 너무 오랜만에 타서. 그렇다고 느릿느릿 올 수도 없고."

사내의 옷을 입고 말을 타고 와서는 여정이 급했노라고 불평하는 용아의 모습을 보자, 마이하는 급격한 갈망이 느껴져 온몸이 욱신거릴 지경이었다. 어쩌면 산속의 온천에서 목욕하는 모습을 본 그 순간보다 더, 지금 자신의 앞에서 갖가지 표정으로 질문을 반복하는 모습이 그의 정신을 모두 앗아가버린다.

"이거."

용아가 품 안에서 무언가를 꺼내어 흔들어 보인다. 그것은 작은 도기 병이었다.

"무엇?"

"독약."

용아가 마치 은밀한 비밀을 알려주듯 목소리를 한껏 낮춰 대답하였다.

"독약?"

마이하가 의아함에 되묻자, 용아는 그의 얼굴에 떠오른 의혹을 즐기듯이 대답하였다.

"아주 구하기 힘든 거였어요."

공작의 청혼

"……?"

"그렇지만, 내가 구해내었어요. 그러고는 말을 타고 바람처럼 여기까지 달려온 거예요."

"……?"

"이것을 화살촉이나 창끝에 묻히면 짐승은 마취와 동시에 고통을 느끼지 않고 죽음을 맞이한다고 하더라고요."

용아는 아주 오래된 전설을 이야기하듯 목소리에 적절히 강약을 넣어가며 말했다.

"들으니 몹시 위험해 보이는군."

"그렇죠. 그런데 이미 다 끝난 거 같군요. 이 약은 영영 쓰일 일이 없겠어요. 어떻게 곰을 잡은 거예요?"

"화살을 쏘고 창을 던진 건 이 몸이지만, 나무를 벤 것은 저 녀석들이지."

공작이 시선을 약간 위로 들어 올리며 말했다.

"나무를 베어요?"

용아가 마이하의 시선을 따라 고개를 들어 올리며 물었다.

"산을 타는 건 저 녀석들보다 빠를 자가 없지."

공작이 그렇게 말을 덧붙이며 쳐다보는 곳을 보니 그곳에는 마이하의 충실한 종복 다섯이 도끼를 들고 있었다.

"도끼로 곰을 잡은 거예요?"

용아가 동그랗게 눈을 뜨며 질문했다.

"도끼로 나무를 베었지."

"나무를 베어요?"

"나는 결국 막다른 곳에 갇히고 말았지. 곰은 창을 맞고 잠시 피를 흘리며 아파했지만 곧 정신을 차리고 막다른 곳에 있는 나에게 다가오려던 찰나였지. 그런데 불현듯 어떤 계획이 떠올랐소."

마이하의 계획은 그의 종복들이 도끼를 가져왔기 때문에 가능할 수 있었던 것이었다. 장이를 비롯한 다섯 녀석들은 사냥터로 간답시고 잔뜩 긴장을 하였지만, 검이니 활이니 창이니 하는 것들을 다루어본 적이 없었다. 정식으로 무기를 다룰 줄 모르는 이에게 무기는 단지 낯설고 불편한 도구였다. 다섯 녀석들은 동시에 공통된 결론을 얻었기에, 차라리 손에 익은 도끼를 들고 사냥터로 가자고 합의를 보았다. 어차피 무언가를 무기로 휘둘러야 한다면, 차라리 손에 익은 도끼를 휘둘러보자고.

곰이 꿈틀대며 다시 일어나서 자신을 공격하려는 모습을 보이기 직전에 공작 마이하의 머릿속에 섬광처럼 떠올랐던 생각은 바로 이것. 다섯 놈이 한 번씩 도끼로 나무를 내려찍으면 다섯 번. 두 번씩만 찍어도 열 번. 아주 고목이 아닌 젊은 나무의 경우에는 순식간에 옆으로 고꾸라진다. 장이와 녀석들이 있는 곳에서 조금 위쪽으로 올라가 거기 있는 나무들을 찍어댄다면 곧 우수수 통나무들이 쏟아지게 될 것이다.

갑자기 나무들이 쩍쩍 갈라지면서 하늘에서 쏟아지게 되면, 그 나무들은 두 가지 역할을 동시에 수행하게 되는 거였다. 쏟아지는 나무들의 첫 번째 역할은 떨어지면서 놈을 한 대씩 치는 것이

공작의 청혼

었고, 두 번째는 막다른 위치에 다다른 공작 마이하가 도망치도록 시간을 벌어주는 것.

"기가 막힌 전개로군요."

용아가 자초지종을 들은 후 방긋 웃으면서 그렇게 말했다.

"지금은 이렇게 말하지만 아까는 죽을지도 모른다고 생각했소."

죽음에 관한 언급을 듣자 용아는 마음이 언짢은 듯 코끝을 살짝 찡그리며 말했다.

"그런 이야기는 하지 말아요. 생각하고 싶지는 않으니."

그렇게 말해놓고 용아는 깜짝 놀랐다. 맨 처음 마이하를 만났을 때 설사 그가 죽어버려도 전혀 가련하지 않고 오히려 통쾌하리라 생각하지 않았던가.

"그렇지만 어차피 사람이란 쉽사리 죽기 마련이오. 때로는 아주 사소한 이유로도."

용아는 듣고 싶지 않은 이야기라는 듯 고개를 설레설레 흔들며 말했다.

"어쨌든, 죽지 않으셨다니 다행이군요. 전 이제 그만 숨어야겠어요."

"숨어?"

"이런 옷을 입고 말을 타고 여기까지 왔다는 걸 알면 부왕께서 또 화를 내실걸요. 만주인 여인이라면 말을 탄다 해도 흉이 되지는 않지만, 어쨌든 요즘은 만주인들도 북경에 오래 살아 그런지 여인은 가마를 타는 게 일반적이라고 알게 되었으니까요. 전하께서는 남들이야 어찌되었든 우리는 만주인이고 본래 만주인의 생활 그대로를 이어가며 사는 것이 가장 좋다고 말씀하시곤 하지만, 그래도 조신하게 구는 게 좋겠어요. 숨어 있다가 한밤중이 되면 옷을 갈아입고 가마를 타고 그제야 이곳에 도착한 듯 연기하겠어요."

공주 용아는 몸을 돌려 걸음을 옮기다가 문득 마이하를 다시 돌아보며 덧붙여 말했다.

"달이 뜨면 봐요."

용아는 그렇게 말을 마치고는 대답도 듣지 않고 걸음을 재촉하여 어디론가 가버렸다.

일등 공작 화탁 마이하의 종복들은 진실로 충성스러웠지만 때로는 충성심이 지나치단 느낌마저 들게 하는 것이 사실이었다. 화탁 마이하는 황실의 사냥터 전체에 퍼진 소문의 진원을 단박에 깨달을 수 있었다. 충심으로 똘똘 뭉친 녀석들이 소문을 퍼뜨린 것이리라.

소문의 내용인즉슨, 서쪽의 왕손인 화탁 마이하가 커대한 곰을 맨손으로 때려잡았다는 것이다. 공작 마이하의 손에는 무기가 있었으나 포효하는 곰 덕분에 낙마하였고, 모든 것이 소용없게 되었다.

"과했다."

사냥터 전체의 분위기를 살피며 마이하가 그렇게 말하자 장이 녀석이 냉큼 대답했다.

"선녀를 직접 주인 나리의 침실에 대령한 것보다 더한 일이 있겠습니까."

그 맹랑한 대답에 공작 마이하는 간신히 신음을 삼켰다.

청 제국의 일등 친왕 이친왕은 흑갈색 곰의 거대한 몸체를 보고는 아무 말도 하지 않았지만 마이하에게 독주를 내리시었다. 이친왕을 제외한 왕부의 다른 사내들은 마히아가 잔을 들어 올릴 때 말없이 격려의 눈길을 보내면서 동시에 자신의 잔도 들어 올렸다.

공작 마이하는 자신이 어떤 고비를 넘겼다는 것을 직감적으로 깨달았다.

마이하는 호화롭게 차려진 저녁상을 보면서도 머릿속에는 공주 용아에 대한 생각으로 꽉 차 올라 한순간도 밀어낼 수 없을 지경이었다. 용아는 오늘 밤에 만날 것이라고 말했었다. 오늘밤에 어떠한 경로로 만날 수 있는 것인지, 그것은 도무지 알 수 없었다.

같은 자리에서 저녁을 들고 있는 일행들조차 아무도 친왕가의 둘째 딸, 용아의 도착을 모르고 있는 것 같았는데 말이다.

사냥터를 끼고 있는 산 아래에 마련된 숙소는 안락했다.

북경의 황족들과 왕족들의 눈에는 그저 도시 외곽에 마련된 소박한 잠자리에 불과할지 몰랐지만, 변방에서 오랫동안 혼자 지냈던 마이하의 눈에는 모든 것이 완벽했다. 음식들은 채소와 고기를 아우르면서 순차적으로 나오고 있었고, 남방의 장인이 빚은 술은 흠잡을 데 없이 향긋했다.

이 저녁의 가장 연장자이자, 존귀하신 이친왕께서는 불필요한 동작이나 말을 쓰지 않는 이였다.

"전하, 이렇게 쉽게 혼인을 허하실 생각은 아니시겠지요? 고작 곰 한 마리 때려잡았다고 만주인인 공주를 얻을 수 있는 것입니까. 그렇담 사냥꾼들은 모두 만주인 공주를 배필로 얻겠습니다."

이친왕의 차남 영록이 못마땅한 투로 투덜거렸다. 그는 아직 열일곱 소년의 티를 벗지 못하였지만 부왕과 형님이 모란의 사냥터로 떠난다는 것을 알고 기를 쓰고 따라온 터였다.

"우리 만주인들은 그 기질이 스스럼없고 자유분방한 것이 본모습이 아니겠소. 서쪽의 왕손께서 손수 흑갈색 곰을 때려잡아 우리의 체면을 세워주었으니 오히려 감사할 따름."

대답을 한 것은 역설적이게도 영록의 조선국 외숙부이신 이지원이었다. 영록은 그 대답을 듣고 살짝 얼굴을 찡그렸으나, 그 외의 다른 이들은 모두 호탕한 웃음을 터뜨렸다.

구운 고기가 연회장을 돌고, 술이 차례로 돌았다.

공작 마이하는 고기를 입안에 밀어 넣고 씹고 권하는 술을 마시면서도 오로지 한 가지 생각밖에 할 수가 없었다.

'공주는 지금 어디에 있는가.'

공작 마이하의 머릿속은 온통 공주 용아에 대한 생각으로 가득 차 있었다. 공주를 처음 온천에서 본 그 순간부터 공주 용아가 그의 머릿속을 지배하지 않은 순간이 없었다. 공주 용아를 처음 보고 나서 아연한 심정으로 침상에 들었을 때, 다시 그 하강선녀의 모습을 맞닥뜨리고 말았다.

공주를 만나지 않았다면, 세상에 다른 누구라도 아름답다고 생각할 뻔했다. 하지만 마이하는 이미 공주를 봐버렸다. 만나버렸다.

공주 용아는 그를 보고 소리를 질렀고, 화를 내었지만, 그렇다고 한번 강림한 선녀를 놓칠 수는 없는 노릇. 마이하는 선녀를 쫓아왔다. 그는 북경까지 쫓아왔고, 엉망으로 얻어터졌다가, 거대한 흑갈색 곰까지 붙잡아버렸다.

연회는 상당히 늦은 밤까지 지속되었다.

오늘의 주인공은 비공식적이나마 일등 공작 마이하였기 때문에 함께 참석한 귀빈들은 예의상이라고 할지라도 그에게 한 번씩은 술잔을 돌렸다. 결과적으로 공작 마이하는 만취해야 마땅하였으나, 이상할 정도로 정신이 말짱하였다. 흥에 겨워 그의 충성스러운 종복들까지 휘청거릴 정도였는데도.

마이하가 저녁상을 받은 자리에서 몸을 일으킨 것은 늦은 저녁이었다.

그는 공주 용아의 가까운 가족들로부터 다채로운 격려를 받은 직후였고, 자신의 용맹스러움을 상당히 입증할 수 있었던 저녁을 보냈던 직후였다. 하지만 자신이 잠시 묵어갈 침실에 들어선 순간, 그는 실망하고 말았다.

사실 저녁 내내 그의 머릿속엔 한 가지 생각뿐이었던 것이다.

"달이 뜨면 봐요."

그렇게 말하던 용아의 얼굴이 직전에 보았던 모습처럼 선명했다. 하지만 방 안에는 아무도 없었다.

마이하는 몰아치는 실망감을 감당하기 힘들어 약간 휘청대면서 벌러덩 침상에 누웠다. 무릎까지 올라오는 가죽신을 벗겨줄 종복 녀석들까지 물리친 마당에 무언가 허무한 기분을 굳이 감출 필요는 없었다. 공작 마이하는 눈을 감았다. 눈을 감으면 지난 몇 달간 그랬던 것처럼 익숙한 어떤 이의 모습이 그를 편안하게 지배할 터였다.

까무룩 잠이 들었을까.

"주무시는 겁니까?"

그 목소리에 공작 마이하는 고개를 번쩍 들었다.

"기다리실 줄 알았는데."

약간은 볼멘 소리였다. 마이하는 목소리의 주인공을 찾기 위해 몸을 벌떡 일으키고는 두리번거렸다.

"누구를 찾으시는지요?"

용아의 목소리가 선명했다. 아주 가까이서, 목소리가 들려온다. 용아가 침상에서 멀지 않은 곳에 있는 의자에 반듯하게 앉아 있었다.

"언제부터 거기 있었소?"

마이하가 설명할 수 없는 어떤 압도적인 기분을 느끼며 물었다.

"방금 전부터요."

용아가 대수롭지 않다는 듯 대답했다. 공작 마이하는 침상에서 일어나 앉았다. 여기저기서 권하는 술을 순서 없이 마셨지만, 이상하리만큼 정신은 말짱했다. 그런데 몸을 일으켰을 때 뜻밖에도, 천장과 바닥이 하나가 되었다가 다시 제자리로 돌아왔다. 그렇지만 그는 어떠한 내색도 하지 않기로 했다. 용아가 곁에 있는 이 순간, 잠시 땅과 하늘이 하나된 것이 그리 심각한 일처럼 느껴지지도 않았고.

"잠깐 누가 귀찮게 하긴 했지만, 어쨌든 몰래 들어왔어요."

용아는 결국 자신의 방에 남아 시간을 가늠하고 있을 동생 영록을 떠올리면서 그렇게 말했다.

"아래 세상에서 온 나무꾼아, 첫 번째로 너는 저 산을 넘어 나를 찾
아야 한다. 나의 모습이 지금과 다른 그 무엇으로 변해 있을지언정
너는 나를 찾아와 그 앞에 무릎을 꿇어야 한다. 나를 찾지 못한다면
너는 영원히 나의 딸을 만날 수 없으며……."

　　　　　　　　　　　　작자미상 '목객전(木客傳)' 中

　용아는 부왕을 뵙고 인사드린 다음, 잠시 거북껍질로 만든 빗
으로 혼자 머리를 빗으며 바깥이 조용해지기를 기다렸다. 이 소박
한 사냥터 옆 숙소는 북경 안의 왕부와는 달리 방들이 상당히 오
밀조밀하게 붙어 있는 편이었다. 복도 하나만을 지나면 부왕께서
잠드신 곳이었고, 바로 옆방은 이친왕가의 장남과 차남이 나란히
머무는 곳이다. 공작의 방이 어디쯤인지는 이미 눈여겨보아둔 참
이었다.

　'애련이가 아주 잠시만 옆에 왔다 가주었으면!'

머리를 다듬는 일이 생각처럼 잘 풀리지 않자, 용아는 애련이를 떠올렸다. 편안하게 이동하느라 사내의 옷으로 갈아입고 여기까지 왔으나, 머리까지 사내들 모양으로 변발할 수는 없는 노릇. 용아는 담비가죽으로 만든 모자를 푹 눌러쓰고 여기까지 정신없이 달려온 탓에 머리가 엉망진창이었다. 평상시의 모양대로 제대로 정리하려면 머리를 감아야 할 것 같은데, 사냥꾼들을 위한 숙소에서 밤중에 법석을 떨고 싶진 않았다.

'내일 아침까지만 기다리면 따뜻한 물이 준비되겠지.'

어찌됐건 갈아입을 옷을 준비할 때 애련이가 머리를 묶을 상아조각도 준비해주었으므로 용아는 그것으로 머리를 묶었다. 작은 거울을 꺼내어 얼굴을 확인하여보니 애련이가 도와주었을 때에 비해서 형편없이 초라한 모양새였다. 하지만 용아는 적당히 현실과 타협했다.

'됐어. 이 정도면. 지금은 한밤중이잖아.'

용아는 그렇게 자신을 다독이며 몸을 일으켰다. 밤이 되면 공작을 만나러 간다고 했으니, 그렇게 하고 싶었다. 아니, 그저 약속을 지켜야 한다는 사명감이 아니었다. 보고 싶었다.

아침에 일어나자 왕부의 사내들이 모두 사냥터로 갔다는 소식을 들었다. 부왕께서는 본래 만만찮은 성정이시고, 자신의 영애와의 혼인을 청하는 애송이의 노고 따위는 당연하게 생각하실 분이셨다. 공작이 토끼 따위를 사냥한다면 웃음거리가 될 것이 뻔했으니, 그는 당연히 맹수를 상대해야 할 것이다. 거기까지 생각이 미치자 용아는 도저히 가만히 앉아 왕부에 머무를 수 없게 된 것이다. 용아는 만약을 대비한 준비로 사냥용 독까지 준비했었던 것이다.

용아는 방 한쪽의 탁자 위에 있는 작은 병을 한 번 스치듯 다시 보았다.

'아무튼 흑갈색 곰이라니. 그 정도면 전하께서도 용맹하지 않다는 이유로 퇴짜를 놓으시진 못하겠지!'

용아는 그렇게 흐뭇한 결론을 내리며 방을 나서려고 하는 순간, 누군가 방문을 막아서며 안으로 들어온다. 용아의 둘째 동생 영록. 영록은 아버지보다는 어머니 쪽을 더 많이 닮았기 때문에, 외가 쪽 사촌들과도 상당히 닮아 있는 모습이었다.

"요즘에는 소년들도 사냥터에 데려와주시나 봐?"

용아는 예상치 못한 손님을 경계하며 그렇게 물었다.

"누나야말로, 우리가 아무리 만주인이라지만 그래도 요즘 세상에 친왕가의 따님께서 친히 사냥을 하시려고 납시었나? 난 이제 열여섯 살이라고. 여기 와 있는 게 당연하지."

영록이 으스대듯 말했다.

"열여섯? 내가 보기엔 열셋으로 보이는데?"

용아가 일부러 약 올리듯 그렇게 말하자 영록이 성큼 방 안으로 들어선다.

"누나, 누나보다도 두 뼘 넘게 크다고."

"설마."

사실, 두 뼘이란 과장이었다. 영록이 용아보다 키가 큰 것은 사실이었지만.

"사냥터까지 와서 우리가 누나 신랑감을 괴롭히는지 감시하려고 왔어? 여기까지 오셨으면 됐지, 또 어디 가실려고?"

영록은 용아가 지금 방을 나서서 어디로 갈지 훤히 짐작한다는 듯 그렇게 말했다.

"어휴, 영록! 작작해! 무시무시한 옥황상제 한 분으로도 충분하단 말이야! 이러다 혼사를 영영 망치면 어쩌려고!"

"하긴……. 누나도 이제 과년했으니 모처럼 들어온 기회를 놓칠 수야 없겠지. 그런데 옥황상제는 누구야? 설마 부왕을 옥황상제라고 하는 거야?"

"비슷해."

용아가 코를 찡그리며 말했다.

"누나랑 서쪽 공작 둘이서 이야기할 때 부왕을 무시무시한 옥황상제라고 부른단 말이지?"

영록이 자꾸만 말꼬리를 붙잡고 늘어지자, 용아가 시답잖은 대화를 마치려는 듯 그렇게 말했다.

"그만, 이제 그만 얘기해. 그리고 넌 일찍 자야지."

"내가 뭐 어린앤가, 일찍 자게. 난 여기서 누나가 심심하지 않도록 말동무나 되어야겠다."

영록은 그렇게 말하면서 아예 방 안 의자에 풀썩 주저앉았다.

"도대체 왜 이래? 언니가 시집갈 땐 아무도 이러지 않았잖아."

용아가 항의했다.

"난아 누나가 시집갈 땐, 모든 게 정상이었으니까. 그땐 아무도 시집가기 전에 먼저 납치해가지도 않았으니까."

산 넘어 산이라더니, 집안의 남자들이란 남자들은 모두 서쪽 출신의 신랑감 화탁 마이하를 못 잡아먹어서 안달이다. 심지어 아직 소년티를 벗지 못한 어린 동생 영록까지.

"납치? 그땐 아무 일도 없었다니까."

"아무 일도 없어?"

영록이 눈을 가늘게 뜨면서 되물었다.

"응."

"어머니께 듣기로는……."

"……?"

"누나가 산파를 불렀다던데."

"아, 그……."

용아는 그 산파는 애련이를 위한 것이었다는 설명이 나오기 직전에 입을 다물었다. 그러고는 잠깐 눈을 굴려 생각을 해본 후, 어린 영록에게 사정해보았다.

"그러니까 말이야. 내가 지금 혼사가 한시가 급하다니까. 그러니까 그만 입 좀 다물고 돌아가서 편히 잠이나 자는 게 어떻겠니?"

"싫어!"

"너 정말!"

"내가 여기 있을 테니 반 각 이내로 돌아와. 더 오래 시간을 주면 누나가 쌍둥이를 밸지도 모르잖아."

'바보! 쌍둥이는 그렇게 생기는 게 아니거든?'

용아는 그렇게 대꾸하려다가 웃음보가 터지려는 얼굴로 동생을 보았다.

"알아. 알아. 내가 모르는 줄 알아? 나는 이미 오래전에 음양의 이치를 깨우쳤다고!"

'책으로?'

용아는 그렇게 되묻고 싶은 것을 억지로 참았다. 자신이 먼저 말을 꺼내놓고는 수습이 안 될 정도로 얼굴이 빨갛게 달아오른 동생을 보면서.

"아무튼 그 서쪽 형님을 만나고 오려거든, 빨리 다녀오라고. 대신 너무 오래 있으면 안 돼. 아무리 그래도 누나는 아직 시집가지 않은 몸이라고. 엄연히 규중처자라고. 좀 고고하게 굴 필요가 있어. 계속 이렇게 속없이 굴면 밤중에 계속 그 서쪽 형님을 만나러 가려 한다고 부왕께 고하겠어. 아직 두 번의 시험이 남았는데 찍히면 곤란하지 않겠어?"

"두 번의 시험?"

용아가 되물었다.

"만주인의 용맹과 기개를 모두 갖추어야 통과할 수 있는 세 번의 시험을 겪어내야 한다고 부왕께서 그러셨거든."

용아는 '끄응' 신음을 삼키고는 말했다.

"첫 번째 시험이 사냥터면 두 번째 시험은 전쟁터라도 찾아가야 하는 거야?"

"글쎄, 나야 모르지. 문제는 부왕께서 내시는 거니까."

용아는 마침내 동생 영록을 방 안에서 밀어내기를 포기했다.

"알았어. 그럼 내가 돌아오면 너도 돌아가서 잠을 자는 거야."

"좋아."

용아는 약속을 받아내고, 마이하의 방으로 건너온 것이다. 복도에 누가 보는 이가 없는지 조심스레 살핀 다음 소리가 나지 않게 조용히 문을 열고 방 안으로 들어와보니, 공작은 잠들어 있었다.

저녁 자리에서 분명히 술이 돌았을 것이고 왕가의 사내들은 빠짐없이 공작에게 술을 권했을 것이다. 그것도 가장 독한 독주로만. 용아는 공작이 가만히 누워 있는 모습을 보면서 살짝 아쉬운 마음을 달랬다. 약간의 시간이 지난 후에 용아가 크지 않은 목소리로 질문했다.

"주무시는 겁니까?"

잠에 빠져 있는 줄 알았던 마이하가 몸을 일으켰다.

"기다리실 줄 알았는데."

용아가 새치름하게 덧붙이고 있으니 그가 누군가를 찾는 듯 두리번거리더니 마침내 용아를 발견하고 입을 열었다.

"언제부터 거기 있었소?"

"부왕께 도착하였다고 인사드리고 방 안에 들어가서 잠든 체하다가 곧장 빠져나왔어요."

용아가 대꾸했다.

"꾸지람은 아니 들으셨소?"

"꾸지람이요?"

용아가 되물었다.

"사냥터까지 따라왔다고 꾸지람을 듣지 않았는지……. 혹여……."

마이하가 무슨 말을 하는지 깨닫자 용아가 냉큼 대답했다.

"꾸지람은요. 말을 타고 온 걸 아시면 거짓말이 들통 날 성싶어서 가마를 타고 조신히 왔기에 당신과 일행을 이루지 못하고 이제야 도착했다 하시니 나무라시지는 않았지요."

"거짓말……?"

마이하가 의혹 서린 목소리로 물었다.

"임신한 거요."

"……?"

"아, 그게 애련이가 임신한 거요. 그런데 어쩌다 다들 내가 임신한 줄 알게 되어버렸어요. 그래서 부왕께서도 좀 마음을 달리하신 것이고요. 고의로 거짓말을 한 것은 아니지만, 아니라는 사실을 굳이 고하지도 않았으니 결국은 거짓말이 되는 거군요."

"애련이가?"

"아……. 모르셨군요. 애련이가 임신을 하였어요. 그래서 나를 따라오지도 못하고 지금 발을 동동 구르고 있을걸요. 낭군님을 만나고 싶어서."

"애련이의 낭군이라는 자가 누구요?"

공작 마이하가 진지한 표정으로 그렇게 묻자, 용아가 장난기가 발동하는 얼굴로 대답했다.

"다섯 놈 중에 한 놈."

마이하는 용아가 자신의 종복 놈들 중에 하나를 말한다는 것을 즉각적으로 알아챘다.

"다섯 놈 중에?"

마이하가 되묻자 용아가 고개를 끄덕인다.

"장이?"

용아가 도리질을 했다.

"부이?"

용아는 다시 도리질.

"유이?"

더욱 세차게 도리질.

"원이?"

"어쩜 그렇게 못 맞혀요?"

이제 남은 이는 단 하나. 다섯 놈들 중에 가장 어리고, 가장 순진하며, 가장 숙맥인 놈.

"양이?"

그제야 용아가 고개를 끄덕인다. 마이하가 마치 일격에 급습당하기라도 한 듯 오른손으로 자신의 이마를 떠받칠 듯 고정시켰다. 공작의 커다란 손등으로 얼굴이 가려져 그의 표정을 볼 수가 없다.

"공작 나리?"

용아는 마이하의 안위가 걱정된다는 듯 그를 불러보았다.

"......"

"나리?"

용아는 조심스런 목소리로 재차 그를 불렀다.

"......얼마면 되겠소?"

공작 마이하는 신음인지 뭔지 모를 고심 섞인 소리를 내뱉더니 그렇게 물었다.

"무엇이요?"

"꽤 비쌀 테지. 사는 게 문제가 아니라 그 후에 입 둘이 더 느니까, 그것도 만만찮을 것이고."

마이하는 시름에 잠긴 표정으로 혼잣말하듯 중얼거렸다.

"......?"

용아가 의아한 표정으로 자신을 바라보고 있자, 마이하는 그제야 한숨을 한 번 쉬더니 설명을 시작했다.

"처음엔 장이 녀석 하나였지. 돈을 따로 내진 않았어. 훔친 거나 다름없으니까. 그런데 죽어가는 놈 데려다가 살려놓았더니, 자기 동무들은 모두 식구나 다름없기에 떨어져서는 자신도 잘 살 수 없다고 하지 않겠소?"

"그래서 네 놈을 더 데려오신 거예요?"

"그냥 데려온 게 아니고 샀지. 그래서 네 녀석을 더 사고, 장이 녀석에 대한 값까지 치렀지. 다섯 녀석을 사 오느라고 난 나무 판 돈과 숯을 굽고 받은 돈을 몽땅 쏟아부었소. 그런데 양이 녀석이 애련이를 임신시켰다면 분명히 애련이를 데려와야 할 거고, 그럼 다른 녀석들도 색시가 필요하다고 난리를 칠 텐데, 색시로 삼을 여종 다섯을 데려오려면 난 또 얼마나 나무를 해야 하는지 아찔할 지경이라오."

마이하는 몹시 진지했기에, 용아는 자신이 그의 말을 경청하고 있다는 추임새조차 제때에 넣을 수가 없었다.

"그래도 임신을 하였다니 최대한 빨리 데려오는 게 좋겠지. 애를 낳고 나서 데려온다면 아이의 가격을 따로 매기지 않겠소? 둘을 사 오는 것보다는 하나를 데려오는 것이 한결 부담이 덜 가겠지."

공작 마이하는 여종 하나를 사오는 것과, 여종 하나와 어린애 하나를 굶기지 않고 제대로 먹이고 입히고 따뜻한 곳에서 잠자게 하려면 얼마나 더 돈을 벌어야 하는지 계산하느라 머릿속이 복잡해 보였다.

'이후에 여종 넷을 더 데려온다면, 그들도 모두 애를 낳겠지. 그럼 종래에 나의 저택은 꽉 차서 증축을 해야 할지도 몰라. 방 한 칸을 더 지으려면 당분간 일을 못 하게 되니까 그것도 모두 돈을 쓰게 되는 셈이군.'

"나리? 공작 나리?"

용아가 한 일 자로 입을 굳게 다문 채 고민에 고민을 거듭하고 있는 마이하를 불러보았다.

"……?"

공작의 표정을 보니 쿡쿡 웃음이 터지기까지 해서, 용아는 간신히 웃음을 삼키면서 말했다.

"너무 걱정 마세요, 나리. 황실의 작위를 받은 귀족들은 모두 그에 합당한 녹봉을 받아요. 일등 공작이시라면 아마 그런 일로 걱정하시지 않아도 될 것 같은데요. 그전에 당신에게로 가야 할 녹봉을 중간에서 누군가 채어가버린 것 같지만 앞으로는 절대 그런 일 없을 거예요."

"녹봉?"

마이하가 처음 듣는 소리라는 듯 되물었다.

"관청에서 일하는 관료가 아니라도?"

"황실의 작위를 받은 귀족이라면요. 요즘은 귀족이 점점 많아져서 황성이 터져나갈 것 같긴 하지만요."

마이하는 자신과는 전혀 다른 세상의 이야기를 듣고 있는 느낌이었다. 마이하가 살던 세상은 이것과는 많이 달랐다. 마이하는 직감적으로 앞으로 익혀두어야 할 일이 아주 많다는 점을 깨우치게 되었다.

"아, 그럼 이제 그만 방으로 돌아가봐야겠어요."

용아는 갑자기 생각났다는 듯이 그렇게 말하고는 반짝 몸을 일으켰다. 애련이가 옷과 함께 준비해준 굽이 높은 만주식 신이 딸각거리는 소리가 났다. 만주 여인들은 전족을 하지는 않지만, 그렇다고 치마 밑으로 원래 발의 모습을 보여주는 것도 원치 않았다. 그래서 신발 아래에 높은 굽을 받쳐놓았고, 누군가 만주인 여인의 발을 보게 된다면 그것은 고작해야 높은 굽이 딸각거리면서 움직이는 모습뿐일 것이다.

"벌써……?"

공작이 용아를 따라 하듯 몸을 일으켰다.

"그게……. 빨리 가서 잠을 자야 해서요."

"나는 오늘 하루 종일 긴장하였고, 힘들었는데?"

공작이 묵직하면서도 투정 섞인 목소리로 그렇게 말했다.

"……."

용아는 대답할 수 없었다. 난처한 기분을 피하려 고개를 살짝 돌려보지만 공작의 갈색 눈이 자신을 향하고 있음이 더욱 강렬하게 의식될 뿐이었다.

"겨우 이 몇 마디를 나누자고, 사냥터까지 말을 타고 오고, 사냥할 때 독침에 바르는 약을 사 오고, 달이 뜨면 보자고 하면서 나를 계속 기다리게 하고."

"기다렸어요?"

"기다렸지."

가까이 다가와보라고 손짓하는 듯한 공작의 시선에 용아는 억지로 딴청부리듯 말했다.

"그렇지만 가봐야 하는걸요. 영록 녀석이 날 기다리고 있단 말이에요. 시집도 안 간 누나가 너무 고고하지 못하다면서. 그렇다고 뭐, 내가 평상시에도 동생 말이라면 껌뻑하는 그런 체통 없는 누나는 아니에요. 아직 시험이 두 가지나 남았다고 하는데, 무슨 빌미로⋯⋯."

"시험이 두 가지가 남았다고?"

공작이 용아의 말을 자르면서 그렇게 물었다.

"듣기로는요."

"어떤 시험?"

"모르겠어요. 그건 영록도 모르겠다고 하고. 첫 번째 시험이 곰을 잡은 거니, 두 번째는⋯⋯."

"전쟁이라도 참전해야 된단 말이오?"

마이하가 자신의 예상과 비슷한 결론을 내리자, 용아는 청아한 웃음을 터뜨리며 말했다.

"내 계산으로는 벌써 세 가지 시험에 통과한 것 같은데요?"

"⋯⋯?"

"첫 번째, 이친왕가의 대문 넘기!"

용아가 그렇게 말하자, 집 안으로 들어오기까지의 난관이 생각나는지 공작이 얼굴을 찡그렸다.

'결국 밤중에 영문도 모른 채 가마에 실려 쪽문으로 들어왔었지.'

"그것도 만만찮았지."

"두 번째, 전하와 독대!"

이친왕은 마이하가 태어나서 만나본 그 누구보다도 인상 깊은 이였다. 왕께서 어떤 표정을 짓거나 말을 하시느라 입을 여시면, 호랑이 발톱 자국이라는 얼굴의 상처들이 어지럽게 조여지고 팽창되어지곤 했다.

"그것도 오금 저린 일이었지."

"그리고 세 번째가 거대한 흑갈색 곰을 때려잡은 거요."

"내가 때려잡은 게 아니라 통나무들이 굴러가다 그랬지. 통나무들이 한 번 때려주고, 그다음에 앞길도 막아주고."

"정말, 이제 끝났으면 좋겠네요. 부왕의 시험에 통과하려다가 다치면 어떻게 해요?"

용아는 가벼운 한숨을 쉬면서 그렇게 말하고는 공작의 얼굴에 아직 완전히 낫지 않은 멍 두덩을 살짝 쓰다듬었다.

"이미 다쳤잖소?"

공작이 작은 통증을 느낀 듯 미세하게 움찔거리며 되물었다.

"그렇죠. 그러니까요."

용아는 속삭이듯 그렇게 말하고서는 고개를 들어 올려 공작의 부어오른 턱에 살짝 입 맞추고는 몸을 돌려 나오면서 이렇게 말했다.

"반했어요, 저도 역시. 공작 나리께."

공작 화탁 마이하는 팔랑거리며 날아가버린 나비를 잡을 듯 손을 뻗은 채로 문이 닫히는 모습을 조용히 지켜보았다. 정말이지 빨리 혼인을 허락받고 용아와 신방을 차리고 싶었다.

제
18
장

"서방님, 산을 넘으시면 작은 초가집이 보이실 거예요. 그 초가집의 앞마당에 닭들이 있을 텐데, 그중 가장 큰 수탉이 바로 옥황상제님이시랍니다." 선녀가 나무꾼에게 다가와 다정한 목소리로 그렇게 말하였어요…….

작자미상 '목객전(木客傳)' 中

"아이 참. 또 흘러내리잖아."

애련이 없이 혼자서 손질한 머리가 흘러내리자 용아는 잠시 그 자리에 서서 대충 머리를 손 본 다음, 자신이 잠잘 방이 있는 복도를 통과했다. 동생 영록이 정말로 방을 지키고 있을지는 확실치 않았다.

'사냥을 한 후라 몹시 피곤해서 벌써 방으로 돌아가 곯아떨어졌겠지. 그렇담 괜히 왔어. 그냥 거기 있을걸. 잠깐만 더 같이 있는다 해서 큰일 날 것도 없는데.'

용아는 그렇게 생각하며 방문을 열었다.

방 안에는 아무도 없다.

'역시!'

영록이 자신의 방으로 돌아가 잠든 모양이었다. 용아는 이미 흘러내려버린 머리를 느슨하게 대충 흘러내리도록 내버려둔 다음, 잠자리 옷으로 갈아입고 침상 곁으로 다가갔다. 그런데 침상에 눕기 직전 무엇인가가 용아의 눈길을 끌었다.

그것은 약병이었다.

용아가 사냥터에 오기 전에 산, 사냥용 화살이나 창끝에 묻히는 독약이 든 작은 병. 마치 술병처럼 생긴.

처음에 용아는 그것을 대수롭지 않게 지나치고, 편안히 잠자리에 누워 자리를 잡으려고 몸을 조금 뒤척이기까지 했다. 그런데 바로 다음 순간 불현듯 머리를 스치는 생각이 있었다.

"……!"

용아는 갑자기 벌떡 침상에서 일어나 그 독약 병을 향해 손을 뻗었다.

'뚜껑이 열려 있어!'

용아는 작은 병을 흔들어보았다.

'비었어! 완전히 비었어!'

그대로 가만있을 수가 없었다. 용아는 어둠 속에서 신을 찾아 신을 겨를도 없이 동생 영록의 방으로 뛰어갔다. 와락 문을 열어젖히고 방 안을 두리번거리니, 얼핏 침상 위에 영록이 누워 있는

공작의 청혼

형체가 보였다.

"영록아?"

"……."

"영록아! 영록아!"

"……."

용아가 영록을 찾아 흔들었을 때는 영록은 이미 의식이 없었다. 그저 잠이 든 것이라면 이렇게 흔들어 깨워도 깨지 않을 리가 없을 터. 용아는 바깥을 향하여 소리를 질렀다.

"여봐라! 아무도 없느냐! 의원을 불러라. 당장!"

어둠 속을 가르고 용아의 목소리가 퍼졌고, 바로 옆방에 잠들어 있는 영작이 종복들보다 더 빨리 달려왔다.

"무슨 일이야?"

"영록이……. 영록이……."

"무슨 일이냐고."

용아는 이 황망하고 믿을 수 없는 불행에 모든 기운을 소진시킨 듯 쉽사리 말을 이어가지 못하다가 간신히 말을 끝맺었다.

"영록이 독약을 먹은 것 같아."

급히 의원을 불렀지만 민가와 떨어져 있는 사냥터에 있는 의원이라는 이는 사냥을 하다가 다친 부상을 보는 것을 주로 하는 이였다. 사냥터 아래 임시 숙소는 갑자기 밝아졌고, 부산스러워졌다. 모든 이들이 잠을 자다가 영록이 있는 방으로 몰려들었다.

용아는 비현실적으로 느껴질 만큼 갑작스런 불행에 정신을 차릴 수가 없었다. 사람의 목숨이란 덧없어서 오늘 아침 인사한 이를 당일 밤중에 잃을 수 있는 것이기는 하나, 그래도 자신에게 벌어진 황당한 일을 믿을 수가 없었다.

용아는 울다가 지쳐 영록의 침상 바로 앞에서 머리를 떨구고 있었다. 그때였다. 영록이 잠에서 깬 듯 무거운 눈꺼풀을 천천히 들어 올렸다.

"누나……."

"……?"

용아가 반짝 고개를 들고, 눈물로 말라붙은 눈가를 다시 훔쳐낸 다음 영록을 보았다.

"나 왜 이래? 힘이 없고 정신을 차릴 수가 없어……."

"독약……. 화살촉에 묻히는 독약을 먹었어."

용아가 쥐어짜듯 말했다.

"독약?"

"괜찮을 거야. 괜찮아. 의원이 해독에 좋다는 약을 바로 먹였거든."

"누나 방에 있던 술병?"

용아는 차마 대답을 할 수가 없어서 손으로 입을 막고 고개를 끄덕였다.

"전하를 모셔와줘. 누나."

부왕을 모시러 멀리 갈 필요는 없었다. 부왕께서는 바로 곁에 있었으니까. 영록은 힘이 없는 듯 간신히 말을 이었으므로 부왕께서는 고개를 숙여 영록의 말을 들어야 했다. 왕가의 가족들을 비롯한 식솔들이 모두 숨을 죽였다.

잠시 후, 영록의 말이 모두 끝났는지 부왕은 고개를 들고 엄숙히 말하시었다.

"지금 당장 채비를 하고 왕부로 돌아간다. 그리고 그에 앞서, 가장 빠른 말을 가려내어 왕부에 먼저 기별을 보내라. 지금 당장 신방을 준비해놓으라고."

용아는 눈물이 왈칵 쏟아졌다.

영록은 죽은 듯 누워 있었다. 병자를 눕힌 마차에 함께 오른 용아는 너무 울어 눈이 퉁퉁 부었지만 도무지 우는 것을 멈출 수가 없었다. 기진하여 누워 있는 영록 몰래 우느라고 울었는데도 그러했다. 본래 병자가 타고 있는 마차는 급히 몰지 않는 법. 하지만 영록이 굳이 왕부로 돌아가서 어머니를 뵙고 싶다고 했고, 그 말을 들은 주변 사람들은 마치 죽기 직전 마지막 소원인 듯하여 처연한 마음이 일었지만 그대로 하기로 했다.

영록은 정신을 잃었다가 잠시 정신을 차렸다가를 반복했고, 용아는 그런 영록의 얼굴을 쓸어주거나 이불을 덮어주면서 말없이 급박한 마차 여행을 견뎠다. 하루를 꼬박 달려, 저녁 무렵 일행은 북경 안으로 들어왔고, 왕부로 돌아왔다.

영록은 다시 한 번 남아 있던 가족들에게 둘러싸였고, 잠시 의식을 찾은 영록은 어머니를 알아보며 인사했고, 곧장 누나 용아를 찾았다. 용아는 동생의 입에서 나온 한마디를 듣고는 그 자리에 무너지듯 주저앉아 닭똥 같은 눈물을 뚝뚝 흘리고 말았다.

"누나. 어서 시집가. 지금 기회 놓치면 더 힘들어질 게 뻔해."

동생이 죽어가는 와중에도 자신의 혼례를 신경 써준다고 생각하니 울컥 눈물이 솟구치는 것이다. 어차피 시작부터 미운털이 박혀버린 혼사였다. 어찌 보면 이 모든 일의 근원적 책임이 자신에게 있고, 그랬기에 불행한 사태가 일어나면 가장 타격이 큰 사람을 위해 영록이 미리 배려해주는 것이다.

"안 가. 시집 안 가."

"그럼, 누나 영원히 여기서 살 거야? 나는 부모님이 장가가라시면 금세 혼인해버릴 참인데."

"그만 말해. 힘들어."

"아니야. 이상하게 이야기를 하고 있으니까 아프지 않은 것 같아. 어제보다 정신도 말짱하고."

영록이 그렇게 말하자 방 문간을 지키고 있던 종복들이 바닥에 깊숙이 고개를 숙이며 울음을 참는 듯 꺽꺽거렸다.

"아프면 아프다고 해도 돼."

용아가 괴로운 마음을 꾹꾹 누르면서 그렇게 말했다.

"아프다니까. 아픈데, 가슴이 꽉 막힌 것처럼 아프긴 한데, 조금 나아졌어. 이야기를 하면 괜찮아지는 건가 봐."

"이야기를 하면 낫는…… 독, 게 어디 있니?"

용아는 '독약'이라는 단어를 쓰려다가 대충 얼버무리면서 말을 마무리했다.

공작의 청혼

"어쨌든 신방을 꾸몄을 테니 신부 옷을 입으라니까. 어차피 육례 중에 납채랑 문명은 끝난 거고, 택일은 뭐 지금 정하는 걸로 하고, 납징도 똑같은 거고, 초례랑 우귀만 남은 거잖아. 신부를 데리러 온 신랑은 거의 밤이 되어서 도착하는 거니까. 지금 해도, 이상하지 않을 거 같은데."

영록이 아픔을 참고 애써 태연한 얼굴로 그렇게 말했다. 영록이 군이 우길 만도 했다. 이런 예측치 못한 불미스러운 일로 동생이 죽게 된다면 아마 죄책감에 평생 혼례를 올리는 일을 생각할 수도 없으리라.

"어머니, 제 말대로 해주세요."

영록은 이번에는 어머니이신 이친왕비에게 그렇게 말했다.

"어머니, 죽은 사람 소원도 들어준다는데 산 사람 소원은 못 들어주십니까?"

영록은 짐짓 고집스러운 표정까지 지어가며 그렇게 말했다. 아픔을 애써 참는 것인지, 태연한 목소리를 가장해가면서 말이다. 이친왕비는 대답 대신 아들의 얼굴을 한 번 쓸어주더니 몸을 돌려서 명했다.

"신부를 치장할 준비를 하여라."

그렇게 예상치 못한 일로 혼례식이 급속하게 준비되었다.

이 혼사는 처음부터 얼기설기 꼬여버렸다. 정혼녀를 알지 못하고 납치하는 불상사에서부터, 간신히 제자리를 잡아가려고 할 즈음에 갑자기 독약 사건이라니. 일등 공작 화탁 마이하의 마음은 편치 않았다. 원하던 혼인이었지만 전혀 행복감을 느낄 수 없는 이기가 막힌 상황이라니.

신랑의 예복을 입은 공작 마이하의 앞으로 신방의 문이 조용히 열렸다.

신랑이 온통 붉은 칠로 단장한 신방으로 들어오자, 신부를 시중들던 시비들이 조용하면서도 빠르게 사라져버렸다. 모든 것이 붉은 방. 벽도 가구를 덮어둔 천들도, 벽에 붙어 있는 혼인을 축하하는 글자까지도, 침구까지 모두 붉은색이다. 공작 마이하는 착잡한 표정을 감추지 못하면서 신부의 얼굴에 덮여 있는 붉은 베일을 치워주기 위해 신방을 가로지르며 저벅저벅 걸음을 옮겼다.

공작이 얼굴을 덮고 있는 붉은 베일을 걷어내기 위해 손을 뻗었을 때 갑자기 용아가 몸을 일으켰다. 너무 갑작스러운 동작이라서 그는 하마터면 용아와 부딪칠 뻔하였다. 그리고 그가 걷어내기도 전에 용아가 스스로의 손으로 붉은 베일을 걷어내면서 물었다.

"모두 다 갔나요?"

"……?"

처음에 공작은 용아의 말뜻을 이해하지 못하고 머뭇거렸다. 그러자 용아가 재차 질문했다.

"다 갔느냐고요. 애련이랑……. 뭐, 다들."

"아. 모두 갔소."

"그럼, 좋아요. 날 좀 도와주세요. 가볼 데가 있거든요."

공작의 청혼

"지금? 어딜……?"

"당신도 똑같은 소릴 하는군요. 신부 치장을 하는 도중에 다들 똑같은 소릴 해서 난 지금 가슴이 터질 지경이니까 그 말은 절대 다시 하지 마세요."

"차근히 설명해보시오."

"시장이요!"

"시장?"

"맨 처음 약을 산 곳이요! 거기 가서 물어보면 해독약을 구할 수 있을지도 모르잖아요. 약을 만든 이가 알 거예요. 지금처럼 언제 죽을지도 모르고 시름시름 앓을 수는 없잖아요."

그러면서 용아는 이곳을 얌전히 빠져나갈 방법을 모색하는 듯 방 안을 이리저리 둘러보고 있었다.

"어째서 그 생각을 못 했을까요? 약을 만든 이가 해독약도 알고 있으리라는걸!"

용아가 손바닥으로 이마를 치면서 말했다. 마이하는 신부의 붉은 옷을 입고 한밤중에 시장으로 가자고 말하는 용아의 말에 어떤 이견을 달고 싶었지만, 그럴 수 없었다. 그리고 믿을 수 없게도, 마이하는 자신의 입에서 용아의 의견을 적극 찬성하는 말이 나오는 것을 들었다.

"좋소."

"그렇죠? 지금 당장 가봐야 해요. 아무래도 이 방의 뒤쪽 작은 방으로 가서 창문으로 나가는 게 좋겠어요."

"창문으로? 종복들에게 심부름을 시킬 생각은……?"

"가게를 아는 이는 애련이뿐인데, 임신한 애련이가 말을 타고
갈 수는 없고, 걸어서 가면 한참 걸리겠죠. 그냥 직접 가겠어요.
누구에게 샀는지, 어디서 샀는지 정확하게 아는 사람은 나뿐이라
고요."

"계속 방해가 되는 소리를 하고 싶진 않지만, 그 혼례복을 입
고 가야겠소? 종복들을 불러서 갈아입을……."

"쉿! 조용히 해요! 바로 옆방에 목욕물을 준비해놓고 애련이
랑 다른 아이들이 밤 시중을 들려고 준비하고 있다고요. 이 이야
길 설명하려면 또 시간이 걸려요. 애련이한테 말해야 되고, 그 애
들이 어머니께 고하고 아버지께 고하고 부모님께서 신방으로 오시
고, 어휴, 생각만 해도 숨 차는군요."

용아는 그렇게 말하면서 자신이 말한 계획을 실행시키기 위해
서 걸음을 옮겼다. 공작 마이하는 말없이 신부의 계획에 동참했
다. 그의 신부가 보통의 아가씨와 조금 다른 구석이 있다는 걸 이
미 알고 있긴 했지만, 이렇게 특별한 신혼 첫날밤을 보낼 줄은 미
처 예상하지 못한 터였다.

태어나서 나고 자란 저택을 손금 보듯 훤하게 알고 있는 용아
는 적당한 문과, 적당한 작은 길들을 찾아내었다. 움직이는 중간
중간에 종복들이 보이면 덤불이나, 기둥에 몸을 숨기기도 하면서.

"우리가 숨어야 하는 거요?"

"들키면 설명해야 하잖아요."

공작의 청혼

용아는 그렇게 속살거리면서 재빠르게 움직였다.

"어렸을 때 종복들을 따돌리고 돌아다니고 싶은 데를 맘껏 돌아다녔을 것 같은데……?"

"그럼요. 공주로 태어나서 좋은 것도 굉장히 많거든요. 다들 잘해주고, 좋은 것도 원하면 가질 수 있고, 근데 옆에 따라다니는 사람이 많고, 설명해야 할 게 너무 많은데, 귀찮죠. 뭐 하나 하려면 여러 단계를 거쳐야 하니깐요."

심각한 상황임에도 은근한 잡담을 비롯해서 상당히 생기 있는 대화까지 나누는 것으로 미뤄봐서, 용아도 시장에 도착하고 나서 어떤 말을 들을지 직감적으로 짐작했나 보다. 가마를 탄 다면 시간이 오래 걸릴 게 뻔했고, 직접 말을 타고 가기엔 신부의 붉은 예복이 너무 이목을 끄는 것이었다. 용아는 결국 때마침 지나가던 삯 마차를 불러 세웠다.

시장에 도착하자 모든 것이 컴컴했다.

한밤중까지 장사를 하리라고 기대할 수는 없는 노릇. 용아와 마이하는 붉은 혼례복을 입은 채로 시장을 급하게 살폈다. 다행한 것은, 용아에게 약을 판 상인이 마작을 하느라 시장 안에 머물고 있었다는 사실이다.

"저 안에 사람들이 있어요!"

"그자도 있소?"

용아가 가게 뒤쪽으로 연결된 집 안을 보면서 그렇게 말했다. 쪽창은 상당히 위쪽에 붙어 있는지라, 용아는 마이하의 어깨에 걸터앉는 모양으로 하여 간신히 안을 들여다보고 있는 중이었다.

"아직 모르겠어요. 마작을 하고 있는 것 같아요. 아이 참. 좀 더 위로 올려줘봐요."

"공주가 그렇게 버둥대지 않으면 가능할 듯도 같소만."

"내가 언제 버둥거렸다고 그래요? 나를 더 올려주지 못할 거면 내가 당신 어깨에 올라서겠어요. 어깨를 좀 낮춰봐요."

"어깨에 올라서고 싶으면 그렇게 해도 좋은데, 일단 그 무시무시한 신발은 벗는 게 어떻겠소?"

"마제저혜를 벗으라고요? 이런 음란한 소릴 하다니……."

용아가 안을 살펴보려고 길게 뺐던 목을 수그리며 한껏 목소리를 죽인 채 말했다.

"……?"

"길가에서, 그것도 밤중에, 신부의 신을 벗으라니요? 정말 음탕하기 짝이 없군요!"

발을 보여서는 안 되는 것이었다. 한인 처자들을 아장아장 걷게 만드는 것이 전족을 한 발이라면 만주인 귀부인들은 실내화에도 굽을 달아 치마 속으로 발을 감췄다. 지아비 외에는 아무도 볼 수 없도록.

용아는 호롱불 아래 얼굴들을 자세히 살폈다.

"지금 무슨 소릴 하는 거요? 신을 벗으라고 요구하는 것이 그렇게 외설적이라면 사내의 어깨에 올라가 있는……."

"맞아요! 확실해요!"

"찾은 거요?"

용아가 급히 바닥으로 내려오다 마이하의 품속으로 미끄러지듯 들어온다. 마이하는 신부의 붉은 예복을 입고 있는 용아를 잠시 넋 놓고 바라보았다.

세상에. 너무 예뻤다. 기절할 정도로, 아름다웠다. 눈을 깜빡이는 것도 잊을 만큼. 윤이 나게 붉은빛을 칠한 입술은 정말이지, 앵두 같았다. 용아의 입가에서는 말을 할 때마다 살짝 보조개가 파였다가 사라졌다가를 반복한다.

'응? 보조개가 파였다가 사라졌다를 반복한다? 무언가 말을 하고 있다?'

공작 마이하는 그제야 정신을 차렸다.

"무슨 생각을 하고 있는 거예요?"

잠시 하늘로 올라가 선녀를 보고 왔던 것 같다. 용아의 목소리가 그를 정신 들게 하였다.

"어유. 숨 막혀요. 왜 이렇게 꽉 껴안으시는 거예요?"

"아. 그대가 넘어질까 봐."

"안 넘어졌잖아요. 아……. 신발에 붙은 굽 때문에요? 풋."

용아가 웃었다. 그 모습이 마이하를 다시 하늘로 안내하여 선녀를 만나게 한다.

"난 여섯 살 때부터 이런 걸 신었다고요."

공주, 공주는 여섯 살 때부터 높은 굽의 신을 신고 수많은 시비들의 시중을 받으며 드넓은 저택을 거닐면서 공주처럼 자랐겠지. 어떻게 이 공주가 신부의 옷을 입고 자신의 앞에 서 있는 것인지, 마이하는 갑자기 모든 게 꿈일지도 모른다는 생각이 들었다. 온천에서 목욕하는 선녀를 본 후, 아주 긴 꿈을 꾸고 있는 것인지도.

"이제, 공작 나리 차례예요."

"내가 어떻게 해야겠소?"

"당연한 걸 뭘 물으세요? 저놈을 잡아 내 앞에 대령해주세요. 공작 나리."

"마차로 가서 기다리시오."

잠시 후, 용아의 말대로 모든 것이 이행되었다. 사냥용 독약을 판 놈이 용아의 바로 앞에 바짝 고개를 숙이고 있었다. 약장수를 위협하지도, 때리지도 않은 것치고는 이상했다. 용아는 마차에서 내린 다음 약장수에게 말했다.

"내 얼굴을 보아라. 나를 기억하느냐? 일전에⋯⋯."

용아의 얼굴을 보더니 더욱 깊이 고개를 조아린다.

"⋯⋯."

약장수는 대답이 없었다.

"그 약은 무엇으로 만든 것이더냐."

용아가 그렇게 질문했을 때 약장수는 몸을 벌벌 떨며 울음 섞인 목소리로 대답하였다.

"저를 죽여주십시오. 마작을 하느라 돈은⋯⋯. 돈은⋯⋯."

"무슨 돈?"

"돈은 다 써버렸습니다. 사기를 치려던 것은 아니옵고…….
그저 마작하느라 잃은 돈을 만회하려면 다시 돈이 필요하였기
에……."

약장수는 두려움에 떨며 울어버린다.

"그 약의 성분이 무엇인지는 아느냐……. 도무지 나는 네 말을
잘 알아들을 수가 없구나. 그 울음을 좀 그치면 알아들을 수 있
을 듯도 하느니."

"이번에 잡혀 들어가면 그 횟수가 이루 셀 수가 없습니다. 그
러니 이번만 자비를 베풀어……, 주시옵소서. 다른 이에게는 가짜
약을 팔지 않았나이다. 그게 원래 그리하려던 것이 아니옵고, 마님
께서 가격을 높게 쳐준다는 말에 혹하여."

"가짜 약?"

약장사의 웅얼거리는 소리에 용아는 간신히 단어만 들을 수 있
었다.

'도대체 이자는 무슨 소릴 하는 거지? 가짜 약?'

"본디 그 약은 사람이나 짐승이나 복용하게 되면 잠에 빠지
게 만들고 잠시 몸이 굳지만 그 외에 다른 증상은 없나이다. 오늘
돈을 땄으면, 마님의 돈을 돌려드렸을 텐데……. 오늘 돈을 또 잃
어……."

용아는 말문이 탁 막혔다.

이렇게까지 듣고 나서도 상황을 파악하지 못한 것은 아니었다.
다만, 극적으로 자신을 비켜간 불행이 순순히 실감나지 않았을

뿐. 일시에 몸을 덮쳐 오는 안도감에 용아는 몸을 휘청거릴 뻔하기까지 했다. 용아의 기색을 알아채고, 마이하가 다가와 팔을 붙들어준다. 마이하가 용아가 다시 마차에 오르는 것을 돕자, 용아가 말했다.

"저자에게 돈을 물어내라고 하지 않을 테니 다시는 노름도 하지 말고 사기도 치지 말라고 이야기해줘요. 한 번이라도 더 노름을 하고 사기를 치면 흠씬 두들겨서 관아에 처넣을 것이라고도요."

잠시 후, 마차의 마부가 말을 재촉하는 소리가 들려왔고, 두 사람은 신방이 있는 왕부로 돌아가는 북경의 바깥 풍경을 함께 감상했다. 밤 풍경들이 거짓말처럼 뒤로 뒤로 물러서는가 싶더니, 어느새 이친왕가의 저택 앞에 다다랐다.

저택 안은 대낮처럼 분주했다.

독약을 먹고 죽을 때를 기다리던 왕가의 차남이 갑자기 이제 더 이상, 잠이 오지 않고, 아프지도 않다면서 벌떡 일어나시었기에, 감의원을 불렀더니 감의원 또한 무척이나 건강한 상태라고 대답했더란다. 이렇게 멀쩡한 환자는 본 적이 없다는 말을 감의원 특유의 점잖은 목소리로 덧붙이며.

하지만 들끓는 안도도 잠시, 신방에 있던 신랑신부가 모두 감쪽같이 사라졌다는 말에 저택의 종복들이, 드넓은 저택 안을 살살이 뒤지고 있는 중이었던 것이다. 특히나 마구간에 말 한 필, 마부 하나 없어진 바 없었기 때문에 바깥으로 나갔다는 예측은 쉽지 않았던 것이다. 정문으로 들어가고 싶진 않았지만, 마중 나온 집사 홍집에게 마차 삯을 지불하라 해야 했으므로, 용아는 그렇게 했다.

저택 안에 발을 디뎌놓고 보니, 저택 안은 종복 놈들마다 손에 든 횃불 때문에 대낮처럼 밝았고, 가족들은 아무도 잠들지 않은 채였다.

자신이 무사함을 누나의 설명으로 다시 한 번 확실히 알게 된 영록은 급속으로 준비된 혼례 음식을 잔뜩 내어 오라 시켰고, 아닌 밤중에 홍두깨라더니, 얼렁뚱땅 잔칫상이 준비되었다.

술이 돌았고, 웃음소리로 저택 안이 온통 와자해졌다.

어제부터 거의 잠을 자지 못했던 용아는 어머니께 인사하고 홀로 신방으로 돌아왔다. 그러고는 거대한 붉은 침상 위에 쓰러지듯 몸을 눕혔다.

신방의 바깥에서는 새신랑인 일등 공작 화탁 마이하가 신부의 남동생들을 비롯한 가족들에게 둘러싸인 채 얼결에 발바닥을 맞고 있는 소리가 들려왔다. 신랑을 거꾸로 세우고 신발과 버선을 모두 벗긴 다음 맨 발바닥을 싸리나무 가지로 사정없이 후려치는 것이다. 악귀를 물리치고, 새로운 가정의 복을 가져온다는 이 전통이 정말로 효험이 있는지는 전혀 밝혀진 바 없다.

만약 그 소리를 용아가 들었다면 신방 바깥으로 나가 신랑을 구해주었으리라.

하지만 잠에 빠진 용아는 듣지 못했고, 차라리 듣지 못하는 편이 나을지도 몰랐다. 신랑을 구한답시고 나갔다가 된통 놀림감이

된 후, 신부의 가족들이 신랑을 더 곤혹스럽게 할 어떤 빌미를 찾

을지도 몰랐으니까.

그랬다.

그날은 첫날밤이었다.

제
19
장

"서방님, 걱정 마세요. 두 번째 시험은 이것만 가져가시면 무사히 넘기실 수 있을 거예요." 선녀는 나무꾼에게 실 꾸러미 하나를 주면서 말하였습니다⋯⋯.

작자미상 '목객전(木客傳)' 中

"공작 나리."

잠에서 깨어난 용아의 눈에 가장 먼저 들어온 것은 마이하의 어깨였다. 용아가 조금 더 시선을 올리자 마이하의 목과 얼굴이 차례로 보였다. 용아는 숨죽여 그를 불러보았다. 공작은 깊은 잠에 빠진 듯 부름을 듣지 못하였다.

"아씨."

침상의 휘장 바깥에서 어린 수발 시비가 무릎걸음으로 다가와 용아를 부르는 소리가 들렸다.

"동이 텄더냐?"

"네. 더운물을 준비하였습니다."

"나리께서는 언제 침수 드신 것이냐."

"한 식경이 채 되지 않았습니다."

"나리께서 갈아입으실 옷을 미리 준비하여두어라."

"휘장을 젖히고, 창문을 열까요?"

"아니다. 휘장도 그대로 두고 창문도 열지 말거라. 신혼방에 든 것이니 설령 사흘 동안 이대로 쉰다 해도 아무도 책하지 않을 것이야. 그저 나를 목욕물을 준비한 방으로 인도해다오."

"네, 아씨."

용아가 침상에서 몸을 내리려 하자, 어린 수발 시비가 다가와 신을 가지런히 놓아주었다.

"그런데, 애련이는."

"애련은 너무 심하게 토하여, 왕비께서 그를 보시고 쉬라고 하였습니다."

"토하였어? 탈이 난 것이냐?"

용아가 그렇게 질문했다가, 애련이 배탈이 난 것이 아니라 입덧을 하고 있음을 깨달았다. 웬만큼 아파서는 아프다는 내색도 하지 않는 애련인데, 쉬는 걸 보니 안에 있는 놈이 보통 극성맞은 놈이 아니렷다.

"왕비께서 입덧을 보시고, 친히 휴식하라 명하였나이다."

'어머니께서?'

용아는 뜨끔하였다. 어머니께서 선뜻 용아의 편을 들어 공작을 집 안으로 들이셨는데, 그러한 결단을 내리시게 한 가장 결정적인 요인이 아마 용아가 임신했다 오해했기 때문임이 분명하였으므로.

'어머니께서 다 아시었겠구나. 그렇지만 이제 뭐. 이미 혼인하였는걸.'

용아는 침상 위에 잠들어 있는 마이하의 얼굴을 다시 한 번 바싹 다가가서 살펴본 후 신방 옆 작은 방에 마련된 따뜻한 욕조에 몸을 담갔다. 나른하게 몸이 풀리고, 어젯밤까지 짙어지고 있었던 긴장감도 스르륵 풀리었다. 실감이 나지 않는다. 얼렁뚱땅 혼인을 하였다니.

공작 마이하는 천천히 몸을 펼쳐 기지개를 켜면서 주위를 두리번거렸다. 아직도 한밤중인 듯했다.

'한밤중?'

마이하는 튕기듯이 침상에서 몸을 일으키고 휘장을 젖혔다. 한밤중일 리가 없었다. 거의 어스름 해가 밝아오는 새벽에 잠들었으니, 한밤중이라면 하루를 꼬박 잤다는 말이 되니까 말이다. 휘장을 젖히고 침상 밖을 보니 한밤중은 아닌 모양. 살짝 열어둔 한쪽 창에서 지는 해가 마지막 햇살을 가늘게 쏟아붓고 있었다.

마이하는 두리번거리면서 방 안을 둘러보았다. 붉은 신방은 처음에 봤을 때와 같았다. 그 방은 낯익은 곳이었다. 객잔에 있는 그를 데려와 처음 눕힌 방이 이곳이었기 때문이다. 모든 것을 붉게 하여 신방으로 꾸미었지만, 그럼에도 친근한 구석이 있는 방이었다. 화초도 아니고 난도 아닌, 방 안에 소나무를 두었기 때문일지도 몰랐다.

방 한편으로는 길게 병풍이 둘러져 있었다.

소나무가 그려진 병풍 뒤로 기척이 났다.

"기침하시었는지요?"

고운 목소리였다. 마이하는 마치 보이지 않는 어떤 손이 자신을 잡아당기기라도 하듯 그 목소리를 따라 움직였다. 용아였다. 용아가 다갈색 예스러운 탁자에 종이를 펼치고 또 무엇인가를 적고 있었다. 계피기름을 바른 용아의 머리에서 윤이 났다.

"또 글을 쓰고 계시었소? 신방에서?"

"생각이 나서요. 이야기가. 그저 서방님 얼굴만 들여다보고 있기 무료하기도 하고."

용아가 마이하를 올려다보면서 그렇게 말했다.

'서방님, 서방님이라.'

마이하는 듣기 좋은 그 단어를 음미하면서 천천히 말을 이었다.

"하루 종일 이렇게 책상 앞에만 앉아 있으시었소?"

"서방님께서 신방에 계신데 저 혼자 바깥에 나갈 수가 없었거든요."

"그리 계속 앉아만 있으면 어깨나 등이 아프진 않소?"

"음……. 아프긴 해요. 그렇지만 괜찮아요. 금방 다 풀릴 건데요 뭘. 어머니께서 특별히 대단한 이를 부르셨지요."

용아는 생기 있게 말했다.

"대단한 이?"

용아는 대답 대신 생긋 웃으며 문 밖을 향해 말했다.

"일러둔 것은 준비가 되었느냐?"

"준비되어 있습니다."

"아, 혹시 시장하신지요, 서방님. 시장하시다면 식사를 먼저 준비하라 이르겠습니다."

마이하는 용아의 새로운 말투가 재미있었던 데다가, 듣기 좋았다.

"난 아무래도 좋소."

"하루 종일 주무시었는데 시장하시지 않으십니까, 서방님?"

이건 마치 재미있는 놀이처럼. 갓 신방을 쓰게 된 신혼부부 놀이랄까.

"새벽녘에 잠들기 직전까지 잔치음식을 먹어야 했으니, 오늘은 좀 덜 먹는다 해서 나쁘지 않을 것 같소만."

공작 마이하가 잠시 뜸을 들였다가 생각났다는 듯이 호칭을 덧붙였다.

"부인."

"새벽녘까지요?"

"그리 신경 쓸 것 없소. 처남들은 먼저 장가간 나를 시샘할 뿐이오."

"이 녀석들을 진짜."

잠깐 동안의 부부놀이는 끝이 났다. 용아는 순식간에 다소곳한 새색시의 모습을 집어던지고 말았다. 용아는 분개한 듯 중얼거렸다.

"괜찮대도."

"그 녀석들은 항상 누나인 나를 업수이 여겼어요. 난아 언니에게는 그러지 않는데 나에게만!"

"그럴 리가."

마이하가 반쯤 수긍하는 표정을 애써 감추며 말했다.

"그렇다니까요."

"아씨, 준비되었습니다."

소리가 나는 쪽으로 신혼부부가 나란히 나가보니, 두 개의 안락의자가 나란히 놓여 있고 따뜻한 김이 옅게 솟아오르는 나무 대야와, 등받이가 없는 둥근 의자 등이 준비되어 있었다. 마이하는 다소 어리둥절한 채로 처음 보는 얼굴의 젊은 여인 둘이 이끄는 대로 낮은 의자에 앉았다. 그들의 차림새는 청결해 보였고, 한인의 그것이었으며, 종복으로 보이지도 않았다.

그들은 마이하를 이끌어 신발을 벗게 도왔으며 둥근 의자에 앉게 했다. 그러고는 따뜻한 물에 발을 담그게 도왔다. 마이하가 눈짓으로 용아에게 그들이 누구냐고 물었다.

"이들은 치료사들입니다. 건강을 유지할 수 있도록 도와주지요."

치료사라고 불린 이 중 하나가 마이하에게 등 뒤로 오더니 단단하고 따뜻한 손길로 등 뒤를 쓸어내린다. 길지 않은 순간 손길이 닿았을 뿐인데, 마이하는 어쩐지 등이 완벽하게 곧게 펴지는 느낌이었다.

그 후는, 어깨였다.

용아가 치료사라고 소개한 이는 마법처럼 손을 움직였다. 결코 지나침이나 모자람이 없는 손길이었다.

"어머니의 전용 안마사입니다. 원래는 다른 만주인 귀족의 집안도 드나들었으나, 어머니가 이들을 퍽이나 총애하시어, 우리 집안의 전속 안마사로만 온전히 머무르게 된 것이지요."

"왕비께서는 자주 이런 안마를 받으시는지……?"

"받으시고말고요. 그것도 꼭 부왕과 함께 휴식하실 때만이요."

"왕께서 함께?"

마이하는 잘 상상이 되지 않았다. 자녀를 여럿 두고서도 사이가 좋은 왕가의 부부라는 것은 생뚱맞을 정도로 예상하기 힘든 조합이었던 것이다.

"안락의자에 나란히 누워서 망치 안마를 받으시지요."

"누워서……?"

"아주 나른해진답니다. 잠이 솔솔 오지요."

"공주께서도 아주 좋아하시는 모양이오, 그것을."

"그렇죠. 아주 좋아하지요. 게다가 어머니의 전용 안마사는 더욱."

마이하는 특별히 무리한 일이 일어날 것 같지는 않아 안심했다. 그는 긴장을 풀고 만주 귀족들의 일상을 무리 없이 받아들이기로 했다.

"그렇군."

한쪽 어깨가 마법처럼 모두 풀리었다고 생각했을 무렵 반대쪽 어깨를 안마사가 주무르기 시작했다. 어떤 부분을 누를 때는 살짝 아프게 느껴지기도 했고, 어떤 부분을 누를 때는 살짝 불편하게 느껴지기도 했으나, 결과적으로는 모두 개운하게 느껴졌다.

옆에 있는 공주를 바라보니, 용아는 만족감에 찬 한숨마저 가늘게 내뿜고 있었다.

"이제 어깨는 끝났어요."

안마사가 마이하를 부드럽게 안락의자로 이끌었다.

갓 혼인을 치른 신혼의 부부는 편안하게 긴장을 푼 다음 나란히 누웠다. 따뜻하게 데워져 온기가 서린 두 쌍의 발이 보였다. 아내의 발은 남편의 발보다 작았다. 신발을 벗으라고 했을 때 음탕한 소리를 한다며 마이하를 꾸짖던 용아가 편안한 얼굴로 발을 내보이고 있었다. 이 세상에 자신을 제외한 그 누구에게도 이런 모습을 보여주지는 않았을 것이다. 공작 마이하는 그 점이 매우 다행스럽게 느껴졌다. 누군가 다른 이에게 그런 특권이 부여되었다면, 남은 평생이 고통스러웠을 것 같았기 때문에.

어제 맞았던 발바닥에 향유를 바르고 부드럽게 문지를 때는 오히려 아픈 상처를 매만져주는 것처럼 평안했다. 하지만 깃털처럼 가볍고 보드라운 어떤 천으로 발이 덮이고 자작나무로 만든 망치가 통통 소리를 내며 발을 두드리기 시작하자, 마이하는 저도 모르게 신음을 삼켰다. 어제 처남들에게 맞은 발바닥이 아파 왔다.

"으, 응."

마이하가 자신도 모르는 새에 낮은 신음을 뱉고 말았다. 눈을 감고 편안하게 망치 안마를 즐기고 있던 용아가 반짝 눈을 뜨고 바로 곁에 있는 지아비를 바라보았다. 안마사들도 잠시 손을 멈추고 마이하의 표정을 살핀다.

"불편하십니까?"

용아와 눈이 마주치자, 그는 마음과는 영 딴판인 대답을 하고 말았다.

"아니, 아주 좋소."

마이하는 그렇게 말하면서 곁에 있는 새 신부 용아의 손을 잡았다. 뭐랄까. 어제 처남들이 한 짓을 고자질하기에는, 지금 이 망치 안마가 자신에게는 좀 부적합하다고 말하기에는, 신부가 너무 예뻤다고나 할까. 도저히 이 상황을 깨어버릴 수가 없었다.

마이하의 표정은 진심인 듯 입가에 부드러운 미소마저 걸려 있다.

"혹시 불편하시면 이야기해주셔야 해요. 지금은 살살 하지만 점점 세어지거든요."

'점점 세어져?'

마이하가 선뜻 입 밖으로 내놓지 못한 질문으로 마음속으로 웅얼거리고 있었을 때, 용아가 덧붙였다.

"이걸 하고 나서 손으로 하는 안마를 하는데, 그때 손길이 제법 세어요. 여인의 손아귀 힘이 저러한가 싶기도 할 정도로요. 하지만 다 받고 나면 무척 상쾌하답니다. 저는, 아주 좋더라고요. 잠도 잘 오고요. 그래서 처음 해보는 사람들은 아프다고 소리 지르기도 하지만……."

용아가 말을 이어가다 공작의 표정을 살피면서 말을 멈추었다.

'아프다고 소리를 지른다고?'

"만일 불편하시다면 이쯤에서 그만해도 좋아요. 저도 하지 않겠어요. 우리, 저녁도 먹어야 하고……. 그리고 또……."

"아니, 난 괜찮소."

용아가 자신도 그만두겠다는 말을 하자, 마이하가 신음을 몸속 깊숙한 곳으로 눌러 숨기고는 그렇게 단정적인 마무리를 지었다. 그러고는 직접 안마사들에게 명했다.

"계속."

마이하의 그 말을 듣고, 용아가 안심한 듯 다시 안락의자에 몸을 기대고 눈을 감았고 마이하는 발에서 느껴지는 아픔에 살짝 몸을 움찔거려가면서 그 시간을 음미했다. 최고의 치료사라는 명성이 헛된 것이 아니었는지, 마이하의 발을 살펴본 안마사가 그의 상황을 눈치 채고 요령껏 손을 놀린다. 그러면서도 움직임을 그만두지 않은 건, 어쩌면 새신랑의 마음을 눈치 챈 것인지도.

안마가 끝나자 아주 작고 낮은 소리로 코를 골며 용아가 잠들어버렸다.

마이하가 안마사들에게 신부를 깨우지 말고 물러나라는 듯 눈짓으로 명했고, 그들은 준비해 온 도구들을 챙겨서 물러났다. 마이하는 두껍지 않은 모직 이불을 가져와 용아의 턱 아래까지 꼼꼼히 여미면서 덮어주었다.

그러고는 바라보았다.

잠들어 있는 신부의 얼굴을.

누군가 자신에게 알 수 없는 주문을 외워 마법에 걸리게 한 것 같기도 했다. 언제부터였을까. 마법에 걸려버린 것이. 아마도, 공주를 자신의 침상에서 처음 마주쳤을 때? 아니면 온천에서 목욕하는 공주를 처음 보았을 때?

아니지. 그는 혼자 고개를 가로저었다. 아마도 처음 마법에 빠지게 된 것은 장이 녀석이 노비 사냥꾼의 화살에 맞고 피를 흘리고 있는 그 모습을 본 그 순간부터였을 것이다. 남의 것을 탐내는 것을 항상 경계해왔지만, 그때 장이를 보니 구해주고 싶었다. 그리고 그 순간부터 주변엔 항상 알 수 없는 일들이 들끓는 것 같더니, 결국 여기까지 왔다.

지금 이곳은 어디인가.

이곳은 북경이었고, 이친왕가의 저택이었고, 그리고 그의 신방이었다.

어느새 주변에 그를 그림자처럼 따라다니는 녀석들이 잔뜩 생기더니, 녀석들이 신부까지 구해다 주었다. 다친 놈을 구해주었을 뿐인데, 그에 비해서 너무 큰 대가가 찾아온 것 같았다.

마이하는 잠든 용아를 한참이나 바라보다가, 모든 긴장이 풀린 그 아름다운 얼굴에 매료되어 자신도 모르게 생기가 도는 뺨에 입을 맞추었다. 뺨에, 그리고 그다음은 이마에, 그다음은 콧잔등에. 입맞춤을 하지 않고서는 참을 수 없을 것 같은 기분마저 들었기에.

용아가 잠결에 어떤 기척이 느껴졌는지 살짝 몸을 뒤척이자, 그의 입맞춤은 더욱 가벼워졌다. 깃털처럼. 좀 더 깊숙한 무엇을 바라는 마음이 들끓었지만, 이전에는 결코 느끼지 못했던 강렬한 갈망이 느껴졌지만, 그는 잠시 기다렸다.

용아의 단잠을 방해하고 싶진 않았다.

그동안 엉망진창으로 꼬인 일들이 너무 많았다. 조금은 쉬어도 되겠지. 마이하는 자신의 갈망과 용아의 달콤한 쪽잠 사이에서 길게 고민하지 않았다.

"나리, 식사가 준비되었습니다."

눈치 빠른 것으로 치자면 둘째가라고 하면 서러울 어린 수발 시비 하나가 문간에 다가와 낮은 소리로 그렇게 말한다.

"나중에. 아씨께서 일어나시면 함께 먹겠다."

어린 시비가 소리도 없이 물러난다. 마이하가 문 쪽으로 향했던 시선을 거두어 용아를 향하자, 거짓말처럼 반짝 눈을 뜨는 모습이 보인다.

"지금 드세요."

잠에 취해 웅얼거리는 목소리.

"더 자도록 해요."

"다 깼어요."

"쉬! 더 자요. 내가 불을 끌 테니까."

안마를 받는 도중 수발 시비가 조용히 켜둔 등불을 마이하가 일어서서 하나씩 껐다. 금세 방 안에 어둠이 내려앉는다.

"서방님."

어둠 속에서 용아의 목소리가 들린다.

"응?"

마이하가 용아가 있는 안락의자로 다가서면서 대답했다.

"내가 오래 잠들었었나요?"

"아니."

"새벽이 된 건 아니지요?"

"그럴 리가. 그저 잠깐 잠들었었소."

"다행이네요. 저는 또 우리 초야를 그냥 보내버린 줄 알았어요."

"어젠 내가 너무 늦었지."

"오늘은 제가 잠들어버렸고요."

"아주 잠깐이었대도."

잠든 용아의 모습을 지켜보는 것도 그리 나쁜 것만은 아니었지. 생전처음 보는 보물을 굳이 만져보며 나서서 자랑하는 사람도 있겠지만 그저 바라만 보는 이도 있을 테니까.

"그렇다면, 오늘은 괜찮겠네요. 새벽이 되어버린 건 줄 알고는 놀랐어요. 신방을 차린 지 이틀째인데……."

용아가 무언가를 말하려고 하다가, 머뭇거렸다. 어둠 속이라 얼굴이 붉어진 것이 보이지 않아 어쩌면 다행이라고 생각하면서. 용아는 그다음 말은 어찌 이어가야 좋을지 알 수 없었다. 부모님 몰래 서책 가게에서 사다 읽던 소설들에선 이럴 때 잘도, 잘도…….

"오늘이야말로, 진짜 신방이 되겠지."

공작 마이하는 목이 잠기는지 억지로 쥐어짜듯 그렇게 말하고는 용아의 곁으로 더욱 다가섰다. 그러고는 몸을 숙였고, 용아의 어깨와 무릎 뒤쪽으로 양팔을 각각 하나씩 밀어 넣었다.

"두 손으로 내 목을 감싸도록 해요."

마이하는 신음을 내뱉듯 그렇게 말했다. 그의 말을 듣고 용아가 팔을 들어 올리자, 그는 어둠 속에서 보일 듯 말 듯 미소를 짓고는 신부를 안아 올려 신혼의 장식이 되어 있는 침상으로 향했다. 그는 맨발이었기에 그 어떤 발소리를 낼 수 없었지만, 가끔씩 질 좋은 마룻바닥이 묵직하게 눌리는 소리가 들려왔다.

발에 느껴지는 촉감으로 미뤄보아, 이 마루는……. 평소 같으면 촉감만으로도 어떤 나무로 마루를 깔았는지, 단박에 알아맞힐 수 있는 그였다. 하지만 아무런 생각이 나지 않았다. 때려죽인대도 그 나무 이름이 생각나지 않았다. 나무꾼이 나무의 이름조차 기억나지 않는 상태에 도달한 것이다.

용아는 마치 중병을 앓아 열에 들떴을 때처럼 정신이 몽롱해지는 기분이었다. 자신이 병중의 병자처럼 '쌕, 쌕.' 하는 소리를 낸 것 같아 화들짝 놀라기까지 했다. 새신랑이 그것을 눈치 채었을까 봐 불안해질 즈음, 마이하가 곁에 다가왔다. 그가 신부의 귀에 목덜미에 콧등에, 눈두덩에 격한 입맞춤을 쏟아부었다. 신부가 대담한 화답을 해 오면서 두 팔을 뻗어 그의 목을 감싸 안았다.

갑자기 숯을 만드는 가마 안에 들어온 것처럼 몸이 더워진다고 생각하면서 마이하는 성마르게 신부의 몸을 더듬다가 갑자기 침상 바깥으로 떨어져나가 섰다.

"왜······애?"

갑자기 곁에 있던 이가 사라지자, 주변에 있던 모든 온기마저 함께 앗아갔다. 용아가 추운 겨울에 침상에서 나와 처음 시린 아침바람을 맞이했을 때와 같은 기분을 느끼면서 물었다. 상냥한 목소리를 내려 했지만, 잘 되지 않고, 엉망으로 뻣뻣한 목소리가 나왔다.

"그러니까, 그러니까······."

어둠 속에서 마이하가 허둥거리며 몸을 이리저리 움직이는 선이 얼핏 보였다.

"서방님?"

용아가 목소리를 가다듬고는 다시 한 번 낭군을 불렀다.

"그러니까, 먼저 옷을 벗어야 할 것 같아서."

마이하가 어둠 속에서 풀리지 않는 어떤 매듭을 간신히 풀고는 질린다는 듯 옷을 패대기치며 그렇게 말했다.

"아, 그렇군요. 수발 시비를 들라 할까요?"

"아니. 난 아무에게도 방해받고 싶지 않소."

마이하가 성마르게 말했다. 낭군의 의견에는 용아도 이의가 없었기에, 그녀 역시 굳이 편리함을 마다했다. 자신이 원하는 것이 무엇인지 정확하게 단어나 문장으로 설명할 수가 없었지만, 그 무엇을 방해하는 것은 어떤 것도 원치 않았다. 그저, 빨리, 불에 덴 것 같은 얼굴과, 쿵쾅거리는 가슴과, 바짝 마른 입술을 진정시켜 줄 무언가가 필요했을 뿐.

마침내 온몸을 감싸고 있던 방해물을 모두 제거한 마이하가 침상 위로 돌아왔다.

"자, 이제 무엇부터 하면 되지?"

너무 긴장한 탓일까. 아뿔싸. 마이하는 마음속으로 해야 할 질문을 입 밖으로 내보내고 말았다. 자신이 내뱉은 말을 되새기며 한숨을 삼키고 있는데, 어둠 속에서 뜻밖의 대답이 돌아왔다.

"발이요. 발목이요."

"발목?"

"소설에서는 대부분 신부의 발에서부터 시작되던걸요."

"신부의 발, 발목이라."

마이하가 뜻밖의 대답에 중얼거림으로 화답했다. 그러고는 용아의 발목을 쥐어보았다. 신부의 발목은 그의 손에 한줌거리밖에 되지 않을 정도로 가늘었다. 그리고 매우 따뜻했다.

기억 속의, 온천장에서 물을 튕기고 있던 선녀의 옆얼굴이 돌연 그의 머리를 스친다. 그러자, 이 다음번에는 어떤 자세를 취해야 할지, 머릿속으로 따지던 계산은 모두 달아나버렸다. 이성은 모두 사라지고, 눌러 참아왔던 갈망만이 그를 가득 지배했다.

　　그는 몸 위에 걸쳐져 있던 모든 것을 재빨리 제거한 후, 신부의 따뜻한 몸속으로 자신을 밀어 넣었다.

제

20

장

"서방님을 방해한 첫 번째 매는 저의 큰 형부이고, 두 번째 매는 저의
작은 형부랍니다. 그리고 세 번째 가장 큰 매는……."

작자미상 '목객전(木客傳)' 中

두 달 후.

"만주인은 청 제국의 근원이기에 작은 일도 소홀히 하여서는
안 되며, 백성의 고초는 항상 나의 일인 것마냥……."

일등 공작 화탁 마이하는 자신의 장인이기도 한 이친왕 애신
각라 태이곤이 지금 하는 이 말을 외울 지경. 이다음에 올 말이
어떤 것인지는 눈감고 낭송할 수도 있었다. 서두는 늘 같았다. 다
만 다른 것은 말미. 어느 날은 황성 외곽의 농지를 함께 둘러봐야
한다 하시고, 어느 날은 변방국의 사신들을 정성으로 맞이해야 하
는 것은 중요하다며 함께 대동하자 하신다.

이친왕 애신각라 태이곤은 오늘 아침식사 역시 자신의 장남과

차남을 불러 앉히고 더불어 그의 둘째 사위인 공작 마이하를 동석하게 했다. 새 신부 용아에게 듣기로 부왕께서는 항상 바쁘시기에 혼자 수수죽을 드시고 새벽 일찍 지방에서 올라온 글들을 읽거나 혹은 직접 말을 모시며 — 마차는 지나치게 사치스럽고 가마는 원래 만주인 사내들이 사용하던 것이 아니니 경계해야 한다시며 — 멀지 않은 북경 외곽 지역의 백성들을 직접 살피신다 하였다.

하지만 근래에는 끊임없이 집안의 사내들을 불러 모으시며 매일 농지를 둘러보시고, 심한 모래바람에 피해를 입었다는 지역을 둘러보시고, 심지어 황성 경비대의 저녁 순찰까지 참견하시는 것이다.

신혼을 느긋하게 즐길 새도 없이, 불려 다니고 만다.

출타를 한 후에는, 분위기상 자연스럽게 저녁을 함께하게 되고, 사내들끼리의 저녁상은 또 가벼운 반주로 이어지고, 그러다 보면 대화는 끝도 없이 이어져서 어느새 한밤중인 것이다. 그렇다고 신부가 있는 신혼방으로 일찍 가보겠다는 내색을 조금이라도 했다가는, 두 명의 처남들에게 놀림감이 되기 일쑤인 데다가, 처남들이 더 짓궂어져서 거의 새벽 동이 틀 때까지 놓아주지를 않는 것이었다.

늦은 밤, 신부가 있는 신방으로 숨 가쁘게 달려가보면, 새 신부 용아는 항상 글을 쓰고 있다. 침실 안은 언제나 온기로 훈훈했고, 온갖 이야기를 짜내느라 얼굴마저 발그레해진 용아가 고개를 들며 그를 맞이했다. 거의 매일 똑같은 장면인데, 사무치게 아름다워 그는 눈을 깜빡이며 천천히, 아껴가며 그 장면을 감상하고 머릿속에 넣었다.

"이제 오시어요."

살짝 입꼬리를 올리면서 그렇게 말하는 용아를 보면, 정말이지 하강선녀 같아서 참을 수가 없어진다. 사정이 그러하니, 얼굴을 대면하게 되면 때로는 손을 잡아끌며, 때로는 번쩍 안아들고, 때로는 입맞춤으로 밀어붙이며 침상으로 향하기 바빴다.

그날도 마찬가지였다.

마이하는 먼저 불을 끈 다음, 입고 있던 옷들을 팽개치다시피 벗어던지고는, 용아의 옷을 찢어버리기 직전에 간신히 골치 아픈 매듭들을 해결하고, 신부의 따뜻한 몸 안으로 자신을 밀어 넣었다.

"아."

마이하가 외마디 탄성 같은 소리를 삼키면서 자신을 토해내고 팔꿈치에 실었던 체중을 서서히 한쪽으로 옮겨 실으면서 옆으로 누웠다. 팽팽했던 긴장감이 사라지고 피곤함과 함께 졸음이 몰려왔다. 마이하는 숨을 몰아쉬며 절정의 순간에 대한 후폭풍이 멎어지기를 기다렸다. 차츰 몸과 마음이 진정되자 용아가 그의 품을 파고들면서 자그만 목소리로 물었다.

"주무시어요?"

그는 대답하고 싶었지만, 손가락 하나 까딱할 힘도 없었기에 그대로 누운 채로 곁에 있는 사람의 온기를 느끼기만 했다.

"……."

마이하의 대답이 없자, 용아가 혼잣말처럼 중얼거린다.

"원래 다른 이들도 혼인을 하면 이렇게 자주 하는 걸까요? 아침저녁으로? 봉황산으로 돌아갈 때 가마에만 있으면 지루하니 말도 타고 싶었는데, 그러지 못할 거 같아요. 말을 타면 하부가 더 아플 거 같거든요."

"뭐라고?"

마이하가 잠에 취한 듯 가장하면서 웅얼거려보았다.

"하부가 너무 아프다고요. 책에는 그런 내용이 없었는데. 사실 전 열여섯 살 때부터 음탕한 소설을 많이 읽었거든요."

"음탕한 소설?"

"그렇지만 절 꾸짖지는 마세요. 사내아이들은 음탕한 그림책도 몰래몰래 돌려보는데, 애정 소설쯤은 괜찮잖아요? 그런 것을 읽으면서 지아비가 되실 분을 상상하는 것도 재미있는 일이고……."

용아도 슬슬 잠이 밀려오는 듯 하품을 하면서 말했다. 그러고는 곧 잠들었는지 '쌕쌕' 어린아이와 같은 숨소리를 일정하게 내면서 잠이 들어버렸다.

하지만 마이하는 쏟아지던 잠이 돌연 달아나는 것을 느꼈다. 마치 망치를 머리로 얻어맞은 듯.

본래 혼례의 마지막은 신랑이 신부를 데리러 신부의 집으로 오고, 신랑의 집으로 도착하여 첫 밤을 치르는 것임이 분명했다. 하지만 이 혼례에서 순서대로 제대로 이뤄진 것이란 거의 없다시피 할 정도로 뒤죽박죽이었으므로 새삼스레 순서를 따지는 것도 우스운 격식일 것 같아 용아는 친정인 북경에 두 달이 넘도록 머물렀다.

행장을 꾸리자 올 때와는 달리 일행과 짐이 많이 늘었다.

용아는 임신한 애련이를 대신한 수발 시비를 뽑아 데려가기 위해 어머니와 함께 적임자를 고민하고 있는데, 집사 홍집의 재취이자 하녀장 공 씨가 다가와 넌지시 운을 뗀다.

"수국이와 유유를 데려가십시오."

"어째서?"

"그거야……. 아씨……."

하녀장 공 씨가 고할 것이 있다면서 이친왕비의 내실 앞에서 공손히 꿇어앉아 기다리고 있는 장이와 부이를 눈짓한다. 그 눈짓에 용아는 모든 상황을 단박에 알아차렸다. 용아가 어머니를 바라보니 어머니도 짐작이 된다는 듯 고개를 끄덕이신다.

"가까이 다가와보거라."

장이와 부이가 대답 대신, 문간에서 용아의 바로 곁으로 다가와 앉았다.

"그 아이들도 너희와 뜻이 같으냐?"

"……."

처음에 장이와 부이 둘 다 우물거리면서 선뜻 대답하지 않고

공작의 청혼

머리만 조아렸다.

"그런 것이 아니라면……."

용아가 말끝을 흐리자 눈치를 보던 장이와 부이가 이번에는 급하게 나서느라 동시에 대답하고 만다.

"그럴 리가요. 꼬시느라 얼마나."

"아직 도장은 못 찍었지만 꾀어내느……."

귀밑까지 빨개진 두 녀석의 모습이 퍽이나 인상 깊었기에 용아는 이 상황이 대수롭지 않게 넘길 그런 것이 아니라고 판단했다.

"그 아이들의 뜻도 충분히 알아보아야 하니 다시 차근히 물어보마."

이친왕비께서 하녀장 공 씨에게 그렇게 말하더니, 다시 한 번 덧붙인다.

"내 사위에게 자식 같은 종복이 다섯인데 어찌 셋만 장가보낼 수 있겠소. 봉황으로 갈 계집아이를 둘 더 물색해보고, 우리 집안에서 적임자가 나서지 않는다면 집사 홍집에게 말하여 적당한 나이의 참한 아이들을 바깥에서 부르라고 하여라."

하녀장 공 씨는 한인이었지만 만주인 주인들의 풍습대로 몸을 깊이 숙여 절하면서 대답을 대신했다. 이 저택 안에 또래의 계집아이들이 원치 않으면 여주인의 말대로 남편 홍집에게 부탁하면 그는 빠른 시간 안에 성심껏 적임자를 물색하여줄 것이다.

이친왕비의 명에 공작 마이하의 종복들 모두가 읍소하며 왕비의 자애에 감사를 표한다.

"그런데 너희는 어찌하여 그토록 나의 사위에게 충성스러운가?"

왕비께서 장이를 비롯한, 공작의 종복들을 향해서 하문하였다. 처음에는 장이와 부이뿐이었지만 어느새 다섯 녀석이 모두 우르르 다가와 왕비의 곁에 모인 것이다.

"장이, 원이, 부이, 양이, 유이라고 하였느냐?"

왕비께서 모두의 이름을 빠짐없이 부르시자, 황송한 듯 고개를 조아렸다가 대표격인 장이가 입을 열었다.

"저희에게 공작 나리는 주인이 아니십니다."

장이의 대답은 다소 뜻밖의 그것.

"예상치 못한 답이구나. 그러면 너희에게 공작은 무엇이냐?"

"네, 저희에게 공작 나리는……."

장이가 말을 하다가 갑자기 말을 멈췄다. 그러더니, 욱욱거리는 소리를 내면서 숨죽여 참던 울음을 터뜨렸다.

"저희에게 공작 나리는 아버지이시고, 형님이시고, 집이고, 하늘이시고, 저희의 목숨입니다."

장이의 그 대답을 듣고 이친왕비는 한동안 아무런 말도 하지 못하였다. 양이를 비롯한 다른 녀석들도 모두 함께 엎드린 채 어깨를 들썩이기 시작하였다.

"사내자식들이 꼴사납게……, 울기는……. 찌질한 새끼들……."

장이는 자신의 곁에 있는 녀석들에게 핀잔주듯 그렇게 말했으나 결국은 더욱 크게 어깨를 들썩이고 말았다. 처음에는 눈물을 참으려고 하였지만, 이내 솟구쳐 나오는 그 무엇을 도무지 참을 요량이 없는 것이었다.

두 달 후.

봉황산으로 돌아오는 내내 날씨가 끝내줬다. 비가 오지도, 모래바람을 만나지도 않았던 것이다. 아찔할 정도로 덥지도 않았으니 더위 때문에 곤혹을 치르지도 않았다. 하지만 마지막 관문인 산길을 뚫고 저택에 도착해보니, 가마를 탔던 용아와 애련이를 제외하고는 - 애련이는 임신했기에 말을 타거나 오래 걷는 것은 무리였다. - 모두 얼굴이 새카맣다.

"새신랑이 될 놈들이 모두 저렇게 시커메서야."

자신들을 시커멓다고 하는데도, 장이를 비롯한 녀석들은 모두 히죽히죽거리거나 헤벌쭉 웃는 모양새였다. 아마도 새신랑이라는 단어가 그들의 기분을 더욱 들뜨게 한 것이 틀림없었다. 임신을 한 애련이는 북경의 왕부를 떠나기 전에 이미 간소한 혼례를 올렸으니, 양이를 제외한 네 녀석들은 모두 새신랑 될 날들만 손꼽아 기다리면서 먼 길을 온 것이다.

장이를 비롯한 녀석들은 머무는 객잔마다 앞 다투어 땔나무를 해주겠다고 나서는 통에 그들이 지나는 객잔마다 한동안 땔나무 걱정이 없을 지경으로 높다랗게 땔나무를 쌓아놓게 되었다.

다섯 녀석들은 귀신같은 솜씨로 재빠르고도 거대한 땔나무 더미를 쌓아올린 다음에 적당한 대가를, 설탕이 들어간 호떡이나,

꽃무늬가 새겨진 빗이나 그도 아니면 색색깔의 실 뭉텅이나 달콤한 복숭아 등으로 받았다. 그리고 그것들을 최종적으로 손에 쥐게 되는 이가 누구인가 파악하는 문제는 너무나 답이 명백해서 추측을 한다는 것조차 시간낭비처럼 느껴질 정도였다.

장이나 양이나 원이나 부이나 유이나 다섯 녀석들이 모두 꼭같았다. 그들은 낮 동안 지나친 길에서 꺾은 들꽃들을 꺾어다가 땔나무를 해준 대가로 얻은 그 무엇과 함께, 자신의 짝이 될 앳된 처자들을 밤을 틈타 몰래 만나곤 했던 것이다. 서로의 애인을 불러내느라 밤마다 객잔 주변은 정체를 알 수 없는 기이한 고양이 울음소리와 개 짖는 소리, 혹은 부엉이 소리가 들리곤 했다. 객잔의 헛간이나 뒤뜰이나, 혹은 객잔 근처 들판의 덤불숲 등은 새로이 싹트는 애정을 속삭이느라 만원이었다.

때로는 둘씩 짝지은 연인들이 서로 만나기도 하는 일이 벌어졌기 때문에 차라리 객잔 안에 방을 따로 얻어주는 것이 합리적인 선택이 아닐까 싶기도 했다.

하지만 그들의 새로운 여주인인 용아는, 그들의 새로운 시작에 근사한 혼례식을 준비해주고 싶었다. 돌아가면, 그곳으로. 그곳으로 돌아가면 반드시 멋진 혼례식을 마련해주리라.

도착한 일행들을 맞이한 것은 먼지가 수북한 산 중턱의 거대하고 낡아빠진 저택.

일단 청소를 해야 했다.

친왕가와 그 이웃의 아름다운 저택을 보아왔던 여종들이 솜씨를 발휘했다. 항상 세련되고 호화로운 것만 눈에 익은 그들은 처음에 당황하였으나, 곧 힘을 내서 집 안 구석구석을 청소하기 시작했다. 사내 녀석들로 말할 것 같으면, 자신의 색싯감이 혹시나 노곤해질까 걱정되는지 생전 청소라고는 하지 않던 놈들임에도 불구하고, 두 팔을 걷어붙이고 거들었다. 이제 소년에서 청년이 되는 길로 접어선 녀석들이 하루해가 뜨고 지는 동안 할 수 있는 일은 깜짝 놀랄 만큼이었다.

청소를 시작한 지 만 하루가 되기도 전에 집 안은 제법 반짝반짝해졌다.

이틀째가 되었을 때는 침상에는 북경에서 가져온 깨끗한 새 이불들이 깔렸으며, 용아가 혼수로 챙겨온 아름다운 그릇들이 윤이 날 정도로 닦아져서 식탁 위에 올랐으며, 왕가의 식탁을 방불케 할 만큼 맛깔난 음식들이 차려졌다.

용아는 다섯 녀석들의 혼례를 준비했다.

놈들은 신랑의 체면도 생각하지 않고 언제나 입이 헤벌쭉한 채로 돌아다녔기에 만나는 이들로부터 이러한 핀잔을 듣기 일쑤였다.

"입안에 파리 들어가겠다! 입 좀 다물어!"

하지만 그러한 핀잔도 새신랑들의 흥겨운 기분에 죽을 쑤게 하지는 못했기에, 결국은 핀잔을 준 이들이 먼저 고개를 절레절레 흔들며 혼례 날이 정확히 언제냐고 묻고 마는 것이다.

"다가오는 보름이요!"

패고 있던 나무가 쓰러지는 꽹음 속에서도 아랑곳하지 않고 빠짐없이 대답한다. 덕분에 혼례를 준비한 날은 아침부터 손님들이 몰려들었다. 봉황산의 사냥꾼과 심마니와 약초쟁이들이 빠짐없이 모였으며 산 아래 마을에 살고 있는 이들도 소식을 듣고 산 위로 올라오는 수고를 할 정도였다.

마침내, 장이를 비롯한 녀석들이 기다리고 기다리던 보름이 되었다.

달은 휘영청 산 중턱 공작의 저택을 비추고 있었으며, 그 저택에 공작이 살기 시작한 이후로, 가장 많은 사람들이 모여들었다. 잔치음식은 끝도 없이 나왔으며, 술은 충분했으며 마을에서 부른 악공들까지 있었다.

공작 마이하는 왁자한 소란을 뒤로 한 채 조용히 자신의 내실로 들어와서, 내실의 안쪽의 침실의 문을 열었다. 열 때마다 정신없이 삐걱거리는 문이 상당히 거슬렸다. 마루나 돌을 깔지 않은 바닥도 그의 눈에 거슬리는 요소 중 하나이긴 마찬가지였고. 짬을 내서 마루를 깔고, 그 위에 북경의 저택에서나 쓰는 고급스러운 융단을 깔거나 해야겠다. 아니지. 융단은 좀 미뤄야겠다. 지금은 겨울이 아니니까.

용아는 북경에서 가져온 안락의자에 기대서 잠든 것처럼 보였다.

"오셨어요?"

하지만 잠든 것은 아니었다. 문이 열리는 소리에 즉각 질문하는 걸 보면.

"침상까지 안아다 드릴까?"

마이하가 빙그레 미소 지으면서 물었다.

"아니오. 그것 말고……."

"그것 말고……?"

"아니에요. 잊어버려요. 그냥 절 침상으로 안아다 주세요."

용아가 투정부리듯 말했다.

"뭔데? 말해봐요."

"그냥……. 어깨가 아파서요."

용아가 송구하다는 듯이 입안으로 웅얼거리면서 말했다. 이곳은 이친왕가의 저택이 아니니, 안마사들이 있는 것도 아니고, 그렇다면 지아비께 어깨를 주물러달라고 요청한 것이나 다름없기 때문이었다. 그가 거절한다고 해서, 그가 인정 없는 것이 아니었다. 오히려 그러한 요청을 한 용아가 발칙하다면 발칙했지.

"침상으로 가요. 내가 어깨를 눌러주지."

마이하는 그렇게 말하면서 용아를 산듯하게 안아 침상으로 데려간 다음, 편안히 엎드릴 수 있도록 도왔다. 그러고는 뭉친 어깨를 커다랗고 따뜻한 손으로 주무르고, 문지르고, 지그시 누르기도.

"음. 아."

그러지 않으려고 했지만, 용아의 입에선 만족스러운 탄식 같은 것이 터져 나왔다.

"이럴 거면 친정에 있던 안마사를 데려올 걸 그랬소."

"친정에 있는 안마사요?"

용아는 마이하의 말을 따라 하다가, 그렇게 돈을 펑펑 쓸 순
없어요, 어머니가 누리는 것을 다 누리고 살 수는 없단 말이에요,
이제 아이들이 잔뜩 태어날지도 모르는데, 라고 덧붙일 뻔했다. 하
지만 그녀는 현명하게도 적절한 순간에 입을 다물고는 다음 말을
생각할 시간을 벌기로 했다.

"그들이 최고라면, 그들을 데려와야지."

"하지만 그들은 어머니께서 아끼시는걸요."

"그럼 다른 이라도."

"글쎄요. 시간이 나면 근처에서 적임자를 찾아볼 수도 있겠네
요."

"시간이 나면……?"

"아마 한동안은 계속 바쁠 것 같아요. 북경에서 온 처녀들이
여기에 적응하기 쉽게 여기를 손보려면……."

용아가 웅얼거리듯 말했다.

"이제는 부인네지. 게다가 그들에게는 각자 친절한 낭군들이
있다고."

"그렇지만, 아무튼 이곳을 좀 더 꾸미고 싶은걸요. 애련이의
출산 준비도 해야 하고, 신혼살림에 필요한 것도 많고……."

"가끔 말이지……."

마이하가 신중하게 단어를 고르는 듯 천천히 뜸을 들여가면서 말을 이어간다.

"……?"

용아는 그의 다음 말을 기다렸다.

"난 당신이 종복들을 부리고 있는 건지, 종복들이 당신의 보살핌을 받는 건지 헷갈리더라고. 북경을 출발한 이후부터 그러더니, 혼례를 준비할 동안은 아주……."

"내가 혼례복을 입혀주고 단장을 도와준 것 때문에 그러세요?"

"혼례복을 입혀주고, 단장을 도와준 것뿐만이 아니지만, 일단 그것도 포함되지."

"그럼 누가 해요. 그들은 모두 신부라고요. 신부가 직접 자기 옷을 챙기고 모든 것을 해낼 순 없잖아요. 게다가 서방님께서 그런 말을 하시니 우스운걸요?"

"……?"

마이하가 의혹이 담긴 눈길로 달빛이 쏟아져 들어오는 방 안에서 용아의 엎드린 뒤통수를 눈을 깜빡이며 쳐다보았다.

"서방님이야말로 하루 종일 그 녀석들 뒤치다꺼리를 하셨잖아요. 오늘 북경에서 기별이 왔어요. 언니가요, 요즘 마음씨 착한 나무꾼에 대한 소설이 대유행이라는데요."

용아가 곰곰 생각에 잠긴 목소리로 말했다.

무엇인가 머릿속으로 가늠해보는 눈치.

"마음씨 착한 나무꾼……이라는데."

용아는 웅얼대듯 그 말을 한 번 더 해보았다. 용아의 마음속에 의혹 한 줌이 인다. 하지만 아직 확실하진 않은 터. 용아는 '어쩌면 우리 이야기인지도 모르겠어요.'라는 말을 삼켰다.

"마음씨 착한 나무꾼?"

그가 생전 처음 들어보는 단어를 따라 하듯 그렇게 말했다.

"마음씨 착하고 선량하고, 우직하고, 다정하고, 힘도 센."

용아가 쿡쿡 웃으며 덧붙인다.

"힘이 세다는 건 후회하고 있소."

"힘이 세다는 걸 후회하고 있다니요?"

용아가 마이하의 말에 의아한 듯 되물었다.

"아, 조절을 해야 할 때 조절을 못 한 것 같아서 앞으로는 주의할 생각이라오."

마이하의 대답에 용아가 달짝지근한 안마를 뿌리치고 발딱 일어나 앉았다.

"설마!"

"설마?"

용아는 달빛에 비친 낭군의 얼굴을 찬찬히 뜯어보았다. 그런 후에 천천히 팔을 뻗어 낭군의 뺨을 스치듯 부드럽게 만졌다. 이상했다. 아주 이상했다. 그저 뺨을 쓰다듬었을 뿐인데, 은밀한 신음이 터져 나올 것 같았으니.

"왜 그때 저를 취하지 않으셨습니까?"

용아가 속삭이듯 물었다.

"그때? 그때라니?"

마이하가 용아의 질문을 가늠하지 못한 듯 되물었다.

"제가 이 방에서 처음 눈을 떴을 때요."

"……."

그는 대답하지 못했다.

"그때 원하시면, 그러실 수 있지 않았습니까. 저는 무방비 상태였고……. 낭군님은……."

"……?"

"아주 힘이 세신 분이시니."

용아가 말을 마쳤다. 그러고는 어떤 대답을 기다리듯 그를 바라보았다. 마이하는 용아를 바라본다. 그 눈길이, 뜨겁다. 말할 수 없을 정도로.

"……물론 나는, 그리하고 싶었소. 나는 그대에게 반해 있었던데다가……. 그런데……."

마이하가 처음 글을 배우는 어린이가 책을 읽듯이 천천히 말했다.

"그런데요?"

용아는 마이하가 말을 이어갈 수 있도록, 격려하듯 그의 손등 위에 자신의 따뜻한 손을 얹어주었다.

"그대가 날 싫어하게 될까 봐 두려웠어."

마이하가 속삭이듯 말했고, 그 말의 끝맺음은 이내 묻혔다. 격

정을 참을 수 없었던 용아가 마이하의 입술에 열정을 담아 입맞춤
해 온 것이다. 마이하는 용아의 따뜻한 숨결을 그대로 받아들였
다. 용아의 입술은 따뜻했고, 보드라웠으며, 말랑거렸다. 그는 마
치 아내의 전부를 빨아 당기려는 듯 격정을 담아 화답했다.

정성과 마음을 담아 입맞춤했다. 침실 안에 두 사람의 입술이
부딪치는 소리, 서로를 빨아들이는 소리와 옷깃이 사각거리는 소
리가 가득 찬다. 멀리서 다섯 쌍의 새로운 부부의 혼인을 축하하
는 소리가 떠들썩하게 울려 퍼지고 있었다.

어쩐지, 부부는 오늘이 진짜 첫날밤이 될 것 같은 예감이 들었
다.

공작의 청혼

제
21
장

"정말 고맙구나, 노루야." 나무꾼이 말했습니다…….

작자미상 '목객전(木客傳)' 中

옷이 하나씩 떨어져나갔다. 하지만 그것을 불편하게 의식하고
있을 새가 없었다. 아주 느릿하면서도, 아주 자연스럽게 옷들이 하
나씩 떨어져나가고 있었으니까. 머리 장식이 슬그머니 느슨해진다
고 느꼈을 때, 침상에 눕기에는 다소 불편하게 느껴졌던 만주식
장식들이 떨어져 나갔고, 종래에는 용아의 매끈한 머릿결만 침상
위에 남겨지게 되었다.

두 사람의 숨결이 엉키었다.

몸과 몸이 정신없이 부딪쳤다.

따뜻했고, 기분이 무척 좋았다.

마이하의 손이 용아의 복숭아처럼 싱싱한 젖가슴을 살짝 움켜
쥐었다가 부드러운 손바닥으로 따뜻하게 쓸어내린다. 낭군의 뜨거

운 입술이 용아의 목덜미를 공격하고 있었다. 오늘은 이상했다. 이상하리만큼 모든 게 느렸고, 아득했다. 다른 어떤 날들과는 다르다. 어쩐지.

낭군의 따뜻한 입술이 조금 더 아래를 향해 내려오는가 싶더니 용아의 젖가슴을 한입에 머금어버린다. 당혹감을 넘어선 정체불명의 쾌감에 용아는 몸을 살짝 비틀었다.

"으, 음."

그의 자유로운 두 손은 용아의 온기 가득한 몸을 천천히 쓰다듬는다. 손길이 지나간 자리마다 살짝 살짝 가벼운 불꽃이 이는 느낌. 용아는 한 가지 단어나 설명으로는 어찌 단정 지을 수 없는 어떠한 갈망 때문에 목이 바짝 타들어갔다.

낭군께서 그러하셨던 것처럼 용아도 그를 따라 했다. 그의 몸을 쓰다듬고, 둘 사이를 조금이라도 방해하는 것들은 슬금슬금 끌어내렸다. 어둠 속이라 조금 애를 먹긴 했지만 옷들이, 천천히 벗겨지고 있었다.

용아는 이미 벗겨진 옷가지들을 그냥 침상 아래로 밀어버렸다. 지금 이 순간, 그것들은 하등 중요치 않은 무엇이었으니까.

낭군의 손이 배꼽을 지나 다리 사이를 파고들었다. 이전의 용아라면 그러한 대담한 행동을 맞닥뜨릴 때면 아마 몸을 살짝 뒤로 내뺐을 것이었다. 하지만 오늘은 왠지, 다르다. 오늘은 뭔가 특별한 날이 아닌가. 용아는 부끄러움을 참으며 살짝 다리를 벌렸다. 낭군의 손가락들이 미끄러지듯 안으로 들어왔다. 그러고는 우아하게 쓰다듬자, 용아의 몸이 흔들렸다.

흔들려고 한 것은 아니었는데, 이상하리만큼 자연스러운 몸의
떨림은 참으로 당혹스러웠다.

"아."

누구의 것인지 모를 신음이 방 안을 채웠다.

낭군의 손가락은 둥글게 원을 그리다가 살짝 안으로 들어온다.
용아는 참지 못하고 물었다.

"뭐 하시는 거예요?"

"촉촉할 때가 좋은 것이라고 하더군."

"누가요?"

"당신이 읽던 책이."

용아가 진지하게 달뜬 상태에서도 쿡쿡거리면서 웃었다. 용아
의 웃음에 마이하가 으르렁거리듯 말했다. 맹수는 맹수이되, 애정
을 듬뿍 담은 맹수의 으르렁거림.

"웃지 말아요."

마이하가 짤막하게 경고했다.

그러고는 다리 사이를 희롱하던 손길에 더욱 집중한다. 용아
가 그의 귀를 깨물고, 입안에 가득 머금었다가, 간질인다. 새로운
밤의 시간에 도취된 용아가 자신의 고귀한 신분마저 모두 잊기로
한 듯 대담하게 손을 내렸다. 낭군이 자신을 희롱하듯, 자신도 꼭
같이 해 보이겠다며.

그는 뜨거웠다.

413

그리고 딱딱했고, 잔뜩 성을 내고 있었기에 금방이라도 폭발할 것 같았다. 하지만 그런 그를 붙잡고 있는 것이 과연 무엇일까, 의아했다. 이전 같았으면 단박에 모든 것을 밀어붙이며 절정으로 치달았을 텐데.

마이하의 이마에 땀이 맺히면서 아내를 향해 말했다.

"손을 치우시오. 당장."

"왜요?"

"못 참겠으니까."

"참지 말아요."

용아가 도전적으로 말했다. 자신이 원하는 것이 무엇인지, 스스로도 정확히는 알 수 없다. 낭군께서 몸을 밀어붙이시면, 꽉 찬 안정감과 말로는 쉽게 설명할 수 없는 만족감도 있었다. 다소 아프긴 하였지만. 그는 항상 격정을 참지 못해, 거칠어지곤 했으니까. 하지만, 그것도, 그리 나쁘진 않았는데.

"오늘은 달라."

용아가 자신을 집요하게 공격해 오자, 마이하가 그렇게 말하면서 몸을 빼내었다.

"뭐가요?"

그는 대답하지 않았다. 단지 아내를 살짝 잡아당기어 자세를 바꾸더니 보드라운 아내의 다리 사이에 살짝 입맞춤하였다. 용아가 놀라 얼른 몸을 빼내려 하자, 그의 손길이 더욱 단단해진다.

"잠깐만."

공작의 청혼

그는 그렇게 말했다. 무엇이 잠깐만이라는 것인지. 말하는 사람도 듣는 사람도 영문을 모를 말. 하지만 그 누구도 묻지 않는다. 무슨 뜻이냐고. 그렇게 말해놓고 그는 짧은 입맞춤을 했던 그곳에 조금 더 깊고 조금 더 애정을 담아 깊고 길게 입맞춤했다.

"제발……."

용아의 입에서 애원 같은 흐느낌과 함께 짧은 말이 튀어나왔다. 제발 그만두라는 것인지, 제발 멈추라는 것인지 알 수가 없다. 몸이 정신없이 떨려온다. 필요하다. 이러한 절정에는, 필요하다. 그 무엇이. 이렇게 절박했던 순간이 다시없었던 것 같다.

"제발……."

두 번째 말을 했을 때는 좀 더 명확했다. 하지만 여전히 뜻을 헤아리기가 힘들다. 용아는 흐느적거리는 몸을 간신히 지탱하면서 몸을 돌렸다. 갑작스럽게 어디서 이런 박력이 나왔을까. 용아는 급하게 몸을 일으켜 낭군을 침상 위에 눕혀버렸다. 그러고는 그의 배 위에 자리를 잡고 올라가, 더 이상 미적거릴 순 없다는 강한 경고라도 하듯 낭군이 몸을 일으키지 못하도록 잠시 붙잡더니, 순식간의 자신의 안으로 그를 몰아붙였다.

"아……."

누구의 입에서 나오는지 모를 탄성이 엉킨다.

어젯밤에 휘장을 치는 것도 잊고 잠든 바람에 용아는 아침 햇살을 정면으로 맞이했다. 마이하가 스스로 옷을 갖춰 입고 다소 불편한 표정으로 침실 안을 어슬렁거리고 있었다.

"왜 그러고 계세요?"

"배가 고파서."

"아. 애련이는 아직?"

용아가 바깥을 손짓하며 그렇게 말하면서 조용히 귀를 기울였다. 다른 날이었다면, 애련이가 아니라도 누군가 문 앞에서 기척을 감지하고 더운물을 내올지, 진지를 챙길지, 새 옷을 꺼낼지 묻기 마련이었다. 북경에서 데려온 다섯 처자들은 - 아니, 이제 부인이지 - 모두 세련된 저택에서 오랫동안 귀족의 생활을 익혀온 이들 아니던가.

"밖은 조용해."

"아무도 안 일어났나 봐요."

마이하는 살짝 목소리를 죽여 천천히 말했고, 용아도 덩달아 천천히 말했다.

"어젯밤에 늦게까지 잔치를 했으니까. 게다가 그 녀석들은……."

마이하는 '너무 굶었어.'라는 상스러운 뒷말을 삼켰다. 아무리 아내 앞이라고 해도, 품위를 지키고 싶었다. 무식한 나무꾼 공작으로 영원히 기억되고 싶진 않았기에. 무엇인가 존경할 만한 점잖음도 지키고 싶었기에.

"시장하시다구요?"

용아의 질문에 마이하가 말없이 고개를 끄덕였다.

"그렇담, 제가 밥을 지어드리죠. 오늘은 제가 밥을 지어드리겠어요. 신혼 첫날밤을 지낸 이들은 쉬어야지요. 붉은 방에서 나오기가 어디 쉽나요?"

그래도 신혼을 먼저 지내보았다고, 신혼방을 붉은 방으로 부르는 재치까지 제법 발휘해가며 용아가 말했다.

"그대가?"

마이하가 자신의 목소리가 의심쩍게 들리지 않기를 바라면서 그렇게 되물었다.

"서방님이 시장하신데 가만있을 수는 없지요."

용아는 그렇게 말하면서 침상에서 나왔다. 하지만 그러한 씩씩한 태도와는 달리, 일단 침상 바닥에 신을 어디다 두었는지 잊어 한참이나 허둥거렸고, 머리를 제대로 손질하지 못해 당황했고, 옷의 매듭들이 예쁘게 매어지지 않아 시간을 끌었다.

"기다리세요. 아침, 지어 올게요."

용아는 그렇게 말하고 의기양양하게 부엌에 도착했지만, 부엌에 도착하고 나서야 깨달았다.

'밥을 할 줄 모른다!'

그러고 보니, 밥을 해본 적이 단 한 번도 없었던 것이다. 용아는, 현재 직면한 당황스러운 사태에 아연한 마음을 감출 수 없었다. 천천히 생각을 더듬어보았다. 아침은 찐빵을 먹을 때도 있고, 기름에 튀긴 빵을 먹는 것 역시 가능하며, 조를 넣은 쌀죽 역시 흔한 것이었다. 찐빵과 튀긴 빵은 몹시 어렵게 느껴졌다. 만들려면 숙련된 기술이 필요한 것이었다.

용아는 결국 조를 넣은 쌀죽을 끓이기로 했다.

'그러니까, 조를 넣은 쌀죽을 하려면 조와 쌀을 찾아야겠다!'

용아는 그런 생각을 해낸 자신이 기특하였다.

'일단 쌀과 조를 찾고, 물이랑, 솥에 넣고, 불을 피우면 될 거야.'

제법 의젓하게 부엌을 움직이는 것 같은 느낌마저 들어 용아는 흐뭇하였다. 부엌 안을 이리저리 뒤지어 결국 쌀독을 찾아내고 나니, 물독을 찾아야 했다. 그런데 물독이 비어 있었다.

'물을 길어 와야겠네!'

용아가 그렇게 생각했을 무렵, 부엌에 누군가 등장했다.

"장아?"

용아가 원하는 물을 길어 온 것은 다름 아닌 장이었다.

"마님, 어찌 부엌에 나와 계십니까?"

"너는 어찌?"

용아가 장이를 돕는다며 빈 물독을 움직이며 요란하게 덜그럭거리는 소리를 내자, 장이가 급박하게 검지를 들어 올려 입을 가로막으며 이런 소리를 내었다.

"쉿!"

"……?"

장이는 목소리를 잔뜩 낮춰 말했다.

"마님, 제발 조용히 해주십시오!"

"왜 그러느냐?"

용아가 목소리를 한껏 줄인 채 되물었다.

"색시가 깼답니다!"

"색시가?"

"어젯밤에 늦게 잠들었단 말입니다. 차라리 밥은 제가 하겠습니다. 깨우지 마십시오. 마님. 잘난 것 하나 없는 놈한테 시집와준 것도 고마운데, 어제 자기 혼인 상을 자기가 차리고 손님이 다 갈 때까지 그 많은 그릇을 다 씻고 새벽이 다 되어 잠들었습니다."

용아는 대답 대신 미소를 지으면서 부엌을 나서다가 장이에게로 고개를 돌려 다시 한 번 물었다.

"네가 이렇게 해준다면 유유가 어찌 너에게 사랑으로 보답하지 않을 수 있겠느냐. 도대체 이런 건 어디서 배웠느냐?"

"모르십니까?"

"……?"

"이런 건 공작 나리께 배웠습니다. 지난겨울 주인께선 숯을 굽다가도 밥 때가 되면 저택으로 돌아와 밥을 지으셨습니다. 마님께서 식사를 거르면 아니 된다고요."

공작이 직접 밥을 지었다니, 처음 듣는 소리였다.

"그것이 정녕 사실이냐? 네가 밥을 지었던 것이 아니더냐?"

"아뇨? 공작 나리께선 제가 쌀도 제대로 씻지 않고, 손톱도 더럽다고 마님께서 계신 동안 밥을 못 짓게 하였습니다. 제가 지은 밥을 먹었다간 곱디곱게 자라신 북경의 공주께서 배탈이 나고 마신다고요."

용아는 처음 듣는 이야기였다. 그러고 보니, 작년 겨울이 떠올랐다. 그때 낯선 곳에서의 무료한 하루를 보낼 일을 골몰하던 중에 공작의 종이에다가 글을 쓰기 시작했었지. 그러다 정신을 차려보면 배가 고팠고, 부엌엔 언제나 먹을 것이 있었어.

"아뇨. 아뇨. 오늘은 손톱 밑에 때가 없습니다. 정말이에요. 손은 씻고 온걸요."

용아가 그윽이 자신을 바라보고 있는 것을 오해한 장이가 변명하듯 말했다.

그때였다. 갑자기 우르르 몇 놈이, 앞서거니 뒤서거니 부엌으로 들어선다. 원이, 양이, 부이, 유이. 모두들 잠에서 깨자마자 부엌으로 달려온 이유가 빤하다.

"나도 같이 해볼 테니, 할 일을 알려다오."

용아는 그렇게 말하고 자신도 옷소매를 걷어 붙였다.

終

선녀와 나무꾼은 하늘나라에서…….

작자미상 '목객전(木客傳)' 中

두 달 전.

여기 황성에, 조선국 군부인이 특별히 자신을 드러내지 않고 평생을 조용히 살아왔는데 그 이유는 본인의 혼인에 얽힌 사연이 복잡하여 나서길 꺼리는 것도 있었지만, 본디 자신의 성미 자체가 조용한 것을 좋아하는 탓이었다.

군부인 송락매는 시장을 가로지르면서 줄곧 결심해왔던 일을 드디어 실행하려고 하고 있었다. 자꾸만 용기가 사라지려 하자 마음을 다잡았다. 기분 좋은 긴장감이 군부인을 격려하고 있었다.

처음에 가마꾼들에게 이른 대로 가마가 서점 앞에서 멈춰 섰다.

군부인 락매는 갓 마흔을 넘어 늙었다 할 수 없는 데다가 본디의 아름다움 또한 간직하였기에 상당히 젊은 외향을 유지하고 있었지만, 조선식으로 갖춰 입은 옷 위로 쓰개치마를 둘러써 다른 이들의 이목을 끌지 않고 조용히 서점 안으로 들어갔다.

군부인은 일단 서점 안으로 들어간 후, 안에 다른 손님이 있는지 확인하였다. 서점 안에는 여주인뿐. 이 년 전 이 서점의 주인이던 남편과 사별한 후 줄곧 지루한 표정으로 자리를 지키고 있는 그 여주인.

여주인은 군부인을 보고도 흔한 인사치레조차 하지 않고 매듭이 풀어져 흩어진 서책을 익숙한 솜씨로 다시 묶고 있었다.

"이보게……."

락매가 먼저 말을 꺼냈다.

"새로 들어온 책들은 제일 앞쪽에 있습니다."

여주인은 꽤 무례해 보였지만 이건 무례하다기보다 단골고객을 대하는 그만의 방법이었다. 책을 고르는 일은 항상 꽤 시간이 걸리기 마련인데, 주인이 있는 듯 없는 듯한 편이 손님 입장에서는 더 편안한 것이었다.

"아닐세."

"……?"

"아닐세, 오늘은 책을 사러 온 것이 아니라네."

"그럼 어인일로 오셨습니까?"

"오늘은 책을 팔러 왔다네!"

"……"

군부인은 선언하듯 그렇게 말하고서는 여주인이 앉아 있는 자리로 힘차게 다가가서는 여주인의 앞에 놓인 탁자에 무언가를 내려놓았다.

"이것이……?"

여주인은 오랜 단골의 얼굴을 물끄러미 바라보았다. 그러고 보니, 조선국 출신의 이 마님의 얼굴이 평소와는 다르다. 살짝 상기된 듯도 하고, 조금 피곤해 보이기도 한달까.

"이 책을 팔아주시게. 아 물론, 이 한 권만 팔아달라는 말이 아니라, 충분히 찍어다 팔라는 말일세."

"……"

여주인은 눈을 몇 번인가 껌뻑이더니, 책을 펼쳐보았다. 몇 장을 넘겨본 후 목소리를 가다듬더니 말한다.

"필체가 아주 좋으십니다. 그런데 이름은 왜 안 적으셨습니까?"

"필체는 내 필체가 맞소. 그러니 칭찬은 고맙게 듣겠네. 이름을 안 적은 건, 밝힐 수 없어서이네."

"그럼 필명이라도 만들어 적으셔야지요."

"아닐세. 내가 작가가 아니란 말일세."

"예? 하지만 방금 마님 필체라고……?"

"나는 번역했을 뿐이네. 그러니까 이 책은 본디 한어로 쓰였던 것이 아니란 말일세."

여주인은 '흠.' 하고 가볍게 숨을 들이쉬면서 좀 더 찬찬히 책을 살피기 시작했다.

얼마간의 시간이 지나고 나서야 여주인이 고개를 들며 말했다.

"어휴, 앉으시란 말도 잊었네요."

여주인이 뒤늦게 자리를 권하며 말했다.

"어떤가? 자네가 보기에? 내가 보기엔 그냥 썩혀두기엔 아깝단
말일세."

군부인은 여주인의 의견을 기다리느라 자리에 앉지도 않으며
말했다.

"정말 마님께서 쓰신 게 아니라 그 말이지요?"

"그렇다니까!"

"그렇다면 왜 마님께서?"

"중이 제 머리 깎는 거 봤나? 직접은 절대 들고 오지 않을 거
같아서 내가 가져왔네."

사실 용아의 허락을 구한 건 아니었다. 용아가 조선국 외가댁
에서 – 군부인의 시댁이기도 한 – 가져온 혼수물품 중에서는 책
이 상당수였는데, 봉황산까지 가져가기에는 좀 불편할 정도의 양
이었다. 그래서 가족들이 두고 읽을 몫을 남겨두었는데 그중 얼마
간은 군부인의 차지가 된 것이다.

처음에 이 책을 발견했을 때, 군부인은 용아가 쓴 책이라고는
상상하지 못하였다. 하지만 시간이 지날수록 용아가 썼을 거라는
확신이 들었던 것이다. 일단 주인공이 나무꾼인 데다가, 용아는 항
상 손에 먹을 잔뜩 묻히고서는 무언가를 쓰는 기색을 보여왔기 때

문이다. 본인이 쓴 글을 아무렇게나 두고 시집간 것 같지는 않고, 내용이 한어로 적혀 있지 않아서, 누군가가 이 책을 용아의 혼수 중 하나라고 오인한 게 아닐까. 우여곡절 끝에 자신의 손에 들어온 것이다.

군부인은 그 책을 언제 용아에게 돌려줄까 궁리하다가 문득 머릿속에 재미있는 생각이 스쳐가는 것을 느꼈다. 그리고 마침내 이 서점에 오게 된 것이다.

"그럼 책 판 값은 누구에게 드리면 되는 겁니까?"

"내게 주면 되네. 본디 돈이라는 게 더 이상 필요 없는 사람에게도 돈이 생기는 건 기쁜 일이지. 아마 좋은 일에 쓸 수 있을 걸세."

"좋습니다! 이 책을 소인이 사겠습니다."

일이 생각보다 더 순조로웠다.

"그런데, 마님. 앉으시라니까요. 이제 책값에 대한 흥정을 해야 하니까요."

"아, 흥정. 흥정을 해야지!"

약간 멍해져 있는 듯했던 군부인이 책값이라는 말에 반색하며 권하는 의자에 앉았다.

군부인이 자리에 앉자, 여주인이 자리에서 일어나 최상급 차를 내어 온다며 분주히 움직였다.

"그나저나, 아무리 이름을 밝히지 않고 싶어 하신다 해도, 책 표지에는 무어라 적어야 할 것 같은데요……."

차를 따르며 여주인이 말했다.

본격적인 협상에 들어가기 전에 대화를 나눌 만한 가벼운 얘깃거리로 적합하기도 했고, 책표지에 적을 이름이 필요하다는 생각 또한 들었기 때문이다.

따뜻한 차를 천천히 마시면서 잠시 생각에 잠겼던 군부인이 살짝 미소 지으며 이렇게 대답했다.

"작자미상……. 작자미상……. 어떤가?"

完

작가
후기

오랜만에 인사드립니다.

안녕하세요. 공기 좋지 않은 곳에 살고 있는 저에겐 참 소중한 봄입니다. 최근에 공원 앞으로 이사를 오게 되어서 나무와 잔디도 자주 볼 수 있네요. 오늘은 전기 오토바이를 구입해서 어설프게 부릉거리다가 잔디에 몇 번 박히기도 하고, 평범한 날들이 지나가고 있습니다.

사실 이번 이야기는 후기를 쓰지 않으려고 하다가 출간이 임박해서야 급하게 쓰고 있습니다. 후기를 쓰지 않으려고 한 이유는, 책 내용의 배경에 대한 기본적인 이야기를 하려면 너무 복잡하게 느껴져 결국 뒤엉키게 되곤 해서입니다. 그래서 소설의 내용 중에는 긴 설명을 생략한 편이기도 합니다.

사실, 이번 이야기의 남자 주인공인 화탁 마이하(위구르 족) 같은 신장 사람들에 대해서는 지금도 외국인이 섣불리 가타부타 의견을 내놓기 어렵습니다.

며칠 전 뉴스에서 시진핑 국가주석이 신장을 방문한 내용들이 대대적으로 보도가 되었습니다. 거기서 국가주석이 나서서 아이들의 중국어 교육(한어)을 확인하고 그들의 신분이 다른 중국인들과 다르지 않다는 것을 다시 상기시켜 주었습니다. 이런 일들은 역설적이게도, 아직도 노력해야 하는 관계라는 점을 느끼게 해주었습니다.

현실적으로 본다면, 여기 이 남녀주인공의 조합은 불가능에 가까울 정도로 특이합니다. 물론 청대의 만주인 귀족들의 혼인은 황제나 황실의 명으로 일방적으로 이어질 수 있었지만(외교적인 이유로) 그러한 부부들이 실제로 사이가 좋았을 가능성은 거의 없었겠지요.

그렇지만 이친왕가 시리즈를 원래 동화처럼 구상하기도 했고 (실제로 각 권들은 동화나 신화 등의 줄거리를 기본 줄거리로 가져옵니다.) 해피엔딩을 선호하는 편이기도 합니다. 민감하고 복잡한 정치적 갈등을 로맨스의 주인공 삼아 소재로 쓴 것이 참 조심스럽습니다. 특별한 견해를 표현하고자 한 것은 아니니, 그저 로맨스 소설로 보여지기를 바랍니다.

혼자서 타이핑 해놓은 글자들은 많고 머릿속으로 맴도는 생각이 더 많은데, 자주 인사를 못 드리네요. 이유야 여러 가지 있겠지

공작의 청혼

만 조금 더 노력해서 자주 인사를 드릴 수 있도록 하겠습니다.

읽어주셔서 감사합니다.

더 재미있고, 더 따뜻하고, 더 기분이 좋아지는 글을 쓰고 싶습니다.

마지막으로 도서출판 가하 이승진 과장님께 감사 인사드립니다.

2014년 늦봄,

김우주 드림.